JN076018

現代語訳

源氏物語

二

紫式部

窪田空穂［訳］

作品社

目次

澪標《みおつくし》

はっきりと夢に御覧になっての後は、君は院の帝の御事をお気にお懸け申上《もうしあ》げて、何《ど》うぞそのお悩みになって入《い》らせられる罪障からお救い申上げることをしようとお思い嘆きになって入らせられたのに、このように京へお帰りになったので、その為《ため》の仏事の御準備をなされる。十月には、御八講《みはこう》[1]の供養をなされる。世の中の人の君に靡《なび》き随ってお仕え申すことは、以前の通りである。大后《おおぎさい》[2]は、猶《な》お続いて御悩《このう》が重く入らせられる中《うち》にも、とうとう此《こ》の君を退け切ることが出来なかったと、快からずお思いになって入らっしゃるが、主上[3]には、院[4]の御遺言をお思い申上げて入らせられる。君の御処分については、この報いのあることだろうとお思いになっていらせられたのに、お直し申されたので、お心持もさっぱりとしたようにお思いになられた。時々お起りになってお悩みになられた御眼も、さっぱりとは遊ばしたけれど、大体、世に永くは生きていられないようなお気がなされ、お心細くばかり思召《おぼしめ》され、御位《みくらい》にも久しくはいらせられないこととお思いになりつつ、絶えずお召しがあって、源氏の君は参内なされる。主上には、御政治上の事なども隔てなく君にお話しになりつつ、それを御本意のようにして入らせられるので、大方の世上の人も、偏《ひとえ》にうれしいことにお喜び申していた。

主上には御譲位のお心づもりの時が近づくにつけても、尚侍《ないしのかみ》[5]のお心細そうに御身を嘆いていられるのを、ひどく可哀そうにお思いになった。「大臣《おとど》[6]はお亡くなりになり、大宮[7]も御病気な上に、私の定命《じょうみょう》も長くはないような気がするので、まことにお可哀そうに、以前の名残もないような有様で、世の中に生き残ってゆかれることでしょう。以前から私を、あの人[8]よりは劣るものにしていられましたが、私の類《たぐい》のない心持の習いで、ただあなたのことばかり可哀そうに思っていました。あの立ち優《まさ》る人が、又以前のお心持があってお逢いになるようなことがあったにしても、真実の心持は、私には及ばないことだろうと思うと、それまでが気懸《きがか》りになることです」と仰せになって、お泣きになられた。女君は、お顔をひどく赤く美しくなされて、それが零《こぼ》れるまでの愛嬌となって、涙もお零しになるので、主上は総《すべ》ての咎《とが》をお忘れになって、可哀そうにも可愛《かわ》ゆくも御覧になられる。「何うして今までに、皇子《みこ》さえもお持ちになれなかったのでしょう[9]。残念なことですよ。縁の深い人との間には、おっつけお出来になるだろうと思うと、それまでも口惜《くや》しいことです。だが身分の定まりがあるので、ただ人[10]として御覧になることでしょう」など、将来のことまでも仰せになるので、女君はひどく恥ずかしく、悲しくお思いになる。主上の御容貌は艶《なまめ》かしく清らかで、限りない思召は年月と共に加わってゆくようにお扱いになるので、あの方は結構なお人ではあるけれども、それ程にはお思いになっていらせられない御様子やお心持であったとお思い知りになるに連れて、何だって自分の心の若く分別の無いのに任せて、あのような騒ぎまで惹《ひ》き起して、我が評判はもとより、人の御為にまでもとお思い出しになると、まことに宿世《すくせ》の辛い御身である。

　明くる年[11]の二月に、春宮《とうぐう》[12]は御元服の儀があった。十一におなりになるのであるが、お年の割には大きく、大人《おとな》らしく清らかにいらせられて、全く源氏の大納言のお顔を二通りに写し取ったようにお見えになる。まことに見る目眩《まぶ》しいまでに光り合って入らせられるのを、世の人がお愛《め》で申上げるのであるが、御母宮は、何うにもお気がかりな事になされ、真底からお気を揉んでいらせられる。主上にも、愛《め》でたいものに御覧遊ばされ、天下をお譲り申すべきことを、おなつかしげにお聞せになられる。同じ月の二十日余りに、御国譲《みくにゆず》りの儀が俄《にわか》にあったので、大后《おおぎさい》はお心が慌てられた。主上は、「甲斐《かい》のない様ながらも、心のどかに、お目に懸らせていただきたいからのことです」と申上げて、お慰めになられた。春宮には、承香殿《じょうきょうでん》の女御の皇子[13]がお据《すわ》りになった。世の中が改まって、以前に引替えて新しい事が多くあった。源氏の大納言は、内大臣[14]になられた。大臣《おとど》は数が定まっていて、左右ともその余地がなかったので、ここにお加わりになったのである。そのまま摂政をなさるべきであるが、君は、「そのような忙しい職には堪えられません」と仰《おっ》しゃって、致仕《ちじ》の大臣《おとど》[15]に摂政をなさるようにとお譲り申されると、大臣《おとど》は、「病気の為に、位をもお返し申上げましたのに、いよいよ老いも積《つも》りましたこととて、お役には立ちますまい」といって、御承引にならない。異国でも、事が移って、世の中の定まらない折には、山深く姿を隠している人でも、泰平の世には、白髪《しらが》をも恥じずに出て仕える人をこそ、まことの尊い人としている。病気の為にお返し申された位を、世の中が変って、又改めてお受けになられるということは、更《さら》に咎《とが》のないことであると、公私共に定められた。そうした先例もあることなので、御辞退がしきれずに太政大臣におなりになる。御年も六十三におなりである。世の中が面白くない為に、旁々《かたがた》引退していられたのに、取り返して花《はな》やかになられたので、御子達も、埋もれたようになっていられたのが浮び出して来られる。取り分け宰相中将[16]は、権中納言におなりになる。かの四の君[17]の御腹の姫君で、今年十二におなりになる方を、内へ参らせようと思ってお冊《かしず》きになっている。あの高砂を謡《うた》った若君[18]も、叙爵になって、まことに申し分のない様である。此方《こちら》は数多《あまた》の腹に、お子どもがひどく多く、次《つ》ぎ次《つ》ぎにお出来になりつつ、賑やかそうなのを、源氏の大臣《おとど》はお羨《うらや》みになっている。あの大殿《おおいどの》の御腹の若君[19]は、格別にお美しくて、内裏《うち》にも春宮にも、童殿上《わらわてんじょう》[20]していられる。故姫君[21]のお亡くなりになった嘆きを、宮も大臣《おとど》[22]も、今更に改めてお嘆きになる。しかし、姫君の世にいらせられない後も、源氏の大臣《おとど》の御威光で、万事お引立てを蒙《こうむ》って、年来、嘆き埋もれていた名残もないまでにお栄えになられる。君は今も、以前通りにお心持が変らず、折ある毎《ごと》に其方《そちら》へお越しになりつつ、若君の御乳母《おめのと》達や、それ程ではない人々も、此の年頃、退《さ》がらずにお仕え申していた者は、すべて然《しか》るべき事に触れつつ、便宜を計ってやろうとのお腹であったので、幸《さいわい》を得る人が多くあることであろう。二条院《にじょうのいん》でも、これらの人と同じように、君のお帰りの日をお待ち申上げていた人を可愛いい者に思召して、年頃の胸の開ける程にとお思いになるところから、中将▼23、中務《なかつかさ》といったような人々には、程々《ほどほど》に情をお懸けになるので、その為にお暇《ひま》がなくて、外歩きも遊ばされない。二条院の東にある宮で、故院の御譲与であった所を、結構にお手入れをおさせになる。花散里《はなちるさと》▼24といったような、気の毒な人々を住ませようとのお心積りをしてお繕《つくろ》わせになる。

ほんにそれよ、あの明石の、お気懸りに思っていたことは▼25、何《ど》んな様子であろうかと、お忘れになる時とてはないが、公《おおやけ》私と忙しいのに取紛《とりまぎ》れて、思召すままにはお便りもなされなかった。三月の朔《ついたち》ごろ、この頃が産月《うみづき》でもあろうかとお思いやりになると、ないないお可哀そうで、御使を出された。早速帰って参って、「十六日にございまして、女のお子で、御安産でいらっしゃいます」とお知らせ申上げる。珍しくも女でさえあったことをお思いになると、君の御喜びは尋常ではない。何だって京へ迎え取って、産をさせなかったのだろうかと、残念にお思いになる。宿曜師《すくようし》▼26が、御子《おこ》はお三方《さんかた》で、帝、后と必ず並んでお生れになりましょう、その中の劣り腹▼27の方は、太政大臣となって、人臣としての位を極められましょうと勘《かん》え申した、中の劣り腹に女がお生まれになりましょうといったのは、明らかに中《あた》るのでもあろうとお思いになり、大体自分は、この上のない位に昇り、天下の政《まつりごと》をなさるべき事だと、あれ程すぐれていた大勢の相人《そうにん》どものすべて一様に申したのに、この年頃、世の中の面倒さに、みんな打消していたのに、今上の帝がこのように位にお即《つ》きになれた事を、思い通りであったと嬉しいことと思召す。御自身はそうした懸け離れた尊い事は、決してあるまじきこととお思いになっている。多くの皇子《みこ》達の中に、すぐれて可愛ゆい者に思召されたのであったが、平人《ただびと》にしようと、お定めになられた院のお心を思うと、その事は宿世《すくせ》の遠いことだったのだ。主上がああしての御子であるということは、誰も顕《あら》わには知っている者はないことだが、相人の申した事は空《むな》しい言葉ではなかったと、お心の中にお思いになった。今、その女の御子の将来を御予想になると、住吉の神の案内でのことで、まことにあの女も、自分とは世に一とおりならぬ宿縁があって、変り物の親もそのために、及びもないような望みを抱いていたのでもあろうか、それだとすれば、畏《おそ》れ多い身にもなるべき人が、賤《いや》しい田舎《いなか》にお生まれなされたということは、お可哀そうにも、忝《かたじけな》いことであるよ、当座を過して、此方《こちら》へ迎えようとお思いになって、東の院を急いで造るべきように御催促なされる。あした所には、確《しつか》りした乳母《めのと》も得難いことであろうとお思いになって、故院にお仕え申していた宣旨という女房の娘で、父は宮内卿の宰相で亡くなった人の娘であったが、母も亡くなって、かすかな生活をしていたが、頼りない有様で子を生んだということをお聞込みになっていたが、その事情を知る関係があって、事のついでに君にお聞きに入れた人を召して、然るべきようにお話になってお頼みになる。女はまだ年が若くて、何という考《かんがえ》もない人で、明暮れ、人の出入りもない荒れた家に、嘆かわしくしている心細さから、深くも考えず、唯《ただ》君の御辺りをひたすら愛でたくお思い申上げて、お仕え申すべき由を御返事申上げさせた。君は、ひどく可哀そうなことに一方ではお思いになってお遣わしになられる。外出のお序《ついで》に、極めてお忍びで、女の家にお越しになった。女は、そうは御返事を申上げたものの、何うしようかと気迷いをしていたが、まことに忝いお扱いなので、何もかもそれに慰められて、「唯もう仰せのように」と申上げる。日柄も悪《わ》るくはない日なので、君は急いでお立てさせになられて、「妙に思いやりのないようだが、思うことの格別な児《こ》なのです、私も思いがけない住まいで、わびしい思いをした例《ためし》に附合《つきあ》いをすると思って、当分辛抱して下さい」と仰せになって、そこの様子を委《くわ》しくお話になる。女は宮中の宮仕も時々したことがあるので、君も御覧になる折があったが、ひどく窶《やつ》れてしまったことだ。家の様子もいいようもなく荒れて、さすがに家は広くて、庭の木立は気味悪るいように繁って、何うして暮していたろうかと見られる。人柄は若くて可愛らしいので、君はお眼をお離しにならない。とやかくと御冗談を仰しゃって、「下《くだ》してしまうのは、惜しいような気がして来ました。何んなものです」と仰せになるにつけても、女もほんに、同じ事ならば君のお側近くお仕え馴れることになれたら、憂身《うきみ》も慰められることだろうと思ってお見上げ申す。君、

かねてより隔てぬ中《なか》とならはねど別れは惜しきものにぞありける▼28

「跡を慕うことでしょう」と仰せになると、女は笑って、

うちつけの別れを惜しむかごとにて思はむ方に慕ひやはせぬ▼29

こうした事に馴れていて、御返歌を申すのを、出過ぎたものだと思召す。

乳母《めのと》は車で、京の中だけは行き離れさせた。本当に親しくお思いになる人を附添《つきそい》として、此の事は決して口外するなと口を固めてお遣わしになる。姫君の御佩刀《みはかし》▼30、その他然《しか》るべき品々は、万《よろ》ずお心の届かないところがない。乳母《めのと》にも、珍しい、お心細かい御ねぎらいの品が少《すくな》くはない。君は入道の、姫君へのお冊《かしず》き方をお思いやりになると、微笑《ほほえ》まれることが多く、又姫君がお可哀そうにもお気の毒にもお思いになって、唯この御事のお心に懸かるのは、お思い入れのまことに浅くないからのことである。女君への御文《おんふみ》にも、姫君をおろそかにお扱い申すなということを、返す返す御注意になられた。御歌、

いつしかも袖うち懸けむをとめ子が世を経て撫《な》でむ巌《いはお》の生ひ先▼31

乳母《めのと》は、摂津の国までは船で、それから先は馬で、急いで明石に着いた。入道は、待ち受けて、喜び忝けながることが限りもない。京の方に向いてお拝み申上げて、世にも稀《ま》れな君のお心持を思うと、いよいよ姫君が大切で、怖いもののような気までする。御乳児《ちご》は、まことに気味の悪いまでのお美しいことで、たぐいないものに見える。ほんに畏《かしこ》いお心に、大切にお扱い申そうと思召されたのも、御《ご》尤《もっと》もであると乳母《めのと》はお見上げ申すにつけ、こうした辺鄙《へんぴ》な所に出向いて来て、夢のような気がしていた嘆きも、覚め果ててしまった。まことにお可愛ゆくお美しいものに思えてお扱い申上げる。子持ちの君も、此の幾月もの間、嘆き沈んでばかりいて、一段と心が衰えて来て、生きているような気もし

なかったのに、君のお仕向けで少しお歎きも慰められて、頭《かしら》を擡《もた》げて、お使《つかい》にも此の上もない扱いをする。お使は、早く御様子を申上げたいと、帰りを急いで迷惑がるので、女君は、思うことを少し申上げ続けて、

ひとりして撫づるは袖の程なきにおほふばかりの蔭《かげ》をしぞ待つ▼32

と申上げた。君は、怪しいまでに姫君のことがお心に懸って、ゆかしくお思いになる。

女君には、▼33君は言葉に出しては殆《ほとん》どお聞かせなさらなかったが、他からお聞き込みになるようなこともあろうかとお思いになって、「実はこれこれです。変な、丁度《ちょうど》には行かないことですよ。そういう事があればよいと思う所には、様子も見えなくて、思いの外《ほか》の所にあるというのは残念なことです。女の子でもあるので、まことに気に入らないことです。構わずに置いても済むことですが、そうは捨て置けない事柄ですよ。呼びにやって、お見せ申しましょう。お憎しみなさいますなよ」とお話なさると、女君はお顔が赤くなって、「変な風にいつも、そうした方のことをお言いになりますお心持を思いますと、我ながら自分が厭《い》やになることでございます。物憎みは、いつ習うのでしょうか」とお怨《うら》みになると、君はひどくにこにことされて、「それですよ。誰が習わせるのでしょうか、案外にお見えになることですよ。心にもないことに気をお廻《まわ》しになって、もの憎みなどなさいますよ。考えると悲しいことです」と云われて、最後には涙ぐませられる。女君はこの年頃、飽かずも恋しくお思い申上げ合ったお心の中や、折々の御文の通わしなどをお思い出しになると、君のなされた様々のことは、その時々のすさびに過ぎないものだとお思い消しになられる。「その人を此のように思い遣《や》って便りをするのは、もっと外に心に思うことがあっての事ですよ。早まってお話すると、また誤解させるでしょうから」とお云いさしになって、「人柄に心の引かれたのも、ああした所柄のせいでしょうか、珍《めず》らしい気がしたことです」などお話しなされる。あわれであった夕方の塩焼く煙、詠《よ》んだ歌など、又十分にではないが、その夜ほのかに見た女君の容貌、琴の音の艶《なま》めいていたことなど、すべて

お心に留まったようにお話し出しなされるにつけても、女君は、我は此の上もなく悲しいことだと思っていたのに、たといおすさびにもせよ、他の女にお心をお分けになったのだと、安からず思い続けになられて、自分は自分だけだと、彼方《あちら》向《む》きになってお眺めになって、「可哀そうな身の有様でしたよ」と、独語《ひとりごと》のようにお嘆きになって、

　　思ふどち靡く方にはあらずとも我ぞけぶりに先立ちなまし[34]

「何をいうのですか、厭やなことをいわれることで」と仰しゃって、

　　誰により世を海山に行きめぐり絶えぬ涙に浮き沈む身ぞ[35]

さあ、何うしたら心持をお見せできましょうか。長い間にはと思いますが、命というものは思うようにはならないもののようです。つまらないことで、人の恨みを受けまいと思うのも、ただ一つの事を丁度にと思うからです」といわれて、箏のお琴を引寄せられて、調子を合せておすさびになり、女君にもおそそのかし申されるが、その明石の人の優れているとかいうのが妬《ねた》ましいのか、手もお触れにならない。まことにおおように、可愛ゆく物柔らかにして入らせられるものの、さすがに執《しっ》っこい所があって、もの怨みをされるのが、却って愛嬌のあるお腹立ちになって、君は可愛ゆい見どころのあるものだとお思いになっている。

五月五日は、姫君の五十日《いか》の祝[36]に当るのだろうと、君は内々お数えになって、見たくも、可愛ゆくもお思いやりになる。もし都でお生まれになったならば、何事も、何んなにか甲斐のある様にお扱いが出来て、嬉しいことであろう、残念なことである、ああした所で、お気の毒な状態でお生まれになったことであるよとお思いになる。もし若君が男君であったならば、これ程までにお心にお懸けになるまいが、勿体《もったい》なく、お可哀そうで、我が御宿縁で、此の姫君をお生み申す為に、ああしたお難儀をなされたことであるとお思いになる。君は祝の為のお使をお差立てになる。「屹度《きっと》その日を違《たが》わないように彼方《あちら》に着け」と仰せになるので、お使は五日に明石に行き着いた。お思いやりになってのお祝

の品も、世に稀れな結構なもので、実用向の御品などもある。
此方《こちら》へ来るようにお思い立ちなさいよ。そうしたからとて、不安なようなことは、よもやさせますまい」

海松や時ぞともなき蔭にゐて何のあやめもいかに分くらむ▼37

心もぼんやりする程に思っていることです。やはりそこに其《そ》のままでは過せないことでしょうから、
とお書きになった。入道は例のように嬉し泣きをしていた。こうした折には、生甲斐《いきがい》のある、べそを掻くのも、尤もなことに見える。明石でもその日はいろいろと、場所も狭いまでの用意をしてあったので、そのお使がなかったならば、闇の夜のようで終ったことであろう。乳母《めのと》▼38も、その女君の可愛ゆく、思う通りの方であるのを話相手として、世の慰めとしていた。此の乳母《めのと》に殆ど劣らない人を、縁故を辿《たど》って迎え取って附添わせているが、ひどく老衰した宮仕え人などで、今は尼になるべきような者の洩れ留どまっているのであるが、この乳母《めのと》は、ひどく上品で気位も高い。聞きがいのある世間話などをして、大臣《おとど》の御日常の様、世間から大切にされて入らせられる覚えなどを、女心に任せて限りなくお話し仕尽すので、女君は、ほんに此のようにお思い出し下さるだけの名残を留どめている▼39我が身も、ひどく貴いことだと次第に心持が変って来た。君からの御文を一しょに見て、乳母は心の中で、ああ人には此のように思いの外《ほか》に結構な運があるものだ、憂いものは自分の身だと思いつづけていたが、「乳母《めのと》は何《ど》のようであるぞ」など、お心濃まやかにお見舞下さったのが忝くて、何事も慰められた。御返歌《おかえし》には、

数ならぬみ嶋がくれに鳴く鶴《たづ》を今日もいかにと問ふ人ぞなき▼40

「万事につけ心の結ぼれる有様を、此のようにたまさかの御慰めを張合いにしております命の程も、はかないことでございます。ほんに姫君の御上の、気安くお思い申上げていられる方法のほしいことでございます」

と、女君はまめやかに申上げた。君は、その文を繰返して御覧になりながら、「ああ」と、長く独《ひと》語《ごと》をされるのを、女君は尻目に見よこされて、『浦より遠《をち》に漕ぐ船の』▼41と、そっと独語をして溜息《ためいき》をお吐きになられると、君は、「そのようにお取りなしになるのですか。本当に、これはただ差し当ってのあわれですよ。彼所《あすこ》の様を思いやる時々には、以前の事が忘れかねての独語もいうのですが、聞き流すことはお出来にならないのですね」とお恨みを云われて、文の上包《うわづつみ》だけをお目に懸けられる。手跡はまことに上品で、貴い身分の人も気おくれのするようなのを御覧になって、こういう風の人だからのことであろうとお思いになる。

此のように君は、女君の機嫌を取っていられるので、花散里にはすっかり無沙汰になっていらせられるのは、お気の毒なことである。君は公事《おおやけごと》の忙しくて尊い御身分に対して御遠慮になるに添えて、珍らしい御目を驚かすようなことのない限りは、お心持をお取鎮《とりしず》めになっていらせられるのであった。五月雨《さみだれ》がつれづれと降る頃、公にも私《わたくし》にもお暇があったので、思い起して花散里の許《もと》にお越しになった。余所《よそ》ながらも、日常の事につけて万事をお思いやりになり、お見舞をなさるのを頼みとして、世を過していられる所とて、若々しく、心にくい様で拗《す》ね恨みなどを申すべき間柄ではないので、君もお気楽なようである。この年頃▼42の間に、家はいよいよ荒れまさって来て、凄《すご》そうにしていらせられる。君は女御の君▼43にお物語を申上げて、西の妻戸▼44の方へは、夜を更《ふ》かしてお立ち寄りになった。月が朧《おぼ》ろにさし入って、一段と艶《えん》になられた君の御振舞《おふるまい》は、云い尽せず愛でたくお見えになる。女君は一段と恥じがましい気がするが、端近く外を眺めて入らせられたままで、長閑《のどか》に振舞われる御様子が、まことに見安《みやす》い。水鶏《くいな》がすぐ近い所で鳴いているので、女君、

くひなだに驚かさずはいかにして荒れたる宿に月を入れまし▼45

まことに懐かしく、お恨みも末を云い消されているので、それぞれに捨て難い所を持っている人達であるよ、こうした風だから却《かえ》って自分の身が苦しいのだとお思いになる。君、

おしなべて叩く水鶏に驚かばうはの空なる月もこそ入れ▼46

「気懸りなことで」と、やはり言葉の上では申させられるけれども、浮気心があるなどと、疑わしいお心持からのことではない。女君は此の幾年を、君のお帰りをお待ち暮しになっていらせられたのを、君は少しもおろかにはお思い申していなかった。君が、「空な眺めそ▼47」とお頼ませになられた折のことを女君はお云い出しになって、「何んだって、類《たぐい》もないことだろうと、あんなにひどく嘆いていたことでございましょう。憂《う》き身のせいで、お帰りになりましても、同じ嘆かわしさでございますものを」と仰しゃるのも、おおようでお可愛ゆらしいことである。君は例の、何所《どこ》からお取り出しになるお言葉であろう、云いようもなくよくお云い慰めになられる。こうした序《ついで》にも君は、あの五節《ごせち》▼48のことをお忘れにならず、又逢いたいものだとお心にお懸けになるけれども、ひどく難いことで、人目をお紛らしになることがお出来にならない。女は、絶えず嘆いているので、親の大弐《だいに》は、色々に思って云うこともあるけれども、縁につくことは断念していた。君は、気楽に住める殿を建てて、此のような人を集めて、若《も》し思う通りにお冊《かしず》き申すべき御子がお生まれになったならば、そうした人の御後見《おんうしろみ》にしようとお思いになる。あの二条院《にじょうのいん》の東の院の建て様は此方《こちら》の殿よりも却って見どころが多くて、当世風である。君は、関係の深い受領▼49を選んで、一部一部を受持たせて、御催促をなさる。尚侍《ないしのかみ》▼50の君を、君は猶《な》お思い離れになることが出来ない。お懲《こ》りなく▼51、又もお逢いになりたいお心持はあるけれども、女君は辛かった事にお懲りになられて、以前のようには御返事も申されない。君は以前よりも却って窮屈なので、さみしい仲だとお思いになる。

院▼52は、お心長閑《こころのどか》になられて、その時々につけて、面白い管絃の御遊びをなされて、お心よげにして入らせられる。女御も更衣もみな、以前の通りにお仕え申していられるが、春宮の御母の女御▼53だけは、格別の御威勢もなく、尚侍の君の御寵愛に圧倒されていらせられたが、春宮の御母としての結構なる御幸《さいわい》を得させられたので、院からお離れになって、春宮にお附添い申していらせられる。源氏の大臣《おとど》の宮中の御宿直所《おんとのいどころ》は、昔よりの馴染《なじみ》の淑景舎《しげいさ》▼54である。梨壺に春宮は入らせられるので、君はお隣りとしてのお心寄せから、何事も御申合いになられて、春宮をも御後見《おんうしろみ》申上げられる。入道の后《きさい》▼55の宮は、御位を又お改め申す訳には行かないので、太上天皇に準《なぞ》らえて、その御封《みぶ》▼56を賜わり、院司《いんじ》▼57なども任命せられて、御様子が格別にもお厳《いか》めしく、御勤行御功徳《くどく》の事を日常の御営みとしていらせられる。年頃世間をお憚《はばか》りになって、宮中のお出入りも困難で、御子をお見上げ申すことの出来ないのを御不足に思っていらせられたのに、今はお心のままに宮中にお出入りなさるのも、まことに御満足なので、大后《おおぎさい》▼58は、辛いものは世の中であるとお思い嘆きになっている。大臣《おとど》は事に触れては、大后《おおぎさい》のひどくきまり悪く思召すまでにお仕え申上げ、お心寄せも申すので、却って大后がお気の毒そうなのを、世間の人も安からぬことにお噂を申していた。兵部卿親王《ひょうぶきょうのみこ》▼59に対しては、この年頃のお心持の辛く、案外で、唯世間の思わくばかりを御遠慮になっていたことを、大臣《おとど》は憂いことにお思い置きになって、昔のようにお睦《むつ》まじくはなさらない。一般の世間には、普《あまね》くおやさしいお心ではあるが、此の宮に対しては却って情なくなさる場合もおまじえになるので、入道の宮はお気の毒にも不本意なことにも御覧▼60になって入らせられる。天下の事は正に二分して、太政大臣《おおきおとど》と此の大臣《おとど》とのお心のままである。権中納言の御娘を、その年の八月に入内《じゅだい》おさせになる。祖父《おおじ》の大臣《おとど》がお世話をなされて、その儀式はまことにお見事である。兵部卿の宮の中の姫君▼61も、そのようなお志で、お冊《かしず》きになっているという評判が高いのに、大臣《おとど》▼62は、この姫君が他人よりもお優《まさ》りになるようにともお思いになって入らっしゃらなかった。それだと宮は、何《ど》うなさろうとするのであろうか。

その秋に、住吉へ御参詣になられる。御願果《ごがんばた》しをなされるべきなので、厳めしい御旅行で、世の中を挙《こぞ》って、上達部《かんだちめ》殿上人までも、我も我もと御供をなされる。その折柄《おりから》、かの明石の女君も、年々きまりの事として御参詣申していたのに、去年も今年も、身に障《さわ》りがあって怠《おこた》っていたお詫びも取り重ねて思い立った。これは船で参った。船を岸に着ける時に見ると、大騒ぎをして参詣なさる然るべき人の御同勢が渚に一ぱいで、厳めしい奉納の神宝《しんぽう》を運び続けている。楽人《がくにん》や十人の舞人[63]なども、装束を新たに調《ととの》えて、器量も好《よ》い者を選んである。「何方《どなた》の御参詣ですか」と訊ねると、「内大臣殿《うちのおとど》の御《ご》願果《がんばた》しに御参詣になるのを、知らない者もあったのですね」と、つまらない下司《げす》までが気持よさそうに笑う。ほんに間の悪《わ》るくも、月も日も幾《いく》らでもあるのに、生中《なまなか》にこうした御有様を遠く拝見するにつけても、女君は身分の程を口惜《くちお》しく思われる。そうはいうものの、君とは切れない御宿縁を持っている身でありながら、このように賤《いや》しい身分の者さえも嬉しそうに、君の御用をするのを面目としているのに、我は何の因果で、絶えず心に懸けてお案じ申していながら、こうした盛んな御事のあったのも知らずに出懸けて来たのであろうかと思いつづけると、ひどく悲しくて、人知れず萎《しお》れていた。松原の深緑《ふかみどり》の中に、花や紅葉《もみじ》を散らしたように見える、袍衣《うえのきぬ》[64]の濃い薄い色が、その数も知れない程である。六位の中でも、蔵人《くろうど》は青色が際立って見えて、あの賀茂の祭の際のことを恨んだ右近将監《うこんのじょう》も[65]、今は靭負佐《ゆげいのすけ》[66]に昇進して、仰々しい随身《ずいじん》を供としている蔵人である。良清《よしきよ》[67]も、同じく靭負佐《ゆげいのすけ》に昇進して、外の者よりは格別にも嬉しそうな様子で、仰々しい赤い袍衣《うえのきぬ》[68]の姿で、ひどく立派である。すべて見知っている人々が、以前とは引きかえて花やかで、何の屈托《くったく》もなさそうな様子に見えて散らばっているのに、若々しい上達部や殿上人は、我も我もと競争をし合って、馬や鞍までも飾りを調えて磨き立てていられるのは、たいした見物《みもの》だと、田舎者《いなかもの》のお供の者は思った。君の御車の方を遥かに見やると、却って気が揉めて、恋しいお姿はお見上げは出来ない。河原の大臣《おとど》[69]の先例に倣《なら》って、童随身《わらわずいじん》[70]を賜わっていたが、ひどく可愛らしく装束をさせ、髪を鬟《みずら》[71]に結わせて、紫裾濃《むらさきすそご》[72]の元結を艶《なま》めかしくし、身の丈も姿も揃って愛らしいのが十人、装束が他とは異っていて珍らしく見える。大殿腹《おおいどのばら》の若君[73]は、限りなくも冊《かしず》いて、馬添いの童《わらわ》も、孰《いず》れも似合うように作らせて、それぞれ装束を変えさせていた。女君は、及びもつかず愛でたく見えるにつけても、我が姫君の物の数にも入らない有様で入らせられるのを、悲しいことだと思う。いよいよ御社《みやしろ》の方をお拝み申す。摂津の国守が参って、御接待は、普

通の大臣《おとど》の御参詣の場合よりは格別に、類いなくしてお仕え申したことであろう。女君は、ひどく間が悪いので、「この御参詣にまじって、物数でもない者が聊《いささ》かの事をしたのでは、神もお目に留めて、物数とも遊ばさないことでしょう。引返すのも中途半端なことです。今日は難波に船を碇《と》めて、祓《はら》いだけをいたしましょう」といって、漕ぎ戻した。君は、夢にもそうした事は御存じなく、一晩中さまざまの神事を行わせられた。まことに神もお喜びになりそうな事を仕《し》つくして、前に御願《ごがん》の時に申したことよりも更《さら》に事を添えて、珍らしいまでの神遊びをして騒いでお明かしになった。惟光《これみつ》▼74のような関係の人は心の中で、神の御徳をしみじみと有難《ありがた》く思う。君がちょっとお出ましになったのに、お附添い申して、お聞きに入れた。

住吉の松こそ物はかなしけれ神代のことをかけて思へば▼75

君も、ほんにとお思い出しになって、

荒《あ》らかりし浪《なみ》のまよひに住吉の神をばかけて忘れやはする▼76

「霊験《れいげん》のあることですよ」と仰せになるのもまことに愛《め》でたい。あの明石の船が、この御威勢に圧しられて避けてしまったことを、惟光がお聞きに入れると、君はそれとは知らなかったと可哀そうにお思いになる。この神の御導きで結ばれた縁であることをお思い出しになると、疎《おろそ》かには思えないので、聊かのお便りなりとして心を慰めてやろう、却って物を思っていることだろうとお思いになる。御社をお立ちになられ、所々で逍遥をお尽しになる。難波での御祓《おんはらい》などは、殊《こと》にその七箇所で立派に行わせられる。堀江の辺を御覧になって、『今はた同じ難波なる』▼77と、御本心ではなくてお口誦《くちずさ》みなされると、御車の側近く添っている惟光は、それを承ったのでもあろうか、そうした御用もあろうかと、例に倣って懐中《ふところ》に用意していた軸の短い筆などを、御車を駐《とど》める所で差上げた。君は、好いことをするとお思いになって、御懐紙《ふところがみ》に、

みをつくし恋《こ》ふるしるしにここまでもめぐり逢ひけるえには深しな▼78

と詠んで賜わったので、彼方《あちら》の様子を知っている人を使として届けにやった。女君は、君の御同勢が、駒を並べてお通り過ぎになられるにも、心が動揺していたのに、聊《いささか》のお便りではあるが、ひどく沁《し》み沁《じ》みと有難く感じて泣いた。

数ならでなにはの事もかひなきに何《な》どみをつくし思ひそめけむ▼79

田蓑《たみの》の嶋▼80で禊《みそぎ》を行った際、御祓の料として用いた木綿《ゆう》に附けて、御返歌《おかえし》を差上げた。日が暮れ方になって行く。夕潮が満ちて来て、入江に棲《す》んでいる鶴も声も惜しまずに鳴く哀れな折柄の故《ゆえ》でもあろうか、君は人目も憚らず逢いたいとまでにお思いになる。

露けさの昔に似たる旅ごろも田蓑の島の名には隠れず▼81

君は道すがら、その甲斐ある逍遥をして、遊び騒がれるけれども、お心にはやはり女君のことが懸ってお思いやりになっている。遊女《あそい》どもの集まって来るのにも、上達部といわれる人でも、年若く好《す》色《き》の心のある者は皆眼を留められるようである。だが君は、さあ何んなものか、面白いことも、ものあわれな事も、すべてその人柄次第のものである、何うでもよいような事でさえも、少し不実な傾きのあるものは、心の留まりようもないものだとお思いになるので、遊女《あそい》どもの銘々好い気になって様子振って見せるのを、君は疎《うと》ましいものにお思いになった。

かの明石の君は、君の神事をお過し申し、その翌日は日柄もよかったので、幣帛《へいはく》をお捧げ申す。身分にふさわしい願《がん》を、何うやら果たされた。此の事があってから、又却って物思いが添って来て、明暮れに残念な身分を思い嘆いている。今頃は京にお帰りになったろうかと思う日取りも過ぎずに君からのお使がある。此頃中《このごろじゅう》に京へお迎《むかえ》になることを仰せになっている。まことに頼もしげに、然るべき御待遇をして下さるようではあるが、さあ又何んなものであろうか、此の島▼82を離れて、中途半端になって、心細いことがありはしないだろうかと案じられる。入道も、手離して遣るのは気懸りで、そうかといって、此のように埋ずもれて過してゆくことを思うと、それもならず、却って以前の年頃よりも気の揉めることである。女君は、万事につけて憚られて、思い立ちかねる由《よし》を申上げる。

ほんに、それである、あの斎宮▼83は御代《みよ》と共にお代りになったので、御息所▼84も京にお上《のぼ》りになっての後は、君は以前と変らない有様で、何事につけてもお見舞申されることは、珍しいまでに情をお尽しになるが、御息所は、以前でさえもつれないお心であったので、生中《なまなか》な名残は見まいとお諦めになっていらせられたので、君もお越しになるようなことは格別にない。君もまた、達《たつ》て御息所のお心をお動かし申して見ても、御自分のお心ながら何《ど》うなるかも分らず、あちこちと関係をつけてのお出歩きも、御窮屈にお思いになるようになられたので、強いようとする御様子でもない。ただ斎宮が何《ど》のようにお整いになられたことだろうと、ゆかしくお思い申上げていられる。やはり彼《か》の六条の古宮《ふるみや》を、ひどくよく御修繕になったので、雅《みや》びやかにして住んでいらせられる。風情《ふぜい》をお好みになることは捨て難くて、好い女房を大勢集《つど》え、好色《すき》な人の集り場所になって、さびしいようではあるが、心楽しい様子でお過しになっている中《うち》に、俄に御大病になられてひどく心細く思われたので、ああした仏を嫌う所で年頃を過したことは悲しいことだとお思いになって、尼におなりになった。大臣《おとど》はそれをお聞きになって、好色《すき》めいた方面でではないが、やはり然るべき方面の御相談相手とお思い申していたのに、そのようなお気持になられたのが残念にお思えになるので、驚きながらお越しになられた。限りなく沁み沁みとしたお見舞を申上げられる。御息所は、お床に近い枕もとに君の御座所を設けて、脇息に押し懸って、御返事を申上げられる。ひどく御衰弱の御様子なので、君は、続けて持っているお心持を、お見せ申上げられないのであろうかと、残念で、ひどくお泣きになられる。君がそのようにまでお心にお留めになっていて下されたのを、女君も限りなく哀れにお思いになって、斎宮の御身のことを申上げられる。

「心細くてお残りになりますので、必ず何ぞの折には、お忘れなくして上げて下さいまし。他に誰といって頼む人もありませんので、類《たぐ》いもないさみしい御身でございます。甲斐もない身ではございますが、今暫《いましばら》くこの世にゆっくりしていられます中には、とやかくと物もお分りになりますまで、お世話をしようとお思い申しておりました」と仰しゃって、消え入りつつお泣きになられる。君、「そうした御事がなくてさえ、お忘れ申すべきではありませんのに、まして心の及びます限りは、何事についても御後見《おんうしろみ》をしようと存じ上げております。決して御不安にはお思いなさいますな」と申上げられると、「ひどく御面倒なことで。本当に頼むべき男親で、世話をします人でさえも、女親に離れてしまいました者は、ひどく哀れなところがあるようでございます。ましてお思い人めいたことになりでもしますと、それにつけて情ないことがまじりまして、御内方のお憎しみを受けるようにもなりましょうか。厭《い》やな思いやり事ではございますが、決してそのような、情事めいたことはお思い寄り下さいますな。憂身《うきみ》に引当てて思いましても、女は思いの外《ほか》のことで嘆きの添って来るものでございますから、何うぞそういうことからは懸け離れてお世話をいただきたいと存じます」など申上げられるので、君は、不躾《ぶしつけ》なことを仰しゃることだとお思いになるが、「年頃何事も分るようになって来ておりますのに、昔の好色《すき》の名残でもありそうに仰せなしになされますのは、本意《ほい》なく存じます。まあまあその辺は、自然にお分りになりましょう」と仰しゃって、外の方は暗くなり、内は大殿油《おおとなぶら》の光が、ほのかに物を透き通って見えるので、ひょっと姫君が見えもしようかとお思いになって、そっと御几《みき》帳《ちょう》の綻《ほころ》びから御覧になると、ぼんやりとした灯影《ほかげ》に、御息所は御髪《みぐし》を、まことに恰好よく、花やかに切って、脇息に凭《よ》っていらっしゃるのが、絵に書いたような様で、まことに哀れである。御几帳の東《ひがし》面《おもて》の方に、ものに凭り臥していらっしゃるのが、斎宮であろう。御几帳の帷《かたびら》のしどけなく引き退けられている所から、お目を留めて見とおされると、頬杖を突いて、ひどく物悲しく思っていられる御様子である。僅《わず》か見えるだけであるが、ひどく可愛らしそうに見える。御髪《みぐし》の懸り工合、頭《かしら》つき御様子など、上品に気高いものの、人なつかしく愛嬌のお附きになっていらせられるお様子がはっきりとお見えになるので、君は焦《じ》れたく、ゆかしい気がされるにつけても、御息所があれ程に仰しゃるものをとお思い返しになる。御息所は、「ひどく苦しさが増してまいりました。失礼になりますから、もうお引き取り下さいまし」といって、女房に扶《たす》けられてお休みになられる。君は、「お近く参りましたしるしに、少しでも御気分が良いようでしたら嬉しいことでしょうに、お気の毒なことでございます。何んな御気分ですか」と仰しゃって、覗かれるような御様子なので、御息所は、「まことに気味悪るい様でございます。悩ましさのこのように限りになりました折に、お越し下さいましたのは、まことに嬉しいことでございます。思っております事を、少しでもお聞きに入れましたから、何うなろうとも頼もしく存じます」と、女房に申上げさせる。君は、「このように、御遺言を伺う方の中へお入れ下さったのも、一段と悲しいことでございます。故院▼85の皇子方《みこがた》は大勢いられますが、親しくお睦《むつ》び申す方は殆《ほとん》どございませんのに、主上は斎宮を同じ皇子《みこ》の中にお入れになって入らせられましたので、私もその積りでおりましょう。私も何うやら大人らしい年輩になりましたものの、世話をすべき子もございませんので、さみしくおりますから」など申して、お帰りになった。君よりの御見舞は、前よりは少し増して屡々《しばしば》お遣《つかわ》しになる。

　七八日して御息所はお亡くなりになった。君は飽《あ》っけなくお思いになるにつけ、此の世も果敢《はか》なくて、心細いお気がなされて、内裏へも参られず、とやかくと亡き後の事を命じになられる。君の外には頼もしい人も、別におありにならなかった。前《さき》の斎宮の宮司《みやづかさ》などで、お仕え馴れている者だけが、僅かに後《あと》の事を取り定めることであった。君は御自身でもお越しになった。斎宮に御消息《おたより》を申される。宮からは、「何事も分らなくております」と、女別当《にょべっとう》▼86をして御返事をさせた。君は、「お申し置きになったこともございますので、今となっては隔てなくお思い下さったならば、嬉しゅうございます」と申上げて、女房共をお召しになって、するべき事をお指図なされる。まことに頼もしくて、年頃の御疎遠は取り返してしまえそうに見える。君はまことに厳《いか》めしく、我が殿の召使の人々を大勢此方《こちら》に召してお仕え申させた。君は、しみじみと嘆かれつつ、御精進《ごしょうじん》で、御簾《みす》を下し込めて勤行をなされる。

宮へは常に御見舞をお遣しになる。宮には、次第にお心もお落着きになられて、御自身御返事をお書きになる。書きにくい気がなされたのであったが、御乳母《おめのと》などが、「失礼ですから」とおそそのかし申すからのことであった。雪や霙《みぞれ》が乱れ降って荒れている日に、君は、何んなにか宮の御様は、幽《かす》かに淋しくおいでになることであろうとお思いやりになって、お使を差上げられた。

「唯今の空を、何のように御覧になるのでしょうか、

降りみだれ隙なき空になき人の天翔《あまがけ》るらむ宿ぞ悲しき▼87

空色の紙の、少し曇りを帯びたのにお書きになった。年若い御方《おんかた》のお眼に留まるようにと、心づかいをして、繕《つくろ》ってお書きになったので、見る目もひどく眩《まぶ》しいようである。宮は、ひどく御返事をお書きにくくなされたが、女房のそれこれが、「人伝《ひとづ》てでは不都合でございますよ」とお責め申上げるので、鈍色《にびいろ》の紙の、香《こう》を焚きしめた艶《えん》なのに、墨継ぎをほのかにして、

消えがてにふるぞ悲しきかきくらしわが身それとも思ほえぬ世に▼88

つつましげな書き方で、まことにおおようで、御手跡は優れてはいないが、愛らしく上品なお手筋に見える。君は斎宮の、伊勢へお下《くだ》りになった頃から、そのままにはして置けずお思いになったのに、今は心に懸けて何《ど》のようにもお言い寄りになれる時だとお思いになるにつけて、例の思い直して、それではお可哀そうなことだ、故御息所もひどく御不安そうにお心を残されたのに、それも尤《もっと》もではあるが、世間の人もまた、そのように思い寄りそうなことなのに、それとは逆に、心清くお世話を申そう、主上▼89が今少し物心のお分りになるお年になられたならば、内裏住《うちず》み▼90をおさせ申して、自分も子供がなくてさみしいので、お世話を申す方にしようとお思いが変る。君はひどく実直に懇《ねんご》ろにお世話を申上げて、然るべき折々にはお越しになられる。「恐入《おそれい》ることですが、お亡くなりになられた方の代りの者と思召して、物越しではないお扱いをして下さいましたら、本意に存じましょう」など申されるけれども、余りなまで物羞《ものは》じをなされる、引込み思案のお人柄で、ほのかにお声をお聞せ申上げる

ことさえも、世にもあるまじきことのようにお思いになっていらせられるので、女房達も持て余して、そうしたお心様をお案じ申し合っていた。君は、宮のお附きの女別当《にょべっとう》、内侍などいう人々、又、御血筋の王孫《おうそん》などで、気働きのある人々が多いことであろう、この内々思っている内裏住《うちず》みのお交りをおさせ申したからとて、他人に引けをお取りになるようなことはなかろう、何うかはっきりと御容貌を見たいものだとお思いになるが、打解けられるべき親心というのではないのであろうか、御自分のお心も何う変るまいものとも定め難いので、そう思っているということも、人にはお漏らしにならない。君は故御息所の、御追善の事なども、取り分けておさせになるので、有難いお心を、宮の人々は喜び合った。

　果敢なく過ぎてゆく月日に添えて、六条の邸《やしき》は一段と寂しく、心細いことばかり加わってゆくのに、お仕え申していた者も、次第に散って行きなどして、下京の京極辺なので、人気《ひとげ》も遠く、山寺の入相《いりあい》の鐘の声々に添えても、宮はお泣きがちにして過して入らせられる。同じく御親と申す中にも、御息所は片時の間をもお離れ申すことがなくお馴らし申していて、斎宮に親が添って下るということは先例のないことであるのに、達て御一しょに入らせられたお心にも、最期の路《みち》にはお添い申すことの出来なかったことを、宮は御涙の乾く時なくお思い嘆きになっていらせられた。お仕え申している女房を手蔓《てづる》に、宮に心をお寄せ申す人は、高い者も低い者も数多《あまた》あった。だが、大臣《おとど》は御乳母《おめのと》達に、「自分達の心任せのことを、おさせ申すことはするな」と、親がって仰せになるので、ひどく極《きま》りの悪《わ》るいお有様に対して、不都合なことはお耳に入れまいと云いも思いもしつつ、かりそめの詞《ことば》の上の取次も決してしない。院▼91にも、斎宮のお下りになった日、大極殿《だいごくでん》での厳《いか》めしかった儀式に、気味の悪るいまでに御見えになった御器量を、忘れ難いものにお思い置きになったので、「此方《こちら》へ参られて、斎院▼92など、▼93御兄弟の宮方《みやがた》のいらっしゃるのと同じようにして、お過しなさいまし」と、御息所にも仰せになられた。だが御息所は、貴い方々がお仕え申していられるのに、確《しっか》りした御後見《おんうしろみ》もなくては何うだろうかと御躊躇になり、院にはひどく御病気勝《が》ちで入らせられるのも怖ろしく、又お嘆きが加わることであろうかと憚って過していらしたのに、今はまして誰が御後見をしようと、乳母《めのと》達も思っているのに、懇《ねんご》ろに院には又もその事を仰せにならせられた。大臣《おとど》はお聞きになられて、院からの思召《おぼしめし》があるのに、外《そ》らして横取りをするということは、恐れ多いこととお思いになるが、宮の御有様はまことにお可愛ゆらしく、お見放ち申すということも亦《また》残念で、入道の宮にその事を申上げられた。

「こうこうの事で気迷いをいたしておりますことですが、母御息所はまことに重々しい、お考え深い方でしたのに、私のつまらない好色心《すきごころ》に任せて、有るまじき評判を立てまして、私を憂い者にお思い残しになられましたことを、お気の毒に存じております。此の世では、その恨みのお心が解けずにお亡くなりになりましたが、御最期になりました際に、あの斎宮の御事をお頼みになられましたので、確かに承り置き、心を尽してすることと、さすがに御覧じ置きになられたことだろうと存じますので、忍び難い気がいたしまして、大方の世間の事でさえ、気の毒だと見聞きしました事は見過ごせないものでございますから、何うぞお亡くなりになった後でも、あのお恨みをお忘れになる程のことはと存じておりますのに、内裏《うち》▼94でも、あのように大人びてはいられますが、幼いお年で入らしゃいますので、少し物の解った人がお仕え申された方が良くはないかと存じますが、御判断次第で」と申されると、入道の宮は、「それは結構なお思い寄りで、院にも思召のあるということは、いかにも恐れ多くお気の毒ではございますが、その御遺言に托《かこつ》けて、気づかぬ顔で御入内《ごじゅだい》おさせなさいまし。院にも今は又、そうした事にはお心をお留めになられず、御勤行がちになって入らっしゃいますから、このように申上げましても、深くは咎《とが》めになるまいと存じます」「それでは院からお召しがございまして、その数にお入れになるようでございましたら、お勧め申すことにだけいたしましょう。それこれと考え尽しました上で、このように、それ程の心構えも申上げますのでございますが、世間の人は何う思うだろうかと憚られることでございます」などお話申上げて、その後は、君はほんに何も知らぬ風をして、宮を自分の殿へお移し申そうとお思いになる。君は女君にも[95]、「これこれと思っています。お話相手になって暮されるには、丁度よいお間柄でしょう」とお話になられると、女君も嬉しいことにお思いになって、お引越の事をお急ぎになる。女君は、兵部卿の宮が姫君を、早く入内させたいとお冊《かしず》きになっていらせられるらしいのに、大臣《おとど》とは御仲が好くないので、何《ど》のようにお扱いになるだろうかと、心苦しくお思いになる。権中納言の御娘は、弘徽殿《こきでん》の女御と申上げる。太政大臣《おおきおとど》の御猶子《ごゆうし》となっているので、まことに美々しくお冊《かしず》きになられる。主上も好い遊び相手とお思いになっていられる。入道の宮は、「兵部卿の宮の中の君も、主上と同じ年ぐらいでいらっしゃるから、頼りない雛遊《ひなあそ》びのお相手のような気がしますから、大人《おとな》らしい御後見はまことに嬉しいことです[96]」と仰せになって、斎宮にそうした思召をお伝えになりつつ、大臣《おとど》の万事にお届きにならない所なく、公《おおやけ》方面の御後見はいうまでもなく明暮れにつけても、細かいお心づかいがまことに哀れにお見えになるのを頼もしい事にお思い申上げて、御自分はひどく御病弱にばかりいらせられるので、参内をなされても、お気安くお附き申すことも難いのに、少し大人《おとな》らしくてお添い申上げる御後見は、必ずあるべきことなのである。

▼1 法華八講のこと。「榊」の巻にあり。
▼2 弘徽殿大后。朱雀院の御生母。御悩のこと「明石」にあり。
▼3 朱雀院。
▼4 御父桐壺院。御遺言のこと「榊」の巻にあり。
▼5 朧月夜。
▼6 尚侍の父右大臣。亡くなる時は太政大臣。
▼7 大后に同じ。尚侍の姉君。
▼8 源氏の君。

▼9　尚侍の御腹には、御子なし。
▼10　直人（ただびと）。皇族に対しての臣下。
▼11　源氏、二十九歳。
▼12　藤壺の御腹の皇子。冷泉院。
▼13　朱雀院の御子にて、三歳。「明石」にいず。
▼14　左右大臣の下の位で、令外（りょうげ）の官である。
▼15　前の左大臣で、葵上の父君。
▼16　前の頭中将。
▼17　右大臣（後の太政大臣）の第四番目の姫君。中将との結婚は、「桐壺」にある。
▼18　宰相中将の子で「榊」にいず。
▼19　葵上の生んだ源氏の子、夕霧。
▼20　名家の子弟が、少年のうちに、見習のため、許されて殿上に奉仕したこと。
▼21　葵上。
▼22　葵上の両親。太政大臣夫妻。
▼23　源氏の愛する女房。
▼24　源氏の愛人。前巻に「花散里」の巻あり。
▼25　明石上は、別れる時妊娠していた。
▼26　占星術を行う人。二十八宿と九曜星の行度によって、人の運命を占う。
▼27　母親の身分の、一段と低い者の腹に出来た子。
▼28　以前から、隔てのない間柄として、附合っているのではないけれども、別れというものは、まことに惜しいものであるよ。
▼29　さし当っての別れを惜しんでということを、かこつけ言にして、思って入らっしゃるお方の許へ慕っては入らっしゃらないのですか。（「慕ふ」は源氏の言葉を取ったもの）

▼30　御守刀。

▼31　いつになったら、我が袖を懸けて、即ち袖に覆って哺（ふく）めようか。天つ乙女が、長い時に渡って撫ぜるという巌のそれの如くに、限りなき命を持つ我が子の、その生い先を思って。「巌」は仏典に出ているもので、永い時の意の劫の説明としてのもの。方四十里の巌に、天女が百年に一度天降って来て、その羽衣の袖を觸れる為に、その巌の磨滅するまでの間が劫で、今は明石の上のお生み申した姫君の命を譬えたもの。「袖うち懸けむ」は、親として哺む意で、天女の袖に絡ませたもの。「をとめ子」も、我が姫君に絡ませてのもの。

▼32　私一人の袖で撫ぜているのでは、袖が窄（せま）くて心もとなく思われるので、この姫君を覆うほどの御保護の袖ばかりを待っております。「撫づる」は、贈歌の詞で、母としての保護。「蔭」は、広い袖の蔭と保護の意とを懸けたもの。

▼33　紫上。

▼34　思い合う同志が、その思いの火より立つ煙の、同じ方角へ靡くのではなくとも、私は第一に、火葬の煙と立って、この世を先立ちましょう。「靡く方には」は、源氏が明石の女君に詠まれた、「このたびは立ち別るとも藻潮焼くけぶりは同じ方に靡かむ」の歌に絡ませたもの。

▼35　誰の為に、世にも憂い海や山の須磨明石と巡り歩いて、絶えない涙の海に、浮きつ沈みつした身であろうぞ。ただ君一人の為である。

▼36　明石にいる源氏の姫君の、生後五十日の御祝。

▼37　海松（みる）の、いつをその時ということもない、寂しい田舎にいて、今日の祝いといって、何ういう菖蒲を、何のように見分けて引くことであろうか、心もとないことである。姫君を尊む心から、その所の似合わしくないのを嘆く心。「あやめもわく」には、物の見さかいを附ける意、端午の菖蒲を絡ませ、「いか」には五十日（いか）を絡ませて、祝いに際して、適当を危む心を云ったもの。

▼38　源氏によって都から下された乳母。

▼39　形見としての児をもうけていること。

▼40　物の数でもない島の蔭に隠れて鳴いている鶴を、今日も何のような有様であるかと、尋ねてくれる人とてはございませぬ。「数ならぬみ」は、女君。「鶴」は、姫君。「いか」に五十日（いか）を絡ませて、姫君を憐んだ心のもの。
▼41　みくまのの浦より遠（をち）に漕ぐ船の我をばよそに隔てつるかな（古今六帖）
▼42　源氏の退京中。
▼43　花散里の姉君の、麗景殿女御。桐壺帝におつかえした。「花散里」の巻に出ず。
▼44　花散里の居間。
▼45　あの水鶏でも、鳴いて眼を覚まさせるのでなかったならば、此の荒れた家へ何うして月をさし入らせることが出来ましょう。「月」を、君に譬えて、たまさかの訪ずれを婉曲に恨んだもの。
▼46　どこの戸でも叩く水鶏に眼を覚ますというのでは、うわの空の、浮気な月も、きっとさし込むことでしょう。「上の空」は、空の意と、浮気の意とを懸け、「月」を男に譬えたもの。
▼47　源氏が須磨へ行く折、花散里に贈った歌。「行きめぐりつひにすむべき月影のしばし曇らむ空な眺めそ」（須磨の巻）。
▼48　大宰大弐の娘。源氏の愛人、「花散里」「須磨」「明石」に出ず。
▼49　源氏と縁故のある諸国の国守。
▼50　朧月夜。この人との恋愛のために、須磨へ身をしりぞけるようになった、「花宴」の巻以下に出ず。
▼51　「こりずまに又もなき名は立ちぬべし人憎くからぬ世にしすまへば」（古今集）
▼52　朱雀院。御譲位後。
▼53　承香殿女御。
▼54　桐壺。
▼55　藤壺。御出家遊ばしているので、皇太后と申上げることも出来ない。
▼56　御封戸。位に応じて、地方の戸口を賜うこと。租は半、調、庸は全部が給せられる。
▼57　上皇の院の司。

▼58　弘徽殿。
▼59　紫上の父君。入道の宮の兄。
▼60　昔の頭中将。この御娘は、右大臣の四の君との間に設けられた方。祖父の大臣は、もとの左大臣、今の太政大臣。
▼61　兵部卿宮の後の北の方との間の娘。紫上の異腹。
▼62　源氏。
▼63　東遊（あずまあそび）を神前でする。
▼64　男子の礼装。
▼65　伊予介の弟息子。源氏が須磨へ退く時、「ひきつれて葵かざししそのかみを思へばつらし賀茂のみづがき」と詠んだ。「須磨」の巻に出ず。
▼66　靫負庁の役人。禁裏の守護にあたる武官。佐は、その次官。
▼67　播磨守の子。須磨明石へ源氏の供をした者。
▼68　五位の色。
▼69　源融（みなもとのとおる）。平安初期に、風流の聞え高かった人。
▼70　随身をつとめる童子。
▼71　童子の髪。髪を中央から分けて左右に輪にして、耳の上に垂らしたもの。
▼72　紫色の裾濃。末を次第に濃くした染め方。
▼73　左大臣家の葵上に生れた夕霧のこと。八歳になっている。
▼74　源氏にしたがう、最も親しい家来。須磨明石へも従った。
▼75　住吉の社の老いた松を見ると、第一に悲しく感じます。この松と共に久しい昔の神代の事までも、及ぼし考えられますので。というので、神徳の永遠にかわらないことを讃えるのが表で、裏には、「松」に「先ず」を懸け、「神代」に、昔即ち以前の意を持たせて、ここに詣でると、今の嬉しさよりも、先ず第一に、悲しいことが思われます。以前の、即ち須磨明石での御難儀の事が、及ぼして思われますのでというので、

此の方が主となっている。その上では「住吉の」は「先ず」の枕詞。
▼76　あの荒らかった海の波の乱れに際して、助け賜いし住吉の神の御徳をば、心に懸けて、忘れようか、忘れはしない。
▼77　「わびぬれば今はた同じ難波なる身をつくしても逢はむとぞ思ふ」（拾遺集）。明石上に逢いたい心。
▼78　身を尽して、即ち一心になって恋うている験（しるし）で、ここまでも巡って逢ったのは、深い縁であるよ。に、表は、水路を示すみをつくしを慕って、わが船を漕いで来たしるしで、此所まで来ても亦、其方の船と巡り逢った、この難波江の水の深さよ、の意を絡ませたもの。「みをつくし」は、懸詞「えに」の「え」に、「江」を懸けてある。
▼79　物の数でもない賤しい身なので、何事につけても思う甲斐のないのに、何だって一心になって思い初めたのであろう。「なには」に「難波」、「かひ」に「貝」、「みをつくし」を懸詞として、二義のある詞を、縁語的に用いたもの。
▼80　天王寺の西方、海中にあった島。
▼81　袖にかかる涙の露っぽさは、昔の明石にも似ているわが旅ごろもよ、ここは田蓑の島であるがその蓑という名によっては、我が袖は隠れない。古今集、貫之「雨により田蓑の島を今日行けば名には隠れぬものにぞありける」を踏んだもの。
▼82　故郷の明石の浦の意。
▼83　六条御息所の御娘。後の秋好（あきこのむ）中宮。斎宮は、御代毎に代るのが定めである。
▼84　六条御息所。源氏の愛人。「夕顔」の巻以後出ず。
▼85　桐壺院。
▼86　斎宮にお仕えする女官の長。
▼87　雪や霙が降り乱れて、隙間とてもない空を、亡き人の御魂（みたま）は、宮を案じて、天翔って御覧になるだろうと思う、その宿の悲しいことよ。「天翔る」は、死後、人の魂は、生前心を寄せていた所へ、天翔って通って来ると信じられていた。

▼88　死にたいが死ねずに、日を送っているのは、悲しいことでございます。心が暗く、我が身が我身とも思われない此の世に。「消え」は、雪霙のそれと、死ぬ意とを、「ふる」も、「降る」と「経る」を、「かきくらし」も、空の暗さと、心の暗さとの両義を持たせて、眼前の光景に絡ませたもの。
▼89　冷泉院。
▼90　入内すること。
▼91　朱雀院。斎宮のお下りになった事は「榊」の巻にある。
▼92　朱雀院の御妹宮。権斎院とは別人。
▼93　同じく朱雀院の御兄弟。
▼94　主上。冷泉院。御年十一歳。
▼95　二条院の紫上。
▼96　年長である斎宮の、御入内を希望されるお心。

蓬生《よもぎう》

君が須磨の浦で、藻潮《もしお》垂れつつ侘《わ》び住みをなされていた[1]頃、都でも、様々の状態で嘆いている人が多くあったが、それにしても、自身の生活上の[2]拠《よ》りどころを持っている人は、君にお目に懸《かか》れないという嘆きは苦しそうであったが、二条院の女君などはその点は心長閑《こころのどか》で、旅の御住家《すみか》[3]とも、御不安なく御文の取り遣りもなされつつ、位をお去りになっての仮初《かりそめ》の御装束[4]をも、世の中の憂い中にもその季節季節につけてお世話を申し上げるのでお慰みになることもあったであろう。却《かえ》って、御思い人の数の中の者とも人にも知られず、京をお離れになる際の御様子も、余所事《よそごと》のようにお思いやりになっていられた人々で、内々に心を砕かれる方々が多くあった。常陸宮《ひたちのみや》の姫君[5]は、父親王《ちちみこ》がお亡くなりになっての後は、他にお世話を申す人もないお身で、ひどく心細そうであったのに、思い懸けずも君と御縁が結ばれて、お通いになることが絶えなかったので、君の厳《いか》めしい御勢いからは、何事でもない、果敢《はか》ない程の御情とお思いになった御仕送りであったが、お受になる方は、御袂《たもと》[6]の狭さから、大空の星の光を盥《たらい》の水に映してい[7]るような御気分がなされて、日を過して入《い》らせられた中に、そうした世の中の騒[8]ぎが起って来て、君はすべて世の中が憂くお思い乱れになられた紛れに、特に深くお思いになっていなかった方のことはお忘れになったような有様で、遠くお出ましになっての後は、態々《わざわざ》お便りをなさることもお出来にならない。お仕送りの名残で、姫君は暫《しばら》くは泣く泣くお過しになっていられたが、年月《としつき》の立つに連れて、あわれに寂しいお有様である。年した女房共は、「さあ、本当に残念な御縁というものでした。思い懸けなく神仏《かみほとけ》がお現れ遊ばしたようだったお心持なので、こうしたお力ぐさも人には出向いて来ることだと、珍しいことにお見上げ申していましたのに、世間一帯の事ではございますものの、外《ほか》にはお頼みになる所のないお有様は悲しいことでございます」と、呟《つぶや》いて嘆く。そうしたお仕送りにありついた以前の年頃は、云いようもない淋しさに目馴れて、甲斐《かい》もなく過して入らしたのであったが、却って少し世間並みにお馴れになった年月の為《ため》に、ひどく我慢の出来にくいことにして嘆くのであろう。少しでも役に立ちそうな人々は、自然に参り込んでいたのに、皆順々に何処《どこ》かへ散って行った。女どもの中には寿命の尽きた者もあって、月日に連れて、上下《かみしも》の召使の数が少《すくな》くなって行く。以前から荒れていた宮の内は、一段と狐の棲所《すみか》と変って、疎《うと》ましく気味が悪くなった木立には、梟《ふくろう》の声が朝夕に聞えつづけて、人気《ひとげ》のある中は、そうしたものも塞《せ》き止められて、姿を隠していたが、今は樹神《こだま》などという怪《け》しからぬ物も居場所を得て、次第に姿を現して、佗びしいことばかり限りなくふえてゆくので、稀《まれ》に残ってお仕えしている者も、「やはりこれでは、何《ど》うにもなりません。この頃受領《ずりょう》▼9などで、面白い家造《やづく》りをしたがる者が、この宮の樹立に心を留めまして、お譲りになりませんでしょうかなどと、手蔓《てづる》を求めて申込む者がありますが、そのようになさいまして、此のようにひどく怖ろしくはないお住まいにお移りになっていただきとうございます。残ってお仕え申しております者も、何うにも我慢が出来ません」と申上げるけれど、姫君は、「まあ、飛《と》んでもないことを。人聞きも悪いことです。私の生きている中に、そんな跡方《あとかた》もなくなるようなことは何うして出来ましょう。このように怖ろしく荒れてしまいましたけれども、親のお姿の留まっているような気のする古い家だと思うので、慰めて住んでいるのです」といってお泣きつづけになりつつ、お思い寄りもなさらない。お道具なども、お使い込みになったのが、昔の様で立派なので、俄数寄者《にわかすきしゃ》の由緒《ゆいしょ》調べをしようとする人が、そうした品をほしがって、特にその人かの人と名ある人にお造らせになった物だと尋ね聞いて、お譲り方を申込《もうしこ》んで来るのも自然こうした貧しい所と侮《あなど》って云って来るのであるが、例の女房共は、「いかが致しましょう。そうした事は世間の当り前のことでございます」といって取計って、差迫っての今日明日の見苦しさを取繕《とりつくろ》おうとする時もあるが、姫君は堅くお止めになられて、「私に使わせようとお思いになって、お造らせになったのでしょう。何だって軽々しい人の家の飾りになどしましょう。お亡くなりになった方のお志を無にするのは、哀れなことです」と仰《おっ》しゃって、そうした事はおさせにならない。ちょっとした物のお見舞でもなさる人とてはない姫君の御身である。ただ御兄の禅師《ぜんじ》の君だけが稀《ま》れに叡山から京にお出になる時にお顔を出されるが、その方も地位のない昔風な人で、同じく法師といわれる中でも、たより所のない、此《こ》の世離れした聖《ひじり》でいらして、お庭に繁っている草や蓬でさえも、刈り取ろうというお気にもなられない。こうした有様なので、浅茅《あさじ》は庭の面《おもて》も見えないまでに繁り、蓬は軒と高さを争って伸び立って来る。葎《むぐら》は、西東の御門《ごもん》を閉じ籠《こ》めてしまっているのは頼もしいけれども、崩れやすい宮のまわりの垣は、馬や牛が踏み散らした道になって、春から夏にかけては、放ち飼いをする童まであるのは呆れたことである。八月の野分の風の暴《あら》く吹いた年に、廊などは倒れ伏してしまい、下屋《しもや》▼10などの確《しっか》りしない板葺《いたぶき》であったのは、柱が僅《わず》かに残っているだけで、居残っている下女《しもおんな》さえもない。朝夕の炊《かし》ぎの煙までも絶えて、哀れに悲しいことが多くある。盗人《ぬすびと》などという狼籍者も、見込の立てられないせいであろうか、此の宮は用のない所にして通り過ぎて、立ち寄って来ないので、こうしたひどい藪《やぶ》ではあるが、さすがに寝殿の内だけは、以前のままに御装飾が変らない。磨くように掃除などする者もない。塵《ちり》は溜《たま》るけれども、乱れることのない正式なお住まいであって、明かし暮らしていらせられる。はかない古歌や、物語といったような玩《もてあそ》び物でこそ、徒然も紛らし、こうしたお住まいも慰められるもののようであろうが、姫君はそうした事にも劣っていらせられる。格別好きだという人ではないが、自然お暇でいる時には、同じような心持の文《ふみ》を取り交《かわ》しなどをしてこそ、若い人は木草《きぐさ》の移り変りにつけてもお心が慰《なぐさ》むべきであるが、親のお躾《しつ》けになったお心持の中は気を置くべきものとお思いになって、稀れにはお便りをなさるべき所へも、更《さら》にお馴《なれ》にならず、古めかしい御厨子《みずし》を開けて、唐守《からもり》、藐姑射《はこや》の刀自《とじ》▼11、かぐや姫の物語▼12の絵に書いた物を、時々の玩び物にしていらせられる。古歌《ふるうた》といっても、面白いように撰《せん》をして、題も詠《よ》み人も現して、分るようにした物こそ見所のあるものであるが、型通りの紙屋紙《かんやがみ》▼13や陸奥紙《みちのくにがみ》などのぶくぶくになったのに書いてある目馴れた古歌などは、まことに面白くないものであるが、姫君はひどく嘆かわしい折々には、そうしたものをお披《ひろ》げになられる。当節の人のする、経を読んだり勤行《ごんぎょう》をしたりすることは、ひどく気恥ずかしいことになされて、お世話申す人もないが、数珠《ずず》などはお取り寄せにもならない。このように几帳面《きちょうめん》にしていらせられることである。

侍従《じじゅう》といった御乳母《おめのと》の娘だけは、年頃離れない者となってお仕え申していたが、通ってお勤め申していた斎院▼14がお亡くなりになって、まことに堪え難く心細いので、この姫君の母北の方の妹で、零落して、受領の北の方になられた人があった。この方は、娘達を大切にしていて、相応な若い女房共が大勢集めているので、まるきり知らない所よりは、母親なども参り通《かよ》っていた所だからと思って、時々は通っている。姫君の方は、そうした人に親しまない御性分なので、睦《むつ》まじいお便りもなさらない。北の方は侍従に、「私をお見下げになって、外聞の悪《わ》るい者にお思いになっていらっしゃったので、姫君のお有様はお気の毒ですが、お見舞も申し上げられません」など、小憎らしいことを云って聞かせつつも、時々は姫君の御許《おんもと》へお伺いを差上げていた。もともとそのように生まれ附いた低い身分の人は、却って身分高い人の真似《まね》をしようと気を使って、思いあがる者が多いものであるが、貴い家筋に生まれながらも、こうまで零落すべき宿縁があったせいであろうか、心に少し下品な所のある御叔母であったのだ。自分が此のように身分劣った有様で、見下げられたようにしていたので、何うぞしてこのように、先の落ち目の時に、この姫君を自分の娘共の召使いにしたいものである、心持には古風な所はあるが、ひどく安心の出来る後見《うしろみ》であろう、と思って、姫君に、「時々は手前の方へもお越し下さいまし。お琴の音を承りたがっている者もございます」と申上げた。侍従にもいつもそのことを催促はしたが、姫君は人と張合おうという心からではなく、ただ甚《はなはだ》しいはにかみから、そのようにお睦びをもなさらないのを、北の方は口惜《くや》しく思っていた。そうこうしている中《うち》に、その家主《いえあるじ》▼15は大宰大弐となった。娘どもを然《しか》るべき様に扱いを附けて、下ろうとしている。この姫君を猶《なお》も誘い出そうとする心が深くて、「此のように下ろうとするにつけまして、お心細いお有様が、ふだんはお伺いもいたしませんが、近間《ちかま》を頼みにしていましたのに、本当にお可哀そうで、気懸りでございます」など、口上手にいうのを、姫君は少しも御承引がないので、「まあ憎らしい。御大層なことです。お心一つで思いあがっていらしたからとて、あんな藪の中に何年も入らっしゃる人を、大将殿▼16も大切になどお思い申しますまい」と、恨んだり咀《のろ》ったりした。その中に、ほんに大将殿は世の中にお許されになって、京にお帰りになられるというので、天の下の者が喜んで騒ぐ。自分も伺うか、人より先に深い志を御覧に入れようとばかり思って、競い合っている男や女につけて、君は身分の高い者も低い者も、人の心持を御覧になると、哀れにお思いになることが色々ある。そのように慌《あわただ》しい間とて、君は少しも此の宮のことはお思出《おもいだ》しになる御様子がなくて、月日が過ぎて行った。今はもう望みのないことである、年頃あるべくもない御不幸な御様を、悲しい限りだと思いながらも、また芽を吹く春にお逢いになられるように念じつづけていたのであるが、下賤の者までも喜びにお思い申上げる、御官位の改まった事をも、余所事《よそごと》として聞くだけになってしまった、悲しかった折の憂《うれ》わしさは、ただ『我が身一つの為』▼17のものであるかと思っていたのに、甲斐もない世の中ではあるよと、姫君は心も砕けて、つらく悲しいので、人知れず泣きに泣いていらせられる。大弐の北の方は、云った通りなのだ、何であのように頼りない、恰好の悪いお有様でいる人を、人数《ひとかず》にお入れになる方があろうか、仏や聖《ひじり》でさえ罪の軽い者の方を導きを好くして下さることだ、あのようなお有様で、えらい者にお思いになり、宮や上《うえ》▼18などの御在世の時の通りにして入らっしゃるお心驕《こころおご》りは、お可哀そうなことだ、と一層ばかばかしいことのように思って、姫君に、「やはりお思い立ちなさいまし。世の中の憂い時には、人のいない山▼19を探すものでございます。田舎《いなか》などは気味のわるい所にお思いになりましょうが、ひどく見《み》っともないようなお取扱いは、決して致しますまい」など、ひどく口上手にいうと、すっかりしょげている女房共は、「お勧めにお従い下さいまし。お宜《よろ》しいこともなさそうな御身でございますのに、何《ど》う思召《おぼしめ》して、そのように我《が》をお立てになるお心でございましょう」と非難して呟《つぶや》く。侍従も、その大弐の甥といったような人と関係が出来て、その人が京に留《と》どめて置きそうにもないので、心ならずも離れて行くこととなって、姫君に、「お残し申しますのが、本当に心苦しゅうございまして」とお唆《そその》かし申上げるが、姫君はやはり此のようにかけ離れて久しくもなっていらせられる君に頼みをお懸け申していられる。お心の中で、それにしても、何時《いつ》かはお思い出しになる序《ついで》がないということがあろうか、沁《し》み沁《じ》みと心深くお約束して下さったものを、私の運がわるくて、このように忘れられたのである、風の便りにでも、私がこのように悲しい有様でいるのをお聞きつけになったならば、必ずお尋ね下さるであろうと、年頃お思いになっていられたので、大体の御家居《いえい》も、以前にもまさって浅ましいものにはなったが、我がお心で、ちょっとしたお道具などまでもお失《なく》しにならず、心強く同じ様で我慢して入らせられるのであった。涙がちに、一段と嘆き沈んで入らせられる有様は、ただ山《やま》樵《がつ》が赤い木の実一つを顔に押しつけている▼20ようにお見えになられる。岡目でお見上げすれば、大抵の人は、我慢の出来ない御様子である。委《くわ》しくは申すまい。お気毒《きのどく》でもあり、口が悪《わ》るいようでもある。

冬となってゆくに連れて、一段と縋《すが》り附くべき便りもなくて、姫君は悲しそうに眺めをしてお過しになる。君の殿では、故院▼21の御為の法華御八講《みはこう》を、世の中を揺するような騒ぎでお営みになる。別しても僧などは、普通の者はお召しにならず、学問がすぐれ勤行にも染みぬいている尊い者ばかりをお選びになったので、姫君の御兄の禅師の君もお参りになられた。帰りしなに姫君の許にお立寄りになって、「これこれで、権大納言殿の御八講《みはこう》に参ったのでした。まことに結構で仏のいらせられる浄土にも負けない、厳《おごそ》かな面白い事の限りをなさいました。あの方は仏菩薩の変化《へんげ》のお身でいらっしゃいましょう。深い五濁《ごじょく》の世の中に、何《ど》うしてああした方がお生まれになったのでしょう」といって、すぐにお帰りになった。言葉少なな、普通の人には似ないお間柄で、かいのない世間話さえもお話し合いはなさらない。姫君は、それにしてもこれ程までに困っている我が身の有様なのに、可哀そうだとお気附きにならずにいらっしゃるのは、心憂い仏菩薩であるよと、辛くお思いになるので、ほんに御縁の尽きたのであろうと、次第にお思いになって来ると、大弐の北の方が俄《にわか》に来た。平生《へいぜい》はそれ程睦まじくもないのに、誘い出そうという心持から、姫君に差上げるべき御装束などを拵《こしら》えて、よい車に乗って、顔つきも様子も得意そうに、心配のなさそうな様をして、出し抜けに走らせて来たので、門を開けさせると共に、あたりの恰好の悪るく、寂しいことは限りもない。門の戸は左も右も、よろけて倒れてしまっているので、車添《くるまぞ》いの男どもが門守《かどもり》を助けて、ああこうと開けようとして騒ぐ。何所《どこ》にあろうか、この寂しい宿でも、必ず踏み分けた跡のあるべき三つの径《こみち》▼22はと捜す。僅《わず》かに南面《みなみおもて》の格子の上げてある間に車を寄せたので、姫君は、一段と不躾《ぶしつけ》な仕打ちをするとお思いになったが、浅ましく古くなった几帳を差出して、侍従が出て来た。容貌が衰えてしまったことだ。年頃ひどく窶《やつ》れては来たが、やはり小綺麗で、品の良いところがあって、勿体《もったい》ないが姫君と取りかえたいように見える。

北の方は姫君に、「出立しようと思いながらも、お気の毒なお有様がお見捨ていたしかねますので、今日は侍従の迎えに参りましたのです。お辛くも私には隔てをお附けなさいまして、御自分はちょっとでもお越し下さいませんが、せめてこの人だけでもお許しいただきたいと存じまして。なぜ此のようにお可哀そうなお有様で」といって、泣き出しもすべき場合である。しかし行く道の楽しさで、ひどく気持よさそうである。「故宮が在《い》らせられました時、私を外聞の悪るい者だとお見捨てになりましたので、御疎遠のようになり初めましたが、年頃も何で御疎略になどは。貴い様にお思いあがりになり、大将殿もお通いになられます御運の程を、恐れ多く存じ上げましたので、お親しくいたしますのも御遠慮勝《が》ちに過してまいりましたが、世の中は定めのないものでございますので、卑しい身分の者は却って気楽なものでございます。及びもなくお見上げ申しておりましたお有様が、まことに悲しくお気の毒でございますが、お近くにおります間は、自然御無沙汰をいたす折でも、気楽に頼もしく思っておりましたのに、こうして遠くへ行こうといたしますと、気がかりで、悲しゅう存じ上げます」など話すが、姫君は、心の解けての御返事もなさらない。「まことに嬉しいことでございますが、人並み外れた有様なので、何うして人中などには。こうしたままで朽ち果てようと思っております」と仰しゃるので、北の方は、「ほんにそのようにお思いになりましょうが、生きている身を捨てて、このような気味のわるい住まいをする者はないでございましょう。大将殿が造り磨いて下さいましたら、引きかえて玉の台《うてな》になり変ることとだろうと、頼もしくはございますが、唯今では兵部卿宮の御娘▼23の外《ほか》には、お心をお分けになる方はないようでございます。昔から好色《す》き好色《ず》きしいお心で、かりそめにお通いになった所々は、みんなお捨てになったようです。まして此のように果敢《はか》ない様で、藪の中に過して入らっしゃいますお人を、清い心で自分を頼みにしていられる有様だと、お尋ね下さることは、ひどくむずかしいことでございます」とお諭しするのを、ほんにとお思いになるのもひどく悲しくて、姫君はつくづくとお泣きになられる。けれどお心は動きそうにもないので、北の方は色々と説き煩《わずら》って日を暮らして、「それでは、侍従だけでも」といって、日の暮れるままに急《せ》き立てるので、侍従は心が慌しく、泣く泣くも姫君に、「それでは先《ま》ず今日は、あのようにお責めになりますお見送りだけに参ることに致しましょう。彼方《あちら》の申上げることも御尤《ごもっと》もでございます。又、お思い煩いになりますのも、御尤もでございますので、中に立って拝見していますのも、心苦しゅうございます」と、そっと申上げる。この人までが自分を見捨てようとするのを、怨《うら》めしくも哀れにもお思いになるけれども、云い留めるべき方法もないので、一段お泣きになることだけを精一杯にしていらせられる。形見として持たせるべき着馴れた衣も、古びてしまっているので、永年《ながねん》を仕えて来たしるしに遣《や》るべき物もなくて、御自分の御髪《みぐし》の抜け落ちたのを集めて、鬘《かずら》▼24になさったのが、九尺余りの丈があって、ひどく清らかなのを、しゃれた筥《はこ》に入れて、古代の薫衣香《くのえこう》の、ひどく薫《かおり》のいいのを、一壺添えて下さる。姫君、

絶ゆまじき筋と頼みし玉鬘《たまかづら》思ひのほかに懸け離れぬる▼25

「故乳母《こまま》▼26の言い遺《のこ》したこともありましたので、腑甲斐《ふがい》ない身ですけれども、何時《いつ》までも見ようと思っていました。捨てて行かれるのも尤もですが、後《あと》の世話を誰にさせようというのかと、怨めしく思います」といって、ひどくお泣きになる。この人も物も申せない。「乳母《まま》の遺言は仰しゃるまでもございません。年頃、怺《こら》えられない世の辛さを過してまいりましたのに、このように思い懸けない道に誘い出されまして、遠い所へ迷って行くことでございます」といって、

玉鬘絶えても止まじ行く道の手向《たむけ》の神も懸けて誓はむ▼27

「命のことは分りませんが」、など云っていると、北の方は、「侍従は何処《どこ》にいます。暗くなりました」と呟かれて、心も上《うわ》の空で、車を引き出したので、顧みばかりされた。年頃、困りながらも離れなかった者が、このように別れて行ったことを、姫君はひどく心細くお思いになるのに、世間では使いものにはなりそうもない年寄までが、「さあ、尤もなことですよ。何だって踏み留まって入らっしゃいましょう。私どもも我慢はしきれそうもありません」といって、銘々《めいめい》の程々に似合った頼りを思い出して、留まってはいまいとしているらしいのを、姫君は外聞の悪《わ》るいことと聞いていらっしゃる。

霜月頃になったので、雪や霰《あられ》が降りがちで、余所《よそ》では消える間もあるが、朝日夕日を防いでいる蓬や葎の蔭に深く積《つも》って、越《こし》の国の白山《しらやま》が思いやられる雪の中に、出入りをする下人さえなくなって、姫君は徒然《つれづれ》と眺めて入らっしゃる。つまらない事をお聞きに入れて慰め、泣きつ笑いつして紛らした人までもいなくなって、夜も埃《ほこり》ぽい御帳《みちょう》の中も、姫君は辺りさびしくて、もの悲しくお思いなされる。

かの殿では、久しぶりでのお珍らしい人に、一段とお賑わしいお有様で、ひどく貴くお思いにならあ

れない所々には、態々《わざわざ》はお越しにはなれない。まして、その人はまだ世にいらせられるだろうかとだけはお思い出しになる折もあるが、尋ねて見ようとのお志もお急ぎなく過していらせられる中《うち》に、年も変った。四月頃に、花散里《はなちるさと》のことをお思い出しになられて、忍んで、対《たい》の女君▼28にお断りをしてお出懸けになる。日頃を降っていた名残の雨が少し零《こぼ》れて、面白い程に月も射していた。君は以前のお忍び歩きをお思い出しになられて、艶《なまめ》かしい夕月夜に、路々《みちみち》、様々のことをお思い出しになって行かれると、形《かた》もなく荒れた家で、木立が森のようになったのの前をお通り過ぎになる。大きな松の木に藤の花が咲いて、月の光に靡《なび》いているのが、風に連れてさっと匂って来るのがなつかしく、何処《どこ》からともない薫である。橘の香《か》とは変って面白いので、車から顔をお差し出しになると、柳の木もひどくしだれて、築土《ついじ》も崩れてさわらないで、乱れて地に伏していた。見た気のする木立だとお思いになるのは、かねての常陸宮《ひたちのみや》なのである。ひどく哀れなので、車をお止めになられる。例の惟光は、こうしたお忍び歩きには洩れない者でお附き申していた。お召寄せになって、「ここは故常陸宮《こひたちのみや》だな」。「さようでございます」と申上げる。「ここに居た人は、まだあの儘《まま》に眺めをしているだろうか、尋ねるべきだが、態々《わざわざ》では仰々しい。こうした序《ついで》に寄って、消息《たより》をなさい。よく尋ねて見た上で云いなさいよ。人違いをしてはばからしい」と仰せになる。宮では一段と物思いのされる季節なので、しみじみとしていらせられると、昼寝の夢に、故宮《こみや》がお見えになられたので、覚めてひどく名残悲しくお思いになって、五月雨《さみだれ》の漏って濡れた廂《ひさし》の間の片端を拭わせて、此所彼所《ここかしこ》の御座所を取繕わせなどしつつ、いつになく世間並みになされて、

なき人を恋ふる袂《たもと》のひまなきに荒れたる軒の雫《しずく》さへ添ふ▼29

とお詠みになったお気の毒な時だったのである。惟光《これみつ》は入って行って、ぐるぐると廻《まわ》って、人音《ひとおと》のする所があるだろうかと見るに、少しも人気《ひとけ》がしない。これだからこそ、ここを往き来の路で見入ったが、人の住んでいる様子もなかったのだと思って、引き返して参ると、月が明るく射し出たので見

ると、格子を二間《ふたま》ほど上げてあって、簾《すだれ》が動いている様子である。僅かに見附けた気持は、気味悪くさえ感じたけれども、寄って行って案内を頼むと、ひどく年寄った声で、先《ま》ず咳を先にして、「誰です。何《ど》ういう方です」と尋ねる。名乗りをして、「侍従の君と申す人に、お目に懸りたいものです」という。「その人は、外《ほか》へ行っておられます。ですが、その人と同様の女がおります」という声は、ひどく年寄ってはいるけれども、聞いたことのある老女の声だと聞き知った。内では、思い寄らずも、狩衣姿《かりぎぬすがた》をした男が、忍びやかな物腰で、もの柔らかにしているので、そうした人を見馴れなくなった目には、もし狐の変化《へんげ》ではなかろうかという気がするが、惟光は近く寄って来て、「はっきりした事を承りたいものです。以前と変らないお有様でしたか、お尋ね申そうというお志《こころざし》は、絶えずおありのようでございます。今夜もお通り過ぎになりかねて、お車をお留めになっていらっしゃいますが、何と御返事を申しましょう。安心の出来ますように」というと、女房共は笑って、「お変りになりますお有様でしたら、こうした浅茅《あさじ》が原をお移りにならなくていらっしゃいましょうか。ただもう御推察の上で、申上げて下さいまし。年寄りました者の心でも、全く類いのないことだろうと思いまして、珍らしい御情愛だと拝して暮しております」と、ぽつぽつ話し出して、問わず語りもし出しそうなのがうるさいので、「まあまあ。先ずその事を申上げましょう」といって、君の所へ参った。「何だってこんなに手間を取ったのです。何んな様子です。昔の跡もない、蓬の茂り方ですね」と仰せになるので、惟光は、「これこれで捜し出しましてございます。侍従の叔母の少将という年寄が、変らない声でおりました」といって、有様を申上げる。君はひどく可哀そうで、こうした木草《きぐさ》の茂った中に、何んな気がしていらっしゃるのであろうか、今まで訪《おとな》わなかったことだった、と御自分のお心の情なさをお思い知りになられる。「何うしたものであろうか。こうした忍び歩きも出来そうもないので、こんな序《ついで》でなければ、立ち寄れないでしょう、変らない有様だというなら、ほんにさもあろうと思われる人柄です」とは仰せになりながら、ふとお入りになることは、やはり気が置けるようにお思いにな

る。然るべき御消息《おたより》もまことに差上げたいのだが、以前は御覧になった通りの詠み口の遅さが、まだ、変らないのであったら、お使の待ち遠《まどお》なのも気の毒だと、お思い止《や》めになった。惟光も、「何うにもお踏み分けにはなれそうもない露ぽさでございます。露を少し払わせてからお入りになるべきでございましょう」と申上げると、君は、

尋ねても我こそ訪《と》はめ路もなく深き蓬のもとの心を▼30

と独語《ひとりごと》に仰せになって、やはり車からお下りになるので、お供の者は、馬の鞭で払いつつお入れ申上げる。雨の雫も、やはり秋の時雨《しぐれ》めいて懸かって来るので、お傘をおさし懸けする。惟光は、「ほんに『木《こ》の下露《したつゆ》は雨にまさりて』▼31でございます」と申上げる。御指貫《おんさしぬき》の裾はひどく濡れたことであろう。以前でさえも有るか無いかに見えた中門《ちゅうもん》などは、まして形《かた》もなくなっていて、お入りになるにつけても、まことに何の甲斐もないが、立ちまじって見る者もないのが気やすいことであった。

姫君は、それにしても何時《いつ》かはと、お待ち過しになったお心の験《しるし》があったのは嬉しいが、ひどく極りの悪いお有様で対面するのは、ひどく遠慮にお思いになった。大弐の北の方の差上げたお装束は、気に入らぬ人の贈物とお思いになった為に、見入れもなさらなかったが、女房共が香《こう》の唐櫃《からびつ》に入れておいたので、ひどく懐かしい香りのするのを差上げると、姫君は外には仕《し》ようもなくてお召替《めしかえ》になって、あの古くなった御几帳《みきちょう》を引寄せて入らせられる。君はお入りになって、「年頃御無沙汰はしていましたが、心だけは変らずにお思い申していましたのに、何ともお便りも下さいません恨めしさに、今までお試ししていましたが、▼32杉ではない木立が目に着きまして、通り越せませんで、お負け申したことです」と云って、几帳の帷《かたびら》を少し掻き遣って御覧になられると、例のようにひどく極り悪《わ》るげにして、早速には御返事も申せない。此のように露を分けてお尋ね下さったお心の浅くはないのに、気を引き立てて、ほのかに御返事を申された。君は、「此のような草隠れにお過しになりました年月《としつき》の哀れさは疎《おろそ》かには思いません。又私も、心変りはしない習いから、貴方《あなた》のお心の中《うち》は分らないながら、

分け入って伺いました露けさは、何うお思いになります。年頃の御無沙汰は、何方《どちら》へも同じであったのですから、お許し下さるでしょう。今後お心に叶わないようなことがありましたならば、約束に違《たが》う罪も受けましょう」など、それ程にはお思いにならないことも、情深く繕って仰しゃることなどもあろう。ここにお泊りになるのも、所の様を始め、恥ずかしいお有様なので、尤もらしくお云い繕いになってお出になられようとする。御自身引き植えたものではないが、松の木高《こだか》▼33くなって来ている年月の間も哀れで、夢のような御自身の有様もお思いつづけになられる。君、

藤波の打過ぎがたく見えつるは松こそ宿のしるしなりけれ▼34

「数えて見ますと、御無沙汰をしました年月《としつき》もひどく積ったようです。京に変ったことの多かったのも、いろいろと哀れでございます。追ってゆっくりと、鄙《ひな》▼35の別れで衰えておりました間のお話も残らず致しましょう。又こちらでも永年の間の春秋《はるあき》のお過し難さなども、何所《どこ》へ御訴えになる所があろうかと、こだわりなく思われますのも、又不思議な御縁でございます」などと申されるので、女君、

年を経て待つしるしなきわが宿を花のたよりに過ぎぬばかりか▼36

と云って、忍びやかに身動《みじろ》ぎをされる御様子も、袖の薫物《たきもの》の香《か》も、以前よりは好《よ》くおなりになったのであろうかとお思いになられる。月は入り方になって、西の妻戸の開いている所から、遮るべき渡《わた》殿《どの》といった屋《や》もなく、軒の端の方も残るところなくなっているので、花《はな》やかにさし込んで来たので、隅々までよく見えると、以前に変らない御装飾の様など、忍ぶ草▼37に窶《やつ》れて見える外見よりは雅《みや》びて見えるので、昔物語に、塔を毀《こわ》した人のあった▼38ことをお思い合せになると、同じ状態で年を重ねて来たことも哀れである。ひたすらに遠慮する様子の、さすがに上品なのも奥ゆかしく思われて、そうした所を取柄にして忘れまいと、気の毒に思っていたのに、年頃さまざまの心労の為にうっかりして無沙汰をしていた間、情ない者に思われたのだろうと、可哀そうにお思いになる。あの花散里《はなちるさと》も、際やかに当世風になどお賑やかにはなさらない所なので、御目移りも格段ではないところから、女君の欠点

も多く隠れていた。

賀茂の祭や斎院の御禊《ごけい》の頃には、そのお支度ということにかこつけて、人々の差上げた品物の多くあるのを、君は然るべき御関係の者にお贈りになられる。中でもこの宮には、お注意深くお思いよりになって、睦ましい人々に仰せごとを下《くだ》し、又殿の下部《しもべ》などお遣《つかわ》しになって、蓬を刈り払わせ、周囲が見苦しいので、板垣を繞《めぐ》らしてお繕わせになる。このように姫君をお尋ね出しなされたことを、世間の人が聞き伝えるのも、御自分の御面目にかかわるので、お越しになることはない。御文は、まことに細々《こまごま》とお書きになって、「二条院の直《す》ぐ側に院を造らせますので、そこへお移し申上げましょう。好さそうな女童《めわらわ》どもを捜して、お仕えさせなさいまし」など、召使いの上までもお思いやりになりつつ申しておやりになられるので、こうしたむさくるしい蓬の本《もと》には置き所もないまでで、女房共は空を仰いで、君の殿の方に向いてお礼申上げたことである。君は苟《かりそ》めの御すさびにしても、大凡《おおよそ》の有《あ》り触《ふ》れた人は、目に留め耳にお入れにならず、少し此れはと思われ、心に留まる点のある人をばお捜しになるものと、世間の人は知っているのに、このように反対に、何《ど》の点からいっても、普通にさえも至らないお有様の方を、お引立てになられるのは、何ういうお心であったろうか、これも前世の御宿縁というのであろう。もう此れまでだと侮《あなど》りきって、そちこちと先を争って散らばって行った上下《うえしも》の召使は、我も我もと、御奉公をしたいと争う者もある。姫君のお心持もまた、遠慮過ぎるまでにお人が好くいらせられるので、気楽さに馴れて、格別のこともない生受領《なまずりょう》といったような家へ行っていた者は、様子がちがって、つまらない気のする者もあって、鼻元思案の程を見せて帰って参る者もある。君は、以前にもまさる御勢いのある頃で、お思いやりも以前よりもお加わりになっていられるので、事細かにお指図があったこととて、宮内は次第に人が多くなり、次第に人も殖《ふ》え、木草《きぐさ》の葉も、唯凄《ただすご》く哀れに見られていたのに、遣り水を浚《さら》わせ、前栽《せんざい》の木立も涼しいようになされたりなどしたので、格別のお覚えもない下家司《しもげいし》で、特にお仕え申したいと思っている者は、君が此のようにお心を留めてお思いになっていられる御方《おんかた》であろうと見て取り、姫君の御機嫌を取りつつ追従してお仕え申上げる。姫君は二年程、この古宮《ふるみや》にお住みになられて、君は東の院という所へ後にはお移し申したことである。対面なされることはひどく難かったけれども、御殿《ごてん》近い同じ囲いの内のこととて、君は一とおりのお訪ねで、お差覗《さしのぞ》きになられつつ、さして蔑《あなず》らわしくはお扱い申されない。かの大弐の北の方が京へ上《のぼ》って来て驚き思った様、侍従が、嬉しいとは思うものの、今暫《いましばら》くお待ち申さなかった我が心浅さを恥ずかしく思ったことなどを、今少し問わず語りもしたいのであるが、ひどく頭《かしら》が痛く、面倒で懶《ものう》いので、後に又序《ついで》のある折に、思い出して申そうとのことである。

▼1 「わくらばに問ふ人あらば須磨の浦にもしほ垂れつつ佗ぶと答へよ」(古今集)
▼2 紫の上。
▼3 須磨の浦の、源氏の住居。
▼4 服色は官位によって定まって居たので、今は無位の者の着る装束。
▼5 末摘花。
▼6 「うれしさを何につつまむ唐衣袂ゆたかに裁てといはましを」(古今集)
▼7 七月七日の乞巧奠(きこうでん)の行事。
▼8 源氏の都落をいう。
▼9 国守。
▼10 寝殿から離れて、別棟に建てた住居。
▼11 今伝らない物語。
▼12 竹取物語のこと。
▼13 京都の紙屋川で漉いた紙で、薄墨色をしている。

▼14 「葵」の巻に出ず。
▼15 叔母の夫。
▼16 源氏の君。
▼17 「世の中は昔よりやは憂かりけむ我が身一つのためになれるか」（古今集）
▼18 末摘花の父母。
▼19 「世の憂き目見えぬ山路にいらむには思ふ人こそほだしなりけれ」（古今集）
▼20 姫君の鼻の先端の赤いことをいう。
▼21 御父桐壺院。
▼22 「三径就ㇾ荒、松菊猶存」（帰去来辞）。三径は門と井と厠とへ行く小路。
▼23 紫上。
▼24 かもじの事。
▼25 絶えることはない筈の筋合だと頼みにしていた玉かずらの、案外にも私から懸け離れてしまうことであるよ。「玉鬘」は、眼前の鬘で、「玉」は美称。今は「懸け」に意味でかかる序詞。侍従に喩えたもの。「絶ゆ」、「筋」は、「鬘」の縁語。
▼26 侍従の母。
▼27 玉かずらは絶えても、お思い申すことは止めますまい。行く道の先々にいます手向の神を懸けて、私の真心は誓いましょう。「玉鬘」は、意味で「絶え」にかかる枕詞。「手向の神」は、峠の頂上に祀られている神で、道中の安全を祈る神。姫君を思う心を、神に誓う心。
▼28 紫上。
▼29 世に亡い人を恋って流す涙に、袂は乾く隙もないのに、荒れた軒を漏る雨の雫までも、その袂に落ち添っては濡らす。
▼30 尋ねて入って行って、我は訪う者となろう。路もなくなるまでに深くも茂っている蓬の本の、本即ち昔のままでいるなつかしい心を。「もと」は懸詞で、本即ち茎の意と、以前の意とを懸けてある。惟光の

「蓬」といったのに絡ませての心の歌。
▼31 「み侍（さぶらい）御傘と申せ宮城野の木の下露は雨にまされり」（古今集）
▼32 「わが庵（いほ）は三輪の山もと恋しくば訪ひ来ませ杉立てる門」（古今集）
▼33 「引き植ゑし人はうべこそ老いにけれ松の木高くなりにけるかな」（後撰集）
▼34 藤浪の花の、通り過ぎ難く見えたのは、その花の絡んでいる松の木が、宿の目じるしとなったからである。「松こそ宿のしるし」は、「わが庵は三輪の山もと恋しくばとぶらひ来ませ杉立てる門」に絡ませたもので、「打過ぎ」の「過ぎ」は、「浪」の縁語。「松」に「待つ」を絡ませ、女君の待っていたことを喜ぶ心を、婉曲にいった歌。
▼35 「思ひきやひなの別れに衰へて海士（あま）の縄たきいさりせむとは」（古今集）。須磨に下っていた間のことの意。
▼36 年を重ねて待っている甲斐もない我が宿は、花を見る序に、お通り過ぎにならないだけなのであろうか。「待つ」に「松」を、「花」に「藤浪」、「過ぎ」に贈歌の詞を承けて、花やかな所へお越しになる序にの意を籠めて、婉曲に恨んだもの。
▼37 「君忍ぶ草にやつるる故郷は松虫の音ぞかなしかりける」（古今集）
▼38 桂中納言物語という物語にあった話といわれる。

関屋

かの伊予介《いよのすけ》といった人[1]は、故院[2]のお崩《かく》れになられた翌年、常陸介となって下《くだ》ったので、かの帚木《ははきぎ》[3]も誘《いざな》われて行った。女は、君の須磨の御旅居《たびい》のことを遥かに聞いて、人知れずお思いやり申上《もうしあ》げないのではなかったのだが、人伝《ひとづ》てのお便りを申上げる手がかりさえもなくて、筑波根の山[4]を吹き越す風の便りも、確かなものではない気がして、聊《いささ》かの便りさえなくて年月《としつき》が重なった。君は何時《いつ》までと限っての御旅居ではなかったが、京へ帰ってお住みになられた翌年の秋、常陸介は京へ上《のぼ》って来たことである。介が逢坂の関へ入る日に、この殿は石山寺へ御願果《ごがんばた》しに御参詣になられた。京から、あの紀伊《きの》守《かみ》[5]といった子や、迎えに来た人々が、この殿のかように御参詣になるべき由《よし》を告げたので、それでは御道中が騒がしいことであろうと思って、まだ暁の頃から急いだのであったが、女車《おんなぐるま》が多くて、仰々しく練って来るので、早くも日が闌《た》けた。打出《うちいで》の浜[6]まで来た時には、殿は粟田山《あわだやま》をお越しになられたと云って、御前駆の人々が道も避《よ》けきれない程に立て込んで来るので、介の一行は皆関山《せきやま》で物から下りて、そちこちの杉の木蔭に、車の轅《ながえ》を外《は》ずして、木隠れに畏《かし》こまって、殿の御一行をお過ぐし申上げる。介の車は、一部は態《わざ》と後《おく》れさせ、又先に遣りなどしたが、それでも眷族は多く見える。女車が十輛ばかり並んで、袖口や衣《きぬ》の色合いなどの漏れ出して見えている。田舎《いなか》じみず上品で、斎宮の御下向《ごげこう》など云った際の、物見車《ものみぐるま》をお思い出しになられる。殿もかように世にお栄え出しになられた珍

らしさに、数も知れないまでにお供をした御前の人々も、みんな此《こ》の女車に眼を留めた。九月下旬の頃なので、紅葉の濃い色薄い色がまじり合い、霜枯《しもが》れ草の叢《くさむら》が面白く見え続いているのに、関屋から颯《さっ》と出て来る旅姿は、様々な色をした襖《あお》▼7の、似合わしく縫いとりをした物、結《くく》り染《ぞめ》▼8をした物など、そうした物として面白く見える。お車は簾《すだれ》を下ろされていて、殿は以前の小君《こぎみ》、今は右衛門佐《えもんのすけ》▼9であるのをお召し寄せになって、「今日の私のお関迎えは、お思い捨てにはなられないものでしょう」と仰せになる。お心の中には、ひどく沁《し》み沁《じ》みとお思い出しになることが多くあるけれども、一とおりのお言葉で、その甲斐《かい》がない。女も人知れず昔のことを忘れずにいるので、立ち戻ってもの哀れである。

往《く》くと来と堰《せ》きとめ難き涙をや絶えぬ清水と人は見るらむ▼10

と詠《よ》んだが、君は御存じにはならないのだと思うと、まことに甲斐がない。

殿の石山寺をお立ちになられる日の御迎えに、右衛門佐が参った。先日御送りを申さなかったお詫《わび》など申上げる。昔は小舎人童《ことねりわらわ》で、ひどく睦《むつ》まじく可愛《かわ》ゆい者に思召《おぼしめ》したので、叙爵を得るまでは、君の御蔭《おかげ》を蒙《こうむ》ったのであったが、君に思い懸けない変事のあった頃、世間の思わくを憚《はばか》って常陸に下ったのを、少しくお心に染まぬことに年頃お思いになっていられたが、お顔色にも出されない。昔のようでこそはないが、やはり親しい家人《いえびと》の中にはお加えになって入《い》らした。紀伊守といった人も、今は河内守になっていた。その弟の、右近将監《うこんのぞう》の役を免じられて、御供をして須磨に下った者を、君は取り分けてお引立てになられたので、それにつけて他の者も思い知って、何だって少しでも世間に附き従う心なぞ起したことであったろうと、思い出したことである。君は佐《すけ》をお召し寄せになって、空《うつ》蝉《せみ》へとお消息《たより》があった。今はお忘れになるべきことを、心永くもお思いになっていらせられることよと思っていた。

「先日逢えたので、深い宿縁の知られることでしたが、そうとお思い知りになったでしょうか。

わくらばに行き逢ふ路《みち》を頼みしも猶《なお》かひなしや潮ならぬ海▼11

関守が、何《ど》うにも羨ましく、目覚ましいものに見えたことです」
とある。君は佐《すけ》に、「年ごろの無沙汰をしていたので、遠慮されるのですが、心では何時《いつ》ということもなく、つい今のことのような心馴《こころな》らいになっています。好色《す》き好色《ず》きしくて、一段と憎まれましょうか」と仰《おっ》しゃって、お消息《たより》を賜わったので、佐《すけ》は忝《かたじけな》くて、姉の許《もと》へ持って行って、「やはり御返事をなさいまし。昔よりは少しはお疎《うと》みになられることもあろうかと存じ上げますのに、同じようなお心で入らっしゃるお懐しさは、一段と有難《ありがた》いことです。お戯《たわむ》れごとは良くないことだと思いますが、きっぱりとお断りすることは出来ませんでした。女ではお負け申上げても、咎《とが》は許されることでしょう」などいう。女は、今となってはましてひどく極《きま》り悪《わ》るく、何もかも初めてのことのような気がするけれども、お消息《たより》の珍らしさに、我慢が出来なかったのであろうか。御返事、

逢坂の関やいかなる関なればしげき歎きの中を分くらむ[12]

「夢のような気がいたしております」と申上げた。君は、哀れさも、辛さも忘れられないものとお思い置きになっていられた人なので、折々は猶《な》お消息《たより》があって、女の心をお動かしになった。

そうしている中《うち》に、この常陸介は、老いの積《つも》った為《ため》でもあろうか、悩ましくばかりして、心細かったので、子どもに唯此《ただこ》の女君のことばかり言い残して、「万事ただ此の君のお心通りにして、私が生きていた時に変らないようにお仕え申せよ」とばかり明け暮れに云った。女君が、我は悲しい宿縁を持っていて、この人にまでも先立たれて、何《ど》んな有様に落ちぶれて行くのであろうか、とお嘆きになるのを見るが、命は限りのあるものなので、惜しみ留どめるべき方法もない、何うぞこの人の為に、この世に留どめておく魂をほしいものである、自分の子どもの心持も分らないものだのにと気懸《きがか》りで、悲しいことを云いもし思いもしたが、心のままには留どめられないもので、亡くなった。暫《しばら》くの間こそ子どもも、ああ仰しゃったものをと、情ある様子をしていたが、それも表面《うわべ》のことで、実際は辛いことが多くあった。それもこれも世の中の普通なことなので、自分の身一つの運の悪さだとして嘆い

て明かし暮らしている。その中でもかの河内守だけは、以前から好色《すき》心を持っていて、少し情深そうにしていた。「哀れにお云い遺《のこ》しになったのですから、つまらない者ですが、お疎《うと》みにならずに、何事も仰しゃって下さいまし」など、機嫌を取って近寄って来て、まことに浅ましい心も見えたので、自分は辛い宿縁を持っている身で、このように生き残っていて、最後には飛《と》んでもないことまでも聞かされることであるよと、内々思い知って、女房にもそれとは知らせずに尼になってしまった。女房どもは、いう甲斐ないことをなされたものだと思って嘆く。守《かみ》もひどく辛く思って、「私をお嫌いになってのことで、この先のお命は長いことでしょう、何うしてお過しになるのでしょうか」など云う。つまらぬ出過ぎ口なども云ったようである。

▼1 空蟬の夫。
▼2 桐壺帝。
▼3 空蟬のこと。「帚木」の巻の終りに贈答の歌あり。
▼4 夫常陸守の任国に在る山。「甲斐が嶺（ね）を根越し山越し吹く風を人にもがもや言伝てやらん」（古今集）という歌を踏んだもの。
▼5 伊予介の子。
▼6 琵琶湖の、大津をいう。
▼7 狩衣のこと。布に絹糸を附けた物。
▼8 今の絞り染。
▼9 空蟬の弟。常陸守と共に上京して来た者。
▼10 私が京から遠ざかるとしては、今立ち帰るとしては、君を思って堰きとめ難くて流す涙のそれを、絶えず流れているここの清水として御覧になるでありましょうか。「堰き」に、「関」を絡ませてある。「清水」

は、この関の名所。

▼11　たまさかには、行き逢うこともあろうかと頼んでいたが、行き逢いはしてもやはり、潮水ではない海なので、海松（みるめ）即ち見る目がないので、その甲斐のないことであるよ。「逢ふ路」に、「近江」の国を絡ませ、「潮ならぬ海」は、「潮ならぬ海と聞けばや世と共に見る目なくして年の経ぬらむ」を踏んだもので、その「海」は、琵琶湖。

▼12　逢坂の関は、何ういう関だというので、逢うという名を持っていながらも、旅行く人、送る人の、別れを惜しんでする繁き木立の中を引き分けて、行くのであろうか。「繁きなげき」に、繁き木立と嘆きとを懸け、婉曲に嘆きを訴えたもの。

絵合

前斎宮[1]の御入内《ごじゅだい》のことを、中宮[2]は深くお心入れになって御催促遊ばされる。それにつけての細かなお世話までする者は、これといって格別の御後見《おんうしろみ》をする者もないとお思いやりになるが、大殿《おおいどの》[3]は、院[4]のお聞きになることを御遠慮になられて、二条院へお移し申上げようとしたことも、今度はお思い止まりになって、ただ余所事《よそごと》のようにしていらっしゃるのであるが、大体の事はお世話を申して、親めいていらせられる。院はひどく残念に思召《おぼしめ》されるが、外聞の悪《わ》るいことなので、前斎宮に対しての御消息《おたより》などは絶えていたのに、御入内の当日になって、極めて結構な御装束などに、御櫛《みぐし》の筥《はこ》、打乱《うちみだ》りの箱[5]、香壺《こうご》の御筥など、尋常でない品々を下される。色々の御薫物《おんたきもの》など、薫衣香《くぬえこう》は、又とないような品で、百歩以上を多く越えても匂うまでの物を、別してお心してお整えになられた。大臣《おとど》[6]が御覧になることもあろうかと、予《かね》てから御用意なされたのであろうか、ひどく態《わざ》とらしいようでもある。殿もお越しになっていられた時なので、これこれでと女別当《にょべっとう》[7]が御覧に入れる。殿はただ御櫛《みぐし》の筥の片方だけを御覧になると、細工が限りなく細かく艶《なま》めいていて、珍らしい様である。差櫛の筥の心葉《こころば》[8]に、

別路《わかれぢ》に添へし小櫛《をぐし》をかごとにて遥けき中《なか》と神やいさめし[9]

大臣《おとど》はそれに御目をつけて御覧になって、お思いめぐらしになると、まことに勿体《もったい》なく、お気の毒で、御自分の心慣らいの、無分別にまでおなりになる身にお思い合せになると、あの伊勢へ御下りの

際、お心に思いになったことを、このように年を経て京へお帰りになって、そのお志《こころざし》の遂げられるべき時に、こうした行き違いの起って来たことを、何《ど》のように思召すのであろうか。御位を去り、物静かで入《い》らせられるので、世を恨めしくお思いになるであろうか、我自らの事として見て、我が心の動揺すべきことであるよ、とお思い続けになると、お気の毒で、何だって自分はこのような一途な事を思い始めて、お気をお揉ませ申すのであろうか。辛い方だとお思い申したこともあったが、又懐しく哀れなお心持でいらせられるのに、とお思い乱れになって、暫《しばら》くは嘆かわしくしていらせられた。君は、「この御返事は、何《ど》のように申上《もうしあ》げられるでしょうか、又御消息《おたより》もおありになったろうに」とお訊《たず》ねになられるが、女別当は、工合が悪るいので、御消息の方はお目に懸けられない。▼10宮は悩ましく思召して、御返事を書くのをひどく億劫になされるが、「御返事を申さないというのはまことに情のないことで、失礼なことでもございましょう」と女房達は申して唆《そその》かし煩《わずら》っている様子をお聞きになって、君は「それはまことに有るまじき▼11御事です。しるしだけでもなさいまし」と申されるのも、宮はひどく気恥ずかしいけれども、昔のことをお思い出しになると、▼12院のまことに艶《なま》めいて清らかで、ひどくお泣きになられた御様を、何となく哀れにお見上げ申した幼な心も、つい今のことのようなお気がなさるので、故御息所▼13の御事なども、続けて哀れにお思いになって、ただこのように、

別るとて遥かにいひし一言もかへりてものは今ぞ悲しき▼14

とだけあったのであろうか。御使には禄《ろく》を品々賜わせられる。大臣《おとど》は宮の御返事をひどくゆかしくお思いになったが、拝見したいとは申せなかった。院のお有様は、女であってお見上げ申したいようなので、宮の御様子もお不似合ではなく、まことによい御仲のようであるのに、主上はまだまことに御幼少で入らっしゃるので、このようにお引き違え申上げるのを、院は内々お気に入らず思召すだろうかなど、憚《はばか》りあることをさえお思いやりになって、お心が塞《ふさ》がるけれども、今日となってお取り止めになるべき事でもないので、御儀《おんぎ》の次第を然《しか》るべきようにお申置きになって、睦《むつ》ましくお思いにな

っている修理《すり》の宰相《さいしょう》[15]に、洩れなく執り行うように仰せになって、宮中に参られた。万事を引受けきった親風にはなさるまいと、院に御遠慮を申上げて、お喜びだけに参ったように見せ懸《か》けられた。好い女房共は、以前から多くいた宮だったので、里へ退りがちであった者も参り集まって、まことに双《なら》びなき御様子は申し分もない。あわれ御息所[16]が御在世であったならば、何《ど》んなにその甲斐《かい》のあるお骨折りになられることであろうか、と生前のお心持をお思い出しになると、一般の世間向きの事の上でも、惜しくも勿体なくも思われるお有様であったことよ。あのようにお扱い申さずにはいなかったのであるが、趣向の方面はやはり勝《すぐ》れていらしたと、何ぞの事のある折毎《おりごと》にお思い出しになられる。

中宮[17]も内裏にいらせられた。主上は、珍らしい人[18]がお参りになるとお聞きになられたので、ひどくお可愛《かわ》ゆらしく、御用意をしていらせられる。お年に合せてはまことに洒落《しゃ》れて大人《おとな》びていらせられた。母宮[19]も、「そういうお心恥ずかしい方がお参りになられますから、お心づかいをしてお逢いなさいませ」と申させられた。主上は内々、大人《おとな》しく極《きま》りの悪《わ》るい人であろうかとお思いになっていらしたのに、ひどく夜更けてお参りになられた。ひどく御遠慮深くて、大《おお》ようで、小柄な、幼ない御様子をしていらっしゃるので、ひどく面白くお思いになった。弘徽殿《こきでん》[20]の女御は、御覧じ馴れていらせられるので、睦ましく可愛ゆく、心やすくお思いになられ、此方《こちら》[21]は、人柄もひどくしっとりとしていて極りが悪く、大臣《おとど》[22]のおもてなしも、貴くお立派になされていらっしゃるので、軽くは見られないお気がなされて、御宿直《おんとのい》などはお二方とも同じようになされるが、打解けての御童遊《おんわらわあそ》びをなされに、昼間お越しになられることは、弘徽殿の方になり勝《が》ちにいらせられる。権中納言[23]は、思う所あって御娘を参らせられたのに、このように前斎宮が御入内《ごじゅだい》になって、御娘に競争する有様でお仕え申していられるのを、旁安《かたがた》からずお思いになることであろう。

院には、あの櫛の筥の御返事を御覧になったにつけても、前斎宮の事がお心から離れ難くいらせられた。その頃、大臣《おとど》[24]が御参りなされたので、御話が濃《こま》やかであった。お話の序《ついで》に院は、斎宮の御下向になられた時のことを、以前にもお話になっていたことなので、お言い出しになったが、そうしたお気があったなどということはお露《あら》わしにはならない。大臣《おとど》も、そうした御気色《みけしき》をお解りになるような御様子はなさらず、唯何《ただど》のようにお思いになっているかがゆかしくて、とやかくと斎宮の御上をお話し申すと、お気の毒な御様子のかりそめならぬものが見受けられるので、ひどくおいとおしくお思いになる。院の愛《め》でたいものとお思い沁みになった斎宮の御容貌は、何《ど》のようなお可愛ゆらしさであろうか、とゆかしくお思いになるが、御自分は少しもお見上げ申せずにいるのを、残念にお思いになる。ひどく重々しくいらして、少しでも幼げなお振舞《ふるまい》があるのであったら、自然ほのかにもお見懸けすることもあろうが、奥ゆかしい御様子ばかり、益々深まってゆくので、御交渉の重なるに連れて、まことに申し分のない御方であるとお思い申した。このように、隙間もなくお二方▼25がお仕え申していらせられるので、兵部卿宮《ひょうぶきょうのみや》▼26は御娘の御入内《ごじゅだい》のことは、はきはきとはお思い立ちにもなれず、主上が大人《おとな》びられたならば、今はこうあろうともお思い捨てにはなれまいと、それを待って過していらせられる。二所《ふたどころ》の御覚《おんおぼ》えはそれぞれで御競争であった。

　主上は何よりも、勝《まさ》って絵を興あるものにお思いになられた。取り立ててお好きなせいであろうか、極めてお上手にお書きになられる。斎宮の女御が、ひどく面白くお書きになるので、それにお心が移って、其方《そちら》へお越しになりつつ、お書きかわしになられる。殿上の若い人々でも、此《こ》の事を稽古する者を、お心を留めて面白い者にお思いになって入らせられるので、まして可愛ゆらしい御方が、絵心があって、慰み半分に書きすさびになって、艶《なま》めかしく物に凭《よ》り臥《ふ》して、何を書こうかと筆を休めていらっしゃるお様子の美しさがお心に染みて、ひどく繁々《しげしげ》とお越しになられて、以前にもまして御思いの勝《まさ》っているのを、権中納言▼27がお聞きになられて、飽《あ》くまで才覚のある、当世風のお心持の方とて、我れ人に負けようかとお思い励みになって、勝《すぐ》れて上手な絵師どもをお召寄せになり、厳しくお言い聞かせになって、又と無いような絵を、此の上もない好い紙に沢山《たくさん》にお書かせになる。「物語絵という物は、その心持が見えて見所のあるものです」と云って、面白く、趣《おもむ》きのある所を選《え》り出しつつお書かせになる。例の年中行事の月次《つきなみ》の絵も、珍らしい様に詞《ことば》を書きつづけて、主上に御覧に入れる。態々《わざわざ》面白く書いたものなので、主上は又此方《こちら》の殿に渡らせても御覧になるが、女御[28]は易々《やすやす》とはお取り出しにもならない。それはひどくお隠しになって、主上が斎院の女御の御方に持ってお越しになるのを、惜しんでお渡しにならないので、大臣《おとど》はお聞きになって「今でも権中納言のお心の子供っぽさは、改まり難いようです」とお笑いになる。「達《たつ》て隠して、気易くも御覧に入れずに、お悩まし申すというのは、怪《け》しからぬことでございます。古代の御絵を沢山に所持しておりますので、献じましょう」とお奏しになって、我が殿の、古い絵新しい絵の入っている御厨子《みずし》をお開けさせになって、女君と御一しょに、その中のやや当世風の物を選ってお揃えになる。長恨歌《ちょうごんか》や王昭君《おうしょうくん》などいったような絵は、面白くもあり哀れでもあるが、縁起のよくない物は、今度は献上しまいとて、お残しになられる。君は、かの旅の御日記[29]を収めた箱をもお取り出させになって、この序《ついで》に女君[30]にもお見せになられた。その事件を知らずに、今初めて見る者でさえも、少しでも物思いを知っている人ならば、涙を惜しむまいと見える哀れさである。まして、忘れ難いものにして、その夜の悪夢をお覚ましになる折もないお二方のお心には、取り返して悲しくお思い出しになられる。女君は、君が今までお見せにならなかったことを、お恨み申し上げる。お歌、

ひとり居てながむるよりは海士《あま》の住むかたを書きてぞ見るべかりける[31]

「あの覚束《おぼつか》なさは慰められたことでしょうに」と仰《おっ》しゃる。君はひどく可哀そうに思召して、

うき目見しその折よりも今日はまた過ぎにし方にかへる涙か[32]

中宮[33]にだけはお見せ申すべき物である。出来の悪《わ》るくなさそうなのを一帖ずつ、流石《さすが》に浦々の有様のはっきり見える物をお選《え》り出しになる序にも、君はかのお世話をした入道[34]の家を先《ま》ず何《ど》んなであろうかとお思いやりにならぬ時の間とてもない。このように大臣《おとど》が絵をお集めになるとお聞きになって、

権中納言は一段と心を尽して、絵巻の軸、表紙、紐の飾りなど、いよいよお整えになられる。三月《やよい》十日頃のことなので、空も麗《うら》らかで、人の心も伸びやかに、物の面白い折なのに、宮中でも、然るべき節会《せちえ》の合間だったので、唯かようの事などで御方々は日を暮してお出《い》でになるので、大臣は同じことならば、御覧じ所の勝《まさ》るようにして献上しようとのお心も添って来て、ひどく本気にお集めになって献上なされた。弘徽殿、梅壺▼35のそれぞれに、様々の絵が多くある。物語の絵は、心が濃《こま》やかで、懐かしさの勝るものらしいので、梅壺の御方《おんかた》は、昔の物語で、名高くて、由緒《ゆいしよ》のある物ばかりを、弘徽殿では、その頃の新しい、面白いものばかりを選んでお書かせになったので、ちょっと見の、当世風で派手なところは、此方《こちら》の方が際立って勝《まさ》っている。主上附《うえつき》の女房どもで、教養のある者のすべては、これは、あれはと批評し合うのを、此頃《このごろ》の仕事にしているようである。

中宮も御参内になられている頃なので、旁《かたがた》御覧になられて、捨て難くお思いになられることなので、御勤行《ごごんぎよう》の方も怠《おこた》り勝ちで御覧になる。この女房どものいろいろに論じるのをお聞きになって、左右《ひだりみぎ》と両方にお分けになられる。梅壺の御方の方の女房には、平典侍《へいないしのすけ》、侍従の内侍、少将の命婦、右方は、大弐の典侍、中将の命婦、兵衛の命婦で、さし当っては奥ゆかしい物識《ものしり》どもで、思い思いに争って云うことを面白いとお聞きになって、先ず物語の出来はじめの親である竹取の翁▼36と、空穂《うつほ》の俊蔭《としかげ》▼37とを合せて、その優劣を争う。梅壺の御方である左は、「なよ竹の代々《よよ》を重ねて古くなった物語で、珍らしい節《ふし》はありませんが、赫奕姫《かぐやひめ》がこの世の濁りには穢《けが》されずに、高く思いあがっていた宿縁は貴いもので、神代《かみよ》のことでしょうから、浅はかな女には、眼も届かないことでしょう」と、その優《まさ》ったことをいう。弘徽殿の御方の右は、赫奕姫の昇って行った雲井は、ほんに眼の及ばない所であるから、誰にも知り難い。この世での因縁は、竹の中で結ばれたのであるから、身分の低い人のことと見える。一軒の家の中は照らしたかも知れないが、百敷《ももしき》の畏《かしこ》い御光《みひかり》には馴れずにしまったことである。安部の多《おおし》が、沢山の黄金《こがね》を棄てて得た火鼠《ひねずみ》の裘《かわごろも》▼38の思いも、片時の間に燃えて消えてしまったのも、まことにあっ気ない。車持《くらもち》の親王《みこ》のほんとうの蓬莱《ほうらい》の到り難いことは知っていながら、偽っての玉の枝に疵《きず》を附けたことも、欠点とすべきである。絵は巨勢《こせ》の相覧《おうみ》、文字は紀の貫之の書いたものである。紙屋《かんや》紙《かみ》に、唐《から》の綺《き》を裏打ちして、赤紫《あかむらさき》の表紙、紫檀《したん》の軸という、普通の装《よそ》おいである。「俊蔭の方は、烈《はげ》しい波風に溺れ溺れして、知らない国へ漂って行きましたが、それでも目ざして行った初めの志が叶いまして、終《しま》いには、異国の帝にも我が国にも類《たぐ》いのない才能だと認められまして、名を残した実直な事を云ったものであります上に、絵の様も、唐《もろこし》と日の本と並べてあって、面白さも並びないものです」という。これは白い色紙に、青い表紙、黄いろの玉の軸である。絵は常則《つねのり》、書は道風《みちかぜ》なので、当世風に面白くて、見る眼も眩《まぶ》しいまでである。左には、これに対しての批判がなく、負になる。次《つ》ぎに、伊勢物語と正三位《しょうさんみ》▼39とを合わせて、また論が定まらない。これも右の正三位は、面白く賑やかで、内裏《うち》辺りを初めとして、近い世の有様を書いてあるので、面白くて見所が優っている。左の御方《おんかた》の平内侍、

伊勢の海の深き心をたどらずて旧《ふ》りにし跡と浪《なみ》や消《け》つべき▼40

「世の常のつまらない事を、繕い飾ったものに圧されて、業平の名を傷つけるべきではありますまい」といって、争いかねていた。右の典侍《すけ》は、

雲の上に思ひのぼれる心には千尋《ちひろ》の底も遥かにぞ見る▼41

中宮は、女房をして、「兵衛の大君《おおいぎみ》の心の高さは、ほんに捨て難いものですが、在五中将▼42の名は、傷を附けることは出来ますまい」と仰せになって、御歌、

みるめこそうらぶれぬらめ年経にし伊勢をの海士《あま》の名をや沈めむ▼43

かような女語《おんなことば》で、心任せに争うので、一巻《ひとまき》の争いに語を尽していって、結末が附けられない。まだ教養の足りない若い女房どもは、跡の絵を見たく、死ぬ程にゆかしがるけれども、主上の物も中宮の物も一部分をも見られずに、ひどく秘めていらせられる。

大臣《おとど》が参内なされて、このようにさまざまに争って騒いでいる心持を面白いと思召して、「同じことならば、主上の御前《おまえ》で、この勝負《かちまけ》を定めよう」と仰せられて、そのようになった。こうした事もあろうかと大臣《おとど》は、予《かね》てからお思いになったので、多くの御絵の中でも、格別なものは選《え》り残してお置きになったのに、かの須磨、明石の二巻《ふたまき》も、思う所がおありになって、その中にお取りまぜになった。権中納言も、そうした御用意は劣ってはいない。この頃の世間では、こうした面白い紙絵を整えることを、到る所で仕事としていた。大臣《おとど》は、「今改めて書かせるということは不本意なことです。ただ、今まであった物だけということにしましょう」と仰しゃったが、権中納言は、人には見せずに、秘密の部屋を拵《こしら》えて、そこでお書かせになるらしいのに、院[44]でもこういうことのあるのをお聞きになって、梅壺へ御所持の御絵の数々を差上げられた。一年中の節会《せちえ》の面白く興のあるものを、昔の上手どものいろいろに書いた絵に、延喜の帝が御手ずから御説明をお書きになった物に、又御自分の御代《みよ》の事もお書かせになった巻には、かの斎宮が御下向になられた日の大極殿《だいごくでん》の御儀式を、御心に沁《しみ》てお思いになったので、書くべき様を委《くわ》しく仰せになって、公茂《きんもち》[45]にお書かせになったのが、ひどく結構に出来ているのをお差上げになられた。艶《えん》な透かし彫《ほり》にした沈《じん》の木[46]の箱に、同じように拵えた心葉《こころば》の様なども、ひどく目新しい。御消息《おたより》はただ御口上だけで、院の殿上にもお仕え申している左近中将《さこんのちゅうじょう》をお使《つかい》となされた。あの大極殿の、斎宮の御輿《みこし》を寄せられた所の神々《こうごう》しい御絵に、御歌、

身こそかく標《しめ》の外《ほか》なれそのかみの心の中《うち》を忘れしもせず[47]

とだけある。御返事を申上げないというのも、まことに恐れ多いことなので、女御は苦しくお思いになりながら、昔斎宮としてお用いになった簪《かんざし》[48]の端を聊《いささ》か折り取って、

標《しめ》のうちは昔にあらぬここちして神代のことも今ぞ恋しき[49]

とお詠《よ》みになって、縹色《はなだいろ》の唐《から》の紙に包んで、一しょに差上げられる。御使への禄の品は、まことに艶《なま》めかしい。院の帝にはそれを御覧になるにつけ、限りなく哀れにお思いになって、以前の御代を

取り返したくお思いになったことである。斎宮の御事をお許らいになった大臣《おとど》をも、つらい者にお思いになったであろう。過ぎ去った方の御報いでもあったろうか。院の御所持の御絵は、御母后《おんははきさい》より伝わったもので、かの弘徽殿の女御の方にも多く伝えられていよう。尚侍《ないしのかん》▼50の君も、絵のお好きさは人にすぐれていて、面白い様に見計いつつお集めなされる。

絵合はその日と定めて、俄《にわか》の御催しのようではあるが、趣《おもむき》のある、かりそめな様に仕做《しな》して、左《ひだり》右《みぎ》の御絵を主上の御前に参らせられる。女房の控所である台盤所《だいばんどころ》▼51に御座を装《よそ》おわせて、北側は左、南側は右と分れて侍っている。殿上人は、後涼殿《こうろうでん》▼52の簀子《すのこ》に、各々贔負《ひいき》の方に心を寄せつつ侍《さぶら》っている。左方の御絵は、紫檀の箱に、蘇芳《すおう》木の机、敷物は紫地の唐錦《からにしき》、箱の打敷《うちしき》▼53は葡萄染《えびぞめ》の綺《き》である。女《め》の童《わらわ》が六人、桜襲《さくらがさね》の汗衫《かざみ》に、袙《あこめ》は紅に、藤襲《ふじがさね》の織物である。服装も用意も一とおりではなく見える。右方の御絵は、沈《じん》の香の木の箱に、浅香木《せんこうぼく》▼54の下机、打敷は青地の高麗《こま》の錦、足に結《ゆ》わえた組糸、机の意匠など、ひどく目新しい。童《わらわ》は青色の上衣《うわぎ》に柳の汗衫《かざみ》、山吹襲《やまぶきがさね》の袙《あこめ》を着ている。御絵の箱は皆御《お》前《まえ》に立て並べる。主上附《うえづき》の女房は、前は左、後《うしろ》は右と、装束の色を分けていた。お召があって、内《うち》の大臣《おとど》、権中納言が参られる。その日は帥宮《そちのみや》▼55も御参りになられた。まことに教養深く入らせられる中にも、絵を取立ててお好みになるので、大臣《おとど》が内々お勧めなされたのでもあろう、改まってのお召というのではなく、殿上に侍《さぶ》らわれたのを、仰せがあって御前《おまえ》へ参られる。この絵合の判者《はんじゃ》▼56をお勧めになられる。ほんにいかにも好く書き尽している絵が多くある。全く判がお下《くだ》しになり切れない。例の四季の節会《せちえ》の絵も、昔の上手どもが、面白い所を選び出しては、筆達者に書き流しているところは、いいようもなく好いと見えるが、紙絵というものは紙幅に限りがあって、山や水の豊かな趣は現せないものなので、ただ筆巧みに、その人の心で作り立てられているので、今の心浅い絵も、昔の筆の跡に劣らなく、賑やかであぁ面白いと思う方面は勝《まさ》っていて、多くの争いも、今日は旁《かたがた》興のあるものが多くある。朝餉《あさがれい》の間の御襖《おふすま》を開けて、中宮もいらせられる。絵のことは深く御存じで入らせられよ

うと思うので、大臣《おとど》もひどくゆかしくお思いになられて、所々の判で、何《ど》うかとお思いになる場合には、大臣のお尋ねになられるのに、何かお返事になって入らせられる御様子が奥ゆかしい。勝負は定めかねて夜に入った。左方は、まだ一番《ひとつがい》勝ち越している、最後に、須磨の巻が出て来たので、権中納言はお心が騒いだ。右方でも用心して、最後の巻は格別にも好い物を選んでお置きになったが、そうした極めて上手な方が、出来る限り心を澄まして、静かにお書きになった物には較《くら》べものにならない。帥宮《そちのみや》を始めとして、誰も感涙をとどめられない。その当時お気の毒である、悲しいことだとお思いになったにも増して、そこにお出《い》でになった有様、お心にお思いになったことなどが、今眼の前に見るように思われる。その所の様を、覚束ない浦々から磯までも、隠れる所もなくお書き現しになっていた。草書《そうしょ》へ、仮名をところどころ書きまぜて、本当の詳しい日記というではなく、哀れな歌などのまじった点などもゆかしくて、何方《どなた》も他の事はお思いにならない。様々の御絵の興も、この巻にすっかり移ってしまって、哀れに面白い。総《すべ》ては皆この一巻に譲って、左の御方《おんかた》が勝《かち》に定まった。

夜明け近くなる頃に、大臣《おとど》はひどくもの哀れにお感じになったので、お盃をお取りになる序《ついで》に昔のお話なども出て来て、帥宮に向われて、「幼い時から、学問には心を入れましたが、少しは身に附くように御覧になられたのでしょうか、▼57院の仰しゃいますには、才学というものは、世間でひどく重んじるもののせいであろうか、その道に至った人で、命と幸いと並《ならび》て持つことは、まことに少《すく》いものです。身分高く生まれて、そうした物がなくても人に劣るようなことはなかろうと思う者は、達《たっ》てその道に深入りして学ぶな、とお止めになりまして、表立っての学問を色々とお習わせになりましたが、此方《こちら》の方は出来ないということもなく、又取り立ててこれはというまでの物もございませんでした。絵を書くことだけは、何でもないちょっとした事ではありますが、何《ど》うかして満足の出来る程書いて見よう、と思うことが折々ありましたが、思い懸けずに山樵《やまがつ》になりまして、四方の海の深い趣を見るようになりまして、少しも思い至らない所はないように会得されましたが、筆には限りがありまして、心に思う程には書けないと思っておりましたので、序《ついで》がなくてはお目に懸ける訳にも行きませんので、こうした事を好みますことは、後《のち》の聞えにもなりましょうか」と仰せになると、宮は、「何《ど》のような道でも、心を外《ほか》にしては学ぶことの出来ないものですが、その道々《みちみち》に師がありまして、型のありますことは、深さ浅さは別にしまして、自然真似をしてゆけるものでしょう。筆を執ることと碁を打つこととは、不思議にも生得《しょうとく》の見えるものですが、たいして思慮のなく見える愚者《おろかもの》でも、備わっていて、よく書きよく打つ者も出て来ますが、高貴な御筋の中には、やはり人に擢《ぬき》んでたお方があられて、何事をも好まれ、至ってもいられることと見えることです。院の御前《おまえ》で、親王達《みこたち》内親王《ないしんおう》の何方《どなた》とて、それぞれとりどりの道をお習いにならなかった方がございましょうか、その中でも、別して御心に入れてお学ばせになられました甲斐があって、文才《もんざい》は申すまでもなく、それ程でない事のうちでは、琴をお弾きになることを第一の学びとして、次ぎには横笛、琵琶、箏《そう》の琴と、次ぎ次ぎにお習いになったと、院も仰しゃってでございました。世間の者もそのようにお思い申上げていまして、絵はやはり筆の序にお慰みになる、かりそめ事だとばかり思っていましたのに、まことに此のように怪しい程にお書きになりまして、昔の墨書《すみが》きの上手共も、逃げ出してしまいそうだというのは、却って怪《け》しからぬ事でございます」と、取り乱して申上げられて、酔い泣きでもあろうか、院の御事を申し出されてお萎《しお》れになられた。二十日余りの月が出て来て、此方《こちら》の方はまだはっきりとはしないが、大体の空は面白くなる頃なので、主上は、書司《ふんのつかさ》▼58の御琴をお取寄せになられ、権中納言には和琴《わごん》をお命じになる。何といっても他の人には優ってお弾きになった。帥宮には箏《そう》の御琴、大臣《おとど》には琴《きん》、琵琶は少将の命婦がお仕え申す。殿上人の中での上手をお召しになって、拍子をお取らせになる。まことに面白い。夜が明け切ってゆくに連れて、花の色も人のお顔などもほのかに見えて来て、鳥の囀《さえず》るのも気持よく美しい夜明けである。今日の禄は、中宮の御方《おんかた》から下される。宮には御衣《みぞ》を、又別して賜わらせる。

　此頃の話ぐさには、この絵合の勝負のことがされている。大臣《おとど》は、「あの浦々の絵巻は、中宮のお側にお置き下さい」と申上げさせられたが、中宮は、あの始めの方、又後《あと》の巻をもゆかしがらせられたが、大臣《おとど》は、「何《ど》れ次ぎ次ぎに」と申上げさせられた。主上にもお楽しく思召されて入らせられるのを、大臣《おとど》は嬉しくお見上げする。かりそめの事につけても、大臣《おとど》は此のように梅壺の御方《おんかた》をお取持になられるので、権中納言は、やはり我が御娘の御覚えが圧しられはしなかろうかと気をお揉みになられるようである。主上のお志は、以前からお思い染みになっていらせられたので、やはりお心濃《こま》やかにお思いになっていられる様を、人知れずお見上げ申しているので、それが頼もしく、それにしてもとお思いになった。大臣《おとど》は然るべき節会《せちえ》などでも、此の御代から始まったものだと、後世の者の言い伝えるような例を添えようと思召され、私《わたくし》のこうしたちょっとした御遊びにも、珍らしい風におさせになって、まことに盛りの御代である。大臣《おとど》は、やはり世の中を無常なものとお思いになって、主上が今少し大人《おとな》びていらせられる所を拝して、やはり世を捨てようと深くもお思いになっていらせられるようである。昔の例を見聞《みき》くにつけても、年が若くて官や位が高く昇り、世に擢んでた人は、永くは命を保っては行かれないものである。この世では、我が地位も覚えも分に過ぎている。中頃、世に無い者にされて零落していた歎きの報《むくい》として、今までも生きながらえているのである、今より後の栄えは、やはり命のあぶないことである、静《のどか》かに籠もっていて、後生の事を勧め、且《か》つは齢も延《の》べるようにしようとお思いになって、山里の長閑な所を占めて、御堂《みどう》をお造らせになる。仏や経の営みも、添えておさせになっているようであるが、末の姫君達を思うようにお育て上げ申そうと思召すので、急いでの御出家はむずかしそうである。何《ど》のように決着せられるかはまことに知り難い。

▼1　六条御息所の御女。朱雀院の御譲位によって伊勢よりもどられた。
▼2　藤壺。即ち入道の宮。今上の御母君。

▼3　源氏。内大臣になったので、この敬称を用いる。
▼4　朱雀院。伊勢よりもどられた斎宮を、お召しになりたいお志のあるのは「澪標」に書かれている。
▼5　手拭や化粧道具を入れる箱で、蓋がない。後の、みだれ箱。
▼6　源氏。
▼7　斎宮に仕える女官の長。
▼8　贈物の筥などに、金又は糸で梅松などの枝を拵えて飾りとしたもの。
▼9　伊勢へお下りになる別れの儀式の時、儀式として賜わる櫛に添えて、同じく儀式として、再び帰っては入らせられますなと申したのをかこつけ言にして、間遥かな逢い難き君であると神がお止めになって、それで君には逢えないのであろうか。
▼10　前斎宮。
▼11　斎宮の伊勢御下向の折、大極殿で執り行われた儀式を指す。朱雀院が斎宮に御櫛をさされたことが「榊」にあった。
▼12　当時斎宮、十四歳。
▼13　斎宮の御母。
▼14　別れるとて、遠い以前に仰しゃった一言も、帰って来ての今、このように仰しゃると、却って悲しいことでございますよ。(「かへりて」は、「帰りて」と「却りて」とを懸けたもの)
▼15　参議で修理大夫を兼任した者。
▼16　六条御息所。
▼17　藤壺。
▼18　前斎宮。梅壺の女御と申す。
▼19　藤壺中宮。
▼20　権中納言の御女で、梅壺の女御より早く入内。
▼21　梅壺の女御。

▼22　源氏。
▼23　もとの頭中将。
▼24　源氏。
▼25　弘徽殿女御と、梅壺の女御。
▼26　紫上の父宮。異腹の女（むすめ）を奉りたい願いを持っている。
▼27　弘徽殿女御の父。もとの頭中将。
▼28　弘徽殿。
▼29　須磨での絵日記。
▼30　紫上。
▼31　一人離れていて、嘆きをしていようよりは御一緒にいて、海士の住んでいる様の絵を書いて見るべきでございましたよ。「かた」は「潟」と絵の意での「かた」を懸けたもの。
▼32　憂き目を見たその時にも増して、今日は又、過ぎ去った時の悲しさに立ち返って、こぼれる涙であることよ。「うき目」は「浮き海藻（め）」の意で、「かへる涙」は「返る波」の意で、海に絡ませたもの。
▼33　藤壺。
▼34　明石入道。
▼35　斎宮女御の御殿。
▼36　竹取物語の翁。
▼37　空穂物語の主人公俊蔭。
▼38　苦労の意の思いに「思ひ」の「ひ」に「火」を懸けてある。
▼39　この物語は現存せず。
▼40　伊勢物語の、深い意を思おうとせず、伊勢物語を弁護する心を、伊勢の海と海岸を洗う浪に寄せて云ったもの。古い物だからといって、云い消すべきであろうか。
▼41　九重の雲の上まで思いあがっている心から見ると、伊勢の海の千尋と深い底も、遥か目したの物に見

えることです。「兵衛の大君」は、正三位の物語の中の人物で、正三位となって、宮中に位地を占めた人。

▼42 在原業平。

▼43 その刈る所の海松藻（みるめ）こそは、みすぼらしい物であろうが、年を重ねて来た伊勢の海士の名誉は、沈められようか。「みるめ」に、「見る目」即ち打ち見た所の意を懸け、「伊勢の海士」に、伊勢物語の業平を思わせて、古くても負けるべきではないの意をいったもの。

▼44 朱雀院。

▼45 巨勢金岡（こせのかなおか）の孫。

▼46 香木。

▼47 わが身だけは此のように、百敷（ももしき）の外（ほか）にはいるが、斎宮御下向当時、心の中に思ったことは、少しも忘れずにいる。

▼48 女御の斎宮の折に用いられたもの。

▼49 百敷の中は、昔とはなっていない心地がいたしまして、昔の御代のことが、今は恋しいことでございます。「神代」は、院の御代を懸けたもの。

▼50 朧月夜。

▼51 清涼殿にある。

▼52 清涼殿の西隣の殿舎。

▼53 机を据える敷物。

▼54 沈香木の若木。

▼55 蛍兵部卿宮。

▼56 勝負をきめる役。

▼57 父、桐壺院。

▼58 書籍や楽器をつかさどる役所。

松風

大臣《おとど》▼1は、東の院▼2をお造り終えになって、花散里《はなちるさと》▼3と申された方をお移しになられる。西の対《たい》から渡殿《わたどの》へ懸けてお住ませになって、政所《まどころ》▼4、家司《けいし》▼5など、あるべきものをお添えになる。東の対《たい》は、明石の御《おん》方《かた》▼6をというおつもりになっていた。北の対《たい》は、殊《こと》に広くお造らせになって、かりにも哀れとお思いになった者で、行末かけて君をお頼りにしていた人々の、集まって住めるようにと、それぞれ隔《へだ》てを附けてお造らせになったのは、なつかしく見所があって、お心細《こころこま》いことである。寝殿は空《あ》けてお置きになり、時々お越しになる折の御休息所として、その向きの御装飾をしてお置かせになった。

明石へは御消息《おたより》が絶えず、今はやはりお上《のぼ》りになるようにと仰せになられるが、女君▼7はやはり自分の身分の程を弁《わきま》えているので、この上もない貴い人々でさえも、却《かえ》って、見捨ててはおしまいにならないお有様の、情《つれ》なさを見つつ、物思いが増《ま》さるようであると聞いているので、まして自分は何れ程《ど》の御覚えがあるというので、出懸けて行ってまじれようか、この姫君▼8の恥となるように、物数《ものかず》でもない自分の身分があらわれることであろう、たまさかにお越しになる序《ついで》を待つというだけで、外聞悪《わ》るく恥ずかしいことが、何んなにあることであろうか、と思い乱れるが、又そうかといって、姫君がこうした所でお育ちになって、お子の数にもおはいりになれないようなことも、ひどくお可哀そうなので、一向きにお恨み申して背くことも出来ない。親達▼9も、ほんに尤《もっと》もなことだと嘆くので、却って途方に暮れた。昔、母君▼10の御祖父で中務《なかつかさ》の宮と申された方の御領地で、大堰河《おおいがわ》の辺《ほと》りにあった所を、その御後《おあと》に確《しっか》りとお継ぎになる方もなくて、年来《としごろ》荒れ果てているのを思い出して、その頃から引続いて、宿守《やどもり》のようになっている人を呼び寄せて、入道は相談をする。「世の中をこれまでと諦めて、こうした所に隠れ初めましたが、年寄になって思い懸《が》けないことが出来て来ましたので、新《あら》に京に家を求めているのですが、急に眩《まば》ゆい人中《ひとなか》に入るのも極《きま》りが悪るく、田舎《いなか》馴れた心持も落着くまいと思いますので、由縁《ゆかり》のある所をと思っているのです。入用《いりよう》の物は渡しましょう。修理して、型のように、人の住めるものに直してもらえますまいか」という。宿守、「もう永い間、御支配になる方もいられませんので、ひどい藪になってしまいましたので、手前は下屋《しもや》を手入れして住まっておりますが、この春頃から、内の大殿《おおいどの》▼11のお造りになります御堂《みどう》が近くて、あの辺は、ひどく人の出入りが騒がしくなってしまっております。厳《いか》めしい御堂などを建てて、大勢の者が普請をしているようでございます。静かな所をというお望みでしたら、あすこは違いましょうか」。「それはかまいません。あの殿のお蔭《かげ》を蒙《こうむ》ろうとする次第があってのことなので。自然、追々に内部の事はすることにしましょう。先《ま》ず急いで大体の事をして下さい」という。宿守、「自分の領地ではございませんが、別に御支配になる方も入《い》らっしゃいませんので、辺鄙《へんぴ》な所の習いで、年頃隠居所にしておりましたのです。御荘《みそう》の田畑など申しますものが、徒《いたず》らに荒れておりましたので、故民部大輔《こみんぶのたいふ》▼12の君にお許しを願いまして、然《しか》るべき物を差上げまして、自分の物として耕しておりますのです」と、その辺の土地を取り上げられはしないかと危く思って、髯《ひげ》だらけな無愛想な憎い顔を、鼻を赤くし、口を尖《とが》らせていうので、「決してその田などというような物には、此方《こちら》では用はないのです。全く今まで通りと思って耕しなさい。地券《ちけん》は此方《こちら》にあるが、一切世間のことは捨てている身なので、年頃、何うこうと尋ねもしなかったのですが、その辺のことも、追って委《くわ》しく始末をしましょう」などというにつけても、大殿《おおいどの》と関係のあることらしいので、面倒と思って、その後代物《だいもつ》を多く受取って、急いで修繕をした。このように思い附いていようとは大臣《おとど》は御存じがなく、京へ上《のぼ》るのを厭《い》やがっているのを、気の知れぬことと思召《おぼしめ》し、姫君がああした所で寂しくして入らせられるのを、後々《のちのち》になって人が言い伝えたならば、今一段人聞きの悪るいことであろうとお思いになっていると、大堰《おおい》の邸《やしき》の修繕が出来てしまってに、これこれの所を思い出しましてと申上げた。女君が人に立ちまじることを苦しいことにばかりしていたのは、そうしたことがあるからなのだと、大臣《おとど》はお心得になられる。残念ではない用意だと、お思いにもなった。惟光朝臣《これみつあそん》は例によって、忍んでの道には何時《いつ》もお世話を申上《もうしあ》げる人なので、大臣《おとど》はお遣《つかわ》しになって、然るべき様にそこここの用意をおさせになった。「周囲が面白くて、あの海辺に似た所のある様でございます」と申上げたので、大臣《おとど》は、そうした住まいだと、あの人にふさわしくなくはあるまいとお思いになる。お造らせになる御堂は、大覚寺《だいかくじ》の南に当っていて、滝殿《たきどの》▼13の趣《おもむき》など、その寺にも劣らないまでに面白い寺である。明石上《あかしのうえ》の邸は、大堰河《おおいがわ》の河岸の、いいようもなく好い松蔭《まつかげ》に、例の無造作に建てたもので、寝殿の簡素にした所なども、自然に山里のあわれを見せていた。大臣は室内の装飾までもお心添えになる。

　大臣《おとど》は親しい人々を、ひどく内々で明石へお迎えにお遣しになる。女君は遁《のが》れ難くて、今は何うしてもと思うにつけ、年久しく過して来た浦を離れることが哀れで、入道の心細くも一人で残っていることも心に余って、様々に悲しい。すべての事が何だって此《こ》のように辛いように変り出して来た身であろうかと、君の御恵みの露のかからない人が羨《うらや》ましく思われる。親達も、こうしたお迎いを受けて京に上《のぼ》る幸《さいわい》は、年頃、寝ても覚めても願いつづけていた心の叶ったことだと、ひどく嬉しいけれど、顔を見ずに暮してゆくことの気の結ぼれが怺《こら》えられず悲しいので、入道は夜昼嘆きに呆《ほ》けて、同じことばかり繰返して、「それでは姫君もお見上げ申さずに過してゆくのか」というより外《ほか》のことはない。母君もまた、まことに悲しげである。年頃でさえも入道とは同じ庵《いおり》の内にも住まずにかけ離れて過していたので、まして此の後は、誰を頼りにして残っていられようか。ただ仮初《かりそめ》に関係した人の、浅はかな間柄でさえも、見馴れ逢い馴れた者の別れる時は、一とおりの悲しさではなかろうものを、まして入道の、旋毛《つむじ》を曲げての顔つきや仕向けこそは、頼もしくはなかったけれども、それはそれとして、又ここそは此の世の果てまでの住家《すみか》であろうと思い、限りある命の中《うち》は▼14と思って、共々に過して来たのであるに、俄《にわか》に離れて行くのも心細い。若い女房達の、陰気な所と嘆き沈んでいた者は、嬉しいことには思うものの、見捨て難い浜の景色を、又来て見るということは出来まいと思って、寄せて来る波の飛沫《しぶき》に添えて、涙に袖濡れがちにしている。秋の頃なので、ものの哀れが重なっているような気がして、出発という日の暁、秋風が涼しくて、虫の音も忙しいのに、女君は海の方を眺めやっていると、入道は例のように、後夜《ごや》から早く起きて、鼻汁《はな》をすすって勤行《ごんぎょう》をしていられた。場合柄とて、深くも縁起の悪《わ》るい涙は慎んでいるが、誰も誰もひどく怺《こら》え難く悲しい。姫君は、まことにまことに美しくて、入道は夜光るという玉のような気がして、懐より外にはお離し申さなかったのに、姫君も見馴れてお纏《まつ》わりになられるので、心様など気味悪るいまでに人とは異《ちが》っている我が身を、忌《い》ま忌《い》ましくは思いながらも、片時でもお見上げ申さなかったならば、何《ど》うして此の先過ごそうとするのだろうと思うと、涙を押えきれない。

　行く先を遥かに祈る別れ路《ぢ》に堪へぬは老いの涙なりけり▼15

「まことに縁起の悪るいことです」といって、涙を押拭《おしぬぐ》って隠す。尼君、

　諸共に京《みやこ》は出《い》できこのたびやひとり野中の道に惑はむ▼16

と詠《よ》んでお泣きになる様が、まことに尤もである。長くも契り交《かわ》して積《つも》って来た年月《としつき》の程を思うと、このように浮いたことを頼みとして、捨てた世に立ち返るのも、思えば果敢《はか》ないことであるよ。御《おん》方《かた》▼17、

　いきて又逢ひ見むことをいつとてか限りも知らぬ世をば頼まむ▼18

「せめて京までのお送りだけでも」と思い入って仰《おっ》しゃるけれども、入道は、それこれに附けて、そ

れは出来ないことだと云いつつも、さすがに道中の程も、ひどく不安な様子である。入道は女君に、「世の中を見捨て始めました時に、こうした田舎《いなか》に下《くだ》りましたことは、ただあなたのお為《ため》に、思うような明暮《あけく》れのお冊《かしず》きが十分に出来ようかと思い立ってのことでしたが、生れつきの者だと思い知られることが多うございましたので、改めて京《みやこ》へ立ち帰って、古受領《ふるずろう》▼19の零落した類《たぐ》いになって、貧しい家の蓬や葎《むぐら》を払って、以前の有様を改めるということはしませんものの公私《おおやけわたくし》の上で愚かしい評判を弘《ひろ》めまして、親の御後《おあと》を恥ずかしめますことが悲しいところから、ここへ下《くだ》りましたのがやがて、世を捨てる門出だったのだと人にも知られましたので、そちらの方では好くも思い切ったことであったと思っておりましたが、あなたが次第に御成人なされ、もの心がお附きになるに連れて、何だってこういう口惜《くちお》しい世界に、錦を隠してお置き申すことだろうと、親心の闇の晴れる時もなく嘆き続けて居りましたままに、神仏《かみほとけ》をお頼み申上げまして、それにしても、こうした拙《つたな》い身に引かれて、山樵《やまがつ》の庵《いおり》にまじっては入らっしゃるまいと、そう思う心一つを頼みにしておりましたのに、思懸《おもいが》けない嬉しい事をお見上げ申し初めましても、却って身分のちがいを、ああこうと悲しんでおりましたが、姫君がこのようにお生まれになりました御宿縁の頼もしさに、こういう渚で月日をお過ごしになりますのは勿体《もったい》ない事で。御宿縁が異《ちが》っていらせられますので、お見上げ申せない嘆きは鎮《しず》め難うございますが、この身は永く世を捨てた心でおりました。あなた方は世を照らす光が明らかでございますから、暫《しば》らくの間こうした山樵《やまがつ》の心をお乱しなされるだけの御縁▼20だったのでございましょう。今の心は、天に生まれた人の、悪い三悪道へ帰って来る折の一時の悲しみに擬《なぞら》えまして、今日永《なが》のお別れを致します。私の命が尽きたとお聞きになりましても、後の仏事などなさいますな。遁《のが》れられない別れも、お心をお乱しなさいますな」と云い切るものの、「私が煙となります夕べまでは、姫君の御事を、六時の勤行《つとめ》にも、慾深《よくぶか》のようですが、まぜてお祈りいたしましょう」といって、これには泣き顔となったことである。道中は、お車を数多く続けるのも仰々しいし、少しずつ分けるのも面倒なのに、お供の人々も、ひたすらに人目を忍んでいるので、舟で忍びやかにという事に定めた。辰の時に御出帆なされる。昔の人も哀れだといった此の浦の朝霧▼21に、船が隔たってゆくままに、入道は澄んだ心も持ち切れないように、あこがれて眺めていた。多くの年をここに過ごして今更《いまさら》京へ帰ってゆくのも、やはり思いの多いことで、尼君はお泣きになる。

御方《おんかた》、

かの岸に心寄りにしあま船の背きし方に漕ぎ帰るかな▼22

幾かへり行き交《か》ふ秋を過ぐしつつ浮木《うきぎ》に乗りてわれ帰るらむ▼23

思い通りの風で、予定の日をたがえずに京にお入りになった。人に見とがめられまいという心があるので、途中も態《わざ》と軽々しい様にした。家の様は、面白く出来ていて、年来過ごしていた海岸のそれに似ているので、所の変ったような気もしない。昔のことが思い出されて、哀れなことが多くある。新たに造り添えた廊なども、趣《おもむき》のあるもので、遣水《やりみず》の流れも面白く出来ている。まだ細かい所までは手が届いていないが、居馴染《いなじ》んだならば、これで好いようである。大臣《おとど》は親しい家司《げいし》に仰せになって、安着の御饗応をおさせなされた。此方《こちら》へお越しになることは、とかくに御遠慮になっている中《うち》に、日数が立った。女君は、前よりも却って物思いがつづけられて、捨てて来た家も恋しく、徒然《つれづれ》なので、かの大臣《おとど》の御形見の琴《きん》▼24を弾く。場合柄何《ど》うにも堪えられない気がするので、人々よりも遠い方で、打解けて少し弾くと、松風の音が端なくも響き合っていた。尼君はもの悲しそうにして、物に凭《よ》り臥《ふ》していられたが、起きあがって、

身を変へてひとり帰れる山里に聞きしに似たる松風ぞ吹く▼25

御方、

ふる里に見し世の友を恋《こ》ひわびてさへづることを誰か分くらむ▼26

此のように頼りない様で明かし暮らしているので、大臣《おとど》は却って落着き心なくお思われになるので、

今は人目をも憚《はばか》ってはいらせられなくなって、お越しになるが、二条院の女君[27]には、明石上《あかしのうえ》のことを、これこれと確かにはお知らせ申さなかったので、例の、人の口からお聞き合せになることもあろうかとお思いになって、お聞きに入れられる。「桂に、行って見なくてはならない事がありますのに、心ならずも日が立ってしまいました。訪ねてやろうといった人も、その近い辺へ来て待っているので、気の毒です。嵯峨《さが》の御堂《みどう》にも、まだ飾りのない仏のおまいりをしましょうから、二三日は懸《かか》りましょう」と申される。女君は、桂の院という所を俄にお造りになっていると聞くのは、そこにその人をお据えになるのだろうかと思われて、気まずいので、「斧の柄もすげ換えになる程[28]、待ち遠《どお》のことでしょう」と、面白くない御様子である。大臣《おとど》は、「いつもの、調子の合せにくいお心持ですね。以前の有様[29]はすっかり無くなったと、世間の人もいっていますのに」と仰しゃって、何やかやとお機嫌をおとりになる中に、日が闌《た》けた。忍びやかで、御前駆も睦《むつ》ましくない者は雑《ま》ぜずに、御用心をしてお越しになった。夕暮にお着きになった。狩の御衣《みぞ》に窶《やつ》れていらせられた時でさえも、女君は世に知られない心持がしたのに、ましてそのお心でお繕いになっていらせられる御直衣姿《おんなおしすがた》は、世に又とないまでに艶《なま》めかしくも眩《まば》ゆいまでの気がするので、歎き咽《むせ》んでいた心の闇も晴れるようである。大臣《おとど》は珍らしくも哀れにもお思いになって姫君を御覧になるのも、何で浅くはお思いになろうか。今まで隔てていた年月さえも、浅ましく残念なまでにお思いになる。大殿腹《おおいどのばら》の若君[30]を美しいといって、世間の人の持《も》て囃《はや》すのは、やはり母方の威勢によって、人がそう見做《みな》すからなのである。このようにまでもまことの美しい人は、幼い時からはっきりと異《ちが》うものであるとお思いになって、打笑んでいる顔の無心なのが、愛嬌があって匂やかなのを、ひどくも可愛《かわ》ゆいとお思いになる。乳母《めのと》は、下《くだ》って行った時[31]には窶れていた器量が、整って好くなっていて、この月頃のお話など馴れて申上げるのを、可哀そうに、ああした海人《あま》の塩屋《しおや》の側で過ごしたことだとお思いやりになって仰しゃる。大臣《おとど》は女君に、「ここもひどく里離れがしていて、来るのにも骨が折れますので、やはりあの私の望みの所[32]へお移りなさい」と仰しゃるが、女君は、「様子の分りません間を過ごしまして」と申上げるのも尤《もつと》もである。夜を通して、様々のお約束をし、お話し合いになって明かされる。大臣《おとど》は、其方此方《そちこち》の修繕すべき所を、そこの預り、新たに加えた家司にお命じになる。桂の院へお越しになるとのことなので、此のあたりの御領の地の人々が其方《そちら》へ参り集った者が、いずれも此方《こちら》を尋ねて参った。前栽《せんざい》の物の折れ伏してあるものなどを、お繕わせになられる。「其方此方《そちこち》の達石《たていし》などの、みんな倒れたり無くなったりしているのを、心得があって直すと、面白くなるべき所ですよ。こうした所を、念入りに繕うということも、つまらないことです。そうしたところで、何時《いつ》までも居る訳には行かないので、離れる時には惜しくなって、心が残って、苦しいことでした」と仰しゃって、明石での事など仰せ出されて、泣きつ笑いつお打解けになられるのは、まことに有難《ありがた》いことである。尼君は覗いてお見上げすると、老いも忘れ、嘆きも忘れるような気がして、にこにこした。大臣《おとど》が東の渡殿《わたどの》の下から流れ出して来る遣水《やりみず》の工合《ぐあい》をお直しになるとて、ひどく艶《なま》めかしい袿姿《うちぎすがた》に打解けて入らせられるのを、尼君はまことにお美しく嬉しいこととお見上げしていると、大臣《おとど》は閼伽《あか》の道具▼33のあるのを御覧になって、お思い出しになられ、「尼君は此方《こちら》にいらっしゃるのですか。ひどくじだらくな風をしていたことで」と仰しゃって、御《おん》直衣《なおし》をお取寄せになって召される。几帳《きちょう》の前にお寄りになって、「無難な者にお育て下さいましたのは、全く御勤行《おんおこない》のお蔭《かげ》であると、沁《し》み沁《じ》み嬉しく存じ上げます。まことにお心静かに行い澄ましていらっしゃいましたお住家《すみか》を捨てて、浮世にお帰りになりましたお心持は、浅くは思いません。又彼方《あちら》では、何《ど》んなにか後《あと》にお残りになって、お案じになって居られることでしょうと、そちこち、お察し申されることでございます」と、ひどく懐かしく仰せになる。尼君は、「捨てました世に、また立ち帰りまして、心を乱しておりますので、お察し下さいますので、長生きをいたしました甲斐《かい》のあることに存じます」と泣いて、「ああした荒磯で、お気の毒にお思い申しておりました二葉の松▼34も、今は頼もしい生い先がお祝い申せますにつけましても、根ざしの浅い▼35ということが、如何《ど》んなものであろうかと、旁心懸《かたかた》りでございます」と申上げられる様子が、品位がなくはないので、大臣《おとど》は昔話として、親王《みこ》の此所《ここ》に住んでいられた有様などをお話しさせてお聞きになると、お手入れをされた遣水《やりみず》の音も、昔を話すがように聞える。尼君、

住み馴れし人は帰りてたどれども清水ぞ宿のあるじ顔なる▼36

態《わざ》とらしくはなく、紛らわして云う様を、上品で好いと大臣《おとど》はお聞きになる。大臣《おとど》、

いさら井は早くのことも忘れじをもとの主人《あるじ》や面変《おもがは》りせる▼37

「ああ」と嘆かれて、お立ちになられる姿もお美しさも、尼君は世に見たこともないめでたさでいらせられるとお思い申す。

大臣《おとど》は御寺《みてら》にお越しになられて、毎月の十四日十五日晦日《みそか》に行うべき、普賢講《ふげんこう》、阿弥陀、釈迦の念仏三昧はもとより、更《さら》に加えて行うべき事を、お定め置きになる。堂の飾り、仏のお道具などの寄進を、人々に仰付《おおせつ》けになる。月の明るい光で又ここへお帰りになられる。明石でのこうした夜をお思い出しになられると、その機《しお》を見遁《みのが》さずに、女君はかの琴《きん》の御琴《おんこと》を差出した。大臣《おとど》は何ということもなく哀れな気のなさるので、我慢し切れずお弾きになる。まだ調べも変っていないので、これを弾いた時が、立ち返り今ででもあるような気でなされる。

契りしにかはらぬ琴のしらべにて絶えぬ心の程は知りきや▼38

女君、

かはらじと契りしことを頼みにて松の響に音《ね》を添へしかな▼39

と、お詠み合いになっているのも、似合わしくなくもないというのは、女君としては身に余る有様というべきであろう。この上もなく整い増《ま》さって来た女君の容貌、様子も、大臣《おとど》はお捨てにはなれそうもなく、若君にもまた、飽かずもお見つめになられる。何うしたものであろう、若君がこのように隠れた有様でお育ちになるのは、お気の毒な残念なことなので、二条院《にじょうのいん》にお移しして、出来る限り

大切にしたならば、後々の世間の覚えもよく、欠点も脱《まぬ》かれようかとお思いになるが、それは又、女君の心持が可哀そうなので、口にはお出しになれなくて、涙ぐんで若君を御覧になる。若君は幼い気分から、大臣《おとど》に少し人見知りをしていたが、だんだんに打解けて来て、物をいったり笑ったりしてお睦《むつ》れになるのを見るに連れて、美しさが増さって来て可愛ゆい。大臣の懐《ふところ》にお抱きになっていられる様は、見る甲斐があって、御宿縁がこの上なく貴く見えた。

　明くる日は京にお帰りになるので、少し朝寝をなされて、直《す》ぐに此所《ここ》からお出になられるというので、桂の院には人々が大勢集《つど》まり集っており、ここへも殿上人が大勢参った。大臣《おとど》はお装束をなさって、人々に「何うにも工合の悪《わ》るいことですよ。こうした見附かりそうもない所ですのに」と仰しゃって、人騒がしいのに引かれてお出懸けになる。女君に暇乞《いとまごい》をされないのが気の毒なので、さりげないように紛らして、お立ち留まりになっていられる戸口へ、乳母《めのと》は若君を抱いて出て来た。大臣《おとど》はさも可愛らしい御様子でお撫《な》ぜになって、「見ずにいると、何うにも苦しい気がしそうなのは、まことに勝手なものです。何うしたらいいだろう。ここはいかにも『里遠し』▼40ですね」と仰せになると、乳母《めのと》は、「遠く隔たっておりました時よりも、これからのお仕向けの覚束《おぼつか》ないのは、気の揉めますことで」と申上げる。若君が手を出して、父大臣《おとど》の立って入らせられるのをお慕いになると、お屈《かが》みになって、「不思議に苦労の絶えない身ですよ。暫《しばら》くでも見ないのは苦しいことです。何方《どちら》にいます。何だって一緒に別れをお惜しみにならないのです。それだと少しは生きている気もしましょうに」と仰しゃるので、乳母《めのと》は笑って、女君にこれこれと申上げる。却って思い乱れて寝ていたので、直ぐにはお起きになれない。大臣《おとど》は余りに上臈《じょうろう》めかしているとお思いになった。女房どもも工合悪るがるので、女君は渋々に居ざり出したが、几帳に半分隠れている横顔は、ひどく艶《なま》めいていて、品があり、物柔らかな様子は、女宮《おんなみや》といっても不足がなさそうだ。大臣《おとど》は、几帳の帷《かたびら》を掻き遣《や》って、細《こ》ま細まとお話になられる。お出懸けになろうとして、ちょっと振返って御覧になると、女君はあのように落着いていたが、お見送り申上げる。云いようもない盛りのお容貌である。前はひどくお背《せい》が高くいらしたが、今は少し釣合うようになられた。君のお姿も、これでこそ貫禄もおありになったのだと思って、御指貫《おんさしぬき》の裾までも、艶《なま》めかしく愛嬌のこぼれているとも見るのは、偏《かたよ》っての見做《みな》しというべきであろうか。かの、明石での頃は解官《げかん》となっていた蔵人《くろうど》▼41も復官していた。今は靫負尉《ゆげいのじょう》で今年叙爵されたことだ。昔とはちがって、今は快げにして、大臣《おとど》の御佩刀《みはかし》を受取りに近寄って来た。簾の内に知合いの女房の影のさすのを見つけて、「昔を忘れたのでございませんが、憚《はばか》り多いので、物も申せません。浦風の身にしみます明け方の寝覚にも、おたよりを申す手蔓《てづる》さえもございませんでしたので」と、気持ちを見せていうと、その女房は、「此方《こちら》の八重《やえ》立《だ》つ山のさみしさは、あちらの島隠れにも少しも負けませんので、『松も昔の』▼42と嘆いておりますのに、お忘れにならない方の入《い》らしたのは、頼もしいことでございます」などという。抜からないことである。此方《こちら》もまるきり気がないというでもなかったのにと、呆れた気はするが、「いずれ改めて」といって、しゃんとしてお供をした。大臣《おとど》はまことにお立派にお歩みになってゆくと、御前駆は騒がしくも先払いをして、お車の後方《うしろ》には、頭中《とうのちゅう》将《じょう》と兵衛督《ひょうえのかみ》とをお乗せになる。大臣《おとど》は、「ひどく軽々しい隠《おく》れ家《が》を見附けられたのは残念です」と、ひどく痛み入られる。「昨夜の月には、残念にもお供に後れてしまったと思いましたので、今朝は霧を分けて参りましたのでございます。山の錦は、まだ早うございました。野辺の色は、今まっ盛りでございます。某《なにがし》の朝臣は、小鷹狩にかかずらいまして後れてしまいましたが、何うなったのでしょう」などという。大臣《おとど》は、「今日はやはり桂殿《かつらどの》で」と仰せになって、そちらの方へお越しになった。桂殿では俄《にわか》な御もてなしで騒いで、鵜飼▼43どもを召すにつけても、大臣《おとど》は明石での海人《あま》の囀《さえず》りをお思い出しになられる。野に泊って狩をしていた君達《きんだち》は、小鳥をしるし程附けさせた荻の枝を土産《つと》にして参った。御酒の杯が幾度《いくたび》となく巡って、河の辺りは足もとが危いけれども、大臣《おとど》は酔にまぎれてお出懸けになって日を暮らされた。夜になると、銘々《めいめい》絶句を作り合って、月が花《はな》やかに出る頃には、管絃のお遊びが始まって、まことに賑やかである。弾き物は、琵琶と和琴《わごん》だけで、笛は上手な者の有りたけが集まって、折に合った調子を吹き立てていると、河風が音を合せて面白いのに、月が高く上って、万《よろ》ずの物の音が澄んで聞える夜のやや更《ふ》けた頃に、殿上人が四五人ほど一しょになって参った。殿上に今宵侍《さぶら》っていたところ、管絃の御遊びのあった序《ついで》に、主上には今日は、「六日間の御物忌《おんものいみ》の明ける日で、大臣《おとど》には必ず参られる日であるのに、何うしたであろう」と仰せられたので、此方《こちら》にこうしてお泊りになって入らっしゃる由《よし》を聞召《きこしめ》されて、御消息《おたより》を賜ったのである。勅使は蔵人《くろうど》の弁であった。

月の澄む河の遠《をち》なる里なれば桂の蔭は長閑《のど》けかるらむ▼44

「羨ましいことで」とお書き遊ばされてある。大臣《おとど》は、御礼を申上げられる。殿上人は、殿上の御遊《みあそ》びよりも、更に場所柄の凄《すご》さまでも加わっている楽《がく》の音《ね》を愛《め》でて、また酔が加わった。此所《ここ》には御使への賜《たま》ものもなかったので、大堰《おおい》へ、「態《わざ》とではない用意の物がなかろうか」といってお遣《や》りになった。有合《ありあわ》せのままの物を差上げた。衣櫃《きぬびつ》二荷《ふたかけ》であったが、勅使の弁は、急いで宮中へ参るので、女の装束をお被《かず》けになる。大臣《おとど》の御返歌《おんかえし》、

久方の光に近き名のみして朝夕霧もはれぬ山里▼45

行幸をお待ち申上げるお心持なのであろう。大臣《おとど》は、「中に生ひたる▼46」と古歌をお誦《ず》しになる序《ついで》にかの明石での淡路島をお思い出しになって、躬恒《みつね》が「所がらかも▼47」と、訝《いぶ》かって云ったことなどをお云い出しになったので、哀れを催して酔い泣きする者もあろう。大臣《おとど》、

めぐり来て手に取るばかりさやけきや淡路の島のあはと見し月▼48

頭中将《とうのちゆうじよう》、

浮雲にしばしまがひし月影の澄みはつる世ぞ長閑《のど》けかるべき▼49

右大弁は、少し年齢《とし》がしていて、故院▼50の御代《みよ》にも、大臣《おとど》に睦まじく仕え馴れていた人である。その人、

雲の上の住みかを捨てて夜半の月いづれの方に影隠しけむ▼51

心々に詠んだ多くの歌があるようだが、煩《わずら》わしいので省く。大臣《おとど》の打解けたしんみりとしたお話も、少し乱れて来て、千年の間も見聞きをしていたい御有様なので、斧の柄も朽ちるかも知れないようであるが、今日も又という訳にはゆくまいと、急いでお帰りになられる。御被《おんかず》け物《もの》の品々を被《かず》いて、人々が露の絶え間に立ちまじっているのが、前栽《せんざい》の花と見まちがえられる色合いをしていて、殊《こと》に愛《め》でたい。近衛司《このえづかさ》の中の名高い舎人《とねり》で、物《もの》の節《ふし》▼52がお供の中にいるのに、名残がさみしいので、「其駒《そのこま》」▼53などを乱れ舞わせて、禄▼54にと人々の脱ぎ掛けられる衣《きぬ》の色々は、秋の錦を風が吹き翻《ひるが》えしているのかと見える。騒いでお帰りになられる音を、大堰《おおい》では物を隔てて聞いて名残りさみしく眺めていられる。大臣《おとど》も、消息《たより》さえもしなくてと、お心に懸《かか》っていた。

大臣《おとど》は殿にお帰りになって、暫くお休息《やすみ》になる。女君に山里のお話をなされる。「お約束した日が過ぎましたので、まことに心苦しいことでした。あの風流者達が尋ねて来て、ひどく無理に留めるのに引かされまして、今朝はひどく苦しいのです」といって、御寝《ぎょしん》になった。女君は例のように気持の解けない御様子にお見えになるが、大臣《おとど》は知らん顔をなされて、「比較にはならないお身を、無理にお思い較《くら》べになるのは、悪《わ》るいことでしょう。自分は自分だと安心していらっしゃい」とお教えになられる。暮れかかる頃に宮中へ参られるのにつけ、側《わき》へ向いて急いで御文をお書きになるのは、大堰《おおい》へのものであろう。側の見る目にも、お心濃《こ》まやかなものに見える。お使《つかい》にひそひそ物を云ってお遣《や》りになるのを、老《おい》女房達はお憎み申す。その夜は大臣《おとど》は内裏《うち》に侍《さぶら》われるべきであるが、女君の解けなかった御機嫌を取りに、夜更けたけれども御退出になった。先の御文の御返事を持って参った。大臣《おとど》はお隠しにもならず御覧になる。格別聞きにくいような節《ふし》も見えないので、女君に、「これを破り捨てて下さい。煩《うる》さいことです。こうした物の散っているのも、もう似合わないような年になりました」と仰しゃって、御脇息にお凭《よ》りになって、お心の中では、明石上《あかしのうえ》がひどく恋しく思いやられるので、灯影をお眺めになって、格別物も仰せにならない。文は広がって長くなったままでいるが、女君は御覧にならないようなので、大臣《おとど》は、「せめて隠して下さい、お目つきが厄介なことです」といってお笑いになる愛嬌は、そこら一面に零《こぼ》れるようである。女君の側《そば》へお寄りになって、「本当は、可愛らしいものを見ました▼55ので、縁深く思えるのですが、そうかといって鄭重《ていちょう》に扱いますのも遠慮の多いことなので、屈托しているのです。私と同じ心になって思案して、お心で分別を附けて下さい。何《ど》うしたものでしょうか。此所《ここ》で育てて下さいますか。蛭《ひる》の子の年▼56になるのですが、無邪気なところを見ると、何うにも思い捨てられないのです。幼い腰の下の物▼57も、何とかしてやりたいと思いますが、お厭《いや》だと思わなかったら、結んでやって下さい」とお話になる。女君は、「私の思いもしないようにばかりお取りになりますお心の隔てを、無理に知らない振りをして打解けてもいられませんからのことで。お小さい方のお心には、私はきっとお気に入りましょう。何んなにかお可愛ゆい頃で」といって、少し笑い顔におなりになった。稚児を無闇にお可愛ゆがりになるお心なので、貰って抱きかかえて冊《かしず》きたいものだとお思いになる。大臣《おとど》は、何うしたものであろう、此方《こちら》へ迎えようかとお思い乱れになる。大堰《おおい》へお越しになるということは、まことにむずかしい。嵯峨《さが》の御堂《みどう》の念仏の日を待ちつけて、月に二回ほどお逢いになるようである。年に一度の天の河の契りにはまさっていようが、及びない身▼58だとは思っているが、やはり何うして物思いせずにはいられようか。

▼1 源氏。
▼2 源氏の本邸の二条院の東につくられた院。
▼3 源氏の愛人の一人。「花散里」の巻以下に出ず。
▼4 親王摂関大臣の家で、知行所の事務を扱い家政もつかさどる所。
▼5 同じく、家の事務を司る、家令以下書史以上の称。

▼6　明石上。源氏の愛人の一人。「明石」の巻以下に出ず。
▼7　明石上。
▼8　明石上と源氏との間に生れた明石姫君。
▼9　明石入道と妻の尼君。
▼10　明石上の母。入道の妻。
▼11　源氏。
▼12　中務の宮の子孫であろう。
▼13　庭の滝のほとりにある殿。
▼14　ありはてぬ命待つ間のほどばかり憂きことしげく思はずもがな（古今集）
▼15　姫君の行く先の幸を、遥かにもお祈り申すこの別れ際に、縁起悪るげにもこぼれるのは、これは老いの涙という、特別なものでございます。人の旅立の際には、縁起を祈って、涙を見せない事になっていた。
▼16　この播磨へ下る旅には、入道と連れ立って一しょに京を出ました。今度の旅はひとりなので、昔の道も今は変って野中のものとなっていようが、その道が分らずに迷うことでしょう。
▼17　女君。
▼18　生きては、又の逢う瀬を、いつといって頼まれましょうか。来世に続いて限りも知られない世の中にはと頼みましょう。「いきて」は、「行きて」と「生きて」を懸けてある。
▼19　古手の国守。
▼20　天人は、果報が尽きると一時餓鬼、畜生、地獄の三悪道へ行き、苦しみを経て、又天上界へもどるという。
▼21　「ほのぼのと明石の浦の朝霧に島がくれ行く舟をしぞ思ふ」（古今集）
▼22　あの岸へ着けようと、心を寄せていた海人（あま）の船の、今まで背を向けていた方へ、またも漕ぎ帰ることよ。案外な成行きという意に、「かの岸」を、「彼岸」即ち浄土の岸の意とし、「あま船」を尼の乗っている意とし、「そむきし方」は捨てた世即ち京として、同じく案外の意を持たせたもの。

▼23　幾度もの行きつ来つする秋をここに過しつづけて来て、今われは船に乗って京へ帰るのであろう。「浮木」は船。
▼24　源氏より明石で貰った琴。
▼25　我が身の有様を変えて、今はただ一人で帰って来た、この昔住んでいた里に、昔聞いたのに似た松風の音のすることよ。
▼26　明石の故里で、昔一しょにいた人を恋いわびて、云立てるわが言葉を、誰が聞き分けてくれるのだろうか。「さへづること」は、「言」に琴を懸けて、拙くも弾き乱す琴の意を持たせたもの。
▼27　紫上のこと。
▼28　晋の王質の故事。山中にて仙人の囲碁に見とれているうちに、いつか持っていた斧の柄が朽ちていたので、驚いて帰宅すると、七代目の孫に会ったという話。
▼29　好色なこと。
▼30　故葵上に生れた夕霧。祖父は太政大臣、昔の左大臣。
▼31　源氏が明石へ乳母を遣したことは、前にあった。
▼32　二条院の東院。
▼33　仏に水を奉る道具。
▼34　姫君。
▼35　母方の身分の低いこと。
▼36　ここに住み馴れていた人の方は、久しぶりに立ち帰って、却って覚束ない気がしていますのに、清水の方は、主人顔をしておりますことです。
▼37　いさら井は昔の事も忘れはしまいが、以前の主人（あるじ）の、覗くに写る顔は、寄る年波でそれと分らないまでに面変りがしていることであろうか。「いさら井」は、水の浅い井で、「遣水」を言いかえたもの。
▼38　約束したのに変らず、琴の調べの変らない中に逢ったので、私の絶えない心の程は分ったのでしょう

ね。

▼39 心変るまいと、お約束になった言を頼みとして、松風の響に、泣く音を添えて過しておりましたことです。「こと」に「言」と「琴」、「音」に泣く音を懸けて、君を頼んで来たことをいったもの。

▼40 「里遠み如何にせよとかかくのみは暫しも見ねば恋しかるらむ」（元真集）

▼41 伊予介の子。「葵」と「須磨」に既出。

▼42 「誰をかも知る人にせむ高砂の松も昔の友ならなくに」（古今集）

▼43 桂川の鵜飼。

▼44 それが紅葉すると、光が澄むという、月の中の桂と同じ名の桂の河の遠にある里なので、そこはその紅葉した桂の蔭、即ち澄み切った月光の下（もと）となっていて、長閑（のど）かなことであろう。月の中に高さ五百丈の桂の樹があるという、支那の伝説に絡ませてある。

▼45 月の中の桂に近く、桂という里ではございますが、それは名ばかりで、実に朝に夕に霧が立って、光もない山里でございます。「久方の光」は、月。

▼46 「久方の中に生ひたる里なれば光をのみぞたのむべらなる」（古今集）

▼47 「淡路にてあはと雲井に見し月の近き今宵はところがらかも」（躬恒集）

▼48 京に立ち帰って来て、今、手に取るようにもさやかに見える月は前に明石で、淡路の島のあわと、ほのかにも見た、その月なのか。「めぐり来て」は、月の縁語。「淡路の島のあは」は、躬恒の歌を踏んだもので、あれは月かとほのかに見た意。

▼49 浮雲に暫くの間紛れて見えなくなった月の、今澄み切っている世は、必ず長閑かなことでございましょう。大臣を「月」に譬え、明石の事を「浮雲」に譬えて、今より後の幸いを祝う意のもの。

▼50 桐壺院。

▼51 雲の上の畏（かし）こい住みかを捨てて夜半の月は、何ういう所へ、その姿を隠したのであろうか。「雲の上」は、九重の雲の奥で、宮中の譬。「月」は、故院を譬えたもので、崩御を思い出して悲しんだもの。

▼52 近衛司の舎人は、職務上、神楽、催馬楽を能くする。ここは、その東遊にすぐれている者。

▼53　神楽歌「其駒」。「その駒ぞや、われにわれに草乞ふ、草は取り飼はん、轡（くつわ）取り、草は取り飼はんや、水は取り飼はんや」
▼54　歌う舎人への褒美。
▼55　明石姫君をもうけたこと。
▼56　三歳の意。
▼57　三歳にて裳着を祝うこと。その儀式には、然るべき人にその紐を結ぶ役をしてもらうのである。
▼58　明石上。

薄雲

冬になってゆくと共に、大堰《おおい》の河岸の家は[1]一段と心細さが加わって来て、ぼんやりしたような気ばかりしつつ明かし暮らしているので、君[2]も、「やはりこうした様では、過して行き切れないでしょう。あの近い所[3]への引越しをお思い立ちなさいよ」とお勧めになるが、女君は、そうしたからとて、君の御様子は同じで、『つらき所[4]』の多くを試み尽したならば、慰めようもないことになり、『いかに云ひてか[5]』というようになりはしないかと思い乱れていた。君は、「それではこの若君を、このようにばかりして置くのは工合《ぐあい》の悪《わ》るいことです、思っていることもあるので勿体《もったい》ないことです、対《たい》の人[6]も聞いていて、何時《いつ》も見たがっていますので、暫《しばら》くお世話をし馴れさせて、袴着《はかまぎ》の式も、人に知られないようにではなく仕《し》たいものだと思っています」と、真面目に御相談になる。女君は、そのようにお思いになっていられようと思い続けていたことなので、一段と胸が塞《ふさ》がった。「改めて貴い方のお子にして見ましたところで、世間の人の申しますことは、中々取り繕えないものにお思いになりましょう」といって、手放し難く思った。「そう思うのは尤《もっと》もですが、お気懸《きがか》りなことがありはしないだろうか、というようには、お疑いなさいますな。彼方[7]は、何年も経ちますが、こうした人のないのをさみしく思いますままに、前斎宮《さきのさいぐう》[8]の大人《おとな》びていらっしゃる方さえも、達《たっ》てお世話を申上げていられるようですから、ましてこうした、憎めない幼い方を、粗略になどはしない心持の人です」と仰《おっ》しゃって、対《たい》の女君▼9のお有様の、申分《もうしぶん》のないことをお話になられる。ほんに以前は、何《ど》れ程の事をなさったならば、お落着きになることだろうかと云われていらせられると、人伝《ひとづ》てにほのかに伺っていたお心が、名残もなくお鎮《しず》まりになっていらせられるのは、つい通りの御宿縁ではない、その方のお有様も、多くの方々▼10の中でも勝れて入《い》らっしゃられるからこそだと思いやられて、物の数でもない自分などの立ち並べる御覚えでもないのに、さすがに出《で》しゃ張《ば》っては、その方が呆《あき》れた者にお思いになられることであろう、自分の身は何《ど》うあれこうあれ同じことである、生い先の遠い人の御上は、終《しま》いにはその方のお心に懸ることであろう、それだとすると、ほんに今のように何の見さかいもない中《うち》にお譲り申そう、と思う。又、手放したならば気がかりになることで、徒然《つれづれ》の慰めようもなくては、何《ど》のようにして明かし暮らしたものであろう。君も又、姫君がいらせられなくては、何につけてたまさかお立寄りもあろうか、などと様々思い乱れるにつけても、我が身の憂さが限りもない。尼君▼11は思慮の深い人で、「つまらない事を仰しゃいます。お見上げのできないことは、ほんとうに胸の痛くなりそうなことですが、つまりは姫君のお為《ため》に好いようにと思うべきでしょう。浅くお思いになって仰しゃるのではありますまい。只《ただ》もうお任せ申してお渡しなさいませ。母方の身分次第で、帝の御子《みこ》さえも御身分のちがいがおありになるようです。あの大臣《おとど》▼12の君が、世に二人とはないお有様でいらっしゃりながら、臣下としてお仕え申されるのは、故大納言が今一階御位が低くて、更衣腹《こういばら》とお云われになった異《ちが》いからのことでしょう。まして平人《ただびと》の腹のお子などは、較《くら》べ者にもなりません。又、皇子方《みこがた》や大臣《おとど》のお娘のお腹と申してからが、やはり御本妻の劣り腹のお子よりは、世間でも軽く見、親のお扱いも同じには出来ないものです。ましてこの姫君は、貴い御方々の所に、こうした方がお出来になれば、全く軽い者にされておしまいになりましょう。身分身分で、親に一段と大切にされる人が、取りも直さず世間からも軽しめられない初めになって行くのです。御袴着のことも、何《ど》んなに気を使って見たところで、こんな山隠れの所でしたのでは、何の見ばえがありましょう。只もうお任せ申して、お扱い振りを聞いて入らっしゃいませ」と教える。賢い人に考えさせても、その道の人に占《うら》なわせても、やはりお移りになつた方が宜《よろ》しかろうという者ばかりなので、女君の気も弱って来た。殿もあのようにお思いになりながら、女君の心持が可哀そうなので、達《たつ》てとは仰せられずに、「御袴着のことは、何《ど》のようにしましょうか」と、文でいってお遣りになると、御返事に、「何の事も、甲斐《かい》ない身にお添わせ申していましてはほんにお行末がお可哀そうに思われますので、それにしましても、其方《そちら》へお出《い》でになりまして、何《ど》のようにか人笑えにおなりになろうからと思いまして」と申上げたのを、君はひどく可哀そうにお思いになる。君は日柄《ひがら》をお択《えら》ばせになつて、内々に、然《しか》るべき準備をお指図になる。女君は、お手放し申すことを、やはりひどく可哀そうにお思いになるけれども、姫君のお為によいことをするべきだと我慢する。乳母《めのと》とも別れることになるのであるが、女君は明け暮れの嘆かわしさも、徒然《つれづれ》も、話をし合っては慰めるのを習わしにして来ていたので、一段と頼りないことが加わって行くのを、この先何《ど》んなに悲しいことだろうといって泣く。乳母《めのと》も、「御縁があったのでしょうか、思い懸けなくもお見上げ申すことになりまして、この年頃のお心添えが忘れられず恋しく思われますことでしょうから、お打絶え申すことは、決してございますまい。何《いず》れは又お側にとお思いますものの、暫くでも余所余所《よそよそ》になりまして、思い懸けない人附合《ひとづきあい》をいたしますのは、楽ではないことでございます」と、泣きつつ過している中に、十二月になった。

雪や霰《あられ》が降りがちなので、心細さも増して来て、女君は、不思議にも様々の物思いをしなければならない身であることよと嘆いて、平生《へいぜい》よりもその姫君を撫《な》で繕いつついた。雪が空を暗くして降って積る朝、女君は、過ぎ去ったことと先々のことを、残らず思い続けて、いつもは端近に出ることなどはしないのに、汀《みぎわ》の氷を見やって、白い衣《きぬ》の柔らかなのを何枚か襲《かさ》ねて着て、嘆かわしげに見つめている様子、頭《かしら》つき、後姿《うしろすがた》などは、限りなく貴い方といっても、このようにいらっしゃることだろうと乳母《めのと》には見える。女君は、こぼれる涙を払って、「こういったような日には、まして何《ど》んなに覚束《おぼつか》な

い気がされるでしょうか」と、愛らしげに泣いて、

雪深きみ山の路《みち》は晴れずともなほふみ通《かよ》へ跡絶えずして▼13

と仰せになるので、乳母《めのと》も泣いて、

雪間なき吉野の山を尋ねても心の通ふ跡絶えめやは▼14

といって慰める。

その雪が少し解けてに、大臣《おとど》は大堰《おおい》へお越しになった。いつもはお待ち申しているのに、あの御用だと思うので、胸が塞がって、これも自分の心から起ったことだと思う。自分の心次第のことであろう、お断り申したなら無理にもとは仰しゃるまい、つまらない事をした、と思うけれども、変返《へんがえ》るのも軽々しいことだと、強いて思い返す。姫君のひどくお可愛《かわ》ゆげにして前にいらせられるのを御覧になると、かりそめには思うことの出来ない宿縁あってのお子だとお思いになる。この春からお伸ばしになっている御髪《みぐし》が、尼削《あまそ》ぎ▼15の程で、ゆらゆらとして美しく、顔つき、眼もとの匂やかさなどはいうまでもない。余所《よそ》の者として思いやる親心の闇をお察しになると、ひどく気の毒なので、大臣《おとど》は繰返《くりかえ》してお云い聞かせなさる。女君は、「何でもございません、このように残念な者の子のようにさえお扱い下さいませんでしたら」と申上げるものの、怺《こら》え切れずに泣く様子が哀れである。姫君は無心で、御車に乗ることをお急ぎになられる。車を寄せてある所に、母君は自身で抱いてお出になった。片言で、声もまことに可愛らしく、母君の袖をつかまえて、お乗りなさいと引くのも、ひどく悲しく思われて、女君、

末遠き二葉の松に引き別れいつか木高《こだか》き蔭《かげ》を見るべき▼16

云い終ることも出来ずにひどく泣くと、君は、そうだろう、ああ苦しいこととお思いになって、

生ひ初《お》め《そ》し根も深ければ武隈《たけくま》の松に小松の千代を並べむ▼17

「気を長くしていらっしゃい」とお慰めになる。女君も、仰しゃる通りのことだと、心を落着けよう

とするけれども、出来ないことであった。乳母《めのと》と、少将といって美しい女房とだけが、姫君の御佩刀《みはかし》、天児《あまがつ》[18]といったような物を持って相乗りをする。お供の車には醜くない女房、女童《めわらわ》などを乗せて、お送りに参らせる。道々も君は、後《あと》に残っている人の気の毒さに、何《ど》んなに罪を受けることであろうかとお思いになる。

暗くなってお着きになって、御車を寄せると共に、御殿が花《はな》やかに、様子の異《ちが》っているところから、田舎《いなか》びた心持の人達は、極《きま》りの悪るい思いをして立ちまじるのだろうかと思ったが、君は西面《にしおもて》を特に御装飾おさせになって、小さいお道具などを美しく整えさせてお置きになった。乳母《めのと》の局《つぼね》には、西の渡殿《わたどの》の、北に当っている間をおあてがいになった。姫君は途中で眠っておしまいになった。抱き下されても、お泣きなどなさらない。女君の方で、お菓子を差上げなどされたが、次第に辺《あた》りを見廻《みまわ》して、母君の見えないのを求めて、可愛らしく泣き顔をなさるので、乳母《めのと》をお召しになって、お慰め紛らしなされる。君は、山里の徒然《つれづれ》は、まして何んなであろうかとお思いやりになると気の毒であるけれども、女君[19]の、明暮《あけく》れお思いどおりに冊《かしず》きつつ御覧になるのは、似合わしい気のなさることであろう。何んなものだろうかと人の思うような欠点のないお子が、この方にはお出来にならなくて、と残念にお思いになる。暫くの間は、馴れた人々を求めて泣きなどされたが、大体気やすく、お可愛ゆいお心持なので、上[20]にひどくよく馴染《なじ》んでお睦《むつ》びになるので、女君はひどく可愛ゆいものを得たとお思いになった。他事なく抱きかかえてお世話をし、玩《もてあそ》びになされるので、乳母《めのと》なども自然目近くお仕え馴れて来た。女君は更《さら》に、貴い人で乳のある人を添えてお上げになられる。御袴着は、何《ど》れ程の準備と御用意なさることもないけれども、様子が格別である。儀式の御飾りなど、雛遊びのような気がして、面白く見える。招かれて参らしたお客方も、ただ明暮れの繁《しげ》い出入りと変りがないので、別しては目にも立たなかった。ただ姫君の襷《たすき》[21]を結ばれたお胸の所が、可愛らしさが添ってお見えになったことである。大堰《おおい》では、限りなく姫君の恋しいにつけても、女君は心の足りなかった嘆きが添って来た。ああは云ったが、尼君も一段と涙脆《なみだもろ》くなっているが、姫君がそのように扱われてお出《い》でになると聞くのは嬉しいことであった。何《ど》んなお見舞の品も、生中《なまなか》にお上げ申すことが出来ようか。唯《ただ》お附きの人々に、乳母《めのと》を始めとして、立派な色合いの衣《きぬ》を用意してお贈りになられた。君は大堰で待ち遠《どお》にしていようが、一段と案じた通りだったと思われるのも気の毒なので、年内に忍んでお越しになった。一層にさびしくなった住まいに、明暮れお世話をする相手までも手放されたので、何んな気がしていることだろうと気の毒なので、御文も絶間なくお遣《つかわ》しになる。対《たい》の女君▼22も、今は格別にお怨《うら》みになられず、可愛ゆいお子の為に咎《とが》もお許し申されていた。

　年も改まった。▼23うららかな空に、思うこともない御様子はまことに結構で、磨き改めた立派な御殿に、参り集まられる方々で、年を取った方の七日の年礼《ねんれい》のお車には、お子をお引き連れになっていられた。若い方は、何の屈托もなく、快さそうに見えた。次《つ》ぎ次《つ》ぎの人も、心の中には思うこともあろう、表面は得意そうに見える御代《みよ》である。東の院の対《たい》の御方《おんかた》▼24も、お有様は気持のよい申し分のないもので、お仕えする女房や童《わらわ》の服装なども、だらしなくはなく心づかいをしつつお暮しになっているのに、お近くに住む験《しるし》は結構なもので、君はお心長閑《のど》かに暇のある時は、ひょっくりとお立寄りになられなどするが、夜お泊りになるような、態《わざ》との御事はない。女君は、お心持のおおような、子供らしい方なので、此《こ》のような宿縁を持った身であろう、とお思い做《な》しになりつつ、珍らしいまでに気安く思わせ、長閑《のど》かな様子をしていらせられるので、君はその時々のお仕向けなども、此方《こなた》の女君▼25の御有様に劣る差別はさして無く、お侮《あなど》りすべき余地もないところから、此方《こなた》と同じように人々も集ってお仕え申し、▼26別当家司なども事を怠《おこた》らず、中々乱れた所がなくて、見るに気持のよい御有様である。

　君は山里の徒然《つれづれ》を、絶えずお思いやりになっているので、公私《おおやけわたくし》の事の物騒がしい頃を過して、お越しになろうとして、平生よりは特に服装に気をお附けになって、桜の御直衣《おんなおし》に、云いようもない御衣を襲《かさ》ねて召され、薫香《くんこう》を炷《た》きしめてお飾りになって、御暇《おいとま》を申される様が、隈《くま》なくさし入る夕日に、一段と清らかにお見えになるので、女君▼27はお気に懸けて、お見送り申される。姫君は頑是《がんぜ》なくて、御《おん》指貫《さしぬき》の裾にまつわって、お慕い申している中《うち》に、簾《みす》の外にもお出になりそうなので、君は立ちとまって、ひどく可愛ゆくお思いになった。賺《すか》して置いて、『明日帰り来む』▼28と催馬楽《さいばら》を口ずさんでお出懸けになると、渡殿《わたどの》の出入口の所に待ちうけていて、中将の君▼29が、女君の御代りに申上げる。

舟とむる遠方人《をちかたびと》の無くばこそ明日帰り来む背なと待ち見め▼30

ひどく物馴れて申上げるので、君はひどく匂やかに御微笑になって、

行きて見て明日も実来《さね》むなかくに遠方人《をちかたびと》は心おくとも▼31

何事ともお分りにならず、戯れ歩いていられる姫君を、上は可愛ゆいと御覧になるので、『遠方人《おちかたびと》』のお気に入らないのも、寛《ゆる》やかにお許しになられ、その人も、何《ど》のようにかこの子を思いやっているだろう、自分であったら云いようもなく恋しく思うべき様であるものをと思って、じっと見守りつつ、懐に抱き上げて、可愛ゆらしいお乳房をおふくませになりつつ、戯れていらせられる御様は、見所が多い。お前にいる女房達は、「何うしてでしょう。同じことでしたら、此方《こちら》のお子様でしたら」などと話し合っていた。

大堰《おおい》の方では、まことに長閑《のど》に、趣《おもむき》ある様に住み做していて、家の有様も京とはちがって珍らしいのに、女君の様子は、逢う度毎《たびごと》に、貴い身分の人々にも、さして劣る所はなく、容貌も心嗜《こころたしな》みも申し分なく整い増《ま》さってゆく。この人が唯《ただ》、世間普通の覚えを持っている国守の娘ということで紛らわせるものだと、そうした人を取立てる例《ためし》も無いではないと世間で思いもしようが、並《な》み外れた偏屈者という親の評判のあるのは苦しいことである、女君はこれで不足はないのに、とお思いになる。いつも僅《わず》かの間で、満足出来ない程しかいないせいであろうか、落ちつかずお帰りになるのも心苦しくて『夢の渡りの浮橋』▼32かとばかり嘆かれて、君は箏《そう》の琴のあるのを引き寄せて、かの明石で夜更《ふ》けて聞いた音《ね》が、例《いつも》のようにお思い出しになられるので、琵琶を達《たつ》て御所望になるので、女君は少し弾き合

せたが、何《ど》うして此《こ》のように、何もかも整っているのだろうとお思いになる。姫君の御上を、細々《こまごま》とお話しになっていらせられる。

此所《ここ》はこうした山里ではあるが、此のようにお留どまりになることが折々あるので、はかないお菓子、強飯《こわいい》くらいは召上《めしあが》る時もある。近くにある御寺《みてら》、桂殿《かつらどの》などにいらせられるように紛らわしつつ、ひどく打込んでお取乱れにならないが、又ひどく目立って軽《か》ろしめた、一通りの様のお扱いにならないのは、まことに御覚えの格別な人に見えよう。女君も、君のそうしたお心の程をお見知り申して、過ぎているとお思いになるような事はせず、又、ひどく卑下して、お仕向けに背くようなこともしなくて、ひどくに見好くしていることとである。それと知られた貴い御方々の所へ入らしてさえも、これ程にはお打解けになることもなく、気高《けだか》いお振舞でいらせられると聞いていたので、お近い所で御方々にまじっていたならば、却ってひどく目馴れて、人に侮られるようなことがあろう、たまさかではあっても、此のように態々《わざわざ》お越しいただける方が、面目のある気がする、と思うことであろう。明石の入道▼33も、あのようには云ったものの、君のお仕向けやお有様を知りたがって、不安のないまでに使《つかい》をよこしつつ、時には胸の塞がる便りも聞くが、面目のある、嬉しいと思うことが多くあることであった。

その頃太政大臣《おおきおとど》▼34がお薨《な》くなりになった。世の中の重しと思われていられた人なので、主上にもお嘆きになられる。暫《しばら》く御引退になっていられた間でさえも、天下の騒ぎであったくらいなので、まして悲しく思う人が多くある。源氏の大臣《おとど》も、まことに残念で、政道の万事をお任せ申上げているので、暇もあったものをと、心細くも事多くもなったとお思いになって、嘆いていらせられる。主上▼35はお年に合せては、まことに大人《おとな》としてお整いにならせられて、世の政《まつりごと》も、不安にお思い申すところはないのであるが、他に取り立てて御後見《おんうしろみ》をなさるべき人もないので、大臣《おとど》は誰に任せたらば出家の御本意も遂げられようかとお思いになると、まことに飽《あ》っけなく残念である。後々《のちのち》の御仏事などにも、お子方《こがた》お孫にもまさって、懇《ねんご》ろにお弔《とぶ》らい申された。その年は総体に世の中が騒がしくて、宮中にも物の諭しが繁くて、長閑《のど》かではなく、天上にも、例《いつも》とは異《ちが》った日、月、星の光が見え、雲の様子が変っているなどということばかりで、世間の人の驚くことが多く、その道々《みちみち》の者が勘文《かんもん》▼36を奏するのにも、怪しい、尋常でないことがまじっていた。内の大臣《おとど》だけは、お心の中に、困ったことだとお思い知りになることがあったことである。

入道の后《きさい》の宮は、春の始めから御病気でいらして、三月にはひどく重くおなりなされたので、行幸などがあった。主上には、院▼37にお別れなされた頃には、いたって頑是なく入らせられて、深くはおわかりにもならせられなかったので、ひどくお嘆きの御様子にいらせられるので、宮もひどく悲しくお思いになる。「今年は必ず遁《のが》れられない年だと思いましたが、たいして気分も悪くはございませんでしたので、寿命を知っているような様子をしますのも、人が厭《い》やに殊更《ことさら》めいたことのように取られようかと遠慮しまして、功徳《くどく》の事なども、態《わざ》と例通《いつも》より、格別のこともしませんでした。内裏《うち》に参って、長閑《のど》かに昔のお話でもと存じながら、気分の快い時が少のうございまして、残念にも、思っただけで過してしまったことでございます」と、ひどく弱々しく申上げられる。三十七でいらせられたことである。しかし、まことにお若く、盛りでいらせられる様を、主上は惜しくも悲しくも御覧になられる。お慎みになるべきお年まわりでいらせられるのに、御気分が晴れ晴れしくなくて月頃をお過しになられるのさえ、御案じつづけになっていらせられたのに、御慎みなどもふだんと異《ちが》った事はなされなかったことである、と主上は悲しく思召《おぼしめ》された。唯この頃になって、驚いて、万《よろ》ずの御祈などをおさせになる。月頃はふだんの御悩みとばかり思って油断をしていたので、源氏の大臣《おとど》も深くも御心配になられた。主上には、御定めがあるので、程なく還幸《かんこう》なされるにつけても、悲しいことが多くあった。宮はひどくお苦しくて、捗々《はかばか》しくは物も申上げられない。お心の中でお思いつづけになると、高い御宿縁、此の世の栄えも並ぶ人もなく、お心の中で飽き足らずお思いになることも、人よりまさっていた身だとお思い知りになる。主上が、夢の中にもそうした事の秘密を御存じないのを、さすがにお気の毒にお見上げなされて、それだけが御不安にもお気のすまぬことにもお思い遺しになるようなお気がなされた。大臣《おとど》は、公《おおやけ》の上からいっても、このように貴い方々が、打続いてお亡くなりになられようとしていることをお嘆きになる。人知れぬ哀れはまた限りもなくて、御祈などお思い寄りにならない所とてはない。年頃はお思い切りになっていられた向きのことさえも、今一度申上げられなくなったのがお悲しいので、御枕近い御几帳《みきちょう》の下《もと》に寄って、御病状を然るべき女房達に、お尋ねになると、親しい者のすべてが侍《さぶら》っていて細々《こまごま》と申上げる。「月頃お悩ましい御気分でいらせられますのに、御《おん》勤行《おこない》を暫くも休まずに遊ばしましたお疲れの積《つも》りで、一段とおひどくお弱りなさいましたのに、この頃になりましては、柑子《こうじ》▼38にさえお手をお附けにならないようにおなり遊ばしまして、心細く存じ上げておるのでございます」と嘆く女房達が多い。宮は大臣《おとど》に、「院の御遺言通りに、内裏《うち》の御後見《おんうしろみ》をなさって下さいますことは、年頃思い知ることが多うございますので、何ぞの折がございましたら、お心寄せの格別なことの御挨拶を申上げようとばかり、長閑《のどか》に存じておりましたのに、今となっては悲しく残念なことで」とほのかに仰せになるのが、細々《ほそぼそ》と聞えるので、大臣《おとど》は御返事も申上げず、お泣きになられる様がひどく烈《はげ》しい。何だってこうまで心弱い様をするのかと、人目を思ってお思い返しになるが、以前からお見上げして来た御有様を思い続けると、普通の人情からでも、勿体《もったい》なくも惜しい方でいらっしゃるが、人の力の及ぶことではないので、引き留めようもなく、情なくお思いになることが限りもない。「お役にも立たない身ではございますが、以前から御後見《おんうしろみ》をいたしますことは、心の及ぶ限りはと深く思っておりますが、太政大臣《おおきおとど》のお隠れになられたのでさえ、世の中の事が気懸りに存じられますのに、又此《こ》のようにいらせられますので、それこれで心が乱れまして、此の先永くは生きていられないような気がいたします」と申上げている間に、灯火《ともしび》の消えゆくようにお亡くなりになられたので、云う甲斐ない、悲しいことをお思いになって嘆く。貴い御身分の方と申上《もうしあ》げる中でも、お心持などは、世の為にも遍《あまね》くお憐れみをお懸けになり、勢威のある家ということを楯に、人の迷惑なような事をする場合も自然とまじるものであるのに、聊《いささ》かもそのような乱れたところがなく、人のお仕え申上げることも、世間の苦しみになりそうなことはお止めになられる。功徳の方面といっても、人の勧めによって、厳《いか》めしくも珍らしいことをなされる人などは、昔の勝《すぐ》れた世でも何時《いつ》もあったことだのに、宮にはそのようなことはなく、唯《ただ》昔から御所蔵の宝、定まって得させられる年官《つかさ》、年爵《こうぶり》、御符《みふ》の範囲の中で、御無理のない範囲で誠に心深い事だけをおさせなされたので、何の分別もなさそうな山伏などまでもお惜しみ申上げる。御葬送につけても、世を挙げて悲しく思わない者はない。殿上人などもすべて一様に黒い喪服となり切って、陰気な春の暮である。大臣《おとど》は、二条院《にじょうのいん》の御《お》前《まえ》の桜を御覧になっても、花の宴の折などをお思い出しになる。『今年ばかりは』▼39と、古歌《ふるうた》をお口ずさみになって、人が見咎めようとお思いになる所から、御念誦堂《ごねんずどう》にお籠《こも》りになって、一日中をお泣き暮しなさる。夕日が花やかにさして、山際の桜の梢《こずえ》がくっきりと浮び出しているのに、空の雲の薄く棚引いているのが鈍色《にびいろ》をしているのを、何物もお眼に留まらない頃であるのに、まことに哀れにお思いになる。

入日さす峰にたなびく薄雲は物思ふ袖に色やまがへる▼40

人が聞き知らない所なので、お詠《よ》みになられた甲斐もない。

御法事なども済んで、事が静かになって、帝にはお心細くお思いになった。この入道の宮の御母の后の御代▼41から引続いて、御祈禱の師をしてお仕え申していた僧都《そうず》は、故宮にもひどく親しい者にお思いになっていらせられたのに、帝にも重い御覚えであって、厳《いか》めしい御願の多くを立てて行った貴い聖《ひじり》であった。年は七十ばかりで、今は最後の勤行をしようとて籠っていたが、宮の御事に依《よ》って出て来ていたのを、内裏《うち》からお召があって、何時《いつ》も宮中に侍《さぶ》らわせてお置きになる。この頃は、やはり以前のように参って侍《さぶら》われるようにと、大臣《おとど》もお勧めになられたので、僧都は、「今では夜居《よい》▼42などは、ひどく堪え難うございますが、仰言《おおせごと》の恐れ多いので、故宮の厚い思召も取添えまして」と云って侍っていると、静かな明方で、人も近くは侍って居らず、或《あるい》は退出してしまった時に、僧都は年寄らしく咳《せき》をしつつ、世間の事をお奏し申す序《ついで》に、「まことに奏し憎いことで、却って罪に当ろうかと憚《はばか》られます所が多うございますが、御存じになりませんと罪が重くて、天の眼《まなこ》の恐ろしく思われますことを、手前の心の中に秘めながら命を終りましたならば、何の益がございましょうか。仏も心汚い者と思召されましょうか」とばかり奏しかけにして、云い出し得ずにいる事がある。主上は、何事なのだろうか、此の世に恨みの残りそうな事があるのだろうか、法師は聖《ひじり》とはいうけれども、あるまじき間違った妬みが深くて、厭《い》やな所のある者だからとお思いになられて「幼なかった時から隔てなく思っているのに、其方《そなた》にはそのように隠していられたことがあったのかと、辛く思うことです」と仰せになられると、「これは勿体《もったい》もない。仏の秘密にするようにお止めになってお守りになります真言の深い道さえも、少しもお隠し申すところなくお伝え申上げております。まして心にお隠し申しておりますことなど、何がございましょうか。これは過去未来へかけての大事と申すべきでございまして、お崩《かく》れになりました院、后の宮、唯今世の政《まつりごと》をお執りになります大臣《おとど》の御為《おんため》に、総《すべ》て、却ってお宜《よろ》しくない事が、漏れ出すこともございましょうか。仏天の御告げがありますので、お奏し申すのでございます。我が君が御腹にお宿りになりました時から、故宮は深くお歎きになります事がございまして、手前に御祈をおさせになられます子細がございました。委《くわ》しい事情は、法師の心では悟りかねます。事の間違がありまして、大臣《おとど》が横ざまの罪にお当りになりました時に、故宮にはいよいよお懼《お》じ遊ばしまして、重ねて御祈の事を承りましたが、大臣《おとど》もお聞きになりまして、又更に事を加えるようにと仰せになりまして、我が君が御位にお即きになられますまでお仕え申す事がございました。その承りました次第と申すのは」と、委しく奏すのを聞《きこ》し召して、主上は浅ましくも珍しくて、恐ろしくも悲しくも、さまざまにお心が乱れたのであった。暫くは御返事もないので、僧都は進んで奏したことを不都合に思召されるのであろうかと、面倒に思って、そっと退下《たいげ》をすると、主上はお召し留めになって、「心に知らずに過ぎましたならば、後生まで咎めのあるべき事を、今まで隠していられたのを、却って水臭い心だと思います。又此の事を知っていて、漏らし伝える者がありましょうか」と仰せられる。「決して、手前と王命婦《おうみようぶ》より外《ほか》の人は、その事の気色《けしき》を見た者はございません。それだからひどく恐ろしいのでございます。天変が頻りに諭し、世の中の静かでないのは、この為でございます。御幼少で、物心のお分りになりません間こそ無事でございましたが、次第にお年が十分におなり遊ばし、何事もお弁《わき》まえになるべき時になりまして、咎を示すのでございます。総ての事は、親の代から始まるものでございます。何の咎よりの事とも御存じ遊ばさないのが恐ろしゅうございますので、忘れようと思っておりました事を、改めて心から出しました次第でございまして」と、泣く泣く申上げている中《うち》に夜が明けはなれたので退出した。

　主上は、夢のようで、たいした事をお聞きになって、いろいろにお思い乱れになられる。故院の御為にもお気懸りなことで、大臣《おとど》があのように平人《ただびと》でお仕えなされるのも哀れに勿体ないことであったと、それこれお思い悩みになられて、日が闌《た》けるまでも御出御《ごしゆつぎよ》になられないので、それとお聞きになって、大臣《おとど》は驚いて御参りになられると、主上は御覧になられるにつけても、一段と忍び難くお思召されて、御涙のお零《こぼ》れになられるのを、大臣《おとど》は大方▼43故宮の御事を、涙の干《ひ》る時なくお思召されている頃だからであろうと、お見上げ申される。その日式部卿の親王《みこ》がお亡くなりになられた由《よし》を奏すので、いよいよ世の中の騒がしいことをお歎きになられた。こうした頃なので、大臣《おとど》は奥の殿にも御退出にならずに、じっと内裏《うち》にお侍《さぶら》いになっていられる。しめやかなお話の序《ついで》に主上は、「世は終りになるのでしょうか、心細くて、ふだんとは違った気分ばかりしますのに、天の下もこのように穏やかでないので、色々と心慌しいことです。故宮の思召すところがありましたので、世を譲ることも憚っておりました、今は気安い有様になって、過したいと思うことです」とお話しになられる。「それはまことに有るまじき御事でございます。世の中の静かでないことは、必ずしも政事が真直《まっすぐ》であり曲っているに依る事ではございません。賢い代にも善くないことは幾らもございました。聖《ひじり》の御代でも、横ざまの乱れの起ったことは、唐土《もろこし》にもございました。我が国でもさようでございます。まして当然の齢になっております者が、その時が来たのをお歎きになるべきではございません」など、すべて多くの事を申上げられる。その一端を申すのも、極りの悪いことである。平常よりも黒い御喪服にお窶《やつ》しになっていらせられる御容貌は、何方《どちら》もお違いになる所がない。主上も年頃御鏡でもお思い寄りになることであったが、お聞きになった事のあった後に、又細かに御覧になりつつ、まことに一段と哀れに思召されるので、何《ど》うかして此の事をほのかに申したいとお思いになるけれども、流石《さすが》に極り悪《わ》るくお思いになるべき事なので、お若いお心持からは憚られて、ふとお云い出しになれずにいる間は、唯普通の事を、以前よりは格別に、懐しくお話しになられる。畏《かしこ》まった御様で、ひどく御様子の違っていらせられるのを、大臣《おとど》の賢い御目には、不思議なことだとお見上げ申されるが、まことにそれ程までにまざまざとお聞きになっていられようとはお思いにならないのであった。主上は王命婦に委しい事を尋ねたいものだとは思召されるが、今更に、そのようにお隠しになっていられた事を知ってしまったとは、その人にも思われまい、唯大臣《おとど》に何うかしてほのめかしてお尋ねになって、前々《さきざき》もこうした例があったろうかとお尋ねになりたいとお思いになるのであったが、全くその機会がないので、いよいよ学問をなさりつつ、様々の書物を御覧になると、唐土《もろこし》では、顕《あら》わにでも、秘密にでも、帝王の御系統についての乱《みだ》りがわしい事が、ひどく多くあった。我が日本では、更に御覧になり得るところがない。たとい有ったにしても、此のように忍んでの事を、何うして伝え知る訳があろうか。第一《だいいっ》世《せ》の源氏で、納言や大臣《おとど》になった後に、改めて親王《みこ》にもなり、御位にも即かれたことは、多くの例があった。人柄の賢いということにかこつけて、そのように御位をお譲り申そう、など様々にお思いになられたことである。

秋の司召《つかさめし》[44]には、太政大臣《おおきおとど》におなりになるべき事を、内々にお定めになられる序《ついで》に、主上はお思い寄りになっていられる御譲位のことをお洩らしになられると、大臣《おとど》はまことに恥ずかしく恐ろしい事にお思いになって、決して有るまじきことである由を御申し返しになる。「故院[45]のお志は、多くあらせられた皇子達《みこたち》の御中《みうち》でも、取りわけ私をお寵し下さりながら、位をお譲りになることはお思い寄りになりませんでした。何として、そのお志を改めて、及ばない身分になど登れましょうか。唯もとのお定めのままに、公《おおやけ》にお仕え申しまして、今少し齢が積りましたならば、心長閑《のど》かな勤行《おこない》の為に籠りたいと存じております」と、平常のお言葉に変らずにお奏しなされるので、主上はまことに残念なことに思召された。太政大臣《おおきおとど》におなりになるべき定めがあったが、今暫くはとお思いになる所があって、ただ御位だけが進んで、[46]牛車《うしぐるま》を許されて、そのまま参内退出なされるのを、主上にはもの足らず、勿体ないことにお思い遊ばされて、それでは親王《みこ》におなりになるようにと思召し仰せになられたが、政道の御後見《おんうしろみ》をなさるべき人がない[47]。権中納言[48]が大納言となって、右大将を兼ねていられるが、今一階お進みになられたならば、政治上の事はすべて譲ろう、その後に、何《ど》のようになりとも気楽な様になろうとお思いになった。猶《な》おその事をお思いめぐらしになると、故宮の御為にもお気の毒で、又主上のあのようにお思い悩みになられるのをお見上げ申すのも勿体ないので、誰があした事を漏らして奏したのだろうと、訝《いぶか》しいことにお思いになる。王命婦は御匣殿《みくしげどの》の代った跡に移って、部屋を賜《たま》わって参っていた。大臣《おとど》は御対面になられて、「あの事を、もし何かの序《ついで》に、聊《いささ》かでも漏らしてお奏し申したことがありましたか」とお尋ねになられたが、「少しでもそれに触れての事を聞し召されますのを、恐ろしいことに思召されまして、一方では、それでは罪を獲《え》られましょうかと、主上の御為を、やはり思召してお歎きでございました」と申上げるにつけても、大臣《おとど》には故宮の一方《ひとかた》ならずお心の深かったことを、限りなくお慕い申される。

斎宮の女御[49]は、大臣《おとど》のお思いになった通りの、御後見《おんうしろみ》になられて、主上の貴い御覚えであるお心持、お有様なども、思う通りに申分なくお見えになるので、有難《ありがた》いものに思ってお冊《かしず》き申していた。秋の頃、二条院に御里下《おさとさが》りをなされた。寝殿の御装飾を、一段と耀《かがや》く程になされて、今は全く親のようにしてお世話を申上げられる。秋の雨がもの静かに降って、御前《おまえ》の前栽《せんざい》の色々の花の乱れている露のしげさに、大臣《おとど》は昔の事をそれからそれとお思い出しになって、御袖も濡れつつ、女御の御方《おんかた》へお越しになった。濃い鈍色《にびいろ》の御直衣《おんなおし》姿で、世の中の騒しい事におかこつけて、故宮の御為に、引続いてお精進でいらせられるので、数珠《ずず》を隠してお懸けになり、御様よくおもてなしになられて、限りなく艶《なま》めかしい御有様で、御簾《みす》の内へお入りになった。女御は、御几帳だけを隔てにして、御自身物を申される。大臣《おとど》は、「前栽の物は残らず咲いたことでございます。厭《い》やな年でございますのに、心持よさそうに、季節を知り顔にしていますのも、あわれなことで」といって、柱に凭《よ》っていらせられる夕映えのお姿は、まことにお立派である。御息所の御事、かの野宮《ののみや》に佇《たたず》み悩まれた暁のこと▼50などをお話し出しになられる。ひどくもの哀れにお思いになった。宮も、『懸くれば』▼51というのであろうか、少しお泣きになられる御様子が、ひどくお可愛ゆらしく、身動《みじろ》ぎをなされるのも怪しいまでに物柔らかで、艶《なま》めいていらせられるようである。直接にお見上げしないのが残念だと、胸の塞《ふさ》がられるのは、よくないことであるよ。「過ぎ去った方を思いますと、格別苦労もなくて済んでゆくはずの世の中でございましたのに、それを心柄で、好色好色《すきずき》しい事の為に、苦労が絶えなかったことでございました。為《す》まじき事で、心苦しいことが多くございました中でも、終《しま》いまで心が解けませず、結ぼれたままで終りました事が二つございます。先《ま》ず一つは、あのお亡くなりになられたお方▼52ですよ。恨めしい者だとばかりお思い詰めになってしまいましたのが、永い世の歎かしいことだと存じ上げておりましたが、貴方《あなた》に此のようにまでお仕え申せるようになれましたのを、自分では慰めに思い做しておりますものの、『燃えし煙《けぶり》の結ぼほれ▼53』て入らせられましたのは、やはり気懸りに存じております」と仰しゃって、今一つの事▼54の方はお云いさしになさった。「中頃、身も無い者のように沈んでおりました頃▼55、あれこれと思いましたことは、少しずつ叶ってまいりました。東の院にいられます人[56]は、頼りない様で、心苦しく思いつづけておりましたが、安心の出来るようになりました。心持の憎くないことは、何方《どなた》もよくお分りになりまして、まことにさっぱりとしております。此のように京《みやこ》に立ち帰りまして、公《おおやけ》の御後見《おんうしろみ》をいたします喜びの方は、それ程深く心にも沁みません。そのような好色《すき》がましいことの方は、止《とど》め難くしてばかりおりますので、朧《おぼろ》げに思いましての御後見とお取りになられるのでございましょうか。せめて哀れだとだけでも仰しゃっていただけなくては、何《ど》んなにか甲斐ないことでございましょう」と仰せになる。女御は面倒にお思いになられて、御返事もないので、大臣《おとど》は、「やはりさようでございますか。何《ど》うも辛いことで」と仰しゃって、別の事にお紛らしになった。「今は、何うか落着きまして、生きております限り、此の世に思いを残さないように、後の世の勤行《つとめ》に心を任せまして、籠っていたいと存じますが、此の世の思出《おもいで》にいたすべきことのないのは、さすがに残念に思っております。つまらない幼い者[57]がございますが、生先《おいさき》がまことに待ち遠でございます。恐多《おそれおお》いことでございますが、此の一門をお広げ下さいまして、私が居りません後にも、お心にお留め置き下さいまし」などお話になる。御返事は、まことにおおらかで、ようようのことで、一言程をそれとなく仰しゃる御様子の、ひどく懐かしいので、大臣《おとど》はお心を取られて、しめやかにして暮れるまでいらせられる。「大切な事の方の望みは勿論《もちろん》と致しまして、一年中の移り変ります時々の花紅葉《はなもみじ》や、空の様子につけましても、心の慰むことをして見たいことでございます。春の花の林と、秋の野の盛りとを、昔からそれぞれに人が争って来ております[58]が、云いますことで、如何《いか》にもと頷ける程はっきりした定めは、まだ無いようでございます。唐土《もろこし》では、春の花の錦に及ぶものがないといっているようでございます。日本の歌では、秋の哀れの方を取り立てていっております[59]が、何方《どちら》もその時々につけて見ますと、目移りがいたしまして、花鳥《はなとり》の色も香《か》も何方《どちら》がと弁《わきま》えかねます。この狭い垣根の内だけでも、その折々の面白さの見知れる程に、春の花の木を植えつづけ、秋の草を掘り移しまして、甲斐のない野べの虫も住ませて、御覧に入れようと思っておりますが、貴方《あなた》は何方《どちら》に御贔屓《ごひいき》でいらっしゃいましょうか」と申されるので、宮はひどく御返事がしにくいこととはお思いになったが、まるきり何も御返事をしないのもよくないので、「まして私に、何うして分りましょう。ほんに何時《いつ》の方がとも申せません中にも、『怪しと』▼60と聞いておりますタべの方は、果敢《はか》なくお消えになりました露▼61にも由縁《ゆかり》のあるように思われることでございます」と、筋張らないようにお云い紛らしになるのも、ひどくお可愛ゆらしいので、大臣《おとど》はお怺《こら》えになれなくて、

君もさは哀れをかはせ人知れずわが身に染むる秋の夕風▼62

「忍び難い折々もございます」と申されるのに、何と御返事の仕《し》ようがあろうか。分らないことぞとお思いになった御様子である。此の序《ついで》に、包みかねてお恨みになるお言葉もあることであろう。今少し僻事《ひがごと》もなさりかねないのでもあるが、宮のひどく厭《い》やなことにお思いになっているのも御尤《ごもっと》もで、我がお心も若々しく怪《け》しからぬ事とお思い返しになって、溜息《ためいき》をついていられる様の、心深く艶《なま》めかしいのも、宮はお気に入らないものにお思いになって来た。宮がそろそろ奥へお引込みになる御様子なので、大臣《おとど》は、「すっかりお嫌いになりましたね。本当に心深い人は、そのようにはしないのでしょう。ままよ、此れからはお憎しみになりますなよ。辛いことでしょう」と仰しゃって、お帰りになられた。湿った薫香の移り香の残っているのまでも、宮は疎《うと》ましくお思いになる。女房達は御格子を下して、「このお褥《しとね》の移り香は、いいようもないものですよ。何だってあのようにお揃いになって、『柳の枝』▼63に花を咲かせたお有様でしょう。気味の悪《わ》るいようです」と申し合った。

大臣《おとど》は対《たい》▼64へ渡られて、直《す》ぐにはお入りにならず、ひどく嘆息をなされて、端近い所で横におなりになった。灯籠を遠く吊らせて、近く女房達を侍《さぶら》わせて、話をおさせになる。此のように無理なことに、胸の塞がる癖がまだ残っていたことであると、御自身お思い知りになる。これはまことに不似合なことである、怖ろしく罪の深い心は、多く人に勝《まさ》っているようだが、若い中《うち》の好色《すき》は、思慮の少《すく》い頃の

過ちだとして、神仏《かみほとけ》もお許し下さったことであろうと自ら慰めているが、やはり今では此の道も、安心の出来る、深い思慮の添って来たことであると、お思い知りになられる。女御は、秋の哀れを知り顔に御返事をしたのも、口惜《くや》しく恥ずかしくお思いになって、お心の中で御病気のようにさえしていられるが、大臣《おとど》はひどく気強く平気で、平常よりも一層親がってお世話をなされる。女君▼65に、「女御が秋の方に心をお寄せになっていたのも哀れで、あなたが春の曙《あけぼの》をなつかしがられるのも尤もです。季節季節の木草《きぐさ》の花につけてでも、あなたのお心の留まる程の遊びはしたいものですね。私は公《おおやけ》私《わたくし》の仕事の忙しい身で、そうした事をするのは似合いませんが、何うか思うことをしたいものだと思いますのは、唯あなたがおさみしくはないかと思って、お気の毒なからのことです」などとお話になられる。

山里の人▼66も、何《ど》んなでいようかと、絶えずお思いやりにはなるが、御窮屈さばかり増す御身で、お越しになることはひどく困難である。自分との関係を、つまらなく辛いものに思い知る様子であるが、何もそうまで思うべきではない、気易《きやす》く京《みやこ》へ出て来て、一とおりの住まいなどはしまいと思っているのは、思い上ったことだとお思いになるものの、可哀そうで、例の不断の御念仏にかこつけてお越しになられた。住み馴れるにつれて、まことに心凄《こころすご》い所の様なので、さして深く思っていない女であっても、哀れの添うことであろう。まして女君▼67は、君をお見上げするにつけても、辛い御縁ではあったが、さすがに浅くはないお心だと思うと、却って慰め難い様子なので、君は慰めかねていらせられる。ひどく木深《こぶか》い間から、鵜舟の篝火《かがりび》の光が、遣水《やりみず》の上の蛍と見まがわれるのも面白い。君は、「これに似た明石の住まいに馴染まなかったなら、ここも珍らしい気がすることでしょう」と仰せになると、女君、

漁《いさ》りせし影忘られぬ篝火《かゞりび》は身のうき舟や慕ひ来にけむ▼68

「思い▼69なしで見まがえられるのでございます」と申上げるので、君、

浅からぬ下の思ひを知らねばやなほ篝火の影は騒げる▼70

「『誰《た》れ憂きもの』▼71です」と、押返してお恨みになる。大体、物静かな気のなされる折なので、念仏の尊さにお心が留まって、例《いつも》よりは日頃をここにお過しになられるので、女君も少しはお心の紛れたことであろうか。

▼1　明石上が母親と娘と移り住んだ家。

▼2　源氏。

▼3　二条院の東院。

▼4　「宿かへて待つにも見えずなりぬればつらき所の多くもあるかな」（後撰集）

▼5　「恨みての後さへ人のつらからばいかに云ひてか音をも泣かまし」（拾遺集）

▼6　紫上。

▼7　紫上。

▼8　「絵合」の巻に出ず。秋好中宮のこと。斎宮の女御、梅壺と呼ばる。

▼9　紫上。

▼10　源氏の関係している多くの妻。

▼11　明石上の母。

▼12　桐壺更衣の父。一階上の大臣にはなれず、その女もしたがって女御になれなかった。「桐壺」の巻に出ず。

▼13　雪の深い此の山の路は、たとい空が晴れなかろうとも、やはり雪を踏み分けて通って下さい、足跡を絶えさせずに。「ふみ」に「文」を懸けて、文の便りは通わせたまえの意を絡ませたもの。

▼14　雪の絶え間のない、即ち極めて深い吉野の山なりとも尋ね入って、我が心を通わせる跡は、絶えさせましょうか、絶えさせることではありません。「吉野の山」は、雪の深い所としての譬。

▼15　尼の切り下げの髪。
▼16　行末の遠い二葉の小松を引かれて別れますが、いつになったら高く茂った蔭を見られることでしょうか。「二葉の松」は、姫君。小松を曳くは、当時の風で「引き」は懸詞。
▼17　生え初めのその根も深い小松なので、二本並んで立つ武隈の松に、その小松を並べて、千年の生い先を見よう。「武隈の松」は、陸奥にある松で、二本並んでいるもの。それを、自分と明石上に譬え、「小松」を姫君に譬え、姫君の「生ひ初め」は、我らの深い宿縁の為であるから、一しょにいて共にその生い先を見ようの意で、女君を慰め、姫君を祝ったもの。
▼18　小児の守り。ねり絹にて人形を縫い、綿を入れて小児の這い歩く形に作り、諸（もろもろ）の兇事を之に負わすためにする。
▼19　紫上。
▼20　紫上。尊敬しての呼び方。
▼21　袴着の時に用いたものであろう。袖を結んで、動作を楽にたすけるためのもの。
▼22　紫上。
▼23　源氏三十一歳。
▼24　西の対に移り住んだ花散里。
▼25　紫上。
▼26　大堰。
▼27　紫上。
▼28　「桜人、その船とどめ、島つ田を十まち作れる、見て帰り来んや、そよや、明日帰り来んや、そよや」。催馬楽「桜人」
▼29　紫上についている女房。
▼30　舟を引き留める遠方の人が無いのであったらば、仰しゃるように、明日は帰って来る夫と待ちましょう。当てにはなりません。「舟」は、君、「遠方人」は、大堰の女君の譬。いずれも催馬楽「桜人」の詞を取

ったもの。
▼31 行って見て、本当に明日は帰って来よう。一通りならず遠方人は心を残して引き留めようとも。一二句、四句は、桜人の詞。
▼32 「世の中は夢のわたりの浮橋かうち渡しつつ物をこそ思へ」(源氏物語奥入)。絶えずその人が思われる意。
▼33 大堰の女君の父。
▼34 源氏の亡き正妻、葵上の父。夕霧の祖父。
▼35 冷泉帝。御年十五歳。
▼36 陰陽博士や天文博士の意見書。
▼37 桐壺院。
▼38 蜜柑。
▼39 「深草の野辺の桜し心あらば今年ばかりは墨染に咲け」(古今集)
▼40 入日のさしている峰にたなびいている薄雲の、鈍色をしているのは、雲も心があって、わが嘆きの涙を拭う袖の、その鈍色に似せたのであろうか。
▼41 入道の宮の御母は、桐壺の帝の前代の帝の后である。
▼42 寝ずの番をすること。
▼43 桐壺の帝の御弟、權斎院の御父。
▼44 中央政府の役人の叙任。
▼45 桐壺院。
▼46 もとのままの内大臣で、位だけが従一位に昇った意。
▼47 親王は太政大臣にはなれない制であった。
▼48 以前の頭中将。
▼49 六条御息所の女。冷泉帝のおそばへ上られたこと、「絵合」に出ず。

▼50　女御が斎宮となって伊勢へ母御息所と下られる時、源氏が野宮を訪ねたこと。「榊」の巻に出ず。
▼51　「我が思ふ人は草葉の露なれやかくれば袖のまづしをるらむ」（拾遺集）
▼52　女御の御母、六条御息所。「夕顔」以後に出ず。
▼53　「結ぼほれ燃えし煙もいかゞせむ君だにかけよ長き契を」（源氏物語奥入）
▼54　斎宮の女御への、以前のお心寄せを云うのであろう。
▼55　須磨明石で暮した時をいう。
▼56　花散里。
▼57　明石上との間の姫君。
▼58　万葉集巻一に、額田王の長歌あり、秋を優れたものとしている。
▼59　「春はただひとへに花の咲くばかり物の哀れは秋ぞまされる」（拾遺集）
▼60　「いつとても恋しからずはあらねども秋の夕はあやしかりけり」（古今集）
▼61　母御息所のおかくれになったことを指す。
▼62　あなたもそれならば、私と哀れをお交しなさい。私には、相手に知られずに、身に沁みて哀れに感じている秋の夕風ですよ。
▼63　「梅が香を桜の花に匂はせて柳が枝に咲かせてしがな」（後拾遺集）
▼64　紫上の住む対の屋。
▼65　紫上。
▼66　大堰に住む明石上。
▼67　明石上。
▼68　明石で漁りをした時の漁り火の光の忘れられないあの篝火は、その漁りをする時の浮舟までが、我を慕って附いて来ているのであろうか。「うき舟」は、「身の憂き」と、「浮き」を懸けたもので「憂き」は宿縁の拙さで、君に思われない嘆き。裏の心は、昔が恋しく思われるのは、今の身が憂い為であろうかといって君の情（つれ）なきを恨んだもの。

▼69 「思い」に「火」を懸けている。火は漁火。

▼70 浅くはない水底に映っている、思いの火を知らないのであろうか、まだ舟の上の篝火の光は落着かずにさまよっていることよ。で、漁り火の光は、水底を照らす為のものとしているのが表面で、「下」に、我が心の中を懸け、「思ひ」に「火」を懸け、「篝火の影」に女君の心を譬えて、我は心中深く思っているものを、それを知らないのか、女君の心を乱していることよと、恨むのが主意。

▼71 「うたかたも思へば悲し世の中を誰うきものと知らせそめけむ」（古今六帖）

槿《あさがお》

斎院[1]は、父宮[2]の御忌服[3]で、お役をお退《ひ》きになられたことである。大臣《おとど》[4]は、例のお思い初《そ》めになったことは、中途では止《や》められないお癖で、御弔いなどをひどく繁々《しげしげ》と申上《もうしあ》げられる。宮[5]は、以前のお煩《うるさ》かったことをお思いになるので、御返事も打解けてはなさらない。大臣はひどく残念にお思い続けになられる。九月になって宮は桃園《ももぞの》の宮[6]へお移りになっていられることをお聞きになって、女五宮《おんなごのみや》[7]もその宮にお住まいになっていられるので、そちらのお見舞にかこつけてお訪ねになられる。故院[8]は、この女宮達を格別に大切に思召《おぼしめ》していらせられたので、大臣《おとど》は今も親しく、次《つ》ぎ次《つ》ぎにお便りをし合っていらせられるようである。女五宮《おんなごのみや》と斎院とは、一つ寝殿の西と東とに分れて住んでお出《い》でになることである。主人《あるじ》の宮がお亡くなりになって程もないのに、荒れて来た気がして、哀れに、御様子がしめやかである。五宮は大臣《おとど》に御対面になって、お話をなされる。ひどくお年を召された御様子で、咳《せ》きをしがちにいらせられる。御姉では入《い》らせられるが、故太政大臣《こおおきおとど》の宮[9]は、申し分のない、若々しいお有様なのに、こちらは打って変って、お声が太く、無骨な気がされるが、勝《すぐ》れたお人柄である。宮は、「院の上がお崩れになられましてからは、何もかも心細く思っていましたのに、年の積《つも》りますにつれて、ひどく涙がちで暮していますのに、ここの宮[10]までもお亡くなりになられましたので、益々有るか無いかで生き残っておりますのに、此《こ》のようにお立寄り下さるので、物忘れもしそうでございます」などと申される。恐ろしくもお年の寄られたことであると思うが、大臣《おとど》は畏《かし》こまって、「院がお崩れになられましてから後は、何処《どちら》を見ましても、同じ世のようではございません。私も思わぬ罪に当りまして、知らない世にさ迷っておりましたが、たまたま公《おおやけ》のお取立てを蒙《こうむ》りましてからは、また取紛れて暇もございませずなどして、年頃も、伺いまして、昔のお話も承りませんのを、いぶせくに存じつづけております」と申されると、宮は、「ほんにほんに、浅ましくも、何方《どちら》を見ましても定めのない世の中を、同じ有様で眺め暮しておりましても、命の長さの恨めしいことが沢山《たくさん》ありますが、このように世にお立帰りになられたお喜びを見ますと、以前の御不運の年頃をお見かけしたまま亡くなりましたならば、残念なことであったろうと思います」と体をお慄《ふる》わせになって、「本当にお綺麗にお整いになって来られたことですよ。童でいらしたのを初めてお見あげしました時、世にはこうした光も出て来られたことだと驚かれましたが、時々お見上げするだけでも、気味悪《わ》るい気がいたしました。内裏《うち》の御主上が、ひどくよくお似申していらせられると、人々が申しますが、それにしても劣っていらせられようと推し量って居ります」と、長々と仰せられるので、取立てて、此のようにさし向いでは、誰も器量褒めはしないものであるのにと、可笑《おか》しくお思いになる。大臣《おとど》は、「田舎者《いなかもの》になりまして、[11]ひどく気苦労いたしました年頃の後は、ひどく衰えてしまいましたのに、内裏《うち》の御容貌《かたち》は、昔の世にも並ぶ者はなかろうと存じ、珍しいとお見上げいたしております。怪《け》しからぬ推し量りでございます」と申される。宮は、「時々お目に懸《かか》れましたなら、押し詰まりました命も延びることでございましょう。今日は老いも忘れて、浮世の嘆きも無くなったような気がします」と仰《おっ》しゃって、又もお泣きになる。「三宮《さんのみや》[12]は羨《うらや》ましいことで、然《しか》るべき御縁が添って、親しくお見上げ出来るのを羨ましく存じます。此方《こちら》のお亡くなりになった方[13]も、そのようにいって後悔なさることが折々ございました」と仰しゃるのが、少し大臣《おとど》のお耳に留まる。大臣《おとど》は、「そのようにしてお仕え馴れ申すことが出来ましたら、今も思い通りでございましょう。何方《どなた》も疎々《うとうと》しくなさいまして」と恨めしそうに、気ぶりを見せて仰せになる。

斎院のお住まいになられる方の御前《おまえ》をお見やりになられると、枯れ枯れになって前栽《せんざい》の趣《おもむき》も格別なものに見渡されて、長閑《のど》かに眺めていらせられるだろうと思われるお有様も御容貌も、ひどく奥ゆかしく哀れで、我慢がお出来にならないので、「こうしてお伺いいたしました序《ついで》に伺いませんのは、心無いようでございますから、彼方《あちら》へもお見舞をいたすべきでございました」と仰しゃって、やがて簀《す》の子《こ》伝いにお越しになられる。暗くなって来た頃なので、御忌服中とて、鈍色《にびいろ》の縁《へり》の御簾《みす》に、黒い御几帳《きちょう》の透影《すきかげ》などが哀れで、追風が艶《なま》めかしい香を帯びて吹き通して、様子が奥ゆかしい。簀の子にお据え申すのは工合《ぐあい》が悪るいので、南の廂《ひさし》の間にお入れ申す。女房の宣旨《せんじ》がお目に懸って、斎院の御《お》消息《たより》を申す。大臣《おとど》は、「今更によそよそしい御簾《みす》の前でございますことで。久しい年月《としつき》に亘《わた》っての心尽しも数えられますので、今は、内外《うちそと》ともお許し下さることだろうと頼みにいたしておりましたのに」と仰しゃって、物足らずお思いになった。斎院は、「以前のことはみんな夢にいたしまして、今目覚めまして、このように果敢《はか》ないのだろうかと、分りかねておりますので、お心尽しなどということは、ゆるりと定めさせて頂くべきでございましょう」と、取次がせて仰しゃった。ほんに、定め難い世の中であると、果敢ないことにつけてもお思いつづけになられる。

人知れず神の許しを待ちし間にここらつれなき世を過すかな▼[14]

「今は、何の咎《とが》めにお托《かこ》つけになろうとするのでしょうか。おしなべての世の中に面倒な事柄までも起りましてから此の方は、様々な思いを重ねたことでございます。何《ど》うかその片端だけでもお聞きに入れたくて」と、達《たっ》て仰せになる。御用意なども、以前よりも今少し艶《なま》めかしい御様子が添ってさえいらせられた。しかし、お歳はひどくお召しになられたが、御位の高さには似合わないお若さであろう。

なべて世の哀ればかりを問ふからに誓ひしことと神やいさめむ▼[15]

とあるので、大臣《おとど》は、「これはお厳しい。その頃の咎は、科戸《しなと》の風で祓《はら》ってしまいましたのに」[16]と仰しゃる御愛嬌もこの上ない。そして、「『御禊《みそぎ》を神は』[17]何とかと申したではありませんか」と、冗談のように申すのも、宮は真面目になっていらっしゃるので、ひどく工合が悪るい。世づかないお有様は、年月《としつき》に添えて益々深く、引込み気分にばかりおなりになって、御返事もお出来になれないので、女房達はお扱いに悩んでいる。大臣は、「好色《す》き好色《す》きしい様になってしまいまして」と仰しゃって、深く溜息《ためいき》を吐《つ》いてお起《た》ちになった。「年が積りますと、恥を掻くことにばかりなるものでございます。世にも又とない思い寠《やつ》れを、『今ぞ』[18]とさえも申上げられないようなお扱いを受けましたことで」と仰しゃって、お立ち去りになった後《あと》では、女房達は、うるさいまでに、例の大臣《おとど》をお褒め申し合った。大方の空も面白い頃で、木《こ》の葉《は》の鳴る音につけても、斎院には過ぎ去った頃の物の哀れをお思い返しになりつつ、その折々に、面白くも、哀れにも、お心深く見えた大臣《おとど》の心持をお思い出し申上げる。

心面白くなくお立ち出《い》でになったので、大臣《おとど》は、まして寝覚めがちにお思い続けになられる。朝早く格子を上げさせて、朝霧をお眺めになる。枯れた草花の中に、槿《あさがお》がそれこれの草に這《は》い纏《まつ》わって、有るか無いかの様に咲いて、色も殊《こと》に見ばえなくなっているのを折らせて、斎院に差上げられる。「きっぱりとなさったおもてなしなので、人目も悪るい気がいたしまして、後姿《うしろすがた》も一段と何《ど》のように御覧になったであろうかと、口惜《くや》しく存じます。しかし、

見しをりの露忘られぬあさがほの花の盛りは過ぎやしぬらむ[19]

年頃の思いの積りも、哀れとだけは、それでもお思い知り下さるだろうかと、且《か》つは頼まれまして」

と申上げられた、穏やかにいらせられる御文《おんふみ》のお心持に対して、御返事を申さないのも、哀れを知らないようであろうかと、女房達も御硯《おすずり》をさし寄せて、お勧め申すので、

秋果てて霧の籬《まがき》に結ぼほれあるかなきかに移るあさがほ[20]

「私に似合わしい御よそえ言《ごと》につけましても、袖が露けくて」

とだけあるのは、何の面白い節《ふし》があるのでもないが、何《ど》う思召すのか下にも置き難いものにして御覧になるようである。青鈍色《あおにびいろ》の紙で、柔らかな墨継ぎは、面白く見えるようである。その人の身分、書き様《ざま》などに引立てられつつ、その場合としては欠点なく見えるものでも、似合わしい物として伝えようとしては、真相を失うこともありそうなことなので、賢立《かしこだ》てに書き紛らしながら、違ったものにすることも多いのである。大臣《おとど》は立ち戻って、今更《いまさら》に若々しい御文など書くのは似気《にげ》ないことだとお思いになるが、それでも此のように、昔からかけ離れない御様子でありながら、残念な状態で過ぎて来ていることをお思いになると、このままでは止《や》められないお気がなさるので、逆戻りして、本気になって御文をお遣わしになる。東の対《たい》▼21に、人を離れてお出でになって、斎院の宣旨《せんじ》をお呼びになって御相談をなされる。斎院にお仕え申している女房達で、それ程ではない身分の男の云うことでも直《す》ぐに靡《なび》きもしそうなのは、此方《こちら》から進んで過ちもしかねまじく君をお愛《め》で申しているが、宮は以前でさえも、全く思い離れていらせられたのに、今はまして何方《どちら》もそうした思いなどはあるべくもない御齢《おとし》、世の覚えだとお思いになるので、君よりの果敢《はか》ない木草《きぐさ》につけての御歌の御返事などで、その折の見過ごせないものでも、軽々しいことと取做《とりな》されはしなかろうかと、人の物云いを憚《はばか》って、お打解《うちとけ》になるような御様子もないので、大臣《おとど》は、相変らずの同じようなお心持を、世の人とは変った、珍らしくも残念なものにもお思いなされる。こうした事が世間に漏れ聞えて「前斎院《ぜんさいいん》にお懇《ねんご》ろにお思いになるので、女五宮《おんなごのみや》などをも好くなさるのであろう。お似合いでなくはない御仲であろう」などといっていたのを、対《たい》の上▼22は伝えてお聞きになられて、暫《しばら》くの間は、それとしても、そのような事があるならば、隔《へだ》てをお附けになって隠してはお置きになるまいとお思いになっていたが、遠慮なく目を附けて御覧になられると、御様子も、例《いつも》のようではなくうかうかしていらせられるのも辛く、本気になってお思いになっていらっしゃることを、平気に戯《たわむ》れのようにお言い拵《こしら》えになっていらしたのだと思い、斎院は同じ御血筋[23]ではいらせられるが、世の御覚えは格別で、昔から貴まれていらせられるので、君のお心がそちらへお移りになったならば、見《み》っともないことであろうとお思いになり、年頃の君のお扱いは立ち並ぶ者なく、さすがにそれにお馴れになっていて、今更他の人に圧倒されることなどはと、人知れず嘆いていらせられる。まるきり其《そ》の名残もないようなお扱いはなさらなくても、ひどく惘《あわ》れな有様で、お馴れ申していた年頃の睦《むつ》びが、軽いものになって行こうなどと、様々にお思い乱れになるので、一とおりの場合にこそは、お恨みなども、憎くはない程度に申上げもなされたが、真底《しんそこ》から辛いとお思いになるので、素振《そぶり》にもお出しにならない。大臣《おとど》は、端近い所で空を眺めがちになされ、内裏《うち》住《ず》みが繁くなり、お仕事として御文を書いていらせられるので、ほんに人の云うことは嘘ではないようである、それとない程度にだけでもお知らせ下さればよいものをと、君を疎《うと》ましくばかりお思い申していられる。

冬の頃、諒闇《りょうあん》で神事も停《と》められてさびしいので、大臣《おとど》は徒然《つれづれ》で斎院をお思い余りになって、五宮《ごのみや》に、例のように御参りなされる。雪がこぼれて来て、艶《えん》に思われる夕暮に、なつかしい程度に着馴らした御衣《みぞ》を、一段と香に炷《た》き染められ、格別にもお装束に凝《こ》って日を暮らされたので、一段と気の弱い人であったら、何《ど》んな気がするだろうかと見えた。さすがに対《たい》の上には、お暇乞《いとまご》いを略《はぶ》かずに申される。「女五宮《おんなごのみや》が御病気でいらっしゃるので、お見舞にと思って」と仰しゃって、膝をおつきになられたが、上《うえ》[24]は見向きもなさらず、若君を玩《もてあそ》んで紛らしてお出でになる横顔が、普通ではないので、大臣《おとど》は、「妙に此頃《このごろ》は御様子が変っていますね。悪るいことなどしてはいませんよ。『塩焼衣《しおやきごろも》』[25]の余り目なれて、見立てなくお思いになりはしないかと、お逢いするに間を置くのを、又何《ど》のようにか」など仰せになると、上は、「『なれゆき』[26]ますことは、ほんに辛いことの多いものでございます」と仰しゃっただけで、彼方向《あちらむ》きになってお臥《やす》みなされたので、見捨ててお出懸《でか》けになる道も物憂いけれども、五宮には御案内を申してあったので、お出懸けになった。上は、こうした事もある世であったのに、何心もなく過していたことであると思いつづけて臥《ね》ていられた。君は鈍色《にびいろ》の御衣《みぞ》ではあるが、色合いや襲《かさ》ねが好ましく、却《かえ》って良く見えて、雪の光に映えて云いようなく艶《えん》に見えるお姿を見送って、本当に今よりも遠ざかっておしまいになったらと思うと、怺《こら》えきれない気がなさる。御前駆《ごぜんく》なども内々の時の者ばかりで、「内裏《うち》へ参る外の出歩《であるき》は億劫な年になって来ましたよ。桃園の宮▼27がお心細い様でいらせられるが、式部卿宮に年頃はお任せ申上げていたのに、これからは頼むと仰しゃるのも、御尤《ごもっと》もでお気の毒なので」とお供の者に拵えて仰しゃるが、「お好《す》き心のお変りになれないのが、あたら疵《きず》というものでしょう。軽々しいことが起って来ましょう」などと呟《つぶや》き合った。宮は、北面《きたおもて》の人の出入りの多い方の御門《ごもん》は、大臣《おとど》はお入りになるも軽々《かろがろ》しいので、西面《にしおもて》が正門の方から一人を入れて、宮の御方《おんかた》に御挨拶になると、今日はお越しになるまいとお思いになっていたので、驚いてお開けさせになる。御門守《みかどもり》は寒そうな様子で、急いで出て来たが、直ぐには開けられない。この外《ほか》には下部《しもべ》はいないのであろう。ごとごとと引っぱって、「鎖《じょう》が錆《さ》び切ってしまいましたので、開きません」と嘆くのを、大臣《おとど》は哀れにお聞きになる。昨日今日と思っている中《うち》に、三十年昔になったことではあるよ、こうした様を見つつ、仮の宿である此の世を捨てず、果敢ない木草の色にも心を移していることであるとお思い知りになる。口ずさびに、

いつの間に蓬《よもぎ》が下《もと》と結ぼほれ雪ふる里と荒れし垣根ぞ▼28

やや久しい間、引っぱっていて開けてお入りになられる。宮の御方《おんかた》で、例《いつも》のようにお話を申すと、宮は、昔話の取りとめのないものを始めて、お話し尽しになられるが、大臣《おとど》はお耳にも留まらず、眠くなって来ると、宮も欠《あく》びをなされて、「宵から眠くなりますので、お話も出来ません」と仰しゃると直ぐ、鼾《いびき》というのか、変な音をさせるので、大臣《おとど》は喜んでお起ちになろうとすると、又、ひどく年寄りらしい咳《せ》きをして参って来た人がある。「恐入《おそれい》りますが、この殿に居りますのをお聞き及び下さったろうと頼みにしておりますのに、生きている者とお思い下さいませんので。院の上は、お祖母殿《ばおとど》

とお笑いになりました」と名のりをするので、大臣《おとど》は初めてお思い出しになったことである。源典侍《げんのないしのすけ》[29]といった人は、尼になって、この宮のお弟子になって勤行《おこない》をしているとは聞いたが、今でも生きているのかともお尋ねにもならなかったので、浅ましくなった。大臣《おとど》は、「その頃の事はみんな昔話になって行きまして、遠いこととして思い出すのも心細いのに、嬉しいお声を聞くことですよ。『親なしに臥《ふ》せる旅人[30]』と思って哺《はぐく》んで下さい」といって、物にお寄りになっていられる御様子に、典侍は一段と昔恋しく思い出しつつ、相変らず艶《なま》めかしい風をして、ひどく窄《すぼ》んだ口つきの思いやられる声音で、さすがに甘たれて、絡《から》みかかろうと今でも思っていた。『言ひ来し程に[31]』などと云い寄って来る気恥ずかしさよ。大臣《おとど》は、今急に年寄にでもなったようにと、微笑されるものの、思い返すと、これも哀れである。この人の盛りの頃に、互《たがい》に競い合っていらした女御更衣も、或人《あるひと》は全く亡くなってしまわれ、或人は在《あ》り甲斐《がい》もなく、頼みない世間を過していらせられることであろう、入道の宮[32]の御齢よ、浅ましくばかり思われる世に、このように年が寄り、残る命の少なそうな人で、心持などもつまらなく見えた人が、今も生き残って、長閑《のど》かに勤行《おこない》をして過していたのは、やはり総《すべ》て定めのない世である、とお思いになって、物哀れな御様子に見えるのを、典侍は、自分をお思いになってのことと思って、若やいで来る。歌、

年ふれど子の契《ちぎり》こそ忘られね親の親とかいひし一言[33]

と申すので、大臣《おとど》は疎ましくなって、

身を変へて後も待ち見よこの世にて親を忘るる例《ためし》ありやと[34]

「頼もしい縁ですよ。その内ゆっくりとお話もしましょう」と仰しゃって、お起ちになった。

西面《にしおもて》[35]では、御格子《みこうし》を下したが、大臣《おとど》のお越しを厭《いと》うような風に見えるのも如何《いかが》であるとて、一間二間だけは下さずに置く。月が出て来て、薄く積っている庭の雪と照り合って、却って面白い夜の有様である。大臣《おとど》は先刻の老女の色めかしさも、冬の夜の月と較《くら》べて、似合わしくないものの例に世間

でしているとか聞いたのをお思い出しになって、可笑《おか》しがられる。今夜は斎院に、ひどく真面目になって物を申されて、「一言厭《い》やだと、取次ではなくて仰しゃるのを伺って、それを思い切るきっかけにいたしましょう」と、真剣になって仰せになるが、斎院は、以前君も我も年が若くて、過ちが許される頃であってさえも、故宮《こみや》[36]などがそのお心持があったにも拘《かかわ》らず、やはり有るまじく、極《きま》りの悪るいことと思って止《や》めたのに、年をして、盛りが過ぎた頃に、たとい一声でも恥ずかしいことだろうと、お思いになって、少しもお動きのないお心なので、大臣《おとど》は浅ましくも辛いこととお思いになる。しかしさすがに素気《そっけ》なく、避け切ってはおしまいにならず、取次を介しての御返事はなさるのは、焦《じ》れることであるよ。夜はひどく更《ふ》けてゆくのに、風の様子が烈《はげ》しくなって、まことに心細い気がなされるので、程よく涙をお拭《ぬぐ》いになって、

つれなさを昔に懲りぬ心こそ人のつらさに添へてつらけれ[37]

「『心づからの』ことで」と仰しゃり捨てになられるのを、ほんに、側《はた》の見る目もつらいことだと、女房達は例のようにお思い申す。

あらためて何かは見えむ人の上にかゝりと聞きし心がはりを[38]

「昔に変るということは、習ってはおりません」と御返事を申した。大臣《おとど》は云う甲斐がないので、ひどく真面目にお恨みを申上げてお立ち去りになるのも、ひどく若々しいお気がなされるので、「ほんに世の話ぐさになりそうな此の有様は、お洩らしなさいますなよ、決して、決して。『いさら川』[39]などというのも、馴れた言い草ですが」と仰しゃって、思い入って取次の女房に小声にお話になっていられるが、何事なのであろう。女房達は、「まあ勿体《もったい》ない。一がいに、何《ど》うしてお情の足りないお扱いをなさいますのでしょうか。軽々しい無理押しなことなどなさりそうもない御様子なので、お気の毒に」などという。斎院も、ほんに人柄の趣《おもむき》のあることも、哀れを知っていらせられることも、分らないのではないが、情を知っている様でお逢い申したからとて、君は大方の世間の女の、お愛《め》で申上げ

ている者と、ひとし並《な》みにお思いになることであろうか、それに又、軽々しい心の程もお分りになることであって、極り悪るく思われるお有様であるのに、とお思いになるので、君をおなつかしくお思い申す情も、まことに筋の立たないことである。この事以外の御返事などは絶やさずに、物の分らない者ではない程度に申上げ、取次を介しての御返事も、見《み》ともなくない程度にして行こう、年頃遠ざかっていた▼40仏の罪の消えるような御勤行を、とお思い立ちになったが、俄《にわか》にそうした事を、此の事から逃げるような風でするのも、却って際立った様に見えもし聞《きこ》えもして、世間の人が妙に取りはしないかと、人の口のうるさいことも御存じになっていたので、かたがたお仕えする女房にも気をお許しにはならず、ひどくお心づかいをなされつつ、次第に御勤行ばかりなされる。御兄弟の君達《きんだち》が幾方《いくかた》もいらせられるが、一つ御腹ではないので、まことに余所余所《よそよそ》しく、宮の内がひどく寂しくなってゆくに連れて、あのようにお立派な大臣《おとど》が、懇《ねんご》ろにお心を尽してお世話なさるので、すべての人の心をお寄せ申すのも、同じく大臣贔屓《びいき》からと見える。

大臣《おとど》は、達《たつ》てとまでお思い詰めになっているのではないが、つれない御様子がお辛いので、負けてお止《や》めになるのが残念で、ほんに又、君のお有様は、世間の覚えも、別して申分なく、物を深くお分りになり、世の中の人のそれこれと異《ちが》った有様も広くお知りになり、昔よりは遥かに世故《せこ》を経て物をお考えになるので、今更の浮気は、一方では世間の非難もお思いになりながら、その甲斐のないのは、益々人笑いになることであろう、何《ど》うしたものであろうか、とお心が動揺して、二条院《にじょうのいん》にもお帰りにならない夜が続くので、女君は『戯れにくき▼41』ことだとばかりお思いになる。我慢をしていられるが、何うして涙のこぼれる時がなくていられようか。大臣《おとど》は、「変に例《いつ》とはちがった御様子のみが心得かねますね。何うしたのですか」と仰しゃって、女君の泣き乱れた髪の毛を掻きやりながら、お可哀そうにとお思いになっていられる様は、絵に書きたいような御仲である。▼42「宮がおかくれになられてから後、主上がひどくお寂しそうにばかりしていらせられるのも、お気の毒にお見上げ申し、太政《おおき》大臣《おとど》もいらっしゃらないので、お任せになる人がなくて忙しさからのことですよ。此の間中《あいだじゅう》の絶間《たえま》を、ふだんと異《ちが》ったことにお思いになるのも、お尤《もっと》もでお可哀そうですが、今はそれにしても気楽にお思いなさいよ。大人《おとな》になられたようですが、まだひどく思いやりがなくて、人の心も分らないようで入らっしゃるのが、お可愛《かわ》いらしいことです」など仰しゃって、涙で縒《よ》れた御額髪《ひたいがみ》を繕《つくろ》っておやりになるが、女君は益々彼方《あちら》向きになって、物も申されない。「思い切って子供ぽくて入らっしゃるというのは、誰がお教えしたことでしょうか」と仰しゃって、大臣《おとど》は、この無常な世に、このように気がねをさせられるというのは、味気ないことであると、一方では嘆息をなされる。「斎院に果敢ないことを申すのを、ひょっとすると悪るく気をお廻《まわ》しになっているのではありませんか。それは全く色恋とは縁遠いことなのですよ。自然お分りになりましょう。以前から、至って遠慮深いお心の方ですが、心さみしい折々に、それに絡《から》んだ申上げ方をしてお困らせすると、彼方《あちら》も徒然《つれづれ》でいらっしゃる所なので、たまには御返事をなさるのですが、本気になっての事でもないので、これこれだと困り話を申す程などではないのです。案じることなぞなかろうと、気をお直しなさいまし」など、一日中言い慰めをなされる。

雪が深く積っている上へ、今もちらちらと散りつづけて、松と竹との差別が面白く見える夕暮に、大臣《おとど》の御容貌も光が増《ま》さって見える。「季節季節につけて見ても、人が心を移すらしい花紅葉《はなもみじ》の盛りよりも、冬の夜の澄んだ月に、雪が光り合っている空は、不思議にも何の見ばえもないものの身に沁《し》みて、この世の外までも思いやられまして、面白さも哀れさも極まる時ですよ。冬の月をすさまじいものの例に云い残した人の心は浅いことですよ」と仰しゃって、簾《みす》を捲《ま》き上げさせられる。月は隈《くま》なく現われていて、雪と一つ色になって見渡されるのに、萎《しお》れた前栽《せんざい》の草花の影が可哀そうに、遣水《やりみず》の音もひどく咽《むせ》んで、池の氷もいいようもなく凄いので、大臣《おとど》は女童《めわらわ》を庭に下ろして雪ころがしをおさせになる。可愛らしい姿や頭《かしら》つきが、月に照って、形《なり》の大きく物馴れた者は、様々の袙衣《あこめ》を乱れ着て、

帯をしどけなくした宿直姿《とのいすがた》が艶《なまめ》いているのに、ひどく長く、丈に余っている髪の先が、白い庭には一層引き立って、ひどく際立っている。小さい方は、子供ぽく喜んで走り廻るので、扇など落して、打解けた様子なのが愛らしい。ひどく大きな物に転《まろ》ばそうと慾張《よくば》りはするが、動かせなくなって当惑しているようである。残る女童《めわらわ》は、東の妻戸に出ていて、何《ど》うするだろうと危《あやぶ》んで笑っている。

大臣《おとど》は、「或《あ》る年、▼43中宮の御前《おまえ》に、雪の山をお作りになったことがありました、有りふれた事ですが、やはり珍らしい、ちょっとした事もおさせになったことでした。何ぞの事のある折毎《おりごと》に残念で、物足りない気のすることですよ。ひどく隔てを附けていらせられましたので、くわしい御様子をお見馴らし申したことはありませんでしたが、内裏《うち》で御一緒でいられました頃には、私をたよりになる者にお思いになっていられました。私も頼もしいお方にお思い申して、こうした折あした折には、何事も御相談を申し合せましたが、取立ててお巧者な風はお見せになりませんでしたが、御相談甲斐があって、申し分なく、つまらない事でも引立つようになさいましたことですよ。この世に、又とあれ程の方はないことでしょう。物柔らかで、物怖じをなすっていらっしゃいますものの、▼44深いお嗜《たしな》みのある所は、立ち並ぶ人のない方でしたが、あなたは何と云っても、あの方とは御縁が深くて似ていられるようですが、少し煩《うるさ》い所が添って、気の勝った所のあるのが困るところでしょうか。前斎院のお心持は、又性《たち》が異《ちが》った者に見えます。心ざみしい時に、これという事もなくて物をいい合い、此方《こちら》も心づかいをさせられる所は、ただあのお一方《ひとかた》だけが世に残っていられるだけでしょう」と仰しゃる。女君は、「尚侍《ないしのかみ》▼45は、才がおありになって、お嗜みの深いところは、人には勝っていらっしゃいますことです。軽率なことなどはなさらないお心の方ですのに、のみ込めない事をなさったものでしたね」と仰しゃると、大臣《おとど》は「そうですよ。艶《なま》めかしくて容貌《かたち》の好い女の例としては、やはり引合《ひきあい》に出すべき人です。そう思うにつけ、我ながら可哀そうに、残念なことの多いことですよ。まして、浮気な好《す》色者《きもの》は、年を取るに連れて、何《ど》んなに口惜《くや》しいことが多いことでしょうか。人とは異《ちが》って、落着《おちつ》いていたと思います私でさえも」など仰しゃり出して、尚侍《かん》の君の御事でも、少し涙をお零《こぼ》しになった。大臣《おとど》は、「あの、人数《ひとかず》でもなくお見下しになっていられる山里の人[46]は、身分の割には少し良過ぎて訳も分っているようですが、身分によって心構えは違うべきですから思い上っているのは疵というべきですよ。取柄《とりえ》のない女には、まだ関係していません。女というものは、優れた人は得難い世の中ですよ。東の院に徒然《つれづれ》にしている人[47]の心持は、相変らず可愛いいものです。ああは又決して出来ないものですのに、その点につけての心持が気に入った人として逢い初めましてから同じように遠慮をして暮していますよ、今では又、お互に背けないものにして、深く哀れに思っています」など、昔今《むかしいま》のお話に夜が更けてゆく。月は益々澄んで来て、静かで面白い[48]。女君、

氷閉ぢ石間《いしま》の水は行きなやみ空すむ月の影ぞ流るる

外を見やって、少し身を傾けていらっしゃるところは、似るものもなく美しい。髪の様子、面《おも》ざしが、お慕い申す人の面影にふと似た気がして、愛《め》でたいので、聊《いささ》かでも他へお分けになるお心も取り返すことであろう。鴛鴦《おし》が鳴いたので、大臣《おとど》、

かきつめて昔恋しき雪もよにあはれを添ふる鴛鴦《をし》の浮寝《うきね》か[49]

奥へお入りになっても、入道の宮の御事を思いつつお臥《やす》みになっていられると、夢というでもなくほのかに宮をお見上げ申したが、ひどくお恨みになっていられる御様子で、「漏らすまいと仰しゃいましたが、浮名が隠れなかったので、恥ずかしく苦しい目を見るにつけましても、辛くお思い申します」と仰せられる。御返事を申そうとすると、物におそわれる気がして、女君が「まあ何《ど》うしたので、そのように」と仰しゃるのに、お目が覚めて、まことにひどく残念で、胸が置き所もないまでに騒ぐので、圧《おさ》えて、涙も流れ出していた。今もひどく濡らし添えられる。女君は、何うなすったことかとお思いになるので、身動きもせずに臥していらせられる。君、

解けて寝ぬ寝ざめ淋しき冬の夜に結ぼほれつる夢のみじかさ[50]

却って、飽《あ》っけなく悲しいことにお思いになるので、朝は早くお起きになって、それとは無くて方々《ほうぼう》で御誦経《ごずきょう》をおさせになる。苦しい目にお逢いになっているとお恨みになったが、そのようにお思いになることであろう、勤行《おこない》をなされ、さまざまに罪の軽くなりそうなお有様ではあったが、あの一《ひと》事《こと》の為《ため》に、此の世の濁りをお濯《すす》ぎになれないことであろうかと、事の次第を深くお思い辿《たど》りになると、ひどく悲しいので、何《ど》うかして、たよりない世界にいらっしゃる所へ、お尋ね申して参って、罪にお代り申したい、とつくづくとお思いになる。かの君の御為にと云って、格別に何うというような事をなさっては、人がお咎め申すであろう。内裏《うち》でも、お心の鬼からお思いになる所もあろう、と憚《はば》かられるので、阿弥陀仏をお心に懸けてお念じ申される。同じ蓮の上にとお思いになって、

なき人を慕ふ心に任せても影見ぬ水の瀬にや惑はむ▼51

とお思いになるのが、お辛くあったとかである。

▼1 槿斎院と呼ぶ。源氏が以前から心を寄せていた姫君で、「葵」「榊」に出ず。
▼2 桐壺院の御弟君で、桃園式部卿宮。その薨去（こうきょ）は前の「薄雲」に出ず。
▼3 喪にこもること。
▼4 源氏。
▼5 槿斎院のこと。
▼6 斎院の自邸。
▼7 桐壺院や式部卿宮の妹君。斎院の叔母君。
▼8 桐壺院。
▼9 もとの左大臣の北の方。源氏の正妻であった故葵上の母君。
▼10 桃園式部卿宮。

▼11　須磨、明石の生活をいう。
▼12　さきに出た太政大臣の宮のこと。源氏にとっては、義理の母君。
▼13　式部卿宮のこと。御女の槿斎院を、源氏に上げればよかったという気持のあったこと。
▼14　人知れず内々に、神の許しのある時を待っている間に、数多の年月を、つれない世を過しいることですよ。「神の許し」は、斎院は夫婦関係を持つことを禁じられているので、「許し」は、斎院を下がられる意。
▼15　普通の世の哀れを御見舞になられる場合のこと故、斎院として、恋はしまいとお誓い申したことであるとて、そのようなことは神がおとめになりましょうか。
▼16　科戸は、級長戸辺命（しなとべのみこと）のことで、風の神。罪を祓う神であることが大祓の祝詞（のりと）にある。その咎めは祓ってしまった意。
▼17　「恋せじとみたらし川にせしみそぎ神はうけずもなりにけるかな」（古今集）
▼18　「君が門今ぞ過ぎゆく出でて見よ恋する人のなれる姿を」（住吉物語）
▼19　見た折の、少しも忘れられない槿の花の、あの盛りの美しさは、過ぎ去ったことでしょうか。「露」は、槿の縁語。槿花に寄せて、世の哀れをいったもの。
▼20　秋が過ぎて、霧が籬のように籠めている、その籬に萎れて、有るか無きかの様に衰えている槿の花よ。「霧の籬」は成語。「結ぼほれ」は、「霧」の縁語で、歎きの意。同じく世の哀れをいったもの。
▼21　二条院。
▼22　紫上。
▼23　紫の上と前斎院とは、異腹の御兄弟。
▼24　女性の敬称、紫上。
▼25　「須磨のあまの塩焼衣馴れゆけばうとくのみこそなりまさりけれ」（源氏物語奥入）
▼26　前歌の詞を踏む。
▼27　女五宮。
▼28　いつの間に、生い茂る蓬の下に埋もれて、雪のふる故里と荒れて来た此の垣根であるぞ。「雪ふる里」

の「ふる」は、「降る」と「古」とを懸けてある。錆びた鎖と、折柄の雪とに刺戟されて、世の転変の慌しさを感じたもの。

▼29　以前源氏と関係のあった老女。「紅葉賀」「葵」に出ず。

▼30　「しな照るや、片岡山に、飯（いひ）に飢ゑて、臥せる旅人、あはれ親なしに、汝（な）れなりけめや、さす竹の、きねはや無き、飯に飢ゑてこやせる旅人、あはれあはれ」（拾遺集）

▼31　「身を憂しと云ひ来し程に今はまた人の上ともなげくべきかな」（源氏物語奥入）

▼32　藤壺。薨去は前の「薄雲」に出ず。

▼33　年は経ても、子との縁は忘れられないものです。親の親とかいった一言で、親子の気がして。「子の」に「此の」を懸け、「此の」は「彼の」の意で、あの以前の関係とし、「親の親」は、故院が典侍を「お祖母殿」と仰せになったのを言い換えたもので、昔を思うとの意を、婉曲にいったもの。

▼34　生まれ変っての後生までも、変るか何うかを待って試みなさい。此の世で、親を忘れる例（ためし）があるか何うかを。「この世」の「こ」に「子」を懸けて、「親」と照応させている。「子」は大臣自身、親は典侍の譬。揶揄（からかい）の心で、いつまでも忘れないといったもの。

▼35　槿斎院の部屋。

▼36　斎院の父宮式部卿宮。

▼37　君のつれなかった昔に懲りずにいる我が心は、君のその辛さに添えて、私にも辛（つ）らいものであります。

▼38　本の心を改めて、何だって御縁を結ぶことなどをしましょう。他人の上に、そうしたことがあったと聞くのも厭わしい、その心変りということですのに。

▼39　「犬上の床の山なるいさや川いさと答へてわが名漏らすな」（古今集）。「いさら」は「いさや」の誤（あやまり）だろうといわれている。他に漏らすなの意。

▼40　斎院になっていた間、仏から離れていたこと。

▼41　「ありぬやと試みがてら逢ひみねば戯れにくきまでぞ恋しき」（古今集）。棄て置けぬの意。

▼42　藤壺。主上の御生母。
▼43　藤壺。入道の宮。
▼44　紫上は、藤壺の姪に当る。父の兵部卿宮は、藤壺の兄君。
▼45　朧月夜。
▼46　明石上。
▼47　花散里。
▼48　遣水（やりみず）は氷で閉じて、石の間の狭い所を流れる水の行き悩んでいるのに、空に澄んでいる月の、水に映る光だけが流れている。
▼49　掻き集めて昔が恋しく思われる雪の夜に、哀れを添える、池の鴛鴦の浮寝ではあるよ。
▼50　心うち解けては寝ない、その寝覚めの淋しい冬の夜に、結ばれた夢の、悲しかった夢の、短くて覚めた残り惜しさよ。「解け」と「結ぼれ」と対させ、「結ぼほれ」に、心の結ぼれて悲しい意を懸けたもの。
▼51　世に亡き入道の宮を慕う心に任せて、冥土まで行こうとも、その姿の見えない三途の川の瀬で、渡りかねて、惑うことであろうか。「水の瀬」に「三つの瀬」を懸けて、三途川を現したもの。三途川は歌語では、「三つの瀬」という。

少女《おとめ》

年が変って[1]、宮の御一周忌[2]も終ったので、世間の人は衣の色が改まって[3]、衣更《ころもが》えの頃[4]は花《はな》やかになったのに、まして賀茂の祭[5]の頃は、大方の空の景色も心持がよいのに、前斎院[6]にはつれづれと眺めていらせられる。御前《おまえ》に立っている桂[7]の木《こ》の下風《したかぜ》が、香《か》を送って来てなつかしいにつけても、若い女房達は、思い出すことが多くあるのに、大殿《おおいどの》から、「御禊《みそぎ》の日は、何《ど》んなにか長閑《のど》かにお思いになることでございましょうか」とお見舞《みまい》を申上《もうしあ》げられた。御消息《おたより》には、

「今日は」

懸けきやは川瀬の波も立ちかへり君が禊《みそぎ》のふぢのやつれを[8]

紫の紙で、立文《たてぶみ》にした、きっぱりとしたもので、藤の花をお附けになった。場合がらが哀れなので、御返事があった。

藤ごろも著《き》しは昨日《きのふ》と思ふまに今日《けふ》は禊《みそぎ》の瀬に変る世を[9]

「はかないことでございます」

とばかりあるのを、大殿《おおいどの》は例のように御目を留どめて見ていらせられる。前斎院の御服直《おんぷくなお》し[10]の頃などにも、大殿《おおいどの》は宣旨の許《もと》まで、置き所もないまでにお心懸けの品々をお遣わしになったのを、院は心苦しいことにお思いになり仰せにもなったが、宣旨は、心浮いた、色めかしい御文《おんふみ》でも添ってい

ることでもあれば、何とでも申してお返しもいたしましょう、年頃も、改まった折々の御見舞はお遣わし馴れになっていらして、ひどく御深切《ごしんせつ》なので、何《ど》のような口実がお附け申せようかと、持てあつかうことであろう。女五宮《おんなごのみや》の御方へも、大殿《おおいどの》はこのように、その折をはずさずになさるので、宮はひどく哀れにお思いになり、「この君は、つい昨日今日までは稚児だと思っていましたのに、このように大人《おとな》びてお見舞をして下さることです、容貌《かたち》のひどく好い上に、心持まで人とは異《ちが》ってお生まれになったことです」と、お褒め申すのを、若い女房達はお笑い申す。斎院にお逢いになる折は、「あの大臣《おとど》が、あのように懇《ねんご》ろに仰《おっ》しゃるようですのに、何も、今始まったお志《こころざし》でもありませんし、故宮《こみや》▼11も、余所《よそ》の方▼12になって、お逢い出来ないお嘆きをなさっては、思い立ったことを、あなたが達《たっ》てお厭《い》やがりになることをお云い出しになりなりして、残念そうになさったことが度々《たびたび》でした。ですが、故大殿《こおおいどの》の姫君▼13のいらした限りは、三宮《さんのみや》▼14思召《おぼしめし》の程がお気の毒で、何とも口出しをして申すこともしませんでした。今ではその貴い、何《ど》うすることも出来ない関係でいらした方までお亡くなりにまでなったのですから、ほんに何だって、あのようにしていらっしゃいましたからとて、悪《わ》るいことがございましょうか、と思えますのに、大臣《おとど》がもとへ返って、あのように懇ろに仰しゃるというのも、然《しか》るべき御縁があるのだろうと思いますよ」などと、ひどく古風に申されるので、斎院は厭《いと》わしいことにお思いになって、「故宮《こみや》にも、そのように強情な者だとお思われ申して過ぎて来ましたのに、今更《いまさら》そうした事に靡《なび》きますのは、ひどく似合わしくないことだと▼15思います」と、申されて、極り悪るくなるような御様子なので、強いてお勧めすることも出来ない。宮にお仕え申している者も、上《かみ》も下《しも》もすべてその事を心懸けているので、斎院には、世の中をひどく御不安なものにお思いになるが、かの大臣《おとど》御自身は、我が心を尽して哀れを御覧に入れて、宮のお心持の変って来るのをお待ちつづけになっているが、そのように無理な様で、お心を傷つけようなどとは思っていらせられないのであろう。

大殿腹《おおいどのばら》の若君▼16の御元服のことを、大臣《おとど》はお思い急ぎになって、儀式は二条院《にじょうのいん》でとお思いになるが、大宮[17]がひどく儀式をゆかしそうになさるのも御尤《ごもつと》もでお気の毒なので、やはりその儘《まま》そちらの殿[18]でおさせ申上げる。右大将[19]を始めとして、御伯父《おじ》の殿原《とのばら》も、皆上達部《かんだちめ》の貴い方で、主上の御覚えも格別でばかりいらせられるので、主人方《あるじがた》[20]でも、我も我もと然るべき贈物をそれぞれにお上げになる。大体世間にも響く、たいした御準備の騒ぎである。大臣《おとど》は若君を四位にしようとお思いになり、世間の人もそうなさるだろうと思っていたのに、まだひどく若い年であるのに、我が心任せになる世とて、そうした俄《にわか》なことをするのも、却《かえ》って平凡なことであろうとお思いになって止《とど》められた。若君が浅黄《あさぎ》[21]の袍で殿上にお帰りになられるのを、大宮は飽き足らず浅ましいことにお思いになったのは御尤もで、お可哀そうなことである。大臣《おとど》に御対面の折、その事を申されると、大臣《おとど》は、「唯今《ただいま》そのように無理に、達《たつ》て、急いで大人《おとな》らしくいたしませんでも、思う所がございまして、大学の道を暫《しば》らく学ばせようという本意がございますので、いま二三年は無駄な年に思い做《な》しまして、自然お上《かみ》の御用も勤まるようになりましたならば、追って一人前にもなりましょう。私は九重《ここのえ》の内に育ちまして、世間の様子も存じませず、夜昼《よるひる》主上《うえ》の御前《おまえ》におりまして、僅《わず》かに果敢《はか》ない書《ふみ》なども学びましたことでした。唯恐れ多い御手から伝えましただけで、何事も広い心を知りませんことで、文才《もんざい》を真似《まね》しますにも、琴笛の調べでも、音が足りませず、及ばない所が多いことでございます。果敢《はか》ない親に賢い子の勝《まさ》るという例は、まことに少《すくな》いものでございますので、まして次《つ》ぎ次《つ》ぎと伝わりつつ隔たって行きましての末は、まことに気懸《きがか》りになりますので、決心いたしましてございます。高い家の子として、官爵も思うようになり、世間の勢力もあって心驕《こころおご》りに慣れますと、学問などで身を苦しめますことは、ひどく縁遠い気がいたすようです。戯《たわぶ》れや遊びを好みまして、望みどおりの官爵に昇りますと、時の勢いに従う世間の人が、腹では嘲笑《あざわら》いをしながら、追従《ついしょう》をし、機嫌を取りつつ附いて来ます中《うち》に、自然、人物のような気がして、貴い者のようですが、時代が変り、保護者に亡くなられまして、勢いのなくなります末には、人に軽んじられ侮《あなど》られまして、頼り所のないことでございます。やはり固い学問を土台といたしましてこそ、日本魂《やまとだましい》の世に用いられる方も強くなりましょう。さし当っては、まだるいようでございましても、結局世の重しとなるような修行をいたしましたならば、私が居なくなりました後も、安心して行かれようと思いますので、唯今は不行届ながらもそのように躾《しつ》けましたなら、窮迫な大学の衆だといって、笑ったり侮ったりする人はまさかあるまいと存じます」と、お心持をお知らせ申すと、大宮は嘆息をなされて、「ほんにそのようにお思い寄りになるべきですが、此方《こちら》の大将[22]なども、余りにも思い寄らないことだと、不審がられるようなので、あの人も幼心にひどく残念がって、大将や、右衛門督《うえもんのかみ》の子供[23]などを、自分よりは下臈《げろう》の者だと見くびっていた者までが、みんなそれぞれ加階《かかい》をして昇りつつ、ませた者になり合っているのに、浅黄はひどく辛いと思っていられますのが、可哀そうなのでございます」と申されると、大臣《おとど》は笑われて、「ひどくませた恨み方をすることですね。全く他愛のないことです。あの頃の年では」と仰しゃって、まことに可愛《かわ》いいとお思いになった。「学問をして、少し物がわかるようになりましたら、その恨みは自然解けましょう」と申される。

字《あざな》[24]を附ける儀式は、東の院[25]でなされる。東の対《たい》を御装飾になった。上達部殿上人《かんだちめてんじょうびと》などは、珍らしく不思議な事柄だとして、我も我もと集って参った。博士共は却って臆せることであろう。大臣《おとど》は博士共に、「遠慮する所なく、先例に従って、斟酌《しんしゃく》なく厳しく行いなさい」と仰せられたので、博士共は強いて平気を装おって、自分の家の外《ほか》で捜し出した装束の、体に合わず、ぎごちない姿なども恥じず、顔つき、声《こわ》づかいなど、尤もらしくしつつ、座に着き並ぶ作法から始め、誰も見も知らない様どもである。若い公達《きんだち》は、我慢ができずにほほ笑まれた。しかし、笑いなどはしそうもない年をした、落着《おちつ》いた人ばかりを選《え》り出して、瓶子《へいじ》などもお取らせになったが、作法の異《ちが》った世界とて、右大将、民部卿などの、何《ど》うやら怺《こら》えて土器《かわらけ》を取り上げられるのを、博士共は浅ましくも咎《とが》め立てつつ叱る。「総《す》べて接待の主人方《あるじがた》は、甚《はなは》だ非常にいらせられることでござるぞ。これ程まで光栄のあります某《なにがし》を御存じなくて、公《おおやけ》にお仕え申しをしていられる。甚だ愚かしゅうござるぞ」というので、人々は皆顔をほころばして笑うと、「騒がしい。鎮《しず》まりなさい。甚だ非常でござる。座を引いてお起ち下され」など、威していうのもひどく面白い。見馴れられない人々は、珍らしく面白いことに思い、大学の道から出世された上達部《かんだちめ》などは、得意そうにほほ笑みなどしつつ、大臣《おとど》がこうした方面をお好みになって、学ばせようとお志しになるのを結構なことだ、と限りなくお思い申上げた。博士共は、聊《いささ》か物をいうのもとめる。無礼だといっては咎める。口やかましく叱っている顔どもも、夜になると却って、今までよりも少し物あざやかに見える灯影《ほかげ》で、猿楽めいて来て、見すぼらしく無様に見えるなど、さまざまで、ほんにひどく普通ではなく、様子の変った作法なのであった。大臣《おとど》は、「自分はしどけない、我儘《わがまま》者で、叱り飛ばされることであろう」と仰しゃって、御簾《みす》の内に隠れて御覧になっていた。数の定まっている座に着き余って、帰ってゆく大学の衆があるとお聞きになって、釣殿《つりどの》の方にお召し留《と》どめになって、別に禄《ろく》などを下された。儀式が終って退出する博士や才人どもを召して、又大臣《おとど》は文《ふみ》▼26をお作らせになる。上達部殿上人《かんだちめてんじょうびと》も、その事に堪える程の者は、すべて留めてお侍《さぶら》わせになる。博士の人々は四韻▼27、普通の者は、大臣《おとど》を始めとして、絶句▼28をお作りになる。興のある題の文字を選って、文章博士が差上げる。夜の短い頃なので、明けはててに披講をする。左中弁が講師をお勤めする。容貌《かたち》のひどく美しい人で、声づかいが物々しく、寂《さ》びた調子で読み上げているのがひどく興がある。この人は世の覚えも心持も格別な博士なのである。若君がこうした高い家にお生まれになって、世界の栄花にばかり戯れていられるべき身をもって、窓の蛍に睦《むつ》び、木の枝の雪にお馴れになる、お志の優れていることを、万《よろ》ずの事に譬《たと》え擬《なぞ》らえて、心々に作り集めてあるのが、句毎《ごと》に面白くて、唐土《もろこし》に持って行って伝えたいような文《ふみ》であると、その頃世間では愛《め》で騒いだことである。大臣《おとど》の御作は、申すまでもない。親らしく哀れなことまでも優れていると、涙をこぼして誦《ず》し騒いだが、女には知り得ないことをいうのは、憎いものだといわれて、工合《ぐあい》が悪るいから云い漏らした。

続いて、入学▼29ということをおさせになって、そのまま此《こ》の院▼30の内にお部屋を設けて、改まって学の深い師にお預けになって、学問をおさせになられた。大宮の御許にも殆《ほと》んどお参りにならない。大宮は夜昼お可愛ゆがりになって、今でも稚児《おさなご》のようにばかりお扱いになられるので、彼方《あちら》では物を習うことはお出来にならなかろうとお思いになり、静かな所にお籠《こ》もらせになったのである。大臣《おとど》は、月に三回ほどお参りなさいとお許しになられた。若君はじっとお籠もりになられて、気の結ばれるままに、殿▼[31]を、辛くもいらせられることであるよ、このように苦しまなくても、高い位に昇り、世に用いられている人のないことがあろうか、とお思いになるが、大体の人柄が真面目で、浮いた所がなくいらせられるので、ひどくよく我慢して、何《ど》うか然るべき書《ふみ》などを早く読み終って、人交際《つきあい》もし、世にも立てるようになりたいと思って、ただ四月《よつき》か五月《いつつき》の間に、史記などいう書《ふみ》は読みおわられた。今は寮試《りょうし》▼[32]を受けさせようとお思いになって、先《ま》ず我が御前《おまえ》で試験をおさせになる。例によって、大将、左大弁、式部大輔、左中弁などだけを立ち合わせ、御師の大内記を召して、史記のむずかしい巻々《まきまき》へ寮試をお受けになるに、博士の反問しそうな節々《ふしぶし》を抜き出して、一わたりお読ませになると、知らない箇所はなく、異説のある所は、それこれをも挙げてお読みになる様は、質問全部に亘《わた》っていて、驚かれるまでに珍らしいので、このようなお生まれつきの方であったと、誰も誰も感心して涙をお落しになる。大将はまして、「故大臣《こおとど》▼[33]がお出《い》でになったならば」と、お云い出しになってお泣きになる。殿も心強くはしてお出でになれず、「人の上では、愚かしいことだと見聞きをしておりましたが、子が大人《おとな》びて来て、親が入り替りに愚かになってゆくことは、私も何《ど》れ程という年でもないのに、そのようになって行く世の中なのです」と仰しゃって、涙をお拭いになるのを見る御師の気持は、嬉しくも面目のあることだと思った。大将が杯をお差しになると、大内記はひどく酔ってしまっている顔つきが、まことに痩せ痩せとしている。この人は偏屈者で、学のある割には用いられず、助けがなくて貧しく暮していたのを、大臣《おとど》はお認めになる所があって、このように取り立ててお召し寄せになったのである。身に余るまでの御保護を受けて、この若君の御徳で、忽《たちま》ちに身を変えたことを思うと、まして此の先は、立ち並ぶ者もない御覚えを蒙《こうむ》ることであろう。

大学へ参られる日には、▼34寮門《りょうもん》に上達部《かんだちめ》の御車が、数知られぬ程集まっていた。大方世間に残っている人もあるまいと見える中を、又なきまでに冊《かしず》かれて、扶《たす》けられてお入りになられる冠者《かざ》▼35の君の御様は、ほんに此所《ここ》の学生《がくしょう》の群れに立ちまじるには不似合に、上品でお可愛ゆいことである。例の賤《いや》しい風の者どもの立ちまじりつつ来ている座の末を、辛いとお思いになるのも、まことに御尤もなことである。ここでも又、儀式を乱す者を叱りつける者どもがあって、浅ましかったが、若君は少しも臆せずに読み終られた。昔が思われて大学の栄える頃なので、上、中、下を通じての人が、我も我もと此の道に志して集まっているので、いよいよ世間に、学のある確《しっか》りした人が多くなって来ていたことである。若君は、文人、▼36擬生《ぎそう》▼37などという階級から始めて、ずんずんと進んで行かれるので、一心に打込んで、師も弟子も一段とお励みになる。殿の方でも、文作《ふみつく》りが頻繁で、博士や才人たちが所を得ていた。すべて何事につけても、道々《みちみち》の実力の現れる世であることだ。

内裏《うち》では、后《きさい》がお立ちになるべきであるが、斎宮の女御▼38こそは、母宮▼39も主上の御後見《おんうしろみ》をお任せになられた御方であるからと、大臣《おとど》は託《かこ》けなされる。源氏が引続いて后にお立ちになること▼40を、世間の人はお許し申さない。弘徽殿《こきでん》▼41が先ず他の方々よりも先に御入内《ごじゅだい》になったのに、それを差し置くというのは如何《いかが》であるなど、内々で、此方彼方《こなたかなた》に心をお寄せ申している人々が心得難く申す。兵部卿宮▼42と仰しゃった方は、今は式部卿でいらして、この頃では以前にもまして貴い御覚えでいらせられる方の御娘も、御宿望であって御入内《ごじゅだい》になっていた。斎院の女御と同じく王女御《おうにょうご》▼43でいらせられるので、同じことならば、この方の方が、御母方《おんははかた》の御縁からいってお親しくいらせられるのであるから、母后《ははぎさい》のいらせられない御代りに、御後見《おんうしろみ》という点からは、お似合わしいことであろうと、いろいろとお言い争いになったが、それでも梅壺の女御がお立ちになった。御幸いが、このように今までとは打って変ってお勝《すぐ》れになっていらせられたのを、世間の人はお驚き申す。大臣《おとど》▼44は太政大臣《おおきおとど》にお進みになり、大将[45]は内大臣《うちのおとど》におなりになった。世の中の政をなされるようにと、お任せ申される。内大臣は、人柄がまことにはきはきとして、鮮やかで、お心のお配り方の届いた方でいらせられる。学問を重んじてお修めになったので、韻塞《いんふた》ぎにはお負けになったが、公事《おおやけごと》には賢くあらせられる。多くの腹々《はらはら》にお生まれになった御子《おんこ》が十余人あって、何方《どなた》も大人《おとな》になりつついらせられるが、次ぎ次ぎに出世なさりつつ、源氏の君に劣らず栄えている御家である。御娘は女御《にょうご》と[46]、今一方[47]あらせられた。皇族腹《みこばら》で、貴い点では女御にもお負けにならない位であるが、その母君が、按察《あぜち》の大納言の北の方になって、御夫婦仲での子どもが数多くなって来たので、そちらに混ぜて、後の父親[48]に任せるというのは、まことに快くないことだとお思いになり、母君からお引き離しになって、大宮[49]にお預けになっていられた。

内大臣《うちのおとど》は、女御にくらべては、まことにひどく劣ったものにお思い申していられるが、姫君は人柄も御容貌《かたち》も、ひどく可愛ゆらしくいらせられた。冠者《かざ》の君は、一しょにお育ちになったのであるが、何方《どちら》も十歳《とお》を過ぎての後は、お部屋も別で、睦まじい間ではあるが[50]、男には打解けてはならないものです、と父大臣《おとど》が申されて、隔《へだ》てがついた仲になってはいるが、男君は幼心地に思うことがないではないので、はかない花紅葉《はなもみじ》につけても、雛遊《ひなあそ》びの御機嫌取りも、男君は懇《ねんご》ろに纏《まつ》わられて、心持をお見せなさるので、深く思い合って、女君はあながちには今も恥じ隠れはなさらない。御後見《おんうしろみ》の女房共も、何もそのように、お小さい同志なので、年頃もお馴れになっていられる御仲を、急に、何うして隔てを附けてお小言《こごと》など申せよう、と思って見ていると、女君の方は無邪気に子供でいらっしゃるが、男君は、あのように物ごころもなく見えになるものの、ませた、何《ど》んな御仲になっていたことであろうか。別々なお殿になってからは、男君は逢えないことを落着きなく思っていられるようである、まだ丁度《ちょうど》には書けない字で生先《おいさき》の思われる可愛ゆい手蹟で、お書きかわしになる御文どもを、心幼さから自然取落すこともあるのを、お附きの女房はうすうす知っている者もあったが、何だって、これこれでと誰に申上げようか、取り隠しつついることであろう。

御二方の所々でなされる御昇任の大饗《だいきょう》[51]も終って、世の中のお急がしさもなくて、長閑《のど》やかになっていられるころ、時雨《しぐれ》が降って、『荻の上風』[52]の身にしみる夕暮に、大宮[53]の御方に内大臣《うちのおとど》がお参りになられて、姫君をお呼びになって、御琴などをお弾かせになられる。宮は色々の物がお上手でいらっしゃるので、何《いず》れも姫君にお伝えになっていられる。大臣《おとど》は、「琵琶というものは、女の弾いているのを見ますと、似合わないように見えますが、奥ゆかしいものでございますね。当世では本当の手を伝えている人は、殆《ほとん》ど無いようになっております。何の親王《みこ》、何の源氏」と、お数えになって、「女の中では、太政大臣《おおきおとど》の山里に籠めてお置きになる人[54]が、ひどく上手だという評判でございます。上手の家の後《のち》ではございますが、山賤《やまがつ》になって年を過しました人が、何《ど》うしてそんなに弾けるようになったのでございましょう。あの大臣《おとど》が、ひどく感心していて、折々仰しゃることがございます。他のことよりも、音楽の方の手腕《うで》は、やはり広い範囲の者と弾き合せ、それこれを取入れてこそ上達するものです。独りで弾いていて上手になったというのは、珍らしいことでございます」など仰しゃって、宮にお弾きになるようにおそそのかし申すと、「柱《ちゅう》をさすのが、珍しくなっていることです」と仰しやるが、面白くお弾きになる。大臣は、「運の好い上に、不思議にも好い心懸けを持った人ですよ。お年をするまでお持ち[55]にならなかった女の子をお設《もう》けになられて、自分の身に引きつけて卑しくはしては置かず、貴い方にお任せ申した仕向けは、云うところの無い人だと聞いております」など、序《ついで》にお話しなされる。「女というものは、心懸け次第で、世に用いられるものでございます」など、人の上をお言い出しになって、「女御[56]を、悪るい所はなく、何事も他人に劣ってはお育ちになっていないとお思い申していましたが、思い懸けない人に押されてしまいました御運で、世間は思うようには行かないものだと思ったことでございます。せめてこの君[57]だけでも、何《ど》うかして思うようにして見《み》たいものです。春宮の御元服も、間もないことになったのでと、内々志しておりましたのに、そういう仕合せ者の腹に出来た后《きさい》がね[58]が、又追いついてしまいました。御入内《ごじゅだい》になられたら、まして競争の出来る人はございますまい」といって嘆息されると、大宮は、「何だってそんなことがありましょう。この家から、そうした筋の人がお出にならないでしまうようなことはあるまいと、故大臣《こおとど》はお思いになりまして、女御の御事も、絶えず御用意なさいましたので、もしいらっしゃいましたなら、そのような間違ったことは起らなかったでしょう」など、この御事については、太政大臣《おおきおとど》を恨めしげにお思いになっていることである。姫君の御様がひどくあどけなく可愛らしくて、箏《そう》の御琴をお弾きになると、御髪《みぐし》のさがり工合、頭つきなどの、上品に美しいのを大臣《おとど》がじっと御覧になるので、極《きま》り悪るくて側《わき》へお向きになった横顔の、顔つき可愛らしくて、取由《とりゆ》の手つき▼59が云いようもなく、拵え物のような気のするので、宮も限りなく可愛ゆくお思いになった。搔き合せを弾きすさびになって、御琴を押遣《おしや》られた。大臣《おとど》は和琴《わごん》をお引寄せになって、律《りち》の調べのなかなかに賑やかなものを、聞えた上手の乱れてお弾きになるのが、ひどく面白い。御前《おまえ》の梢《こずえ》の葉は、ほろほろとこぼれ落ちて残らないのに、老《おい》女房達は涙をこぼしながら、そこかしこの几帳《きちょう》の蔭《かげ》に、頭《かしら》を集めて聞き入っていた。大臣《おとど》は、「風の力蓋《けだ》し寡《すくな》し▼60」とお誦《ず》しなされて、「『琴《きん》の感▼61』ではありませんが、妙にもの哀れな夕べでございます。もっと遊ばしませんか」と姫君に仰しゃって、秋風楽《しゅうふうらく》に合せて唱歌をなされる声が、まことに面白いので、宮は誰のもそれぞれに、大臣《おとど》のをもひどく上手だとお思いになっていらせられると、一段と興を添えようとであろうか、冠者《かざ》の君もそこへお参りになられた。大臣《おとど》は、「此方《こちら》へ」といって、姫君とは御几帳を隔ててお入れ申した。大臣《おとど》は、「殆《ほとん》どお目に懸《かか》れない位ですね。何だってそのように、御学問に一途《いちず》になられるのでしょうか。学問が身分以上にあるのも味気ないことだと、大臣《おとど》も御承知のことですのに、そのようにお躾《しつ》け申されますのは、訳のあることだろうとは存じ上げますが、そのように籠もっていらっしゃいますのは、お気の毒に存じます」と申されて、「折々は芸事《げいごと》もなさいませ。笛の音《ね》にも古い教えは伝わっているものです」と仰しゃって、御笛を差上げられる。ひどく子供らしく可愛いい音《ね》に吹き立てて、ひどく面白いので、弾いていられる御琴を暫《しばら》くお止《や》めになって、大臣《おとど》は拍子を仰々しくはなくお鳴らしになって、『萩が花摺《はなずり》』▼62などをお歌いになる。そして、「大殿《おおいどの》もこのような御遊びをお好みになられて、忙しい御政《おんまつりごと》もお遁《のが》れになっていられることなのです。ほんに面白くもない世の中ですから、気の紛れることをして過したいことです」など仰しゃって、御酒を召上《めしあが》るうちに、暗くなったので、灯火をともさせ、御湯づけ菓子など何方《どなた》も召し上る。姫君は彼方《あちら》の御居間にお戻らせになられた。強いて隔てをお附けになるようにし、御琴の音だけでもお聞かせしまいと、今は無暗《むやみ》に隔てをお附け申すのを、「お可哀そうなことのありそうに見える御仲です」と、近くお仕え申している大宮附きの老女房達は囁《ささや》き合っていた。

大臣《おとど》はお帰りになられた風をなされて、忍んで女房とお逢いになられようと立っていらしたが、そっと身を窄《すぼ》めてお出になられる道で、そうしたひそひそ話をしているので、怪しくお思いになって、耳をお留めになられると、御自分の上を云っているのだ。「賢がっていらっしゃいますが、やっぱり親ですよ。自然《ひとりで》愚かしいことが起って来ましょうよ。子を知るは親とか云うのは、嘘のようですね」などいって、突《つ》つき合っている。呆れたことである、だからこそ、気が附かなかった訳ではないが、子供なので油断をしていて、世の中というものは厭《い》やなものであることよ、と事情をぼつぼつお分りになったが、音も立てずにお出になった。御前駆の音が厳めしいので、女房達は、「殿は今お帰りになったのですよ。何所《どこ》の物蔭にいらしたのでしょう。今でもそんな浮気なことを」と云い合った。ひそひそ話をしていた女房達は、「ひどく香ばしい香《か》が、衣《きぬ》ずれの音と一しょにしましたのを、冠者《かざ》の君が入《い》らっしたのだとばかり思っていました。まあ気味の悪るい。悪る口をうすうすお聞きになったのでしょう。面倒なお心なのに」と当惑し合った。殿は途《みち》すがらお思いになると、この事は、そう残念な悪るいことではないが、縁の近い間柄でと、世間の人の思いも云いもしそうなことで、大臣《おとど》が、無理にも女御を圧《おさ》えつけられたのも辛いに、たまたまに、人に優《まさ》ってのこともあろうかと思ったのに、口惜しいことである、とお思いになる。お二人の大臣《おとど》の御仲は、大体としては昔も今も好くいらせられながら、こうした方面では、競争をなされた頃の名残もお思い出しになられて、心面白くないので、夜も寝覚めがちでお明かしになる。大宮も、そうした気振《けぶ》りは御覧になっていように、世になくお可愛ゆがりになる御孫なので、心任せにさせて御覧になっていられるであろうと、女房共のいった様子を、呆れた口惜《くや》しいことにお思いになると、お心が動いて来て、少し気の強いはきはきした御性分には、思い鎮め難い。

二日程して殿は、又大宮にお参りになられた。頻々《ひんぴん》と参られる時は、大宮もひどくお心持が好く、嬉しいことにお思いになった。御尼額《あまびたい》を直され、立派な御小袿《こうちぎ》をお召し添えになって、我が子ながらも極り悪るいような気のするお人柄なので、真正面からではなくてお逢いになられる。大臣《おとど》は御気《みけ》色《しき》が悪るくて、「此方《こなた》に参りますのも極りが悪るく、女房共が何《ど》んな気がして見ることだろうと気が置けました。はかばかしい方ではございませんが、生きております限りは、絶えず御覧をねがい、覚《おぼ》束《つか》ない隔てなぞないようにと存じ上げております。良くもない子の事で、お恨めしくお思い申さなくてはいられないことが起って来ましたので、そんなことはお思い申すまいと一方ではお思い申しましたが、やはり鎮めかねる気がいたしますので」といって、涙をお拭きになると、宮はお化粧をなされたお顔の色も変って、御目も大きくなられた。「何《ど》ういう事で、今更こんな年寄になってに、お恨みなさるのでしょうか」と仰しゃられるのも、さすがにお気の毒ではあるが、「頼もしいお縋《すが》り所として、幼い者をお預け申して置きまして、自分では却って幼い時からお世話してもおりません。先ず眼《ま》に近い▼63お人の宮仕えが、捗々《はかばか》しく行かないのを見て嘆いてお世話を申しながら、それにしても此方《こちら》の娘は一人前にして下さることだろうと、お頼み申しつづけておりましたのに、案外なことがございましたので、ひどく残念でございます。誠に天の下に双《なら》ぶ者のない学者ではありましょうが、親戚の間柄でのそういうことは、人の聞いて思いますことも好くないことのように、それ程でもない身分の者でさえしておりますので、あの人のお為からも、ひどく悪るいことでございます。何の繋がりもない、立派な珍しい家から、賑わしく扱われます方が面白うございます。親戚あいの縁組は、面倒が起りがちなようで、大臣《おとど》もお聞きになってはお思いになる所がございましょう。それに致しましても、こういう事とお知らせ下さいまして、改まって扱い、少し奥ゆかしさも混ぜて致すべきでしょう。幼い人達の気任せになさって、お取締り下さらなかったことを、辛いことに存じ上げます」と仰しゃるが、宮は夢にも御存じのないことなので、浅ましくお思いになって、「ほんに、そのように仰しゃるのも御尤もですが、ゆめゆめあの人達の内々の心持は知らなかったことでございます。ほんに、ひどく残念なことは、私こそあなたにもまして嘆くべきでございます。私にも同じように罪をお着せになるのは、恨めしいことです。姫君をお預りしてからは、格別にお思いいたしまして、あなたのお気の附かないことまでも、勝《すぐ》れたようにお躾《しつ》けしようと思って、人の知らない苦労をしております。一人前でもない者を、心の闇に迷って、急いでそんなことをさせることは思いも寄らないことです。それにしても、誰がそんな事をお聞きに入れたのでしょうか。善くもない者のいうことを取り上げて、荒《あ》ら立てて仰しゃいますのはつまらないことで、有りもしない事で、人のお名に疵《きず》がつきましょうか」と仰しゃると、「何で根のないことでございましょう。お附きの人達も、蔭では皆で悪るく云って笑っているらしいので、ひどく残念で、安心していられないのです」といってお立ちになった。様子を知っている人は、ひどくお可哀そうに思う。あの晩蔭口をしていた女房共は、まして気が気ではなく、何だってあんな打明け話をしたことであろうと、嘆き合った。姫君は、何心もなく入らっしゃるのを、大臣《おとど》はお覗きになって、ひどく可愛ゆらしい御様を、哀れに御覧になる。「子供とはいいながらも、こう心幼くていらっしゃるのも知らずに、ひどくあのように一人前の者のように思ったのは、自分こそ誰にもまして頼りないことであった」とお思いになって、御乳母《おめのと》達をお責めになるが、何とも申上げようもない。「そのようなことは、限りなく尊い帝の御斎娘《いつきむすめ》でも、自然お過ちのある例《ためし》は、昔物語にもあるようですが、様子を知って伝える媒《なかだち》が、然るべき隙を窺《うかが》ってすることでしょう。此方《こなた》は、明け暮れ御一しょになって、年頃いらしたのですから、何だって物ごころもおありにならないお年の方を、宮のお扱いになりますのに増して、隔てをお附け申すことなど出来ようかと、気を許して過してまいりましたが、一昨年《おととし》頃からは、きっぱりとしたお扱いになりましたようなので、幼い方でも、人目を掠《かす》めるようなことをし、何《ど》うやら世心《よごころ》の附いたような者もあるらしゅうございますが、あの方は夢にも乱りがわしい所はおありにならないようでございますから、全く思いも寄らなかったことで」と自分達同士で嘆く。大臣《おとど》は、「ままよ、当分こうしたことは人には漏らしますまい。隠す訳にはいかないことだが、気をつけて、そんな事は無い事だとでも言い拵えなさいよ。追って彼方《あちら》へお移し申しましょう。宮のお心持がひどく辛いのです。其方《そなた》達は、それにしても、このようにしようとは思わなかったのでしょう」と仰しゃるので、乳母《めのと》達は、お気の毒に思う中《うち》にも、嬉しいことを仰しゃると思って、「飛《と》んでもない事を。大納言殿▼64のお聞きになることさえも困りますので、結構な方にしましても臣下の方などは、何で珍らしくなどお思い申しましょうか」と申上げる。姫君はまことに幼い御様子で、色々に云ってお聞かせするが、甲斐《かい》がありそうにもないので、大臣《おとど》はお泣きになって、何《ど》のようにしたら姫君の疵者にならない方法が取れようかと、忍んで然るべき者達に仰しゃって、大宮をばかりお恨み申上げる。宮は、お可哀そうにお思いになる中《うち》でも、男君のお可愛ゆさは格別のせいでもあろうか、そうしたお気持のあったのも可愛ゆくお思いになるのに、大臣《おとど》が情なく、飛んでもないことのように思って仰しゃったのを、何でそんなことがあるものか、もともと姫君を深くお思いになることがなく、これ程までに大切にしようとも思わなかったのに、私がこのように扱い出したからこそ、東宮の御事もお思い立ちになったのだろう。それが外《は》ずれて臣下に縁づくようになったとしたら、この君より外《ほか》に立優《たちまさ》る人などあろうか、容貌有様を始め、同じような人などがあろうか。姫君などよりももっと勝《まさ》った身分の人をと思っていると、御自分の御寵愛のまさっているせいであろうか、大臣《おとど》を恨めしくお思いになっていらせられるお心の中を、お見せしたならば、まして何《ど》んなにお恨み申すことであろうか。

そのように騒がれているとも知らずに、冠者《かざ》の君はお参りになった。先夜も人目が繁くて、思うことも姫君にお話が出来なかったので、平常にも増して哀れにお思いになったので、夕方お出《い》でになったのであろう。宮は、いつもは云いようもなくにこにこなされて、お待ち喜びになるのに、まじめにお話などなさる序《ついで》に、「そなたの事で、内大臣《うちのおとど》が恨んでいらしたので、本当にお可哀そうですよ。ゆかしげのないことをお思い初《そ》めになって、私に苦労をさせようとなさるのは困ったことです。こんなことはお聞かせしまいとも思いましたが、そうした事情も御存じないだろうと思いまして」とお話されると、若君は心に懸《かか》っている筋のことなので、直《す》ぐに心が附いた。顔が赤らんで、「何《ど》ういうことなのでしょうか。静かな所に引籠《ひきこも》りましてからは、何かこう人に交《まじ》る時もありませんので、お恨みを受けることなどなかろうと存じ上げます」といって、ひどく極りわるく思っている様子が哀れで気の毒なので、「いいよ。これからでも気をお附けなさい」と仰しゃっただけで、他の話に紛らしておしまいになった。一段と文《ふみ》なども通わせられないことだろうと、ひどく嘆かわしい。食事をお上げになるが、若君はすこしも召上らないで、お寝《やす》みになったようにはしているが、心も空になって、人が寝鎮まった頃に、姫君のお部屋の中襖を引いたが、いつもは格別鎖《じょう》もしてないのに、しっかりと鎖《さ》して、人の音もしない。ひどく心細い気がして、襖に凭《よ》り懸っていられると、姫君も目を覚まして、風の音が竹に迎え取られてそよそよと鳴るのに、雁《かり》の鳴いて渡る声がほのかに聞えるので、幼《おさ》な心地にも、とやかくとお思い乱れになるのであろうか、『雲井の雁もわが如《ごと》や▼65』と、独り言にいっていられる様子が、幼く可愛らしい。若君は何《ど》うにも心許《こころもと》ない気がして、「ここを開けて下さいよ。小侍従はいませんか」と仰しゃるが、返事もない。これは姫君の御乳母子《めのとご》である。姫君は独り言を聞かれたのがきまり悪るくて、訳もなくお顔を蒲団の中へ引込ませておしまいになったが、哀れは知らないというのではないのが生憎《あいにく》である。乳母《めのと》達はお側近く寝ていて、寝返りをするのも工合が悪るいので、互《たがい》に音

も立てない、若君、

さ夜中に友呼び渡るかりがねにうたて吹き添ふ荻の上風《うはかぜ》▼66

身に沁《し》むことであったと思いつづけて、宮の御前《おまえ》に帰って溜息《ためいき》を吐《つ》きがちにしているが、お目が覚めてお聞きになりはしないかと気が置けて、身動《みじろ》ぎをして寝て入らした。むやみにきまりが悪るくて、御自分のお部屋に朝早く出て行って、姫君への御文は書かれたが、小侍従にも逢えず、そちらのお部屋へも行かれず、遣る瀬ない気がしていらっしゃる。姫君もまた、騒ぎ立てられたことばかりが極り悪るくて、自分が何《ど》うなるだろうか、男君が何《ど》う思われるだろうかと深くもお考えにならない。あどけなく可愛らしくて、女房達の物を話し合っている様も、厭《い》やなことだと隔てを附けようとはお思いにならないのであった。又、このように騒がれるべきことともお思いになっていなかったのに、御《お》後見《うしろみ》達がひどくお責めするので、文もお通わしになれない。大人《おとな》びた人であったら、然るべき隙も見附けたことであろうが、男君もまだ少し頼りないお年頃なので、ただひどく残念にばかり思っていらっしゃる。

大臣《おとど》はそれきりお参りにならないで、宮をひどく辛くお思い申される。北の方には、こういうこと▼67があるとは気《け》ぶりにもお見せにならない。ただ大体にひどく機嫌の悪るい御様子で、北の方に、「中宮が格別のお装いで入内《じゅだい》なされたので、女御が▼68御仲を面白くなく思っていらせられる為《た》めか、心苦しくて胸も痛いので、退出をおさせして、気安く御休息をおさせ申しましょう。流石《さすが》に上局《うえつぼね》にずっとお置きになって、主上は夜昼お離しになられないようなので、お附きの女房達も気の休まる時がなくて、苦しくて困っているようですから」と仰しゃって、俄《にわか》に御退出をおさせ申す。御暇を下され難いのを、達《たっ》て御願い申して、主上は渋々にお思いにならせられたのを、強いてお迎え申される。大臣《おとど》は女御に、「つれづれでいらっしゃいましょうから、姫君を此方《こちら》へお移らせして、御一しょに御遊びなどなさいませ。宮にお預けしておきますのは、安心ではございますが、あちらには、ひどく才走った、ませた人▼69が立ちまじっていまして、自然気近いのも、不似合な年になりましたから」と申されて、俄に姫君を此方《こちら》にお移しする。宮はひどく飽《あ》っけなくお思いになって、大臣《おとど》に、「一人いられました女の子▼70が亡くなられて後は、ひどく寂しくて心細かったのに、嬉しくもこの姫君が出来まして、生涯の冊《かしず》き者に思いまして、寝起きにつけて、年寄の退屈さを慰めようと思っていました。案外にも隔てをお附けになりますのは、辛いことです」と申されると、大臣《おとど》は畏《かしこ》まって、「心に納得いたせませんことは、これこれに存ぜられますと申上げましただけで、深く隔てをお附け申すなんてことが、何でございましょうか。内裏《うち》にお仕え申しています方▼71が、世の中を恨めしそうにしまして、此頃《このごろ》退出しておりますが、ひどく徒然《つれづれ》に思ってふさいでおりますのが、気の毒に見られますので、一しょに遊び業《わざ》をして慰めて上げさせようと存じまして、暫《しばら》くお移しするのでございます」といって、「御養育下され、一人前におさせ下さったことを、おろそかになどは決して思いません」と申されるので、このように思い立つと、お止めしたところが、お思い返しになれる大臣《おとど》ではないので、ひどく飽っけなく残念にお思いになって、「人の心というものは、辛いものです。とやかくと、あの幼い者達でも、私に隔てを附けて疎《うと》ましくしていたことでした。又、それもそうでしょう、大臣《おとど》が、物をよく御存じになりながらも、私を怨んで、このように連れてお移しするのですもの、あちらだからとて、こちらより安心だという訳でもありますまい」と、泣きながら仰せになる。

その折柄《おりから》、冠者《かざ》の君が参られた。若《も》しちょっとの隙でも見出せようかと、此頃は繁々とちらつかれるのであった。内大臣《うちのおとど》の御車があるので、お気が咎めて工合が悪るく、そっと隠れて御自分のお部屋に入っていられた。内大臣《うちのおとど》の君達《きんだち》の、左少将、少納言、兵衛佐《ひょうえのすけ》、侍従、大夫などいうが、皆ここに参り集《つど》っていたが、御簾《みす》の中に入ることはお許しにならない。左衛門督《さえもんのかみ》、権中納言なども、宮には異腹《ことはら》▼72ではあるが、故殿《ことの》▼73のお扱いのままに、今も参ってお仕え申すことが懇《ねんご》ろなので、そのお子どもも大勢参られるが、この若君に似るお美しさはなく見える。大宮のお心持も、若君を較《くら》べる者なくお思いになっているが、ただこの姫君だけを、親しく可愛ゆいものとお冊《かしず》きになって、お側を離さず可愛いいものに思ってお出でになったのに、このようにお移りになられるのを、ひどくさみしいことにお思いになる。殿は、「今の間に内裏《うち》へ参りまして、夕方迎いに参りましょう」と仰しゃってお出ましになった。お心の中では、云っても詮《せん》のないことなので、事を円《まる》く云い拵えて、望むようにしてやろうかともお思いになるが、やはり何《ど》うにも気が済まないので、若君の御身分の今少し重々しくなってに、不足のない者と見直して、その間に心持の深さ浅さも見極めて、許すにしても、然るべき形式を取ってのことにしよう、今は制し諫《いさ》めるにしても、一つ所に居ては、幼い心に任せて、見苦しいことをしよう、宮もよもや達てお制しにはなることもあるまい、とお思いになったので、女御《にょうご》の御つれづれにかこつけて、此方《こちら》も其方《そちら》も穏やかに云い拵えて、姫君をお移しするのであった。宮はお文《ふみ》で、「大臣《おとど》こそ私を怨みもしましょう。あなたは、それにしても私の志の程は御存じでしょう。入らしてお顔をお見せ下さい」と申されるので、ひどく愛らしく装ってお出でになった。十四におなりになった。お体は整ってはお見えにならないが、ひどくおっとりしてしめやかで、愛らしい様をしていらっした。宮は、「側をお離し申さず明け暮れの玩《もてあそ》び物のようにお思い申していましたのに、これからはさみしいことでしょう。先の短い身で、あなたのお有様を見果てることの出来ないことだと、命の方を嘆いていました。今更に見捨ててお移りになります所がどんな所だろうかと思いますと、まことに哀れです」と仰しゃってお泣きになる。姫君はきまりの悪るいことをお思いになっているので、顔もおあげにならずに、ただ泣きに泣いていらっしゃる。男君の御乳母《おめのと》の宰相の君が出て来て、姫君に、「若君と同じように、御主人とお頼み申しておりました。残念にもお移りになるのでございます。殿は余所《よそ》へ御縁づけになろうとお思いになることがございましても、そのようにお随《したが》いなさいますな」など、囁《ささや》いて申上げると、姫君はいよいよきまり悪るくお思いになって、ものも仰しゃらない。宮は、「まあ、面倒なことはお聞《きか》せなさいますな。御縁御縁で、ひどく定め難いもので」と仰しゃる。御《お》乳母《めのと》は、「いえ、若君をつまらない御身分だと、お侮り申して入らっしゃるようでございます、それにしましても、ほんとうに我が君が、人にお劣りになっていらっしゃいますか何《ど》うかと、お聞き合せ下さいませよ」と、むしゃくしゃ気分に任せていう。冠者《かざ》の君は、物の蔭に隠れて御覧になっていると、人の咎めるのも、普通の折だと苦しかったが、今はひどく心細くて、涙を拭きつついらっしゃる御様子を、御乳母《おめのと》はひどくお気の毒に見て、宮をとやかくとおたばかり申して、夕間暮のどさくさ紛れに、姫君とお逢わせ申した。互に極り悪るく、胸がどきどきして、物もいわずにお泣きになる。男君の、「大臣《おとど》のお心がひどく辛いので、それならば諦めてしまおうかと思いますが、恋しく思われて仕方がないことでしょう。何だって、少しの隙くらい見附けられた日頃に、余所《よそ》に隔たっていたのでしょう」と仰しゃる様も、ひどく子供ぽく哀れなようなので、女君も、「私もその通りでしょう」と仰しゃる。男君が、「恋しいと思ってくれますか」と仰しゃると、姫君の少し頷かれる様も、子供ぽい。大殿油《おおとなぶら》が点《つ》き、殿がお退出《さが》りになった様子で、物々しく追う御前駆の声がすると、女房達は、「お帰りです」と恐れて騒ぐので、姫君はひどく怖しくお思いになって、身をふるわせられる。男君は、何《ど》うでもなれとお思いになって、一途に姫君を立たせにならない。姫君の御乳母《おめのと》が参って、お捜しするとて、この様子を見て、まあ気にくわない、ほんに宮が御存じないことではなかったのだ、と思うと、益々辛くて、「ああ、厭《い》やな世の中ですこと。殿の仰しゃることは少しもお聞きになりません。大納言も何《ど》のようにお聞きになることでしょう。結構な方だとしても、御縁の初めに、六位という御縁組は」と呟《つぶや》くのがほのかに聞える。直《す》ぐその屏風《びょうぶ》の後ろまで捜して来て、嘆いているのであった。男君は、自分を位の無い者として恥ずかしめるのだとお思いになると、世の中が恨めしいので、哀れも少し覚める気がして、はっとする。「あれをお聞きなさい。

紅《くれなゐ》の涙にふかき袖の色を浅みどりとやいひしをるべき▼74

きまり悪るいことです」と仰しゃるので、姫君、

いろ〱に身の憂きほどの知らるるはいかに染めける中の衣ぞ[75]

と仰しやり終らない中《うち》に、殿が入って入らせられたので、仕方なしに姫君は其方《そちら》へ行かれた。取残されているのもひどく恰好が悪るく、胸も一ぱいになって、御自分のお部屋へ行って御寝《おやす》みになった。お車が三輛ほどで、忍んだ風で急いで出て行かれる様子を聞くにも、男君は気がそわそわするので、宮の御前《おまえ》から、此方《こちら》へお参りなさいとお使《つかい》があったけれども、眠った風をしてお動きにもならない。涙ばかり止まらずこぼれるので、夜を嘆き明かして、霜《しも》のひどく白いのに急いでお出懸けになる。腫《は》れあがった目を人に見られるのも極りが悪るいのに、宮が又お召しになりそうなので、気やすい所にと思ってお出懸けになったのである。道の間も、我が心がらからのことで、心細く嘆きつづけると、空の模様も深く曇っていて、まだ暗かった。

霜氷うたて結べる明け暗《ぐ》れの空かきくらしふる涙かな[76]

大殿《おおいどの》[77]では、今年は五節《ごせち》の舞姫[78]をお上げなされる。何という程の御準備でもないが、附添《つきそい》の女童《めわらわ》の装束などを、その日も近くなったといって、急いでなされる。東の院[79]では、参内の夜の女房達の装束をお作らせになる。殿からは、大体の物を、中宮[80]からも、女童《めわらわ》、下仕《しもつか》えの分までも、結構にしてお差上げになった。去年は、諒闇《りょうあん》とて五節も停止《ちょうじ》となったが、その寂しさの埋合《うめあわ》せという心持も添って、誰の心も、例年よりは華やかにと思いそうな年なので、何方《どちら》でも競争で、ひどく結構に万事をなさるという噂がある。公卿の方の舞姫[81]は、按察《あぜちの》大納言[82]、左衛門督《さえもんのかみ》[83]からで、受領《ずりょう》の方の舞姫には、かの良《よし》清《きよ》[84]、今は近江守で、左中弁を兼ねている者から差上げられた。舞姫はすべてお留《と》どめになって、宮仕えをさせると、仰せごとの格別な年なので、娘をそれぞれお上げになられる。殿[85]からお上げになる舞姫は、惟光朝臣《これみつのあそん》[86]の、今は摂津守《つのかみ》で、左京大夫《さきょうのたいふ》を兼ねているものの娘で、容貌などまことに好さそうだという評判のあるのをお召しになる。惟光は辛いことに思ったが、人々が、「大納言[87]が外腹《そとばら》の娘をお上げになるというのに、朝臣《あそん》が秘蔵娘をお出しになったからとて、何が恥になるものですか」といじめるので、困って、何《ど》うせ出すならば、そのまま宮仕えをさせようと思いきめた。舞の稽古は、我が家で十分にさせて、傅《かしずき》▼88なども、直接に舞姫に附添うべき者は、十二分にいい者を選び揃えて、その当日の夕方に殿に参らせた。殿でもまた、御方々にお仕えする女童《めわらわ》、下仕《しもづか》えはすぐれた者をと思《おぼ》召《め》し、御覧じ較べをなさるので、選《え》り出される者は、身の程につけて、ひどく面目《めんもく》にしているらしい。舞姫は、主上の御前《ごぜん》に召して御内覧がある下準備に、殿のお前を通らせて、御選定をなさる。捨てるべき者もなく、それぞれに良い女童《めわらわ》の様子器量に、殿は御当惑になって、「今一人分《ひとりぶん》の者を、此方《こちら》から差上げようか」とお笑いになる。唯《ただ》身のもてなし用意のいい者が、選定に入ったことである。

大学の君▼89は悲しみに胸が塞《ふさ》がって、御食物も召上れず、ひどくふさいで、書物《しょもつ》も読まずに嘆いて寝ていられたが、気の紛れることもあろうかと、出て行ってその混雑の中に紛れてお歩きになる。御様も容貌《かたち》もお立派で、物静かで艶《なま》めいていられるので、若い女房などは、ひどくお美しいとお見上げする。上の御方《おんかた》▼90の方へは、殿はこの君を御簾《みす》の前へさえも近くはお寄せにならない、御自分のお心慣《こころな》いから、何《ど》のように思召すのであろうか、遠ざけていらせられるので、老女房《おい》なども親しんではいないが、今日は混雑に紛れてお立ち入りになったのであろう。舞姫と傅《かしずき》とを、車から下ろして妻戸《つまど》の間に屏風などを立てて、簡単な装飾なので、君はそっと寄ってお覗きになると、悩ましそうにして物に凭って横になっている。そっくりあの姫君▼91のお年頃に見えて、も少し背が高く、様体は気取って、美しい所は、立ち優ってさえも見える。暗いのでこまごまとは見えないが、年頃がそっくりに思われる様子なので、気が移るというではないが、平気ではいられなくて、衣《きぬ》の裾をお引き鳴らしになる。舞姫は何ごころもなく、変だと思うと、君は、

天《あめ》にます豊岡姫《とよをかひめ》の宮人《みやびと》もわが心ざす標《しめ》を忘るな▼92

「『瑞垣の』▼93」と仰しゃるのは、唐突なことである。年若く可愛らしい声ではあるが、娘は誰とも思い寄ることも出来ず、小面倒に思っていると、化粧を直そうといって騒いでいた後見《うしろみ》どもが、娘の側へ

寄って来て、人騒がしくなったので、男君はひどく残念で、お立ち去りになった。冠者《かざ》の君は、浅黄《あさぎ》色の服の不快なので、宮中へ参ることもせずに、辛がっていられたが、五節[94]にかこつけて、直衣《なおし》などの様の変った色を許されてお参りになる。幼くて清らかにいらっしゃるものの、早くからませていて、戯《ざ》れてお歩きになる、主上をお初めとして、御寵愛になる様が尋常ではなく、世に珍らしい御覚えである。

五節の参内《さんだい》する儀式は、何方《どなた》が何《ど》うということもなく、それぞれ最美を尽されたが、舞姫の器量は、大殿《おおいどの》のと大納言殿のとは特にすぐれていたと人々が褒めてさわぐ。ほんにひどく美しくはあったが、おおように愛らしい点は、やはり大殿《おおいどの》のには叶わないようであった。全体に清らかで、当世風で、舞姫などとは見受けられないように、つくり立てた様態などが、世に珍らしく可愛いいところを、このように褒められるのであろう。いつもの舞姫よりも、いずれも少し大人《おとな》びていて、ほんに格別な年である。殿も参内《さんだい》して御覧になると、昔、お目が留まった少女《おとめ》[95]の姿をお思い出しになる。[96]辰の日の暮れ方に、その少女の許《もと》に消息《たより》をお遣わしになる。御文《おんふみ》の中が思いやられることである。お歌、

少女子《おとめご》も神さびぬらし天《あま》つ袖ふるき世の友齢経《よはひへ》ぬれば[97]

年月《としつき》の過ぎたのを数えて、お思い出しになるままの哀れさが、我慢のお出来にならなかったのを、女は面白く思うのも果敢《はか》ないことであるよ。

かけていへば今日のこととぞ思ほゆるひかげの霜の袖にとけしも[98]

青摺《あおずり》の紙がその折によく合っていて、紛らして書いている濃い墨と薄い墨、草書がちに乱して書いてあるのも、身分に合せては面白いと御覧になる。冠者《かざ》の君も、惟光の娘が目に留まるにつけて、人知れず思いを懸けてお歩きになるが、女は辺り近くへさえも寄せつけず、ひどくしゃんと振舞っているので、気おくれのする年頃の心には、嘆かわしくして止《や》めた。容貌はひどく気に入って、あの辛い姫君に代えての慰めにでも、逢えるようにしようと思っている。

舞姫はそのまま総《すべ》て内裏《うち》にお留どめになって、宮仕えをおさせになる御気色《みけしき》があったが、一応は退出させて、近江守の娘は辛崎《からさき》での祓《はらえ》、摂津守《つのかみ》の娘は難波でと、競って退出をした。大納言は改めて参内させるべき由《よし》を奏上なされた。左衛門督《さえもんのかみ》は、自分の娘ではない者を上げたので、お咎めがあったが、これも内裏《うち》にお留どめになられる。摂津守《つのかみ》は、「典侍《ないしのすけ》の空《あ》きがございますから」と、娘をそれにと願い出たので、そのように執り成してやろうかと、大殿《おおいどの》はお思いになっているのを、冠者《かざ》の君はお聞きになって、ひどく残念に思う。自分の年や位などが、このように哀れなものでなかったならば、願って我が物ともしようものを、思いを寄せているということさえも知られずにしまうことだと、深く思ってのことではないが、姫君のことの辛さに取添えて、涙ぐまれる折々がある。この娘の兄で、童殿上《わらわてんじょう》をしている者が、平常この冠者の君の許に参って御機嫌を取っているのに、君はいつもよりは懐かしくお話をなさって「五節《ごせち》は、いつ内裏《うち》へ参るのですか」とお問いになる。「今年の内だと聞いております」と申上げる。「顔がひどく良かったので、そぞろに恋しいことです。其方《そなた》がいつも見ているのが羨《うらや》ましいが、また見せてくれませんか」と仰しゃると、「何《ど》うしてそんなことが出来ましょう。気儘《きまま》には見ることも出来ません、男の兄弟だからといって、側へも寄せないくらいですから、まして何うして君達《きんだち》になぞお目に懸けましょう」と申上げる。「それなら、せめて文《ふみ》だけでも」と仰しゃって、下された。予々《かねがね》そうした文《ふみ》の取次などは誡《いまし》められているのにと苦しかったが、達《たっ》て下さるのでお可哀そうで持って行った。娘は年に合わせてはませていたのであろうか、面白いことに思って読んだ。緑色の薄様《うすよう》の、好ましい重ねに、手蹟はまだひどく幼いが、生先《おいさき》が思われるいい手筋で、

日かげにもしるかりけめやをとめ子が天《あま》の羽袖《はそで》にかけし心は▼99

二人▼100で見ている中に、▼101父がふっと側へ寄って来た。怖しくて呆れて引き隠すことが出来ない。「何《ど》うした文《ふみ》だ」といって取り上げると、二人とも顔を紅《あか》くしていた。「碌《ろく》でもないことをしたものだ」と叱ると、兄は逃げて行くのを、呼び寄せて、「誰からのだ」と問うので、「殿の冠者《かざ》の君が、こうこ

う仰しゃって下さいましたもので」というと、父は怒った名残もなくにこにこして、「何ともお可愛いい君の御戯《ざ》れ心です。君達《きんだち》は、同じ年だが、お前らはいう甲斐もなく駄目な者のようだ」と褒めて、母君にも見せる。「あの君達《きんだち》が、少し人数《ひとかず》にお思い下さるようだったら、生中《なまなか》な宮仕えをさせるよりは、差上げましょう。殿のお仕向けを見ると、御関係になった人は、御自分からはお忘れにならないのが、まことに頼もしいことです。明石入道の例に倣《なら》いましょう」などいったが、皆急いで立ってしまった。

冠者《かざ》の君は、姫君[102]の方へは、御文《おんふみ》さえもお遣りになれず、惟光の娘よりは立ち優っている其方《そちら》のことばかりが心に懸って、時が立ってゆくにつれて、たまらず恋しい面影となって来るのに、また逢わずにいられようかと思うより外《ほか》のことはない。大宮[103]の御許へも、訳もなく辛くてお参りにならない。姫君は、これまで居られたお居間、年頃馴れ遊んだ所ばかり、思い出されることが増すので、その里まで辛くお思いになりつつ、又此方《こちら》に引籠っていらせられた。殿は、この西の対《たい》の御方《おんかた》[104]に、この君をお預けになられたことである。「大宮の御世《みよ》も、残り少なそうに見えますので、お亡くなりになられました後も、このように幼い時からお世話をし馴らして、後見《うしろみ》とお思い下さい」と申されるので、唯《ただ》仰せのままになるお心の方で、懐かしくあわれに思ってお扱い申される。君は対の君をほのかにお見上げするにつけ、御容貌《おかたち》はよくはいらっしゃらないことであった、こうした人をも、殿はお見捨てにはならなかったのだと思うと、自分があながちに、辛い人のお容貌《かたち》を、心に懸けて恋しく思っているのは味気ないことである、心持のこのように素直な人をこそ思い合おうと思う。又、さし向って見る甲斐もないのはひどくお可哀そうなことである。このようにして年を経ていらせられるが殿はそのようなお容貌《かたち》、お心の方と御覧になって、『浜木綿《はまゆう》』[105]程の隔《へだて》をお隠しになりつつ、何くれとお世話を申して紛らしていられるようなのも、御尤《ごもっと》もなことなのだと思っている冠者《かざ》のお心の中は極りの悪るいことである。大宮のお容貌は変っていらせられるが、まだひどく清らかでいらせられ、ここもかしこも、女は容貌《かたち》が、よいものとばかり見馴れていらせられるのに、もともと良くはいらせられなかったお容貌《かたち》が、少し盛り過ぎた気がして痩せ痩せとして御髪《みぐし》も少《すくな》いのなどが、このように譏《そし》りたいように思わせるのであった。

　年の暮には、正月のお装束などを、大宮は唯この若君御一方のことを、他の何事もせず一心に御用意なされる。幾揃いも、ひどく清らかにお仕立てになったのを、君は見るのも辛くばかり思われるので、「元日などには、決して内裏《うち》へは参るまいと存じておりますのに、何だってこんなにお拵えになったでしょう」と申上げると、宮は、「何でそんなことがあるものですか。老いぼれてでもしまった人のようなことを仰しゃいますね」と仰しゃると、君は、「老いはしませんが、呆《ぼ》けたような気ばかりします」と独言《ひとりごと》にいって、涙ぐんでいられた。姫君のことを嘆いているだろうと、ひどく気の毒で、宮もお顰《ひそ》みになった。「男という者は、いっそ身分の低い者でも、心を高く持つものですよ。余《あんま》りにも湿っぽく、そんなにしてはいらっしゃいますな。何もそう眺めがちに思い詰めなどなさることがあるものですか。縁起でもない」と仰しゃる。「そうじゃあありません。六位だなぞといって、人が侮るようですから、当分のこととは思いますが、内裏《うち》へ参るのも臆劫なのです。故大臣《こおとど》[106]がいらっしゃいましたら、戯談《じょうだん》にも、人に侮られなどしますまい。真実の親ではございますが、ひどく改まって疎《うと》くお扱いなさいますので、気易《きやす》く参ってお馴れ申しもしません。東の院にいるだけが御前近いのです。対《たい》の御方[107]は憐れがって下さいます。親がもう一方[108]いらっしゃいましたら、何の不足もないでしょう」といって、涙の落ちるのを紛らしていらっしゃるお様子が、ひどく可哀そうなので、宮は一段とほろほろとお泣きになって、「母親に亡くなられた人は、身分身分につけて、みんなそのようにお可哀そうなものですが、自然その人の運次第で、一人前になってゆきますと、疎《おろそ》かにする人はないことですから、思い詰めない様にしていらっしゃい。故大臣《こおとど》が今暫くの間でも生きていて下さればよい。限りない御保護の上では、殿も同じにお頼み申していますものの、思うようには行かないことの多いことですよ。内大臣《うちのおとど》のお心持も、普通の人ではないと、世間では褒めていますが、昔とは変ったことばかりふえて行きますので、命の長いのが怨《うら》めしいのに、生い先の遠いあなたまでも、そのように聊《いささ》かでも、世の中を陰気なものに思っていらっしゃると、益々万事が怨めしい世ですよ」と仰しゃって、泣いていらっしゃる。

▼109元日にも、大殿《おおいどの》は、参賀にはならないので、長閑《のどか》にしていらせられる。良房《よしふさ》の大臣《おとど》と申された方の、昔の例に準《なずら》えて、此方《こなた》へも白馬《あおうま》▼110を引いて来、節会《せちえ》の日には、内裏《うち》での儀式を移して、昔の例よりも事を添えた、厳《いか》めしい御有様である。二月の二十日余りに、主上は朱雀院《すざくいん》▼111に行幸がある。花盛りにはまだ間のある頃だが、三月は故宮《こみや》▼112の御忌月《きづき》である。早咲きの花の色もひどく面白いので、院には御待受けの御用意が格別で、お手入れお掃除をおさせになり、行幸の供奉《ぐぶ》をなさる上達部《かんだちめ》、親王《みこ》達を始めとして、御用意をなされた。人々は、青色の袍に桜襲《さくらがさ》ねをお召しになる。主上には赤色《あかいろ》の御衣《みぞ》をお召し遊ばされる。召があって太政大臣《おおきおとど》▼113がお参りになられる。同じく赤色《あかいろ》を召されたので、いよいよ一つの物のように耀《かがや》いて、見紛《みまが》うまででいらせられる。人々の装束、用意は、平常よりは格別である。院もまことに清らかに御整いなされて、御様も御用意も艶《なまめ》いた方へとお進みになられた。今日は専門の文人《もんにん》はお召しにならず、ただその才の秀でているという評判の学生《がくしょう》の十人をお召しになる。式部省での考試の題に擬《なずら》えて、御題《ぎょだい》を賜わる。大殿《おおいどの》の太郎の君▼114を考試なさろうとする為でもあろう。臆病な学生どもは、逆上《のぼせあが》って夢中である。繋がない船に乗って池へ放たれて出て▼115、ひどく術《すべ》なげにしている。日が次第に傾いて、楽《がく》の船どもが漕ぎ廻《まわ》って、さまざまの調べを奏するのにつれて、山風の響《ひびき》が面白く吹き合せているのを聞くと、冠者《かざ》の君は、こうした苦しい道に入らなくとも、人々に交って遊べようものをと、世の中を怨めしくお思いになった。春鶯囀《しゅんおうてん》を舞う時に、昔の花の宴の時▼116をお思い出しになって、院の帝には大臣《おとど》に、「又あれ程のことを見られましょうか」と仰せになるにつけて、大臣《おとど》はその当時のことを哀れにお思いつづけになられる。舞の終る時に、大臣《おとど》は院に御土器《おんかわらけ》を参らせ

られる。大臣《おとど》、

鶯《うぐいす》の囀《さえず》る春は昔にてむつれし花のかげぞかはれる▼117

院の上、

九重を霞《かすみ》へだつる住みかにも春と告げ来る鶯の声▼118

帥宮《そちのみや》と申される方は▼119、今は兵部卿で、主上に御土器《おんかわらけ》を参らせられる。宮、

いにしへを吹き伝へたる笛竹にさへづる鳥の音《ね》さへ変らぬ▼120

鮮《あざ》やかな祝言として奏される用意は格別に愛《め》でたいものである。主上には御土器《おんかわらけ》をお取りになられて、御製、

鶯の昔を恋ひてさへづるは木伝《こづた》ふ花の色や褪《あ》せたる▼121

と仰せになる御有様が、限りなく尊くいらせられる。この行幸は、御私様《わたくしざま》の内々の事なので、御《おん》土器《かわらけ》が多くの人には流れなかったせいでもあろうか、又は書き落したせいでもあろうか、歌はこれだけである。楽所《がくそ》が遠くて、音《ね》がよくは聞えなかったので、御前《おまえ》に御琴《こと》どもをお取寄せになる。兵部卿宮は琵琶、内大臣《うちのおとど》には和琴《わごん》、箏《そう》の御琴は院の御前《おまえ》に差上げて、琴《きん》は例の通り太政大臣《おおきおとど》に賜わる。こうした素晴らしいお上手の優れた手づかいで、心をお尽しになっての物の音《ね》は、譬えていいようもない。唱歌をする殿上人が、大勢お仕えする。「あな尊《たふと》」▼122をなされ、次ぎは、「さくら人」▼123で、月が朧《おぼ》ろに出て来て面白い頃に、池の中島の辺に、そこ此所《ここ》と篝火《かがりび》を多くともして、大御遊《おおみあそび》は終った。

夜は更《ふ》けたけれど、こうした序《ついで》に、大后《おおぎさい》▼124の宮のお出でになる宮を通り過ぎてお訪ね遊ばさないというのも情のないことなので、御還幸の折に渡らせられる。大臣《おとど》も御一しょにお供をなされる。后《きさい》はお待ち喜びになられて御対面なされる。まことにひどくおふけになった御様子を御覧になるにつけても、主上は故宮《こみや》▼125をお思い出しなされて、このように長くいらせられる人もあるものをと、残念に思召《おぼしめ》す。大后《おおぎさい》は、「今はこのように年寄になりまして、何事も忘れてしまっておりますのに、まことに有《あり》

難《がた》くもお尋ね下さいましたので、今更に昔の御代《みよ》のことも思い出されることでございます」といって、お泣きになられる。主上は、「然るべき頼みの方々[126]がお亡くなりになられました後は、春の来たのも分らないようでおりましたのに、今日は楽しい慰みをいたしましたことです。又、改めまして」と申させられる。大臣《おとど》も、然るべき御挨拶を申上げて、「改めてお参りいたしまして」と申上げられる。ゆっくりとはなさらずにお帰りになる御威勢につけても、后《きさい》は胸騒ぎがなさって、何《ど》んなにか昔をお思い出しになることであろう。天下をお保ちになるべき御運は、消すことの出来ないものであると、昔のことを悔いてお思いになる。尚侍《ないしのかん》の君[127]も、心長閑《のどか》に昔をお思い出しになると、哀れなことが多くある。今も然るべき折や、ものの序《ついで》には、お便りをなさることが絶えないのであろう。大后《おおきさい》は、朝廷に奏上されることのある時々、御下賜の年官、年爵、何かの事に触れて、お心に満たない時には、命が長くてこうした世の末を見ることだと、昔の御代を取り返したく、さまざまに御気むずかしいことであった、お年の寄られるにつれて、意地悪るさも募って来て、院[128]もお相手がなさりにくく、堪えられないことにお思い申すことであった。

こうした次第で、大学の君[129]は、その日の文《ふみ》を立派にお作りになって、進士《しんじ》[130]になられた。年功の積った賢い者ばかりお選《えら》みになったのであるが、及第の者は僅《わずか》に三人だけであったことだ。秋の司召《つかさめし》には昇叙されて、侍従[131]におなりになった。かの姫君の御事は、忘れる時とてはないが、内大臣《うちのおとど》の厳重に護《まも》っていられるのも辛いので、無理などしては対面なさらない。御消息《おたより》だけは、然るべき便りの時に差上げて、互に心苦しい御中《おんなか》である。

大殿《おおいどの》は、静かな御住まいをと思召され、同じことならば広くて見所のある物にして、ここそこと離れて、覚束《おぼつか》[133]ない気のする山里人《やまざとびと》[132]なども、一しょに集めて住ませようとのお心から、六条京極の辺で、中宮の旧《ふる》い宮の辺りの、四町《まち》を占めてお造らせになる。式部卿宮[134]が、来年は五十におなりになるので、その御賀のことを、対《たい》の上[135]が御用意なさるので、大臣《おとど》もほんに黙ってはいられないことだとお思いになって、そうした御用意も、同じことならば珍らしいお家でなさろうと、普請をお急がせになる。年が改まっては、ましてその御普請のこと、精進落し[136]のこと、楽人舞人《がくにんまいうど》を定めることなどを、お心に入れてお営みになる。経仏《きょうぼとけ》、法事の日の装束、禄《ろく》などのことを、上[137]は御準備をなさっていらした。東の院[138]でも、分けてなされる事どもがあった。お二方の御中は、他にもましてまことに雅《みやび》やかに言いかわして、お過しになっていらせられることである。世間にも響き渡っての御準備なのを、式部卿宮でもお聞きになって、年頃世間の者には遍《あまね》くおやさしくなされる大臣《おとど》のお心ではあるが、此方《こちら》の宮には生憎《あいにく》にも情がなくて、事に触れてはさいなみ、この宮の者共にもおかまいがなくて、憂《う》れわしいことばかり多いので、辛いとお思い置きになったことがあってのことだろうと思って、お気の毒にも、辛いことにもお思いになっていたが、あのように方々《ほうぼう》に御関係の人々の多くある中《うち》にも、我が姫君[139]が取り分けて御寵愛が深くて、世にも奥ゆかしく愛《め》でたいものに、お冊《かしず》きになっていらせられる御縁を、我が家にまでは匂っては来ないが、面目なことだと思っていらっしゃったのに、又このように、この世には余るまで、評判高くお営み下さるのは、思いも懸けない老後の栄えというべきである、とお喜びになるのを、北の方[140]は、嬉しくもなく気に入らぬことととばかり御思いになった。女御[141]の宮中での御交《まじ》らいの上などでも、大臣《おとど》のおかまい下さらないようなのを、いよいよ怨めしくお思い染みになっているからであろう。

八月には、六条院《ろくじょうのいん》を造り終えてお引移りになる。西南《ひつじさる》の町は、中宮の御古宮なので、そのままお住まいになるべきである。東南《たつみ》は、殿のお住みになるべき町である。東北《うしとら》は、東の院にお住みになっている対《たい》の御方、西北《いぬい》の町は、明石の御方とお思い定めになっていた。以前からあった池や山も、都合のわるい所にあるのは崩してつくりかえ、水の趣《おもむき》も、山の姿も変えて、色々に、御方々のお好みの心持にお造らせになった。南東は山を高くして、春の花の木を、有る限りを植え、池の様も面白くすぐれたものとし、御前《おまえ》に近い前栽《せんざい》には、五葉《ごよう》、紅梅、桜、藤、山吹、岩つつじといったような、春に賞翫《しょうがん》の物を特に植えて、秋の前栽の物をば、一叢一叢《ひとむらひとむら》、ほのかに混ぜた。中宮の御町の方は、以前の山に、紅葉の色の真紅《まっか》になるべき植木を植え、泉の水を遠くして音を澄ませ、遣水《やりみず》の音の高くなるように岩を立て添え、滝を落して、秋の野を遠く見渡すようにしたのが、今の季節に合って、盛んに咲き乱れていた。嵯峨《さが》の大堰《おおい》辺りの野山がかたなしに圧倒された秋である。北東は、涼しそうな泉があって、夏の木蔭を旨とした。御前《おまえ》に近い前栽は、呉竹《くれたけ》が下風《したかぜ》涼しそうで、丈の高い森のような木々が木深《こぶか》く面白く、山里めいて卯《う》の花垣を特に造りつづけて、昔恋しく思わせる花橘《はなたちばな》に、撫子《なでしこ》、薔薇《そうび》、木丹《くだに》などといった花の色々を植えて、春と秋との木草をその中に混ぜてある。東面《ひがしおもて》の方には、特に馬場《うまば》の殿を造って、埒《らち》を結《ゆ》って、五月の御遊び所に当て、水のほとりには菖蒲《しょうぶ》を植えて茂らせ、その向いには御厩《みまや》を造って、又とない馬の多くをお揃えになった。西の町は、北面《きたおもて》を塀で仕切って、御《み》蔵町《くらまち》である。その隔ての垣にから竹を植えて、松の木を繁く植え、雪を賞翫《しょうがん》するにたより好くした。冬の初めに、朝霜の結ぶべき菊の籬《まがき》や、我は顔に紅葉する柞原《ははそばら》、ほとほと名も知らないような深山《みやま》木《ぎ》どもを、木深《こぶか》いまでに移し植えた。

彼岸▼142の頃にお移りになる。何方《どなた》も一時《いちどき》にとお定めになったが、人騒がせのようだからとて、中宮は少しお延ばしになる。例のおおようで様子ぶらない花散里は、その夜上に引添ってお移りになる。春を旨としてお庭は、この季節には合わないが、趣がひどく格別である。上は御車が十五、御前駆《ごぜんく》は四位五位が多く、六位の殿上人は然るべき者だけをお択《えら》びになった。大袈裟な程ではない。世の譏《そし》りもあろうかと事をお略《はぶ》きになったので、何事も仰々しく厳めしいことはない。今一▼143方の御様子も、殆《ほとん》ど劣らないようになさって、侍従の君が附添って、そちらのお世話をなさるので、ほんにそうあるべきことであると見えた。女房の曹司町《ぞうしまち》どもは、それぞれの者に細々《こまごま》と割り当てが出来ていて、大方のことよりもまさって結構なものであった。五六日過ぎて、中宮は宮中を御退出になってお移りになられる。この御儀式はまた、何といってもひどくお盛んである。御運のよくいらせられることは申すまでもなく、御有様が奥ゆかしく重々しくいらせられるので、世の中から重くお思われになることが勝れていらせられることである。これらの町々の中の隔てには、塀や廊などを、あちこち行き通えるようにして、方々が親しく打解けた間柄になるようにお計らいになっていた。九月になると、紅葉がところどころ色づいて来て、▼144宮の御前《おんまえ》はいいようもなく面白い。風の吹いている夕暮に、御筥《みはこ》の蓋《ふた》に、色々の花や紅葉を混ぜ合せて載せて、宮より此方《こなた》▼145へお贈りになられた。大きいような女の童《めわらわ》の、濃い紫の袙《あこめ》に、紫苑色《しおんいろ》の織物の衣《きぬ》を襲《かさ》ねて、赤朽葉《あかくちば》の羅《うすもの》の汗衫《かざみ》のひどくよく著馴《きな》らしたのを著て、廊や渡《わた》殿《どの》の反橋《そりはし》を渡って来る。改まったお使であるが、宮には女童《めわらわ》の可愛いらしいのを、お思い止《や》めにはなれなかったのである。宮中にお仕え馴れしている者なので、身の振舞《ふるまい》も様子も外《ほか》の所の者には似ず、好ましく良い。御消息《おたより》には、

心から春待つ園はわが宿の紅葉を風の伝《つ》てにだに見よ▼146

若い女房達が、お使を接待する様なども面白い。上の御返事は、その御筥の蓋に苔《こけ》を敷いて、巌の心持の物をお作りになって、五葉の松の枝に結んで、

風に散る紅葉は軽《かろ》し春の色を岩根の松にかけてこそ見め▼147

その岩根の松も、よく見ると、いかにも上手な作り物だったのである。このように早速にお思い附きになった御趣味の深さを、中宮は面白く御覧になる。御前にいる女房達も感じ合った。大臣《おとど》は、「この紅葉の御消息《おたより》は、何《ど》うも黙ってはいられないもののようですね。春の花盛りに、この御返事はお上げなさい。この頃紅葉を悪るくいうというのは、龍田姫《たつたひめ》▼148の思わくもあることですから、今は譲っているべきで、花の蔭に立った時にこそ、気強いことも出て来ましょう」と申されたのも、ひどく若やいだ、限りもなく愛《め》でたい御有様で、見どころが多いのに、一段と思召し通りのお住まいで、方々は物をお云い交わしになっている。大堰《おおい》の御方は、このように方々のお移りの済んでに、物数《ものかず》でもない者は、何時《いつ》ということもなく紛らわしてしまおうとお思いになって、十月にお移りになったことであ

る。御設備、行列の事など、他の方に劣らないようにしてお移らせ申す。姫君▼149の御為とお思いになるので、大方の儀式も、さして差別をお附けにならず、まことに鄭重《ていちょう》になされた。

▼1　源氏三十三歳。
▼2　入道の宮、藤壺の一周忌、三月。
▼3　鈍色の喪服から平常服になる。
▼4　四月初め。
▼5　四月の中の酉の日。
▼6　槿斎院。
▼7　賀茂の祭と関係のある木。桂の枝に葵を結んで飾る。
▼8　思い懸けようか、懸けもしない。祭の為の禊をされ馴れている賀茂の川瀬の波も、引きかえて、君の禊が、藤衣のやつれの為のそれになろうとは。「川瀬」の「瀬」と、「ふぢ」に懸けた「淵」とは、川の縁語。世の変り易さを絡ませたもの。「立ちかへり」は、「波」の縁語。「ふぢ」は、藤衣即ち喪服で、それを脱ぐ際には、禊をするのが当時の風。
▼9　藤ごろもを着たのは、つい昨日のように思っているのに、今日はその為の禊をする瀬と変る世の中ではあるよ。「藤」に「淵」を懸け、「瀬」と対照させて、昨日の淵が今日は瀬になるという、推移のはげしさをいったもの。
▼10　喪服を通常服に著かえること。
▼11　故父宮。桃園式部卿宮で、女五宮の兄宮。
▼12　源氏がよその聟になったこと。即ち槿斎院の聟にしたかったのである。
▼13　葵上。
▼14　葵上の母宮で、女五宮の姉宮。

▼15　権斎院の邸。桃園の宮。
▼16　夕霧。源氏と葵上との間の子。十二歳。
▼17　夕霧の祖母即ち女三宮のこと。
▼18　故太政大臣、もとの左大臣の邸。
▼19　葵上の兄で、もとの頭中将。即ち夕霧の伯父。
▼20　大宮の身内の人々。元服の儀式を行う主人側に立つ人を指す。
▼21　六位の袍の色。服色は位階に依って定められていた。
▼22　右大将。もとの頭中将。
▼23　夕霧の母方の従兄弟達。
▼24　夕霧が元服して、一人前になったので、儒者風に字をつけるのである。
▼25　二条院の東の院。
▼26　漢詩。
▼27　八句の詩。
▼28　四句の詩。
▼29　大学への入学。
▼30　二条院の東の院。
▼31　父源氏。
▼32　大学寮の試験。及第して擬文章生になる。
▼33　夕霧の祖父。即ち亡くなった太政大臣、もとの左大臣。
▼34　寮試の当日。
▼35　夕霧。
▼36　文章生。
▼37　擬文章生。

▼38 六条御息所の女。さきに伊勢の斎宮となられ、今は梅壺に居られる。

▼39 今上の母宮。即ち故藤壺中宮、入道の宮。

▼40 藤壺につぎ、斎宮の女御も源氏の家筋。中宮は大体藤原氏であった。

▼41 右大将、もとの頭中将の御女。

▼42 紫上の父。藤壺中宮の兄君であるから、今上の伯父君。

▼43 女王でいらせられる女御という意。

▼44 源氏。

▼45 もとの頭中将。

▼46 弘徽殿。

▼47 雲井雁（くもいのかり）と呼ぶ。この母君は王孫である。

▼48 按察大納言をいう。

▼49 女三宮。即ち雲井雁の祖母。

▼50 夕霧。雲井雁とは孫同志。

▼51 源氏と頭中将との太政大臣、内大臣になった披露の宴。

▼52 秋は猶夕まぐれこそたゞならね荻の上風萩の下露（藤原義孝集）

▼53 大宮。

▼54 明石上。

▼55 紫上。

▼56 内大臣の娘。弘徽殿。

▼57 雲井雁。

▼58 明石上と源氏との間に生れた姫君。

▼59 琴をひく時左手で、緒を押える仕方。

▼60 落葉俟二微颸一以隕、而風之力蓋寡。孟嘗遭二雍門一而泣、琴之感以末。何者欲レ隕葉無レ所レ仮二烈風一、

将レ堕之泣不レ足レ繁二哀響一也。（文選陸士衡豪士賦序）

▼61 同上。

▼62 衣がへせんや、さきん達や、わがきぬは、野原篠原、萩の花ずりや、さきん達や（催馬楽「衣更」）

▼63 弘徽殿女御。

▼64 雲井雁の継父の按察大納言。

▼65 「霧深き雲井の雁もわが如や晴れせず物の悲しかるらむ」（河海抄）。雲井雁という呼び名は、この歌によっている。

▼66 夜中に、友を呼びかわして空を渡ってゆく雁の鳴く音（ね）のさみしいのに、生憎にも吹き添って来る荻の上風のさみしさよ。

▼67 斎宮女御のこと。秋好中宮とも呼ぶ。

▼68 弘徽殿。

▼69 夕霧のこと。

▼70 葵上。源氏の亡くなった正妻で、夕霧の生母。

▼71 弘徽殿女御。

▼72 大宮には継子。大臣とは、異母兄弟。

▼73 大宮の夫。もとの左大臣。

▼74 紅の涙を拭うことによって、深い紅色になっているわが袖を、浅緑の色だといって非難すべきでしょうか。「紅の涙」は、恋の嘆（なげき）の為のもの。「紅」は、五位の服色、「浅みどり」は、六位の服色と定められていた。

▼75 色々のことにつけて、わが身の宿縁の拙いことを思い知らされるのは、何のように染めた中の衣のせいでしょうか。「中の衣」は、夫婦の間の衣で、夫婦仲の意。男君の衣の色をいったのをうけて、「いろ〳〵」といい、その関係から、二人の不運を中の衣の染め色に絡ませたもの。「色々」は、「衣」の縁語。

▼76 霜や氷がつれなくも結んでいる此の明け方の暗い時に、空も曇って、降るようにこぼれるわが涙よ。

▼77 源氏。
▼78 大嘗会又は新嘗会に、清涼殿に行わるる女楽の舞姫で、四人。公卿、殿上人、諸国司より奉らしめられる。
▼79 二条院の東の院にいる花散里のこと。
▼80 秋好中宮。さきの斎宮の女御。
▼81 五節の舞姫は公卿より二人出し、殿上人又は国守から二人出すことになっている。後の方のを「上の五節」と特に呼んでいる。
▼82 雲井雁の継父。
▼83 内大臣、もとの頭中将の弟。
▼84 源氏のお供をして須磨明石へ下った者。
▼85 源氏。
▼86 源氏の乳母の子で、腹心の家来。「夕顔」の巻以来出ず。
▼87 按察大納言。
▼88 五節の舞姫には、それぞれに、傅八人、童二人、下仕四人、髪洗一人、上の雑仕二人が附添うことになっている。
▼89 夕霧。
▼90 紫上。
▼91 雲井雁。
▼92 天（あめ）にましますとよおか姫の宮にお仕えする、尊い貴方であっても、わが物としようと思い込んで、そのしるしの標を結う、この私の心を忘れて下さるな。「豊岡姫」は、天照大神で、神楽歌の詞。「宮人」は宮にお仕えする人で、今は舞姫をそれに譬えての詞。「標」は、我が所有のしるしとして、縄を張りなどする上代の風習の物。神楽歌の「みてぐらは我がにはあらず天にます豊をか姫の神のみてぐら」に依った物。
▼93 をとめ子が袖ふる山の瑞垣のひさしき世より思ひそめてき（拾遺集）。（あなたを昔から思っていたの

ですよ。という意)

▼94　五節陪観の時は、定めの服色を著ず、直衣で良いことになっていた。

▼95　筑紫の大宰大弐の女であった五節の舞姫。「花散里」「須磨」「明石」に出ず。

▼96　五節の当日。

▼97　その時の乙女も亦、老いたことであろう。古い世にそなたの友であった私も、その時から此のかた、齢を経て老いて来たので。「神さび」は、老いることであるが、舞姫は神事であるのでそれに絡ませての詞。「天つ袖」は天上の者の衣の袖で舞姫を天上の者として、その着る衣の袖の意。舞には、その袖を「振る」のを「古」にかけて、舞姫に絡ませつつ「古」の枕詞としたもの。

▼98　舞姫のことに関係させていうと、昔のことも、つい今日のことのような気がされる。舞の袖に附けた、日かげのかつらにかたどった白糸の、霜にも似たのが、日に溶ける、それではないが、心の解けて寝たその事も。「かけて」は関係させてで、「日かげ」を「袖」に「かける」に絡ませてある。「日かげの霜」は、上代は、神事をする場合には、「日かげのかずら」を附けたのを、この当時は、その代りに、白糸を袖に附けた。その白糸を「霜」に譬えて云ったもの。「袖にとけし」は、「霜」が「日かげ」即ち日光に解ける意で、その解けるのを、心解け合う、即ち深く思い合う意に絡ませて、暗示的にいったもの。

▼99　五節の舞に袖に懸けた日かげのかつらの、その日かげ(日光)でも、それとはっきり感じたことであったろうか。五節の舞姫である天上の乙女の、その天上の物の羽衣の袖に懸けた日かげのかつらと共に、我も懸けて恋しく思った心は。五節の夜、想いを懸けた意で、「日かげ」には、「日影」を絡ませて、「しるかり」即ち、日光に照らされてはっきりする心を絡ませてある。「乙女子が天の羽袖に」は、「懸け」の序詞にし、同時に、「日かげ」の懸け場所をも現してある。

▼100　五節と、その兄。

▼101　惟光。

▼102　雲井雁。

▼103　祖母。

▼104　二条院の東の院の、西の対。花散里のこと。
▼105　「み熊野の浦のはまゆふ百重なす心は思（も）へどただに逢はぬかも」（拾遺集）
▼106　夕霧の祖父。
▼107　花散里。
▼108　生母のこと。亡くなった葵上。
▼109　源氏三十四歳。
▼110　白馬の節会。正月七日に行わる。
▼111　上皇御所。
▼112　藤壺中宮。入道の宮。
▼113　源氏。
▼114　夕霧。
▼115　考試の上で、他人と相談しない為にすること。
▼116　「花宴」の巻に書かれている事。
▼117　今舞った「春鶯囀」という名の通りに、鶯の囀っている春の光景は、昔のままであって、我が睦（むつ）れて遊んだ花の蔭、即ち桐壺の帝の御代は変ったことでございます。
▼118　畏い九重を霞が隔てている我がこの住みかにも、今は春だと告げて来る鶯の声よ。「九重を霞隔つる住みか」は、仙洞御所。「春と告げ来る」は、鶯は春を告げる鳥だとされている故の詞で、今日の行幸のお喜びを「鶯」に寄せていったもの。
▼119　蛍兵部卿宮。桐壺院の御子。
▼120　古えの聖（ひじり）の帝は礼楽をもって代を治められたが、その古えの風を吹き伝えている音楽に合せて、囀っている鳥の音までも昔に変りませぬ。「いにしへ」は、堯の代で、「礼記」によってのもの。「さへづる鳥の音」は、春鶯囀に絡ませたもので、いにしえに変らない例として、自然を捉えていったもの。
▼121　鶯が昔を恋い慕って鳴きさえずるのは、今、枝移りをするところの花の色が昔のようではなく、褪せ

てさみしいからであろうか。「昔」は、前の歌の「いにしへ」。「褪せたる」は、花の色、即ち今の代の喜びが、昔には劣っている意。

▼122 「あなたふと、今日の尊さや、古もかくやありけんや、今日の尊さや、あはれそこよしや、今日の尊さ」。催馬楽、「安名尊」

▼123 「桜びとく、その舟とゞめ、島つ田を十町作れる、見て帰り来んや、そよや、あす帰り来んや、そよや」。催馬楽、「桜人」

▼124 弘徽殿大后。桐壺帝の皇后で、朱雀院の御生母。

▼125 母宮。藤壺中宮のこと。

▼126 父帝、母宮をいう。

▼127 朧月夜。

▼128 朱雀院。

▼129 夕霧。

▼130 式部省の省試に及第した者。

▼131 主上のお側に近侍する役。従五位下。六位から昇る。

▼132 明石上。

▼133 秋好中宮の旧邸。即ち、母六条御息所の住まわれたところ。

▼134 紫上の父。

▼135 紫上。

▼136 賀の祝の時、法会を行って将来の福を祈るので、それに続いての精進落しの饗応。

▼137 紫上。

▼138 花散里。

▼139 紫上。

▼140 後妻。紫上には継母にあたり、その幸運を常に嫉妬している。

▼141　王女御として前に出た。この北の方の腹に生る。
▼142　秋の彼岸。
▼143　花散里。
▼144　中宮。
▼145　紫上。
▼146　お心柄で、春の来るのを待っていらっしゃる園を持っていられるあなたは、私の園の紅葉を、吹く風の伴ってゆくのだけでも御覧なさいまし。
▼147　仰せの、風に散る紅葉は、春の花よりも軽い物です。私は、春の花を、岩根に立つ松に関係させて、重々しく見ましょう。
▼148　秋の女神。大和の龍田山は紅葉の名所。
▼149　明石姫君。

玉鬘《たまかずら》

年月《としつき》は隔《へだ》たってゆくけれども、大殿《おおいどの》▼1は飽《あ》っけないものに思った夕顔▼2をつゆお忘れにならず、それぞれちがった心の人の有様をお見較《みくら》べになるにつけても、もし生きていたならばと、哀れに残念にばかりお思い出しになる。右近▼3は何の人数《ひとかず》でもないが、やはりその形身だと御覧になって、可愛《かわ》いい者にお思いになったので、古参の女房の中《うち》に入れてお使い馴《な》らしていらせられた。須磨へお移りの時▼4に、対《たい》の上の御方▼5へ、女房の総《すべ》てをお渡しになられた時から、其方《そちら》へお仕えしている。気立てのいい落附《おちつ》いた者だと女君▼6はお思いになっていたが、右近は心の中では、故君▼7がいらせられたならば、明石の御方くらいな御覚えにはお負けにならないであろう。それ程深い御 志《おこころざし》のなかった者でさえも、見捨てはおしまいにならず、始末をお附けになって行かれるお心永《なが》さでいらしたのだから、ましてわが君は、貴い御方と御同列には行かなかろうが、今度の御殿移《おんとのうつ》り▼8の方々の中にはお入りになったことだろう、と思うと、諦められず悲しく思ったことである。あの西の京に残った若君▼9さえも、その後何《ど》うなったかも知れず、ひたすら秘密にし、又今更《いまさら》に詮《せん》ないことで、『わが名漏らすな』▼10と口固《くちがた》めをなさったので、御遠慮申して、捜して訪《おと》ずれを申さずにいる中《うち》に、その御乳母《めのと》の夫は、太宰の少弐▼11となって、任地へ赴《おもむ》いたので、妻も共に下《くだ》って行った。

あの若君の四つになった年に、筑紫へは行ったことである。乳母《めのと》は、御母君▼12のお行方を知りたいと、万《よろ》ずの神仏《かみほとけ》に祈願を申し、夜昼泣き恋《こ》って、心当りの所々をお尋ね申したが、ついに聞き出すことが出来ない、これだと何《ど》うしよう、せめて若君をだけでも、お形身だと思ってお世話を申上《もうしあ》げよう、賤《いや》しい身にお添え申して、遥々《はるばる》と遠い所にお越しになることの悲しさを、父君に仄《ほの》めかそうと思ったが、然《しか》るべき機会も得られずにいる中に、「母君の入《い》らした所も知れない。お訊《たず》ねになったなら、何と御返事を申そうか、まだよくもお見馴れになってはいないのに、幼い方をお残し申しておくのも、気懸《きがか》りなことであろう。お聞きになりながら又、連れて下《くだ》れとお許しになるはずもない」など、自分共同士で話し合って、まことにお可愛ゆく、今からもう気高く清らかな御様子の方を格別の設《もう》けもない船に乗せて漕ぎ出す時は、ひどく哀れな気がしたことである。幼いお心にも母君をお忘れにならず、おりおりは、「お母さんの所へ行くのか」とお訊ねになるにつけても、涙の絶える時とてはなく、娘共[13]も嘆きこがれて、舟路《ふなみち》は縁起のわるいことだと、一方では諫《いさ》めもした。景色の面白い所々を見つつ、幼いお心持でいらしたので、こうした道をお見せ申したいものだ、もしいらしたことだったらば、自分共も下《くだ》りなどはしなかったろう、と京の方が恋しく思いやられると、『帰る波[14]』も羨《うらや》ましく心細いのに、舟子《ふなこ》共が荒々しい声で、『うら悲しくも、遠く来にけるかな』と謡《うた》うのを聞くに連れて、乳母《めのと》夫婦は向い合って泣いた。

舟人も誰を恋ふとか大嶋のうら悲しげに声の聞《きこ》ゆる[15]

来し方も行方も知らぬ沖に出《い》でてあはれいづくに君を恋ふらむ[16]

『ひなの別れ[17]』に、めいめい気を紛らして詠《よ》み合った。金《かね》の御崎[18]を通り越すと、『我は忘れず[19]』というように、夜どおしての云い草になって、任地に着いてからは、一層遠くなった京を思いやって、故君を恋い泣いて、この若君を冊《かしず》きものにして明かし暮らしている。夢に、女君が極稀《ごくま》れにお見えになる時がある。同じような様子をした女が、附添《つきそ》ってお見えになるので、覚めての後には気分が悪《わ》るく悩みなどしたことがあったので、やはり、この世にはいらせられなくなったのであろうと思うようになるのも、云いようもなく悲しいことである。

少弐は任期が終って、京へ上《のぼ》ろうとするが、遠路のこととて、格別の収入もない身には躊躇されて、はかばかしく発足も出来ずにいる中《うち》に、重い病に罹《かか》って、死にそうな気のするにつけても、この若君の十歳ほどになられた様が、気味悪るいまでに美しいのをお見上げして、「自分までがお見捨て申したら、何《ど》んなさまに零落して行かれることでしょうか。こうした片田舎《かたいなか》で御生長《ごせいちょう》になるのも、勿体《もったい》ないことにお思い申しますが、早く京へお連れ申して、然るべき方々にもお知らせ申して、御運に任せて御見上げ申しますにも、京は広い所なので、ずっと安心が出来ようと思い設けていましたのに、此所《ここ》にいるままで命までも尽きてしまいますことで」といって不安がる。男の子の三人あるのに、「ただこの姫君を京へお連れ申すことだけを考えなさい。私の追善のことなどは思いますな」と遺言をしたことである。何《ど》ういう人のお娘であるかは、館《たち》の中にいる者にも知らせず、ただ自分の孫で育ててゆくべき事情のある者だと言い拵《こしら》えていたので、誰にも見せずに限りなく大切にお扱い申している中に、俄《にわか》に死んだので、乳母《めのと》は悲しく心細くて、ただ京への発足を思うが、この少弐と仲の悪るかつたこの国の者が大勢あったりなどして、その者どもをああこうと怖れ憚《はばか》って、心にもなく年を過していると、この姫君は、育ってゆかれるにつれて、母君にも増して清らかで、父大臣《ちちおとど》のお血筋さえ加わったのであろうか、品が高くお可愛ゆらしい。お心持もおおようで、申分《もうしぶん》なくいらせられる。姫君のことを聞き伝えつつ、好色《すき》な田舎者どもは、心を寄せて消息《たより》をしようとする者が多くある。気味わるく呆れたことだと思うので、家の者は誰も取次《とりつ》がない。乳母は、「器量は一とおりではありますが、ひどい不具なところがありますので、男には逢わせずに尼にしまして、私の生涯は側《そば》に置きましょう」と云い触らしたので、「故少弐の孫は、不具な所があるということです。あったら物を」と云つている。聞くのも恐しくて、「何《ど》のようにしても京へお連れ申して、父大臣《ちちおとど》にお知らせしましょう。頑是《がんぜ》のない頃は、ひどくお可愛ゆがりになったのですから、それにしても疎《おろそ》かにお思い捨てにはなりますまい」といって嘆いている。神仏にも願《がん》を立ててその運びの附くようにと念じたことである。娘共も悴《せがれ》共も、それぞれその所につけての連れ合いが出来て、住み着いていた。乳母《めのと》は心の中では早くと思うが、京のことはますます縁遠くなって隔たってゆく。姫君は物がお分りになるにつれて、世の中を憂《う》いものだとお思いになり、年三《ねそう》の行《おこない》▼20などをなされる。二十歳《はたち》程におなりになるままに、十分整って来て、まことに勿体ないようにお美しい。その住んでいる所は、肥前の国という所であった。その最寄りの国でも、いささかでも身分のある者は、先《ま》ずこの少弐の孫の器量を聞き伝えて、やはり絶えず消息《たより》をする者がひどく多く耳もかしましい程である。

大夫《たゆう》の監《げん》▼21といって、肥後の国に一族を多く持っており、その国では信用があって、勢い厳めしい強《つわ》者《もの》があった。無骨な心の中にも、いささか好色の心もまじっていて、器量のよい女を集めて我が物にしようと思っていた。この姫君のことを聞き伝えて、「何《ど》んな不具なところがありましょうとも、我は人に知らせないようにして持っていましょう」といって、ひどく懇《ねんご》ろに言い寄って来るのを、乳母《めのと》はひどく気味悪るく思って、「何《ど》うか、そのようなことは聞かないで、尼になろうとしています」と返事をさせると、監《げん》は愈々心許《いよいよこころもと》なく思って、押懸けてこの国へやって来た。その悴どもを呼び寄せて云うことには、「思うとおりになったなら、あなた達と同じ心になって、助け合うことにしましょう」と話すと、二人の悴はその気になった。「暫《しばら》くの間こそ、不釣合でお可哀そうな御縁だとお思い申しましたが、めいめいが我が身の頼りにして頼みますには、ひどく頼もしい人です。あの人に悪るく思われては、此《こ》のあたりの世界には立ち廻《まわ》れましょうか。尊い方のお血筋だといっても、親からお子の中に入れていただけず、世間に通らないでは、何の甲斐《かい》がありましょうか。あの人があのように懇ろにお思い申上げているのは、今はお仕合《しあわ》せなことです。然るべき御因縁で、こうした世界にもお出《い》でになったのでしょう。逃げ隠れなさいましても、何程の効目《ききめ》がありましょうか。あの人が負けじ魂で怒ったなら、人の仕《し》ないこともしましょう」といって威《おど》すと、ひどく怖ろしいことに聞いて、中の兄である豊後介《ぶんごのすけ》は、「やはり、ひどく無責任な、勿体ないことです。故少弐の仰《おつ》しゃったこともあります。何とか工夫して京へお上《のぼ》せ申しましょう」という。娘共も泣き惑って、母君[22]のあり甲斐なくお流離《さすら》いになって、お行方さえも分らなくなった代りに、人並にしてお見上げ申そうと思っているのに、ああした者の中におまじりになられることは、と嘆いているのも知らずに、監《げん》は自分はひどく覚えの高い者だと思って、文《ふみ》などを書いてよこす。字は汚くはなく書き、唐《から》の色紙《しきし》を香ばしい香《か》にしませつつ、面白く書いたと思っているが、言葉はひどく訛《なま》っている。自身、この家の次郎を手なずけて、連れ立ってやって来た。年は三十程の男で、丈背《せい》が高く、物々しく肥《ふと》って、小汚らしくはないが、思い做《な》しからか疎《うと》ましくて、荒々しい振舞《ふるまい》が、見るも気味悪るく思われる。血色は気持のよいまでで、ひどく嗄《しゃが》れた声で饒舌《しゃべ》り立てていた。懸想人《けそうびと》は夜人目《よるひとめ》を隠れてすればこそ、夜ばいともいったのであるに、これは風が変った春の夕暮である。秋ではないけれども、『怪しかりけり[23]』と見える。機嫌を悪るくさせまいと思って、祖母殿《ばばどの》[24]が出て逢う。監《げん》は、「故少弐はまことに情深く、威勢よくいらしたので、何《ど》うか昵近《じっこん》に願いたいと思っていましたが、そうした志もお見せ申せずにいる中《うち》に、まことに悲しくもお亡くなりになったので、その代りに一向にお仕え申そうと思います。気を強くして、今日は無気《むき》になって、押して伺いました。ここに入らっしゃる女君は、筋が格別だと伺いますので、まことに忝《かたじけ》ないことです。唯《ただ》手前は、自分だけの御主《ごしゅ》とお思い申して、頭の上にお載《の》せ申していましょう。あなたが渋っていらっしゃいますようなのは、手前が碌《ろく》でもない女共を、大勢持っておりますのを、お聞きになって疎まれてのことでしょう。そうかと云って、彼奴等《あいつら》と、同じようになど致しましょうか。わが御主《ごしゅ》をば、后の位にもお負けにならないようにいたしましょう」と、ひどく気持よさそうに云いつづける。祖母殿は、「何《ど》う致しまして。そのように仰しゃいますのを、ほんとうに幸せだと存じますが、因縁の悪るい人というのでしょうか、遠慮をしなくてはならないことがございまして、何うして人にお逢わせ出来ようかと、内々嘆いておりますようなので、可哀そうで、扱いかねております」という。監《げん》、「それならば御斟酌《ごしんしゃく》はいりません。天下に目がつぶれ、足が折れています者でも、手前お治し申します。この国中《くにうち》の神仏は、手前にお従いになっていられます」▼25と誇っていた。幾日にはお迎いに来ようなどというので、今月は少弐の忌《き》の終りだからと、田舎びたことをいって言い遁《のが》れる。監《げん》は帰りしなに、歌を詠みたくなったので、やや久しい間思案をして、

君にもし心たがはば松浦《まつら》なる鏡の神をかけて誓はむ▼26

「この和歌は、よく詠めていると思います」と、にこにこしているのも、世間知らずの初心《うぶ》なことである。祖母殿はぼんやりしてしまって、返歌《かえし》が出来そうにも思えないので、娘共に詠ませると、「私どもは一層夢中です」といっているので、ひどく時が経つのに当惑して、思ったままを、

年を経て祈る心のたがひなば鏡の神をつらしとや見む▼27

とふるえ声でいうのを、監《げん》は、「お待ちなさい、それは何《ど》ういうお心なのですか」と不意に寄って来る様子なので、怯《おび》えて、祖母《おおば》は顔の色もなくなった。娘達はそうはいっても気強く笑って、「此方《こちら》の人が体が丁度《ちょうど》でいらっしゃらないので、あなたのお気が変ったならば、辛く思われようということを、やはり呆《ぼ》けています人で、きっと申し損《そこな》ったのでございましょう」と訳をいう。監《げん》は、「ああ、そうですそうです」と頷いて、「お上手なお詠口《よみくち》です。手前共も田舎めいているとは云われていますが、つまらん土民ではございません。都の人だといってもたいした違いはないでしょう。何事も承知しております。お蔑《さげす》みはなさいますな」といって、又詠もうと思ったが出来なかったのだろうか、帰るらしい風である。

次郎が同腹にさせられたのも、ひどく怖ろしく辛いので、乳母《めのと》はこの豊後介《ぶんごのすけ》を責めるので、介《すけ》は何《ど》のようにいたしたら好いのでしょうか。相談をするべき人もありません。たまにある頼みの兄弟は、私が監《げん》に同心しないからといって仲たがいになりました。あの監《げん》に仇《あだ》をされては、ちょっとの身動きするさえ自由には行かないことでしょう。生中《なまなか》なことをすると、却《かえ》ってひどい目に逢うかも知れませ

んと思案を附けかねていたが、姫君が内々にお思いになっていらっしゃる様がひどくお気の毒で、そうなったらば生きてはいまいと嘆き沈んでいらっしゃるのも御尤《ごもつと》もに思われるので、一所懸命に工夫をして、その地を離れる。妹達も、年頃連れ添って来た寄るべの人を捨てて、そのお供にと立つ。昔あてきと呼んだ者は、今は兵部の君といって、姫君に添って、夜逃げ出して、船に乗ったことである。大夫《たゆう》の監《げん》は、[28]肥後に帰って行って、四月の二十日頃吉日を選んで来ようとしている中《うち》に、このように逃げるのであった。姉娘の方は、子供が大勢になったので、お供が出来ない。互《たがい》に別れを惜しんで、又逢うことの難いことを思うが、妹の方は、年久しく住んでいた故郷とはいって、格別見捨て難いというものもなく、ただ松浦《まつら》の宮の御前《おまえ》の渚の景色と、その姉との別れだけが、顧《かえり》みをされて、悲しいことであった。兵部、

浮島を漕ぎはなれても行く方やいづく泊りと知らずもあるかな[29]

姫君、

行く先も見えぬ波路に舟出して風に任する身こそ浮きたれ[30]

ひどく取りとめのない気がして、姫君は舟の中に俯伏《うつぶ》していられた。このように逃げたことが、自然噂になって監《げん》に聞えたならば、負けじ魂から追って来ようと思うので、気が気ではなく、早船《はやぶね》といって特別な設備をした物だったので、願わしい方角からの風までも吹き募って来て、船はあぶないまでに走って都へ向った。響《ひびき》の灘《なだ》も無事に過ぎた。「海賊の舟だろうか、小さい船が飛ぶように早く来ます」という者がある。海賊の狼籍《ろうぜき》なのよりも、あの怖ろしい人が追って来るのではないかと思うと、途方に暮れる。姫君、

憂きことに胸のみ騒ぐひゞきには響の灘もさはらざりけり[31]

川尻[32]という所に近づいたと云うので、少しは息も吐《つ》けるような気がする。例の舟子《ふなこ》どもが「唐泊《からどまり》より川尻押す程は[33]」と謡う声の情ないのも、哀れに聞える。豊後介も、その後《あと》を継いで、哀れに懐か

しく謡いすさんで、「いと愛《かな》しき妻子《めこ》も忘れぬ」と謡って、考えるとほんに歌のように、みんな捨て来たことである、何《ど》うなったのであろうか、確《しつか》りした助けになりそうに思える郎等《ろうどう》共は、みんな連れて来てしまった、我を憎いと思って追い廻して、何んな目に逢わせることだろう、と思うと、心幼く後のことも考えずに、出て来たことではあると、少し心が落着《おちつ》いて、浅ましいことを思いつづけると、心弱くなって泣かれることであった。「胡《こ》の地の妻児《せいじ》は空しく棄て捐《す》てつ▼34」と誦《ず》すのを、兵部の君が聞いて、ほんに変なことをしたことである、永年《ながねん》従って来た夫の心にも、俄《にわか》に背いて逃げ出して来たので、何《ど》のように思うことであろうと、様々に思いつづけられる。帰って行く京とはいっても、そこへと志して行くべき故里もない、知合《しりあい》だといってたよって行くべき頼もしい人も思い出せない、ただ御一方のお為《ため》と思って、数多《あまた》の年月《としつき》住み馴れた世界から離れて、波風に浮び漂っているがようで、思案の附けようもない、この御方をも、何《ど》のようにしてお上げ申そうとすることかと、呆れた気がするが、今更何うすることも出来ないと思って、急いで京へ入った。

　九条に、昔知合いであった人の残っていたのを捜し出して、その家を居所としたが、都の中《うち》とはいっても、確《しつか》りした人の住んでいる辺ではなく、賤しい市女《いちめ》▼35や商人《あきびと》の中にまじって、わびしいものに世の中を思いつつ、秋になって行くに連れて、過ぎ去った方行末を思うと、悲しいことが多くある。豊後介という頼みにする人も、全く水鳥が陸でまごつくような気がして、すべきこともなく、馴れない状態で手の出しようもないことを思うと、筑紫へ帰るのも恥ずかしく、考えが足らずに出て来たことだと思っていると、従って来た者共も、手蔓《てづる》をたどって逃げ去って、もとの国へ帰って行った。住み着くべき方法もなくているのを、母殿▼36は明け暮れ嘆いて可哀そうがるので、「なんの、私の身は全く平気なものです。お一人の方のお身にお代え申して、何所《どこ》へでも何所《どこ》へでも行ったからとて誰が何と云いましょう。私がたいした勢いの者になりましても、姫君をああした者の中にお捨て申したのでは、何《ど》んな気がすることでしょう」と云い慰めて、「神仏《かみほとけ》こそは、然るべき方にお導き下さるでしょう。

近い所では、八幡《やはた》の宮▼37と申すのは、彼方《あちら》で詣《まい》ってお祈りをなされた松浦《まつら》や筥崎《はこざき》と同じお社です。あの国を離れる時にも、多くの願《がん》をお立て申しました。今都に帰ったにつき、このように御験《ごげん》を蒙《こうむ》って上《のぼ》りましたと、早くお礼を仰しゃいまし」といって、姫君を八幡へお詣りおさせ申す。その辺の様子を知っている人に尋ねて、五師《ごし》▼38といって、むかし親の知合いであった大徳《だいとこ》の生き残っているのを呼び迎えて、案内としてお詣りをおさせ申す。介は、「それに次いでは、仏の御中《おんなか》では、長谷《はっせ》▼39の観音は、日本の中では、あらたかな験《げん》をお示しになるというので、唐土《もろこし》にさえ聞えています。まして我が国の中で、遠い国にいらしたにしても、何年も御信心のことだったので、若君をばましてお恵み下さいましょう」といって、お詣りをおさせする。態《わざ》と徒歩《かち》でということに定めた。姫君は馴れないお心地で、ひどく佗《わ》びしく苦しかったが、云われるままに夢中でお歩きになる。何《ど》のように罪障の深い身なので、こうした世に漂泊《さすら》っていることであろうか、わが親がこの世においでにならなくなったとしても、私を哀れだとお思いになるなら、おいでになる所にお誘《さそ》い下さいまし、もし此《こ》の世においでになるならば、お顔をお見せ下さいまし、と仏を念じつつ、生きていらした様さえも覚えてはいないので、ただ親がおいでになったならばというだけの悲しさを、嘆き続けていらせられると、このように差し当って、わが身の余りにも頼りないままに、今更に深く悲しくお思いになりつつ、ようようのことで、椿《つば》市《いち》▼40という所に、四日という日の午前十時頃、生きている気持もせずにお着きになった。

姫君は歩むという程でもなく、色々と手当をしていたが、足の裏が動かせなく苦しいので、仕《し》ようもなくてお休みになされる。かの頼みにする人である豊後介は、弓矢を持っている者二人、外《ほか》には下男、童などが三四人、女は家中の者で三人、これは壺装束▼41をして、外に樋洗《ひすまし》▼42といった者、年寄の女が二人程がいる。ひどくひっそりと忍んでいる。仏の大御灯《おおみあかし》のことなどを、ここで差し加えなどしている中《うち》に日が暮れた。家主《いえあるじ》の法師は、「人をお泊めしようとしている場所へ、何《ど》ういう人がお入りになったのです。賤《いや》しい女連れが、勝手な真似《まね》をして」と文句をいうのを、呆れて聞いている中に、ほんに人々が入って来た。これも徒歩のようである。相当な女が二人、下人《しもびと》は男《おとこ》女《おんな》数が多いようである。馬も四五匹引かせていて、ひどく忍んで窶《やつ》してはいるが、小綺麗な男どももいる。法師は達《たつ》て此《こ》所《こ》に泊めたくて、当惑して頭を掻いて歩いている。介《すけ》はひどく気の毒ではあるが、又宿を変えるのも恰好が悪《わ》るく、面倒でもあるので、人々は奥へ入り、外《ほか》に隠しなどして、残った者は片一方へ寄った。軟障《ぜじょう》▼43を隔てにして姫君はおいでになる。その来た人も、極《きま》りの悪るそうな人ではない。ひどく静かにして、双方とも心づかいをしていた。これはあの、絶えず姫君を恋い泣いている右近▼44なのであった。年月《としつき》の立つにつれて、恥ずかしい女房附合の、似合わしくなくなってゆく身を思い悩んで、この御寺に度々《たびたび》参詣していることであった。いつものことで馴れていたので、気易《きやす》く構えてはいたが、徒歩《かち》で堪え難くなって、物に凭《よ》り臥していると、その豊後介は、隔ての軟障《ぜじょう》の側《そば》に寄って来て、召し上り物なのであろう、折敷《おしき》▼45を自身で持って、「これは御前《おまえ》にお上げなさい。お台なども揃わなくて、ひどく工合《ぐあい》の悪るいことです」というのを聞くと、われわれ程度の人ではあるまいと思って、物の隙間から覗くと、その男の顔は見たことのある気がする。誰であるかは思い出せない。ひどく若かった頃を見たので、太って色が黒くなって窶れているので、多くの年を隔てて見る目には、ちょっとは見分けが附かないのである。「三条▼46、此方《こちら》へお呼びです」と呼び寄せる女を見ると、これも見たことのあった女である。故女君▼47の所に、下人《しもびと》ではあるが、久しくお仕え申し馴れて、あのお隠れになられたお住家《すみか》までお添い申していた者であったと見とめて、何とも夢のようである。主《しゅう》と思われる人は、ひどくゆかしいが、見えそうにしてはいない。思案に余って、あの女に訊いて見よう、兵藤太《ひょうとうだ》▼48といっていた人も此所《ここ》にいるのであろう、姫君が入らっしゃるのであろうかと思い寄ると、ひどく気が揉めて、その軟障《ぜじょう》の所にいる三条を呼ばせると、食い物に気を取られていて、直《す》ぐには来ない、ひどく憎い気のするというのも唐突《だしぬけ》なことではある。ようようのことで三条は出て来て、「思い寄りもないことでございます。筑紫の国に二十年程も過しました下衆《げす》の者を、御存じだと仰しゃる都のお人は。人違いでございましょう」といって寄って来た。田舎びた掻練《かいねり》に衣などを重ね著《き》て、ひどく太っていた。自分の年の程は一段だと思われてきまりが悪るいが、右近は、「もっとお覗きなさい。私に見覚えがありますか」といって、顔を差し出した。その女は手を打って、「まあ貴方《あなた》なのでしたか。まあ嬉しいって嬉しい。何処《どこ》からお出《い》でになったのです。▼49上はいらっしゃいますか」と、ひどく仰々しく泣く。若盛りの見馴れていた頃を思い出すと、隔てて過して来た年月《としつき》も数えられて、ひどく哀れである。「先《ま》ず姥殿《うばどの》はいらっしゃいますか。若君は何《ど》うおなりになりましたか。あてきといった人は」といって、君の御事は、はかない御最期を思うと、あっけなさを嘆かれようかと、それに触れるのは気味わるくて云い出さない。「何方《どなた》もおいででございます。姫君も大人《おとな》になっていらっしゃいます。先ず姥殿にこの事をお知らせしましょう」といって引込んだ。皆驚いて、「夢のような気がすることですよ。ひどく辛い云いようもない人だとお思いする人に、それではお目に懸《かか》ることにしましょうよ」といって、その軟障《ぜじょう》の所に寄って来た。物遠く隔てていた屏風といったようなものを、すっかり取りのけて、先ず云うべきこともなくて泣き合う。老いた乳母《めのと》は、唯《ただ》、「わが君は何《ど》うおなりなさいました。多くの年頃を、夢にでもおいでになる所を見ようと、大願《たいがん》を立てましたが、都遠い世界にいますので、風の音にもお聞きすることが出来ませんので、ほんとうに悲しく思いますのに、年寄った身で生き残っていますのもひどく辛いことですが、お残しになりました若君が、お美しく哀れでいらっしゃいますのが冥途《よみじ》の絆《ほだし》にお思い申しまして、生きておりますことです」と云いつづけるので、右近は昔のその折に途方に暮れたことよりも、返事のしようもなくて当惑したが、「さあ、申しましても詮《せん》がございません。御方《おんかた》は疾《と》くにお亡くなりになりました」というと共に、三人共に咽《む》せ返って、始末が附かず涙がとめかねた。

　日が暮れたと急《せ》き立って、姫君の供人は御灯《みあかし》の用意をして参籠をお急がせするので、却ってひどく気忙しい気がして立別れる。右近は、「御一しょでは」というが、互に供の者が怪しく思うこととなので、その介《すけ》にも事の次第さえも話すことが出来ずに、何方《どちら》も格別極りの悪るいことはなくて、一緒に出懸けた。右近は人知れず眼を留めて見ると、先方の人の中に、可愛ゆらしい後姿《うしろすがた》で、まことにひどく旅窶《たびやつ》れして、卯月《うづき》の単衣《ひとえ》のような物に著籠《きこ》めていられる髪の透影《すきかげ》が、ひどく勿体《もったい》なく、美しく見える。お気の毒にも悲しくもお見上げする。少し足達者の人は、疾《と》くに御堂《みどう》に着いていた。この姫君をお扱いしかねつつ、初夜《そや》の勤行《ごんぎょう》の頃にお着きになったことである。ひどく騒がしく、参詣人が立て込んでがやがやしている。右近の部屋は、仏の右側の近い所を当ててあった。その御師《おんし》は、介《すけ》たちとはまだ馴染《なじみ》が深くないせいであろうか、西側の間で仏に遠い所であったのを、右近は、「やはり此方《こちら》へいらっしゃいまし」と、双方で捜し合って云うので、男だけを此方《こちら》に残して、介にこうこうと話合って、其方《そちら》へお移し申す。右近は、「かように賤《いや》しい身ではございますが、唯今《ただいま》の大殿《おおいどの》[50]にお仕え申しておりますので、このように見すぼらしい道中でも、狼藉などはされまいと安心しております。田舎者らしい人を、こうした所では、良くない者共などが侮りたがるもので、勿体ないことでございます」といって、お話をひどく仕《し》たがるが、仰々しい勤行の声に紛れて出来ず、騒がしさにそそのかされて仏をお拝み申す。右近は心の中で、「此《こ》の方を何《ど》うかしてお捜し申そうとお願い申しつづけていましたのに、何うやら此のようにお見上げ申したので、今は思ったように、大臣《おとど》の君[51]が、お捜し申そうとのお志が深いようなので、お知らせ申上げて、此の方に幸《しあわせ》をお授け下さいませ」などと申した。国々から田舎者が大勢参っていた。この国の守の北の方も参っていた。厳《いか》めしい勢《いきおい》でいるのを羨《うらや》んで、この三条がいうには、「大悲者《だいひさ》[52]には、外《ほか》の事はお願い申しますまい。わが姫君が、大弐の北の方におなりにならないならば、当国の受領の北の方におさせ下さいまし。三条共も程々に栄えまして御礼まいりを致しましょう」と額に手を当てて念じ入っている。右近は、ひどく忌々《いまいま》しいことをいうものだと聞いて、「すっかり田舎者になってしまったことですね。中将殿[53]は昔の御覚えだけでも何《ど》んなでいらしたでしょうか。まして、今では天の下をお心に懸けていらっしゃる大臣《おとど》で、何んなにか厳めしい御中《おんなか》で、姫君が、受領の妻なんて、御身分が定《きま》っていらっしゃいましょうか」というと、「仰しゃいますな。大臣方《おとどがた》のことも暫《しばら》くお待ちなさい。大弐の御館《みたち》の上▼54が、清水《しみず》のお寺の観世音寺▼55にお参りになった時の勢いは、帝の行幸《みゆき》にもお負けになるものですか。まあ怖ろしいことを」といって、やはり又手を離さずに拝み入っていた。筑紫の人は、三日間を籠《こも》ろうと志していられた。右近はそれ程には思っていなかったが、こうした序《ついで》にゆっくりとお話しようと思って、自分も籠るべき由《よし》を、大徳《だいとこ》を呼んでいう。願文《がんもん》に書いてある心持などは、こうした人は委《くわ》しく知っていたので、「いつもの通りで、例の藤原瑠璃《るり》君▼56という御方の為にいたします。よくお祈り申して下さい。その方を此頃《このごろ》になってお捜し申しました。そのお願果《がんばた》しもいたしましょう」というのを、筑紫の人は聞くも哀れである。法師は、「それは有難《ありがた》いことです。怠《おこた》りなくお祈り申しておりました験《げん》が現れたのです」という。ひどく騒がしく夜どおし勤行《ごんぎょう》するのである。

夜が明けたので、右近は知っている大徳《だいとこ》の坊に下りた。話を気やすくと思ってであろう。姫君のひどくお窶れになって、極りわるげにしていらせられる様が、ひどくお美しく見える。右近、「思い懸けない貴い所へお仕え申しまして、多くのお方を見較べましたが、殿の上▼57のお容貌《かたち》には、似る人もあるまいと、年頃お見上げしておりますのに、又お育ちになってゆく姫君▼58の御様は、まことに当り前のことで、お可愛ゆくいらっしゃいます。お冊《かしず》きになります様も、この上ないようでございますが、姫君▼59のこのようにお窶れになっていらっしゃいます御様が、お負けにならないようにお見上げ申せますのは、珍らしいことでございます。大臣《おとど》の君は、御父帝《ちちみかど》▼60の御代《みよ》から、大勢の女御后《にょうごきさい》や、それより下《くだ》った方は残りなくお見較べになっていらっしゃいますお目にも、当帝《とうだい》▼61と御母后《おんははぎさい》▼62と申された御方と、その姫君▼63とのお容貌《かたち》を、好い人というのはこういうのであろうかという気がすると仰しゃってでございます。お見較べ申上げますと、その后《きさい》の宮はお知り申上げませんが、姫君はお綺麗ではいらっしゃいますが、まだお小さくて、先々がさぞと思いやられることです。上▼64のお容貌は、やはり何方《どなた》がお並びにはなれようかとお見上げいたします。殿も勝《すぐ》れているとはお思いになっていらっしゃるようでございますが、お口に出しては、何《ど》うして数にお入れになれましょうか。私に添っていられるのは、貴方《あなた》には過ぎたことですよと、御冗談を仰しゃってでございます。お見上げしますと、命も延びるようなお有様の方々で、又とこうした方がいらっしゃろうかと思っておりますが、姫君は何所《どこ》がお負けになりましょうか。物には限りのあるものですから勝れていらっしゃるといっても、頭《かしら》から後光を放たれる方がございましょうか。唯こうした方を勝れていらっしゃると申上げるべきでございましょう」といって、にこにこして姫君をお見上げするので、老いた御乳母《めのと》はうれしいことだと思う。「こうした御様を、何《ど》うやら賤しい所へお沈め申しそうでしたので、勿体なく悲しくて、家の竈《かまど》も棄て、男女《おとこおんな》の頼りにするべき子どもにも別れまして、却って旅のような気のする京へ上《のぼ》って来たのでした。貴方《あなた》、早く好いように運びをつけてお上げ下さい。貴い宮仕えをなさる人は、自然そうした手蔓もございましょう。父大臣《おとど》がお聞きになり、お子の中《うち》にお数え下さる手順を、お考え下さいましよ」という。姫君は極りわるく思われて、後向きになっていらした。右近は、「ええ、私はつまらない者でございますが、殿▼65がお側近くお使い下さいますので、折がありますと、姫君は何《ど》うおなりになったことでございましょうと申し出しますのを、お聞き置きになりまして、自分は何うかして捜し出したいと思っているから、聞き込んだならば知らせろと仰しゃってでございます」というと、御乳母《めのと》は、「大臣《おとど》の君は結構では入らっしゃいましても、そのように貴い御妻方《おんめがた》がいらっしゃいます。先《ま》ずほんとうの親でいらっしゃる大臣《おとど》の方へお知らせ下さいまし」というので、右近はその当時の様を話し出して、「まことに忘れ難い悲しいことにお思いになりまして、あの方のお身代りにお世話申そう、子どもも少なくてさみしいから、自分の子を捜し出したと人にはいってと、その頃から仰しゃっていらっしゃいます。心の幼かった時で、何事にも気おくれのしました頃なので、お尋ねもいたし得ずにおります中《うち》に、少弐▼66におなりになったことは、お名前で承知しました。殿へお暇乞《いとまごい》にお越しになりました日には、仄《ほの》かにお見上げいたしましたが、お話をし得ませんでしまいました。ですが姫君は、あの以前の夕顔のある五条にお置きになることと思っていました。まあ飛《と》んでもない、田舎人におさせ申すところでしたね」など話し合いつつ、一日中昔話や念仏をしつついた。参り集う人の有様を見下《みおろ》せる所である。前を流れる水を、初瀬川というのであった。右近、

ふた本《もと》の杉の立ちどを尋ねずばふる川の辺《べ》に君を見ましや▼67

「『うれしき瀬にも▼68』でございます」と申上げる。姫君、

初瀬がは早くのことは知らねども今日の逢ふ瀬に身さへ流れぬ▼69

といって泣いていらせられる様が、まことに見よい。容貌《かたち》はまことにこのようにお美しく清らかでいらしても、田舎風にぎごちないようであったならば、何《ど》んなにか玉に瑕《きず》であろう、ああ、何うして此のようにお育ちになられたことであろう、と姥殿《うばどの》を嬉しく思う。母君▼70の方はただひどく幼げに、おっとりとしていて、柔々《やわやわ》とたおやかでいらした、姫君は気高《けだか》く、お振舞《ふるまい》など此方《こちら》が極りの悪るいように、品を持っていらせられる。筑紫というところを奥ゆかしい所だという気がするが、外《ほか》の人はみんな田舎びているので、右近は理由《わけ》のわからない気がする。暮れると、御堂に上《のぼ》って、その翌日も一日勤行《ごんぎょう》をなされる。秋風が谷から遠く吹き上《のぼ》って来て、ひどく肌寒いのに、ひどく物哀れな気持になっている人達には、様々のことが思いつづけられて、人並々になることも出来ないことと思い沈んでいたのに、この女の話の序《ついで》に、父大臣《おとど》のお有様や、幾腹かの何という程のこともなさそうな身分のお子達も、皆立派にお取立てになっていらせられるを聞くので、このような下草も、頼もしい気におなりになったことである。御寺を出る時には、互《たがい》に住んでいる場所を尋ね合って、もしも又わからなくなった時にはと、危く思った。右近の家は、六条院に近い所なので、遠くはなくて、相談し合う便利も出来たような気がした。

右近は大殿《おおいどの》に参った。此の事を匂わせて申上げる機会もあろうかと思って、心が急《せ》くのであった。

車を御門《ごもん》に轅《ひ》き入れると共に、あたりが格別にも広々として、退出する車参る車が多く入り乱れている。賤しい身の入って行くには眩《まぶ》しい感じのする玉の台《うてな》である。その夜は殿の御前にも参らずに、姫君を思い寝した。翌日は、昨夜その家々から帰って参った上臈《じょうろう》や若い女房の中へ、取り分けて右近をお召しになったので、面目に感じた。大臣《おとど》は御覧になって、「何だって里居《さとい》を久しくしていたのです。いつになく、寡婦《やもめ》が、気を変えて、若返るということもあるものです。面白いことがあったのでしょう」など、いつもの手の込んだ、御冗談を仰しゃる。「退下《さが》りましてから七日余りになりますが、面白いことなどあろうはずがございません。山歩きをいたしまして、哀れな人をお見附けいたしました」「何ういう人です」とお尋ねになる。出しぬけに申上げるのも、まだ上にもお聞せ申さなくて、取り分けて申したのを、後にお聞きになったならば、隔《へだ》てをお附け申したとお思いになろうが、などと思い迷って、「後程《のちほど》申上げましょう」といって、女房達が参ったので、申上げかけにした。大殿油《おおとなぶら》を点《とも》して、打解けてお揃いになっていらせられるお有様は、まことに見る甲斐《かい》が多い。女君は二十七八におなりになるのであろう、盛りに清らかに整いまさりになっていらせられる。少し間をおいてお見上げすると、又その間に美しさが加わったとお見えになる。あの姫君をひどくお美しく、お負けになるまいとお見上げしたが、気のせいであったろうか、やはり此の上もないので、幸《さいわい》のあると無いとは、隔てのあるべきものだ、と見較べられる。殿は御寝《ぎょしん》になるとて、右近をお足撫《さす》りに召す。「若い人は苦しと云って厭《いや》がるようです。やはり年寄同志は、気が合って楽なものです」と仰しゃると、女房達は忍び笑いをする。「あれですよ、誰がそうした御用をおさせになるのを、厭がりましょうか、うるさい御冗談をお云い懸けになりますので、それが面倒で」など云い合った。「上も年寄同士で打解け過ぎると、やはりお厭《い》やがりになられようか。そんなことはなさらなそうなお心だとは見えないので、あぶないことです」など、右近に云ってお笑いになる。ひどく愛嬌がお附きになり、面白いお気合いがお添いになって来た。今は朝廷のお仕えが、忙しいお有様ではない御身で、世の中を長閑《のど》かにお思いになるままに、唯軽《ただ》い御冗談を仰しゃり、面白いものと人の心を御覧になる余りに、こうした年寄にまでもお戯《たわむ》れになることである。「その捜し出したというのは、何ういう方の人なのですか。尊い修行者《すぎようざ》と話し合って、連れてでも来たのですか」とお訊きになるので、右近は、「まあ見苦しいことを。果敢《はか》なくお消えになりました夕顔の、露の御縁《おんゆかり》の方をお見附け申しました」と申上げる。「ほんに哀れなことです。年頃を何処《どこ》にいられたのですか」と仰しゃるので、有《あ》りのままは申上げにくくて、「賤しい山里でございます。昔の人も半分はお離れ申さずにいましたので、その頃の話を仕《し》出《だ》しまして、怺《こら》えられない気がいたしました」など申上げていた。大臣《おとど》は、「それで好い、訳を御存じない方がいらっしゃるから」とお隠しになるので、上は、「まあ面倒な。眠いので、聞えそうにもしませんのに」と仰しゃって、お袖でお耳をお塞《ふさ》ぎになった。大臣《おとど》は、「容貌《かたち》などは、あの昔の夕顔に負けないのですか」と仰しゃるので、「必ずあれ程には何《ど》うしていらせられようかとお思い申しておりましたのに、ひどく親まさりにお見えになりました」と申上げると、「面白いことです。誰くらいに思えますか。この君とは」と仰しゃるので、「何ういたしまして、それ程には」と申上げると、「得意に思うことでしょう。私に似ていたら、安心なことです」と、親めいて仰せになる。

このように聞き初《そ》められての後は、大臣《おとど》は右近を別間《べつま》にお召しになりつつ、「それならばその人を、此所《ここ》へお移し申そう。年頃何かの折毎《おりごと》に、残念にも行方知らずにしてしまったことだと嘆いていたことを思い出すと、ひどく嬉しくも聞き出しながら、今まで捨てていたというのは、甲斐ないことです。父大臣《おとど》には何で知らせましょうか。沢山《たくさん》のお子がもてはやされているようなので、数でもなくて、今初めてまじっているのでは、却って面白くないことになりましょう。私はこのようにさみしいので、思い懸けない所から捜し出した子だと吹聴することにしましょう。好色者《すきもの》どもに苦労をさせる種にして、思いきり大切に扱いましょう」などお話になると、右近はかたがたひどく嬉しいことだと思いつつ、「唯もうお心任せでございます。大臣《おとど》にお知らせ申すにしましても、誰がほのめかしてお取次ぎする者がございましょうか。徒《いたず》らにお亡くなりなさいましたお方の代りに、何《ど》のようになりとお助けなさいますことが、罪を軽めることでございましょう」と申上げる。「ひどく因縁をつけることですね」と大臣《おとど》は微笑《ほほえ》みながらも、涙ぐんでいらせられる。「哀れな果敢ない縁だったと、年頃思いつづけています。このように集まっている方々の中に、あの頃の心持程に思い込んだ人はなかったので、命が長くて、私の変らない心長さを見極める人が多いような中に、云う甲斐のないことになって、右近だけを形見にして見ているのは、残念で忘れる時がないのに、その人がそうなったら、本当に本意が叶う気がすることであろう」と仰しゃって、姫君に御消息《おたより》をお遣《つかわ》しになる。あの末摘花の云う甲斐のなかったのをお思い出しになると、そのように零落してお育ちになった人の有様が御不安で、先ず文《ふみ》の様子を知りたいとお思いになるのである。真面目に、然《しか》るべくお書きになって、端に、

このように申すのを、

知らずとも尋ねて知らむ三島江に生ふる三稜《みくり》の筋は絶えじを▼72

といってあったことだ。御文は、右近は自身退下《さが》ってお使《つかい》にお渡しし、大臣《おとど》の仰しゃることなども申添《もうしそ》える。姫君の御装束、お附きの人々の料など、下され物が様々である。大臣《おとど》は上にも御相談になられたのであろう、御匣殿《みくしげどの》▼73に用意してあった品を集めて、色合いや仕立ての格別なものをお択《えら》みになったので、田舎びた女どもは、まして珍らしい物に思ったことであった。姫君は、ただちょっとであろうとも、真《まこと》の親との交渉であったならば嬉しいことであろう、何《ど》うして知りもしない方のお側に立ちまじることなどしようかとのお心持から、苦しいようにお思いになったが、この場合そうなさるべき事を右近がお教えし、お附きの人々も、「自然、そのようにして御立身になりましたなら、大臣《おとど》の君もお尋ね下さいますでしょう。親子の縁は決して尽きるものではございません。右近が、物の数でもない者で、何うかお目に懸りたいと思っていましただけでも、神仏《かみほとけ》のお導きがなかったのですか。まして何方《どなた》も何方《どなた》も御無事でさえいらっしゃいましたら」と、口々にお慰め申す。先ず御返事を

といって、責めてお書かせする。もうすっかり田舎びていようのにと、極りわるくお思いになった。唐《から》の紙のひどく香《こう》の染みたのを取出して、お書かせする。

数ならぬ三稜《みくり》や何の筋なればうきにしもかく根をとゞめけむ▼74

とだけで、ほのかである。字は確《しつか》りしない所があって、ひょろひょろしているが、上品で下手ではないので、大臣《おとど》は御安心になった。

姫君のお住みになるべきお部屋をお考えになると、南の町▼75には空《あ》いている対《たい》の屋とてもない。勢いが格別で、お住みになっているので、露《あら》わで人目も多いことであろう。中宮▼76のおいでになる町は、こうした人の住むとしては、長閑《のどか》ではあるが、それだとお附きの女房の一人のように聞き做《な》されようとお思いになって、少し陰気ではあるが、東北《うしとら》の町▼77の西の対《たい》に、文殿《ふどの》▼78にしてある部屋を、余所《よそ》へ移してとお思いになる。相住みの花散里も、ひっそりとした気立てのよい方であるから、丁度《ちょうど》な話相手であろう、とお思い定めになった。上▼79にも、初めて過ぎた昔の世の話▼80をお打明けになったことである。このようにお心に包んでいることのあったのをお恨み申される。「それは無理ですよ。世間に知られている人のことでしたら問わず語りに云い出しもしましょうが。こうした序《ついで》にお打明けするのも、他の人とは違って、格別にお思い申しているからです」と仰しゃって、ひどく哀れにお思い出しになった。「他人の上でも沢山《たくさん》見ましたが、ひどくは思い合っていない仲でも、女という者の執念深さを沢山見聞きしましたので、決して好色《す》き好色《ず》きしい心は起すまいと思っていましたが、自然そうもゆかなくて、大勢の人に逢いました中で、哀れだと一途に可愛ゆがった上では、外《ほか》には類のない人であったと思い出されることです。生きていましたら、北の町▼81に住んでいる人の並みには、何で見ないことがありましょう。人の有様はそれぞれ違うものでした。気の利いた、面白いという所はありませんでしたが、品のいい可愛らしい人だったことです」と仰しゃる。上は、「それにしても、明石の方と同列にはなさらないでございましょう」と仰しゃる。やはり北の御殿《おとど》の方を、たいしたものだと気をお置きになっていらっしゃる。姫君がひどくお可愛らしく、御無心にお話を聞いていらっしゃるのが、いとしいので、それもまた尤《もつと》もであると上はお思い返しになる。

こう云うのは、九月のことであった。お移りの事は早速には何《ど》うして運ぼうか。相応な女童《めわらわ》女房などをお捜しになる。筑紫では、悪るくもない女房などの京から散らばって来ているのを、便宜につけて召し集めてお附けしていたが、急に逃げ出された騒ぎに、みんな置いて来てしまったので、外《ほか》にはそうした人もない。京は自然広い所なので、市女《いちめ》といったような者が、ひどくよく捜し出しつつ連れて来る。何ういう方のお子だとは知らせずにいた。右近の住まいである五条へ、先ずそっとお移し申して、女房などを選び整え、装束を整えなどして、十月にお移りになる。大臣《おとど》は東の院の御方▼82にお預け申される。「哀れに思っていました人が厭《い》やになりまして、寂しい山里に身を隠れていましたが、幼い者がありましたので、年頃内々で捜していましたが、聞き出すことが出来ませんで、女になるまでも過ぎてしまいましたが、思い懸けず聞き出しました。聞きつけた時にでもと思って、引取ることにいたしました。母親は亡くなりました。中将のお世話をお願いした▼83が、お悪いことでしょうか。同じように後見《うしろみ》をして下さいませ。山家風《やまがふう》に育ちましたから、田舎めいたことが多いでしょう。然るべく事に触れてはお教え下さいまし」と、ひどく懇《ねんご》ろにお頼みになられる。「ほんにそうした方のいらっしゃることは存じませんでしたよ。姫君がお一方でいらっしゃいますのがお寂しいので、結構なことでございます」とおおように仰しゃる。「その母親であった人は、心が、珍らしいほど好い者でした。あなたのお心持も、安心してお頼み出来ますので」と仰しゃる。「似合わしいお世話を申上げる人も格別多くはございませんで、手持無沙汰ですから、嬉しいことでございます」と仰しゃる。殿の内の女房は、御娘とは知らないので、「何ういう人を又お捜し出しになったことでしょうか。因縁のある古物扱いをなさることで」といった。御車が三輛ほどで、お附の者の装束なども、右近が附いているので、田舎びないようにした。殿の方から、綾や何や彼《か》やをお上げになられたのである。

その夜直《す》ぐに、大臣《おとど》の君はお越しになられた。昔、光源氏などという評判はお聞き続け申していたが、以前の物の分らない心には、それ程にはお思い申さなかったが、ほのかな大殿油《おおとなぶら》の灯《ほ》かげで、御《み》几帳《きちょう》の綻《ほころ》びなどから、僅《わず》かにお見上げすると、一段と、怖ろしい気さえするお美しさであるよ。お入りになる方の戸を右近が開けると、君は、「この戸口から入るべき人は、特別の人でなくては」とお笑いになって、廂《ひさし》の間に設けた御座《ござ》にお着きになって、「灯影がひどく奥ゆかし過ぎるような気がします。親の顔は懐かしいものだと聞いています。そうはお思いになりませんか」といって、几帳を少し側《わき》へお寄せになる。姫君はたまらず極りが悪るいので、横へ向いておいでになる容態が、ひどく様良く見えるので、大臣《おとど》は嬉しくて、「今少し明るくしませんか。奥ゆかし過ぎます」と仰しゃるので、右近は灯影を挑《かか》げて少し姫君の方へ寄せる。「恥ずかしがりやですね」と少しお笑いになる。ほんにと思い出される御眼もとの羞恥《はにか》み加減である。少しも他人のような隔てのある物いいはなされず、すっかり親らしくして「年頃お行方も分らないので、心に思わない時もなく嘆いていましたので、こうしてお目に懸るにつけましても、夢のような気がしまして、昔のことも一しょに思い出されて、怺《こら》えられないので、ものもよく云えないことです」と仰しゃって、御眼を押拭《おしぬぐ》われる。まことに悲しくお思い出しになられる。姫君のお年の程をお数えになって、「親子の仲で、このように何年も逢えないということは、例もなさそうなことで、辛い因縁だったことです。今はもう初々しく子供らしくていられるお年でもなさそうなので、年頃のお話も伺いたいのに、何だって包んで入らっしゃるのです」とお恨みになると、これとお話することもなく極りが悪るいので、「『脚立たず』▼84で落ちぶれ初めました後は、何事も夢中でございまして」と、ほのかに申上げられるお声は、亡くなられた方にひどくよく似ていて若びていることである。大臣《おとど》はほほ笑んで、「落ちぶれられたのを、『あはれ』▼85だとは、今は又誰も」と仰しゃって、気働きのなくはない御返事だとお思いになる。右近に為《す》べきことをお命じになって、お立ちになった。

姫君の見よくいらせられるのを嬉しくお思いになって、上にもお話しなさる。「ああした山樵《やまがつ》の中で年を過していますので、何《ど》んなに見すぼらしいことだろうかと侮っていましたが、却って此方《こちら》が極りわるいように見えます。こういう娘がいると、何うか人に知らせて、兵部卿宮▼86などの、この屋敷を好ましく思っていられる人の心持を乱してやりたいものですよ。好色者《すきもの》どもが、ひどく尤もらしい様子ばかりを、此所《ここ》で見せていますのも、ああいう煩悩《ぼんのう》の種がない中《うち》だけのことです。あの姫君を思いきり大切にしたいものです。やはり済ましてはいられない人の様子を見くらべましょう」と仰しゃるので、上は、「変な親ですこと。何よりも先に人の心を唆《そそのか》そうと思っていらっしゃいますよ。怪《け》しからんことで」と仰しゃる。大臣《おとど》は、「ほんとうにあなたをこそ、今のような心だったら、そのように扱って見るべきでした。ひどく考えのないお扱いをしてしまったことでした」とお笑いになると、上はお顔を紅《あか》くしておいでになるのが、ひどく若くお美しい。大臣《おとど》は硯《すずり》をお引寄せになって、手習に、

恋《こ》ひわたる身はそれなれど玉鬘《たまかづら》いかなる筋を尋ね来つらむ▼87

「可哀そうに」と続けて独言《ひとりごと》を仰しゃるので、ほんに深くお思いになった人の名残なのであろうと上は御覧になる。

中将の君▼88にも、「こうこういう人を尋ね出しましたから、そのつもりで睦《むつ》ましく出入りをなさいまし」と大臣《おとど》が仰しゃったので、君は此方《こちら》へお出《い》でになって、「つまらない者ですが、こうした者があると思召《おぼしめ》して、何ぞの御用の節は、第一にお呼び寄せになるべきです。お引移りの際にも、参ってお手伝いするべきでしたのに」と、ひどくまめまめしく申されるので、居づらいようにまで訳を知っている女房は思う。出来る限りのことはしたお住まいであったが、浅ましいまで田舎風であったと、譬《たと》えようもなく思い較べられることであるよ。殿の装飾を初めとして、すべてが美しく品がよくて、親兄弟のお睦びになっていらせられる御様かたちを始め、目も眩《まぶ》しいように思われるので、今こそは三条も、大弐をつまらない者のように思ったことである。まして監《げん》が息捲《いきま》いた様や様子は、思い出して

も気味のわるいことが限りもない。豊後介の心持を、世にも稀《ま》れなものと姫君もお思い知りになり、右近も思って云っている。特別の者でなくては、事を解《おこた》ることもあろうと、大臣《おとど》は此方《こなた》の家司《けいし》どもをお定めになり、すべき事をお指図になる。豊後介も家司の一人となった。年頃田舎じみて落ちぶれていた気持が、俄《にわか》になくなって、何としても仮にもお出入りなど出来そうな手蔓もなく思っていた大殿の内を、朝夕に馴れてお出入りをし、人を従えて、事を行う身となったのは、甚《はなはだ》しい名誉だと思った。大臣《おとど》の君の姫君に対する仕向けの、濃《こま》やかで珍らしいまでにお行届きになることはまことに有難《ありがた》い。

年の暮には、新年の御装飾のこと、女房達の装束などは、姫君も貴い御方々と同様にするようにお指図になった。人柄はあのようにあろうとも、衣裳のお好みなどは田舎じみたところもあろうかと、山賤《やまがつ》の好みの方に侮っての御推量をなされて、此方《こなた》でお整えになった品を、差上げになる序《ついで》に、君は織物類で、その職の者が、我も我もと、技の限りをつくして織りつつ参らせたところの細長《ほそなが》、小袿《こうちぎ》などの、色々様々なのを御覧になって、「ひどく沢山あったことですね。方々に、羨《うらや》みのないようにお配り申すべきです」と上に申されるので、上は御匣殿《みくしげどの》で拵《こしら》えた物も、此方《こなた》でお拵えになった物も、すべてお取出させになった。上はこうした方面も亦《また》、ひどく勝れていらせられて、至って好い色合や艶《つや》をお染めになるので、君は珍しいことだとお思いになる。君は此所彼所《ここかしこ》の打殿《うちどの》▼89から参らせた打物《うちもの》を御覧じ見較べになって、紫の濃い物赤い物など、様々な物をお択びになりつつ、御衣櫃《みぞびつ》や衣筥《ころもばこ》などにお入れさせになって、物の分った上臈《じょうろう》どもがお側に侍《さぶら》って、此《こ》れは誰それは誰にと色合を取合せつつお入れになる。上も御覧になって、「どれと云って劣り優りの差別はなさそうな品でございましようから、お召しになる方のお容貌《かたち》をお考えになりながらお上げなさいませ。召物のその方の御様子に似合わないのは、いけないものでございます」と仰しゃると、大臣《おとど》は笑って、「平気な御様子をしていて、その人の容貌《かたち》を御推し測ろうとするお心のようですね。それでは、何《ど》れは誰にとお思いになりますか」とお訊きになると、「それは推し量りは、何《ど》うも」と、さすがに極り悪るがっていらせられる。紅梅のひどく紋の浮立っていると葡萄染《えびぞめ》の御小袿《こうちぎ》と、今様色《いまよういろ》のひどく勝れたのとは此方の御料で、桜の細長《ほそなが》に、艶《つや》やかな掻練《かいねり》を添えたのは、明石の姫君の御料である。浅花田の海賦《かいふ》の織物に、織方はなまめいてはいるが、美しくはないのに、ひどく濃い紫の掻練を添えたのは、夏の御方▼90に、鮮やかな、赤に、山吹の花の細長は、あの西の対《たい》▼91の君に差上げられるのを、上は見ない振りをして、お心の中《うち》でその御容貌《かたち》をお思い合せになる。内大臣《うちのおとど》は、華やかで、まあ清らかでとはお見えになりながら、艶《なまめ》かしくお見えになる所のまじっていないのに、似ているのであろう、ほんにああであろうと推し量られるのを、顔にはお出しにならないが、殿がお見よこしになるので、心騒ぎがする。「さあ、この容貌《かたち》との思い擬《よそ》えは、人が腹を立てそうなことです。好《い》いからと云っても、物の色には限りがあります、人の容貌《かたち》は、悪るいといっても又やはり奥底のあるものですからね」と仰しゃって、かの末摘花の御料に、柳の織物の、趣《おもむき》ある唐草《からくさ》を乱れ織りにしたのが、ひどくなまめいているので、その不似合さを内々お微笑《ほほえ》みになられる。梅の折枝《おりえだ》に蝶や鳥が飛びちがっている、唐《から》めいた白の小袿《こうちぎ》に、濃い紫の艶々《つやつや》しいのを襲ねて、明石の御方にと択ばせられたが、その人の思いやりが気高く感じられるので、上は目ざましく思って御覧になる。空蟬の尼君には、青鈍《あおにび》の織物の、ひどく趣のあるのをお見附けになって、御自分の御料としてある梔《くちなし》の御衣《みぞ》に薄くれないのをお添えになって、同じ日にお召しになるべき御消息《おたより》をお廻《まわ》しになられる。ほんに、好く似合っている人々を御覧になろうとのお心なのである。

何方《どなた》も御返事は一通りではなく、御使への禄《ろく》もそれぞれであるのに、末摘花は東の院▼92にお住まいになっていられるので、此方《こちら》よりは少し気張って、良い物になさるべきだのに、古風を守られる人なので、仕来《しきた》りをお変えにはならず、山吹の袿《うちき》の、袖口のひどく古びたのを、襲《かさね》もなくてお被《かず》けになった。御文《おんふみ》は、ひどく香ばしくした檀紙《みちのくにがみ》の、少し古びて厚くなって、黄ばんでいるのに、

「さあ、戴《いただ》き物をいたしましたので、却って物思いの種でございまして」

著《き》て見ればうらみられけり唐衣《からごろも》かへしやりてむ袖を濡らして▼93

御手蹟は、以前よりも昔風になっていた。君はそれはひどくにこにことなされて、直ぐには下《しも》へお置きにならないので、上は、何が書いてあるのだろうとお見よこしになった。お使に下された品を、ひどく佗《わ》びしく工合《ぐあい》のわるいものにお思いになって、御機嫌が悪るいので、お使はそっと下《さが》った。たまらないように女房共は、各《おのおの》ひそひそ云って笑い合った。このようにむやみに古風で、側《はた》困らせの風のお添いになって来たのを気むずかしく持て余すことだろうと思召すことである。

「極り悪るく思われる方です、古風な歌を詠む人は、『唐衣』『袂濡る』▼94という文句が、何《ど》うにも捨てられないと見えますね。私もその仲間です。すっかり一つの流儀に摑まえられて、当世風の言葉など見向きもなさらないというのは、困ったことです。人中《ひとなか》にいるということを、折節の御前《おまえ》などでの改まった歌会の中には、『円居《まとい》』というのは附き物の三文字《みもじ》です。昔の恋歌《こいうた》の洒《しゃ》落れた挑《いど》みには、『あだ人の』という五文字《いつもじ》を三句目に置いて詠んでいるのは、言葉の続きが頼りのような気がするからのようです」などいってお笑いになる。「いろいろの草子《そうし》や歌枕《うたまくら》▼95を、よく知っていて読み尽して、その中の言葉を拾い出して詠みますにも、詠みつけた癖というものは、たいしては変れないものです。常陸の親王《みこ》▼96の書いてお置きになった、紙屋紙《こうやがみ》の草子を、読めといってお遣《よこ》しになったことがありました。和歌の髄脳《ずいのう》▼97がひどく面倒で、歌の病の嫌うべき事が沢山書いてありましたので、もともと不得手な事が、一段と却って動きが取れそうになく見えましたので、面倒でお返ししました。よく書物のことを御存じの方の詠口《よみくち》としては、珍らしくもない歌です」と仰しゃって、可笑《おか》しくお思いになっている御様子は姫君にお気の毒なことであるよ。上はひどく真面目に、「何うしてお返しになったのでしょうか。写して置いて、姫君にもお見せ申すべきでしたのに。此方《こちら》にも、物の中にありましたのが、虫が皆喰い損じてしまいましたので、読んで居ません人は又、別《わ》けても本筋に遠いことでございます」と仰しゃる。君は、「姫君の御学問には、ひどく無用なものでしょう。大体女は、取り立てて好きな事を設《もう》けて凝《こ》ってするのは、様の好くないものです。何事でも、まるきり見当の附かないのは残念なことです。ただ心の本筋を、あやふやではなく確《しっか》りさせて置いて、穏やかにしているのが見やすいことです」と仰しゃって、御消息《おたより》の御返事はお心にも懸けないので、上は、「『返しやりてむ』▼98とあるようでございますに、此方《こちら》から押返しておやりになりませんでは、お悪うございましょう」と唆《そそのか》して申される。情を捨てないお心から君はお書きになる。ひどく気安そうな御様子である。

かへさむといふにつけても片敷の夜の衣を思ひこそやれ▼99

「御尤《ごもっと》もです」

とあったようである。

▼1 源氏の君。
▼2 源氏十七歳の時の恋人。「夕顔」の巻の主人公で、薄命だった人。
▼3 夕顔に仕えて居た女房。夕顔の死後、源氏の邸に引きとられていた。
▼4 「須磨」の巻に出ず。
▼5 紫上。
▼6 紫上。
▼7 夕顔。
▼8 六条の新邸への移転。
▼9 夕顔と頭中将との間に生れていた姫君。「夕顔」の巻に出ず。この巻の主人公で玉鬘と呼ぶ。
▼10 「犬上の床の山なるいさや川いさと答へてわが名漏らすな」（古今集）による。
▼11 太宰府の三等官。筑紫にあった。
▼12 夕顔。
▼13 少弐の娘共。
▼14 「いとどしく過ぎ行く方の恋しきに羨ましくもかへる波かな」（後撰集）

▼15　舟人も亦、誰を恋うのであろうか。大島の浦のその悲しげな歌声が聞えることよ。「大島」は、筑前の国、鐘の御崎の近所。「大島の浦」とつづけ、「浦」を心の意の「うら」に転じて枕詞としたもの。

▼16　過ぎて来た方も、向って行く方も、目じるしになる物もなく、何所とも知られない沖へ出て、ああ、何所を目あてに君を恋うというのだろうか。「君」は、主人夕顔のことであるが、舟人の歌の文句に絡ませていっているもの。

▼17　「思ひきや鄙（ひな）の別れに衰へて海人（あま）の縄たきいさりせむとは」（古今集）をとる。

▼18　筑前の国宗像郡の北端。

▼19　「ちはやぶる金の御崎を過ぎぬとも我は忘れず志珂（しか）のすめ神」（万葉巻七）

▼20　正五九月、年三回、自分の星を祭って、災難をはらい福利をまねく為に、長精進をすること。

▼21　監は、太宰府の太監。通常は六位であるが、従五位下に叙された者を大夫の監といっている。

▼22　夕顔。

▼23　「いつとても恋しからずはあらねども秋の夕べはあやしかりけり」（古今集）による。

▼24　乳母のこと。玉鬘を孫分にしているからの呼び方。

▼25　春の季節の終の三月。

▼26　女君に、もしも偽りをいうようなことがあれば、松浦にいます鏡の前の罰を蒙ることと、神を中に立てて誓いましょう。「松浦」は、肥前の国。「鏡の神」は、尊ばれていた神。「かけて」は、「鏡」の縁語。恋の上の誓言。

▼27　何年にも亘って、姫君の事を祈って来たことが叶わなかったならば、鏡の神を、お心つらいことと思うでもあろうか。監の申込みを、以（もっ）ての外のことと拒んだ心。

▼28　二人の娘のうちの妹。

▼29　憂きという名を持ったこの浮島を漕ぎ離れても、行く先は、何所が安定の泊りとも知られないことであるよ。「浮島」は土地の名所。懸詞。「泊り」は、落着く先。いずれも海路の縁語。

▼30　行く先も目には認められない波の上に舟出をして、成行きを風に任せているこの身は、浮いた、漂わ

しいものではある。「風」に、運命の心を、「浮き」に、漂わしい心を持たせたもので、いずれも船路の縁語。
▼31 つらいことが起りはしないかと、胸騒ぎの響ばかりする身には、響の灘というその響も名前だけのことで、何でもないことであるよ。「響の灘」は、代表的な難所。
▼32 摂津の淀川河口。
▼33 備前の国の泊から、摂津の川尻まで、櫓櫂（ろかい）を押して漕ぐ間は、という意。
▼34 白氏文集「縛戎人」の句。「涼源郷井不レ得レ見。胡地妻児虚棄捐」とあるに依る。漢人が胡を征伐に行き、その地で妻子を設けたが、後に漢軍に従って、妻子を棄てて漢に帰り、志を得なかった人の歎き。境遇が似ているよりの聯想。
▼35 市場で商いをする女。
▼36 乳母のこと。
▼37 岩清水八幡宮。
▼38 社僧の役名。五人を僧官の中から選んで、一寺の事を掌らせた。
▼39 大和の国。
▼40 大和の国。今の金谷。上代より栄えていた。
▼41 「葵」の巻に出ず。
▼42 不浄の物の世話をする、身分低い下婢。
▼43 隔てに張る幕。
▼44 この巻のはじめに出ず。夕顔の昔の侍女。
▼45 盆の如きもの。
▼46 玉鬘に仕える侍女。
▼47 夕顔。
▼48 豊後介の昔の名。
▼49 夕顔。

郵便はがき

料金受取人払郵便

麹町支店承認

6246

差出有効期間
2024年10月
14日まで

切手を貼らずに
お出しください

1 0 2 - 8 7 9 0

1 0 2

［受取人］
東京都千代田区
飯田橋２－７－４

株式会社 作品社
営業部読者係　行

【書籍ご購入お申し込み欄】

お問い合わせ　作品社営業部
TEL 03(3262)9753／FAX 03(3262)975

小社へ直接ご注文の場合は、このはがきでお申し込み下さい。宅急便でご自宅までお届けいたします
送料は冊数に関係なく500円（ただしご購入の金額が2500円以上の場合は無料）、手数料は一律300円
です。お申し込みから一週間前後で宅配いたします。書籍代金（税込）、送料、手数料は、お届け時に
お支払い下さい。

書名	定価　円	冊
書名	定価　円	冊
書名	定価　円	冊
お名前	TEL　（　　）	
ご住所 〒		

フリガナ
お名前

男・女　　　　歳

ご住所
〒

Eメール
アドレス

ご職業

ご購入図書名

●本書をお求めになった書店名

●ご購読の新聞・雑誌名

●本書を何でお知りになりましたか。

イ　店頭で

ロ　友人・知人の推薦

ハ　広告をみて（　　　　　　　）

ニ　書評・紹介記事をみて（　　　　　　　）

ホ　その他（　　　　　　　）

●本書についてのご感想をお聞かせください。

ご購入ありがとうございました。このカードによる皆様のご意見は、今後の出版の貴重な資料として生かしていきたいと存じます。また、ご記入いただいたご住所、Eメールアドレスに、小社の出版物のご案内をさしあげることがあります。上記以外の目的で、お客様の個人情報を使用することはありません。

▼50　源氏。
▼51　源氏。
▼52　観世音菩薩のこと。
▼53　頭中将。今の内大臣。玉鬘の実父。
▼54　大弐の妻。
▼55　太宰府に在る観世音寺。
▼56　玉鬘をこう名づけて呼んでいたのだ。
▼57　紫上。
▼58　明石姫君。「薄雲」の巻に出ず。
▼59　玉鬘。
▼60　桐壺帝。
▼61　冷泉天皇。
▼62　藤壺。
▼63　明石姫君。
▼64　紫上。
▼65　源氏。
▼66　乳母の夫。
▼67　「初瀬がは古川の辺（べ）に二もとある杉、年を経て又も逢ひ見む二もとある杉」と古歌（古今集）にいう、その二もと杉の立っている所を尋ねて来なかったならば、即ちこの御寺にお詣りをしなかったならば、古川の辺即ち初瀬川のほとりで、君にお目に懸れましょうか。
▼68　「祈りつつ頼みぞわたる初瀬川うれしき瀬にも流れ合ふやと」（古今六帖）による。
▼69　「祈りつつ頼みぞわたる初瀬川」という、その初瀬川の昔のこと即ち別れた時のことは知らないけれども、今日逢えたのは、「嬉しき瀬にも流れ合ふやと」という通り、嬉し涙が甚しく、わが身までも浮んで

流れる程であった。「早く」、「逢ふ瀬」、「流れ」など、いずれも「川」の縁語。

▼70　夕顔。

▼71　紫の上。

▼72　御存じがなくても、人に尋ねて知っていただきましょう。三島江に生えている三稜の蔓の、その繋がっている筋は絶えまいことでしょうから。「三島江」は、摂津の名所。「三稜」は、水草で、蔓の長いもの。姫君を三稜に譬え、その「筋」に、因縁の意を持たせて、御存じはなくても、聞けば分るように、私はあなたに縁のある者だとの意。

▼73　朝廷で、裁縫を司る役所。貴族の家でも、この名称を用いた。

▼74　つまらない三稜が、何ういう因縁があったので、泥の中にこのように、根をとどめて生きていたのでしょうか。「三稜」の「み」に「身」即ち我を懸け、泥の意の、「うき」に「憂き」即ち此れまでの境遇を懸け、「筋」を三稜の縁語としたもの。

▼75　六条院を春夏秋冬の四つに区画したことは「少女」の巻に出ず。

▼76　秋好中宮。

▼77　花散里が住む。

▼78　文書をおさめておく部屋。

▼79　紫上。

▼80　夕顔との昔の恋愛。

▼81　明石上が住む。

▼82　花散里。

▼83　源氏の長男、夕霧中将の世話を花散里に頼んであった。

▼84　「かぞいろはあはれと見ずや蛭の子は三年（みとせ）になりぬ脚立たずして」（日本紀竟宴の歌による。三歳という意で用いている）

▼85　前の「脚立たず」の歌の詞を採る。「かぞいろ」即ち親の立場になって、源氏がいっている。

▼86　蛍兵部卿宮、源氏の弟。
▼87　その母親であった女を恋いつづけているわが身は、昔のそれであるが、娘は、何のような関係を尋ねて来たことであろうか。まことの父親を思っているだろう。「玉鬘」は、髪の毛をもって造ってあるところから、「筋」即ち縁故に枕詞としてかかるもの。
▼88　夕霧。
▼89　布の光沢を出すために、砧で擣（う）つ所。
▼90　花散里。
▼91　玉鬘。
▼92　二条院。
▼93　衣を著て見ると、恨みのされることでございます。この唐衣よ。お返し申したものでしょうか、恨みの涙に袖を濡らして。「うらみ」は、君の通って来ない恨みと、衣の「裏見」を絡ませ、「かへし」は、「返し」と、「飜（かへ）し」即ち衣を飜す意を絡ませたもので、いずれも「衣」の縁語。
▼94　末摘花の歌には、「唐衣きみが心のつらければ袂はかくぞそぼちつつのみ」というのがあって前に出た。
▼95　歌によまれる名所を記した本。
▼96　末摘花の父。
▼97　詠歌の規則。
▼98　末摘花の歌の詞を採っている。
▼99　飜（かえ）そうと云われるにつけても、片敷きをされる貴方の夜の衣が思いやられることでございます。「かへさむ」は、先方では返却の意で云ったのを、裏返しをする意の「飜さむ」に変えたもの。夜の衣を裏返しにして著て寝ると、思う人を夢に見るという俗信が古くからあってその意のもの。「片敷き」は、衣の片袖を敷いて寝ることで、独寝をする時の形。一首は、夜の衣を裏返しにされるというにつけ、独寝のさみしさが思いやられる意で、態（わざ）と意地悪るく云ったもの。

初音

年の立ちかえる朝[1]の空の様子の、いささかの曇りもないうららかさには、賤《いや》しい家の垣根の内でさえも、雪間の草が若々しく色づき出し、早くもその様子を見せる霞《かすみ》に、木の芽もけぶって来て、自然に人の心も伸び伸びと見えることである。まして一段と玉を敷いた御前《おまえ》は、庭を初めとして愛《め》でたい所が多く、装飾をお加えになっている、[2]御方々のお住まいの有様は、言い現そうにも言葉が足りない程である。春の御殿《おとど》[3]のお前は、とり分け愛《め》でたく、梅の香も御簾《みす》の内の薫物《たきもの》の匂《におい》とまぎれ合って、この世ながらの極楽浄土かと思われる。さすがに打解けて、安らかに住みなしていらせられる。お仕えする女房達も、年若く美しい者は、[4]姫君の御方にお択《え》り出しになって、少し年をした者だけが、却《かえ》って奥ゆかしく、装束や容態を初めとして、見よく取繕《とりつくろ》って、あちらこちらに固まりつつ、歯固《はがた》めの[5]祝をして、鏡餅までも取寄せて、『千年《ちとせ》の御姿』[6]も明らかに、年の内の祝事《いわいごと》をして、戯《たわむ》れ合っていると、大臣《おとど》の君がお覗きになられたので、女房達は懐手《ふところで》を直しつつ、ひどく取乱しているところをと当惑し合った。「ひどく念入りに銘々《めいめい》の祝事ですね。みんなそれぞれに思っていることがあるのでしょう。少しお聞かせなさい。私が祝って上げましょう」とお笑いになっている[7]御有様を、年の始《はじめ》のめでたさとしてお見上げ申す。我こそはと思いあがっている中将の君は、「『かねてぞ見ゆる』[8]と申すことを、鏡の[9]影にも申し合っておりましたのでございます。自分どもの祈《いのり》なぞ、何という程のものが」

と申上《もうしあ》げる。朝のあいだは人々が立て込んで物騒がしかったが、夕方、御方々へ年賀を遊ばそうと、念入りにもお着飾りになり、化粧をなされたお姿こそは、ほんに見る甲斐《かい》のあることである。「今朝あの女房どもの戯れ合っていたのが、ひどく羨《うらや》しく見えましたので、上には私が鏡餅をお見せ申しましょう」と仰《おっ》しゃって、御戯れたことも少しおまぜになりつつ、お祝を申される。君、

薄氷とけぬる池の鏡には世にたぐひなき影ぞならべる[10]

ほんに目出度《めでた》い御仲《おんなか》である。上、

くもりなき池の鏡に万代をすむべき影ぞしるく見えける[11]

何事につけても、末久しい御仲を、申分なくお言いかわしになられる。今日は子《ね》の日なのである。ほんに千年の春をかけてお祝いになるには、似合わしい日である。

姫君の御方へお越しになられると、童《わらわ》や下仕《しもづかえ》などが、御前《おまえ》の山の小松を曳《ひ》いて遊んでいる。若い女房達の心持は、嬉しさで置き所もなく見える。北の御殿《おとど》[12]から、態《わざ》と取集めたらしい物を入れてある鬚籠《ひげこ》[13]どもや檜破子《ひわりご》[14]をお上げになっていた。云いようもなく作った五葉《ごよう》の松の枝に、止まっている鶯《うぐいす》も、思う心があっての物であろう。歌、

年月《としつき》をまつにひかれて経《ふ》る人に今日うぐひすの初音《はつね》きかせよ[15]

『音せぬ里の』[16]と申上げてあるのを、ほんに哀れなことと大臣《おとど》はお思い知りになる。上への御遠慮[17]もお出来になりかねる御気分である。「この御返事は、御自分でお書きなさいまし。初音をお惜しみになるべき方ではありません」と仰しゃって、お硯《すずり》のお世話をなさって、お書かせになられる。ひどくお可愛《かわ》ゆらしくて、朝晩お見上げしている者でさえも、見飽かずお思い申すお有様であるのに、今まで心許《こころもと》ない年月《としつき》の隔てをさせて来たことは、罪を得そうで心苦しいことだとお思いになる。姫君、

引き別れ年は経れどもうぐひすの巣立ちし松の根を忘れめや[18]

幼いお心に任せて、くどくどとお書き添えになったようである。

夏の御住まい[19]を御覧になると、その季節ではないせいか、ひどく静かに見えて、態《わざ》と心好みをしたところがなく、上品に住みなしていらせられる様子が全体に見える。年月《としつき》と共に益々お心の隔《へだ》てがなく、しみじみとした御仲である。今では達《たつ》てお泊りになるようなお扱いは申さないのであった。ひどく睦《むつ》ましく珍らしい夫婦のお心持だけをかわし合っていられる。御几帳《みきちょう》を隔ててあったが、君が少し側《わき》へ押しやられると、女君はそのままにいられる。花田の御召物《おめしもの》はほんに美しさの多くない点で似合わしく、御髪などもひどく盛りを過ぎている。恥じて隠す程ではないが、鬘《かずら》を使ってお繕《つくろ》いになるべきである。自分以外の者であったらば、見醒《みざ》めのしそうなお有様であるのに、このように逢ったことは嬉しくも本意である、心浅い女並みに、自分に背いていたならば、今は何《ど》うであろうなど、君は御対面の折々には、先《ま》ず御自分の御辛抱強さも、この方のお心の深さをも、嬉しい、思い通りのものであるとお思いになった。心濃《こころこま》やかに旧年のお話をなつかしくなされて、君は西の対[20]へお越しになる。

まだそう多くはお住み馴《な》れにならない程としては、御殿の様子を趣《おもむき》のあるようにして、可愛いらしい女童《めわらわ》の扮装《なり》も艶《なまめ》かしく、女房達の影も多くいて、御装飾は必要な物だけはあるが、細々《こまごま》したお道具などはさしてお整いになっていないのに、それとしては物清げに住みなしていられた。御当人も、まあお美しいと、一目に見えて、山吹でお引き立ちになった[21]お容貌《かたち》は、ひどく花《はな》やかで、ここが曇っているというところがなく、全体に美しくきらきらして、申分のない様をしていらせられる。物思いに沈んでいられた頃のせいであろうか、髪の毛の先が少し細って、ばらばらになって衣《きぬ》に懸《かか》っているのが、ひどく清げで、何所《どこ》も彼《か》もひどくすっきりとしていらせられるので、このようにして世話をしなかったならば、何《ど》うなったことだろうとお思いになるにつけても、それだけではお過しになれないのでもあろうか。姫君はこのようにまことに隔てなくお見馴れ申上げ申しているが、やはり考えると、隔たりが多く変な気がして、正気のことのような気持がしないので、しんから打解けた風をなさらないのがひどくお可愛い。君は、「年頃になったような気がしてお目に懸るのも気やすく、本意も叶ったのですから、あなたも遠慮なくなさって、彼方《あちら》へ[22]も入《い》らっしゃいまし。幼くて琴の手ほどきを習っている人[23]もいますから、一しょにお聞き馴らしをなさいまし。気のおける、考無しの人は居ない所です」と申されると、「仰せの通りに」と申される。そうあるべきことである。

　暮方になる頃に、明石の御方へお越しになられる。近い渡殿《わたどの》の戸を押開《おしあ》けると共に、御簾《みす》の中からの追風が、艶《なま》めかしい香《か》を吹き匂わして来て、余所《よそ》よりは別して気高くお思いになられる。御本人は見えない。何処《どこ》にいるだろうとお見廻《みまわ》しになると、硯の辺が賑やかに、草子などの取乱らしてあるのをお取りになりつつ御覧になる。唐《から》の東京錦《とうぎょうき》のことごとしい縁《へり》の附いた茵《しとね》の上に、趣のある琴《きん》を置いて、改まったゆかしい火桶に、侍従《じじゅう》[24]を燻《くゆ》らして、辺りの物を格別に炷《た》きしめてあるのに、衣被香《えびこう》の香《か》のまじっているのが、ひどく艶《えん》である。手習をした字の崩した気やすく書いたものも、手蹟が一風あって、趣のある書きざまである。態《わざ》とらしく草書がちになどしゃれ書きはせず、見やすく書き散らしてある。姫君からの小松の御返歌を、珍らしいと見たままに、哀れな古歌などを書きまぜて、歌、

　めづらしや花の塒《ねぐら》に木伝ひて谷の古巣を訪《と》へる鶯[25]

『声待ちいでたる』[26]なども書いてある。『咲ける岡辺に家しあれば』[27]など、思い返して慰めている心持などを書き混ぜつつあるのを、君は取って御覧になりつつほほ笑んでいらせられる中《うち》に、女君はいざり出て来て、さすがに自身の振舞《ふるまい》は、恭《うやうや》しくして、見よい用意をしているのを、やはり他の人とは異《ちが》っているとお思いになる。白い衣《きぬ》に、鮮やかに懸っている髪の、少しばらばらになる程に薄くなっているのも、一層に艶《なまめ》かしさが添ってなつかしいので、新しい年の始めに、上からのお騒がれもあろうかと、遠慮もあるが、此方《こなた》にお泊りになられた。やはり御寵愛が格別なのだと、御方々は気を置いてお思いになる。南の御殿では、まして呆れたことに思う女房達があった。君はまだ曙の中《うち》にお帰りになった。そのようになさるべきでない夜深さだと思うので、女君は名残を一通りでなく哀れに思う。お待取りになっ

た方もまた、何だか際立ったことのようにお思いになっていそうな心の中が推察されて、君は上に、「変な転寝《うたたね》をして、若々しい眠《い》ぎたなさでしたが、そのままで起して下さいませんで」と、御機嫌をお取りになるのも可笑《おか》しく見える。格別の御返事もなさらないので、面倒になって、空寝《そらね》をしつつ、日の高くなるまで御寝《ぎょしん》になって起きられた。

今日は臨時客の日[28]であるのに紛らして、てれ隠しをなされる。上達部《かんだちめ》や親王《みこ》などが例のように残り少なくお参りになった。管絃のことがあって、引出物や禄《ろく》などはこの上もない物である。大勢お集りになっているが、我も劣るまいとお振舞になっていられる中にも、少しでも君の準《なずら》えられる方さえもお見えにならないことであるよ。引離して見ると、優れた方の多くいらせられる頃であるが、御前《おまえ》に出ては圧倒されて引立たないことである。何の物数《ものかず》でもない下部《しもべ》などさえも、この院へ参るには、用意を格別にするのである。まして若い上達部などは、心に思うところがあって、そぞろに心ときめきをなされつつ何時《いつ》もの年とは異《ちが》っていた。花の香を誘う夕風がのどかに吹いているのに、御前《おまえ》の梅も次第に開いて来て、黄昏時《たそがれどき》になっているに、管絃のしらべどもが面白く、『此殿《このとの》』[29]を奏し出した拍子が、ひどく花やかである。大臣《おとど》も時々声をお添えになる、『さき草』[30]の終りの方が、ひどく懐かしく愛《め》でたく聞える。何事も、相手におなりになる光に引立てられて、色も音《ね》も増して来る差別《けじめ》が、格別にはっきりと分れることである。

このように騒がしい馬車《うまくるま》の音も、物を隔ててお聞きになっていられる御方々は、極楽の蓮《はちす》の中の世界[31]に住みながら、まだ花が開けずにいる心持はこうであろうかと、焦《じ》れたそうである。まして東の院[32]に、離れて住んでいらせられる御方々は、年月《としつき》と共に徒然《つれづれ》の数がまさって来るばかりであるが、『世の憂き目見えぬ山路』[33]だと思い準《なずら》えて、つれない君のお心は、何とお咎《とが》め申すことが出来ようか。その点を外《ほか》には心許ないさみしいことは、又無いので、勤行《ごんぎょう》の方へ向っている人[34]は、その為《ため》に心の散ることもなく勤めをし、仮名文字でのさまざまの学問に、心をお入れになる人[35]は、又その願いのままして、君の真実な行届いたお手当で、ただ心の願いのままにしているお住まいである。騒がしい日頃を過してお越しになった。

常陸の宮[36]の御方《おんかた》は、御身分があるので、君はお気の毒にお思いになって、人目をつくろうことだけのことは、ひどくよくお扱い申される。昔は盛りに見えた御若髪《わかがみ》も、年頃の中《うち》に衰えて来て、まして滝の澱《よど》[37]みも恥ずかしそうにまで白くなっている御横顔を、お可哀そうにお思いになるので、まともにはお向いにならない。柳色[38]はほんにお似合にならなかったと見えるのも、お召しになる方の人柄によるのであろう。艶《つや》もない黒い掻練《かいねり》の、さらさらするように張った一襲《ひとかさね》に、そうした袿《うちぎ》を着ていらっしゃるのが、ひどく寒そうでお気の毒である。襲の袿《うちぎ》は何《ど》うなされたのであろうか。御鼻の色[39]だけは、霞にもまぎれそうにもなく花やかなので、お心ならずも溜息《ためいき》をお吐《つ》きになって、態《わざ》と御几帳を引繕って隔てを附けになられる。女君の方は却ってそれ程にはお思いになっていず、今はこのように哀れに御辛抱強いのに安心して、打解けてお頼みになっていられる御様が哀れである。そうした御心立ての方も、大方の人のようではなく、お気の毒な悲しい御様だとお思いになるので、お可哀そうで、せめて私だけはと、お心をお留めになっていらせられるのも奇特なことである。女君はお声までもひどく寒そうに、ふるえつつお話を申される。君は見かねられて、「御衣《みぞ》などのことは、お世話を申す人がございますか。このような気やすいお住まいでは、ただもう打解けた様にして、著膨《きぶく》れて萎《な》えさせている方が宜《よろ》しいのです。表面《うわべ》だけをつくろった御装束はつまらないことです」と申されると、無骨にさすがにお笑いになって、「醍醐の阿闍梨《あざり》[40]の君の装束のお世話をしておりまして、衣《きぬ》が縫えなんだのでございます。裘《かわぎぬ》[41]までも取られてしまいました後は、寒うございます」と申されるのは、ひどく鼻の赤い御兄のことなのである。正直だとはいいながらも、余りに打解け過ぎたお話だとお思いになるが、此方《こなた》ではひどく真面目な率直な人になっていらっしゃる。「裘《かわぎぬ》はまことに結構です。山伏[42]の簑代《みのしろ》衣《ごろも》にお譲りになると相当でしょう。それはそうとこの惜しそうにもない白妙《しろたえ》の衣《きぬ》は、七重《ななえ》にも何だってお襲《かさ》ねになれないのでしょう。御入用《ごいりよう》な折には、忘れていますことは御注意下さいまし。もともとぼんやりしておりまして、うっかりしての手ぬかりがありますのに、まして色々な事に取紛れます拍子にも、自然そうしたことも」と仰しゃって、向いの院▼43の御倉《みくら》を開けさせて、絹や綾などをお上げになられる。殿は荒れた所はないが、お住まいにならない所様子は、静かで、御前《おまえ》の木立だけがひどく面白く、紅梅の咲き出している色など、見はやす人もないのをお見渡しになって、

ふる里の春の梢にたづね来て世の常ならぬ花を見るかな▼44

ひとり言に仰しゃったが、女君にはお聞き取りにならなかったことであろう。

空蟬の尼の所をも、お覗きになられた。事々しい様ではなく、ちまちまと部屋住みの形にして、仏だけによい場所をお上げ申して、勤行《ごんぎよう》につとめている様が哀れに見えて、経や仏の荘厳《しようごん》も、態《わざ》と簡単にしてある閼伽《あか》の道具なども、面白みがあり艶《なまめ》かしくして、やはり嗜《たしな》みがあると見える様子である。青鈍色《あおにびいろ》の几帳の、趣の面白いのに深く隠れていて、袖口だけが色の変っている▼45のも懐かしいので、君は涙ぐまれて、「『松がうら島』▼46は遠くから思いやって、諦めているべきことでした。昔からつらい御縁でした。流石《さすが》に此《こ》れ程の睦びは、絶えないものだったのですね」などと仰しゃる。尼君も、物哀れな様子で、「こうした方でお頼み申上げますのも、浅くはない御縁だと思い知られたことでございます」と申上げる。「何時も、度々《たびたび》私をお惑わしになったあの頃の罪を、仏に懺悔なさるのは、苦しいことです。お思い知りになりますか。誰でも私のようにこう実直ではないものだということを、お思い合せになることがないでもなかろうと思うことです」と仰しゃる。あの浅ましかった昔の事▼47を、お聞き置きになっていらっしゃるのだろうと極りが悪るくて、「こうした有様を御覧じ果てられますより外《ほか》の報《むくい》など、どこにございましょうか」といって、しんから泣いた。昔よりも、心が深く極り悪るく思うようなところが増《ま》さっていて、このように世離れた者のようにお思いになるのが、却って捨てて置き難くお思いになるが、果敢《はか》ないことをお云い懸けになるべきでもなく、つい一通りの昔今《むかしいま》の

お話などなされて、せめて此れ程の取りえでもおありになればよいにと、彼方《あちら》の宮の方をお見やりになる。このような風で、君の御保護に隠れている人々が多くあった。皆お覗きになって、「御無沙汰の日数《ひかず》の積ってゆく折々がありますが、心の中では怠《おこた》ってはいません。ただ『限りある道の別れ』だけが気がかりなことです。『命ぞ知らぬ』▼48ですから」と、懐かしく仰せになる。誰をも身分身分に相応させて、哀れにお思いになった。我はとお思いあがりになるべき御身分であるが、それ程事々しくはお振舞になられず、場所に相応させ、その身分に相応させつつ、遍《あまね》く懐かしくなされるので、ただそれ程のお志《こころざし》に縋《すが》って、多くの人々が月日を過していたことである。

今年は男踏歌《おとこどうか》▼49があった。内裏を初めとして朱雀院▼50へ参って、次《つ》ぎにこの院▼51へ参る。道のりが遠いので、夜明けになってしまった。月は曇りがなく澄みまさって、薄雪の少し降っている庭は云いようもないのに、殿上人なども、物の上手が多い頃で、笛の音もひどく面白く吹き立てて、この御前《おまえ》は殊《こと》に注意をした、御方々に見物に入らせられるように、予《かね》て御案内▼52がしてあったので、左右の対《たい》の屋、渡殿《わたどの》などに、お部屋を設《もう》けになっていらせられる。西の対の姫君は、寝殿の南の御方にお越しになって、此方《こなた》の姫君▼53に御対面があった。上も御一しょにお出《い》でになるので、御几帳だけを隔ててお話をなされる。踏歌は朱雀院の大后《おおきさい》の宮の御方など▼54を巡っていた中《うち》に、夜も次第に明けて行ったので、水《みず》駅《うまや》▼55で、簡単になさるべきであるのに、例となっている事の外《ほか》に、鄭重《ていちょう》なお振舞を添えて、ひどくおもてなしになる。光の凄《すご》い明方の月に、雪は次第に降り積んで来る。松風は木高《こだか》い所から吹きおろして、物凄くもなりそうな頃に、青色の萎《な》えた衣《きぬ》に、白襲《しらがさね》の色あいは、何の飾《かざり》が見えようか。挿頭《かざし》の綿▼56は匂いもない物であるが、場所柄のせいか面白くて、気が霽《は》れて、命も延びる程のものである。殿の中将の君▼57、内の大臣《おとど》の公達▼58は、大勢の中でも勝《すぐ》れていて、見よく花やかである。ほのぼのと明けてゆくと、雪が少し散って、そぞろに寒いのに、『竹河』▼59を謡《うた》って、身を開いた姿や、なつかしい声々は、絵にも書きとどめ難いのが残念である。御方々は、何方《どちら》も劣りのない袖口どもの、こぼれ出ているその多さ、その色合いなどは、曙の空に、春の花の漏れ出ている霞の中かとも見渡される。妙に気の霽《は》れ霽《ば》れする見物《みもの》であったことだ。しかしその物としては、高巾子《こうこじ》▼60の世間離れをした姿、寿詞《ことぶき》を申す騒がしさ、冗談めいたことを勿体《もったい》らしく取做《とりな》してするなど、何という程の面白そうな拍子も聞えないものであるが、例のように踏歌《とうか》の人々は、禄の綿を被《かず》いで退出した。夜が明けきったので、御方々もお帰りになられた。大臣《おとど》の君は、少し御寝《ぎょしん》になって、日が高くなってお起きになられた。「中将の声が、弁の少将▼61にも何《ど》うやら負けないようなのは、不思議にも物の上手の出て来るこの頃です。昔の人は、実用の才の方では勝れた人も多かったことでしょう、情の方では、此頃《このごろ》の人には勝れなかったことでしょう。中将などは、しっかりした公人《おおやけびと》に仕立て上げようと思っていました。私の好色《す》きがましい方へ偏《かたよ》っていることは、するなと思っていましたが、やはり内々には少しは好色《す》きところも持っているべきことです。落着《おちつ》いた、しっかりしている表面《うわべ》だけでは、厭《い》やなものでしょう」と仰しゃって、ひどく可愛ゆいとお思いになった。『万寿楽《ばんずらく》』▼62をお口ずさみになって、「方々が此方《こちら》へお集りになっている序《ついで》に、何《ど》うか物の音を催して見たいものですね。私《わたくし》の後宴《ごえん》▼63をしましょう」と仰しゃって、御琴どもの、立派な袋へ入れてお秘《ひ》めになっていた物を、みんなお取出しになって、お拭《ぬぐ》いになって、弛《ゆる》んでいる緒を整えなどなさる。御方々は御用意をいたくしつつ、心ときめきを限《かぎり》なくされることであろう。

▼1 源氏三十六歳。
▼2 紫上はじめ、源氏の愛人達。
▼3 紫上の御殿。
▼4 明石姫君。
▼5 元日に、猪、鹿、押鮎、大根、瓜などを食べて、歯を丈夫にし、長寿するように祝う。

▼6　「近江のや鏡の山を立てたればかねてぞ見ゆる君が千とせは」「万代を松にぞ君を祝いつる千歳のかげにすまむと思へば」（古今集）という歌をうたって祝う。
▼7　「須磨」の巻に出た女房。
▼8　前註の「近江のや」の歌の詞をとる。
▼9　影の意。
▼10　薄氷の解けた池の、鏡のようになっている水には、世に類いもないめでたい姿が、並んで映っていることであるよ。「薄氷とけぬる」は、新春となった意。「鏡」は、池の譬喩（ひゆ）に、「鏡餅」をからませたもの。「世に」は、夫婦仲の意の「世」を絡ませてある。一首、御自分達をお祝いになったもの。
▼11　曇りもない、この池の鏡には、万年も澄んでいるべきお姿が、はっきりと映って見えていることでございますよ。池を「鏡」とし、「くもりなき」、「澄むべき」と対照して絡ませて、「澄む」に「住む」即ち夫婦同棲の意を絡ませたもの。君の目出度さをいったもの。
▼12　明石上の御殿。
▼13　竹で編んだ籠の、末を編み残してあるもの。
▼14　重箱のようなもの。檜でつくる。
▼15　この年月、御生長を、この松のように待つのに引かれて経て来ている古馴染の者に、今日はこの鶯のように、年の始の初音を聞かせて下さいまし。「松」に「待つ」を、「経る」に「古」を懸けてある。「古人」は古馴染で、即ち御母明石の上。「鶯」は、姫君の譬。
▼16　「今日だにも初音きかせよ鶯のおとせぬ里は住む甲斐もなし」（河海抄）
▼17　縁起の悪い言葉は、正月のめでたい日には慎しむ。ここは、紫の上の、嫉妬よりの言葉を云ったもの。
▼18　そこから別れて、年は経て来ましたけれども、鶯は、巣立ちをした松の、その元の根を忘れましょうか、忘れはしません。「根」は、元で、生みの親で、又「鶯」の縁語。
▼19　花散里の御殿。
▼20　玉鬘の御殿。

▼21　「玉鬘」の巻に、山吹色の衣が似合うと贈ったこと。
▼22　紫上の御殿。
▼23　明石姫君。
▼24　香の名。
▼25　珍らしいことよ、花を塒に、枝移りして遊んでいて、谷の古巣を忘れずに訪（おとな）ったところの鶯は。「鶯」は、姫君。「花の塒」は、紫の上。「谷の古巣」は、自分。
▼26　引歌未詳。
▼27　「梅の花咲ける岡べに家しあればともしくもあらず鶯の声」（古今六帖）
▼28　正月の二日、又は三日の日は、摂関大臣の家では、年賀の客をもてなすのをいう。
▼29　「この殿は、うべも富みけり、さき草の、あはれさき草の花、さき草の、三つ葉四つ葉に、殿造りせりや、殿造りせりや」。催馬楽「此殿」
▼30　前の催馬楽の「さき草の三つ葉四つ葉」という、終りの部分。
▼31　極楽往生をしても、下品（げぼん）の中生（ちゅうしょう）下生（げしょう）の人々は、未開の蓮の花の中にいて、仏を見ること、仏の説法を聴くこと、仏を供養することが出来ないとされている。
▼32　この六条院からは離れている二条の東院。
▼33　「世のうき目見えぬ山路に入らむには思ふ人こそほだしなりけれ」（古今集）
▼34　空蟬のこと。尼になっている。
▼35　末摘花のこと。
▼36　末摘花の御殿。
▼37　「落ちたぎつ滝のみな上年つもり老いにけらしな黒き筋なし」（古今集）による。白髪になったことをいう。
▼38　「玉鬘」の巻にいず。末摘花に贈った衣の色。
▼39　先端が紅の色である。「末摘花」の巻に出ず。

▼40　末摘花の兄。
▼41　末摘花が裘を着ていたことは「末摘花」の巻に出ず。
▼42　醍醐の阿闍梨のことをいっている。
▼43　二条院。
▼44　以前住んでいた所の、春の木の梢をなつかしんで尋ねて来て、世の常のものではない珍らしい花を見ることであるよ。「花」に、「鼻」を絡ませたもので、それが主となっているもの。
▼45　君より贈られたくちなし色の衣。
▼46　「音にきく松がうら島今日ぞ見るむべも心ある海人（あま）は住みけり」（後撰集）による。「松がうら」は松島湾をいう。尼を奥ゆかしく思う心から云っているもの。
▼47　継子の紀伊守に思いをよせられたため、尼になった事情。「関屋」の巻に出ず。
▼48　「ながらへむ命も知らぬ忘れじと思ふ心は身に添はりつつ」（信明集）
▼49　隔年に行われる儀式で、正月十四日、四位以下の宮人が揃って、内裏以下の御邸を廻って、催馬楽を謡って舞踊をする式。既出（「末摘花」註63）。
▼50　上皇。源氏の君の御兄君。
▼51　六条院。
▼52　玉鬘。
▼53　明石姫君。
▼54　弘徽殿大后。朱雀院の御生母。
▼55　踏歌の人々に、酒と湯漬ばかりをもてなすのをいう。飯駅（いいうまや）というのは饗膳を用いた鄭重なもの。こちらは簡略のもので、それが先例となっていたのである。
▼56　踏歌の人々の冠は、綿の造花をつけている。
▼57　夕霧。
▼58　昔の頭の中将の子息達。柏木その他。

▼59 「竹河の橋のつめなるや、橋のつめなるや、花園に、はれ、花園に、我をばはなてや、我をばはなてや、めざしたぐへて」。催馬楽「竹河」

▼60 冠の後部に高く立っているもの。この中に髻（まげ）を入れる。踏歌の舞人は、この巾子の高い冠をかぶる。

▼61 内大臣の子息。前出。

▼62 踏歌の人々の歌う、八句の詩。漢音のままうたって、一句の終り毎に万寿楽と唱える。

▼63 踏歌のあとで、二三月頃、宮中では後宴が催されるのに対して、個人的の後宴という意で、女楽（じょがく）を催すこと。

胡蝶

三月の二十日余りの頃、春の御殿《ごてん》[1]の御前《おまえ》の有様は、例年よりも格別に好く咲き匂っている花の色や、鳥の声で、余所《よそ》の里ではまだ盛りが過ぎぬのだろうかと、珍らしく見え聞《きこ》えもする。山の木立、中島の辺り、色が増して来ている苔《こけ》の様子など、若い女房達は遠く見て、もどかしく思っているようなので、大臣《おとど》は唐風《からふう》の船をお造らせになっていたのを、急いで飾附《かざりつ》けをおさせになり、池に下し始めをなさる日には、雅楽寮の楽人を召して、船の楽《がく》をおさせになる。皇子《みこ》達上達部《かんだちめ》など、大勢お参りになられた。中宮[2]はその頃は里にいらせられる。上は、あの『春待つ園は』[3]と、お挑《いど》みになって仰せになられた御返歌は此《こ》の頃になさるべきであろうかとお思いになり、大臣《おとど》の君[4]も、何《ど》うぞ此の桜の折を、御覧に入れたいとお思いになって仰《おっ》しゃるが、中宮には、序《ついで》もなくて軽々しくお越しになり、花をお翫《もてあそ》びになられるべきではないので、年若い女房達の、物愛《ものめ》でをしそうな者を船にお乗せになって、南の御殿の池[5]は、此方《こちら》のと一続きにお堀らせになっていて、小さい山を隔《へだ》ての関にしてあるが、その山の崎を漕いでめぐって、東の御殿の釣殿《つりどの》[6]に、此方《こなた》の若い女房達をお集めになられる。龍頭鷁首《りゅうどうげきしゅ》[7]の船を、唐風《からふう》の装《よそ》おいに、ことごとしく飾り立て、梶を取り棹をさす童《わらわべ》も、すべて角髪《みずら》に結《ゆ》って、唐風にさせて、そうした大きな池の中に漕ぎ出たので、本当の知らない国へ来たような気持がして、哀れに面白く見習わない女房達は思う。中島の入江の岩蔭に船を漕ぎ寄せて見ると、ちょっとした石の様

子も、ただ絵に描《か》いたもののようである。此方彼方《こちらそちら》の霞《かす》み合っている梢どもは、錦を引渡しているのに、御前の方は遥々《はるばる》と見やられて、色の濃くなって来た柳が枝を垂らし、桜も云いようもない色を散らしている。余所《よそ》では盛りを過ぎている桜も、今を盛りと微笑《ほほえ》んで、廊をめぐっている藤の色も、色濃く開いて行っていた。まして池の水に影を映している山吹は、岸から咲きこぼれて云いようもない盛りである。水鳥どもは番《つが》い離れずに遊びつつ、細い枝を咬《くわ》えて飛びちがっている鴛鴦《おし》の、漣《さざなみ》の織っている綾の上に紋をまじえているなど絵模様にも描き取りたいので、まことに斧の柄《え》も朽ちてしまいそう▼8に思いつつ、日を暮らす。

風吹けば浪の花さへ色見えてこや名に立てる山吹の崎▼9

春の池や井手《ゐで》の河瀬に通ふらむ岸の山吹底もにほへる▼10

亀の上の山も尋ねじ船の中に老いせぬ名をばこゝに残さむ▼11

春の日のうらゝにさして行く船は棹の雫《しずく》も花ぞ散りける▼12

などいうような果敢《はか》ないことを、思い思いに云いかわしつつ、行くべき所も、帰るべき我が家も忘れてしまいそうに、若い女房達の心を遣《や》っているのは、尤《もっと》もに思われる水の面《おもて》である。暮れかかる頃に、皇麞《おうじょう》▼13という楽《がく》が面白く聞えて来るので、心ならずも、釣殿に漕ぎ寄せられて船から下りた。この釣殿▼14の造り様は、ひどく簡素な様《さま》で、艶《なまめ》かしいのに、御方々の若い女房達は、此方《こちら》も負けまいと心を尽した装束や容貌《かたち》は、花をこき混ぜた錦にも劣らずに見渡される。世に聞き馴《な》れない珍《めず》らしい楽どもをお奏《かな》で申す。舞人《まいびと》なども注意してお択《えら》びになって、見る人のお心のゆくような、手の限りを尽させられる。

夜になって来ると、ひどく飽き足りない気がして、御前《おまえ》の庭に篝火《かがりび》をともして、御階《みはし》の下の苔の上に、楽人を召して、上達部皇子達《かんだちめみこ》も、皆それぞれに弾き物吹き物をなされる。物の師▼15は殊《こと》に勝《すぐ》れた者ばかりで、双調《そうじょう》▼16を吹き立てると、殿上にそれを待ち取っての御琴どもの調べを、ひどく花《はな》やかに弾き立てて、『あな尊《とうと》』[17]をお遊びになる間、生き甲斐のあることであると、何の弁《わきま》えもない下賤の者までも、御門《ごもん》の辺りの、隙間もない馬車《うまぐるま》の立ち場所にまじって、にこにこと笑んで聞いていた。空の色物の音も、春の調べ響《ひびき》はまことに格別に優《まさ》ったものであった差別《けじめ》を、人々は弁別されることであろう。終夜お遊び明かしになる。反声《かえりごえ》[18]に移ると、喜春楽《きしゅんらく》[19]が添って来て、兵部卿宮[20]は『青柳』[21]を繰返して面白くお謡《うた》いになる。主人《あるじ》の大臣《おとど》もお声をお加えになる。夜も明けた。朝ぼらけの鳥の囀《さえず》りを、中宮は物を隔てて、羨《うらや》ましくもお聞きになられた。いつも春の光を籠めていられる大殿ではあるが、心を寄せる種の、他にはないのを、慊《あきた》らぬことにお思いになる人々もあったのに、西の対にいられる姫[22]君の、難を打つべきところもないお有様や、大臣《おとど》の君も、特に大切に思召《おぼしめ》していらっしゃる御様子などが、皆世間に聞えて来て、大臣《おとど》の御予想どおりに、心をお動かしになる人が多いようである。自分はそれに相当する者だとの自負している身分の人は、縁につけつつ心ある素振《そぶり》も見せ、口に出してお云いになることもあったが、云い出すことも出来ない心中の思いに胸を焦《こが》しそうな、若い君達《きんだち》などもあることだろう。その中《うち》に、事の真相を知らずに、内の大殿《おおいどの》[23]の中将[24]などは好いているようである。兵部卿宮もまた、年頃おありになった北の方がお亡くなりになられて、此の三年ほど、独住《ひとりず》みで佗《わ》びしくされていたので、おおっぴらに今はその御様子をお見せになる。今朝もそれはひどく空酔《そらよい》をして、藤の花を挿頭《かざし》にして、思いありげに焦《じ》れていられる御様がひどく可笑《おか》しい。大臣《おとど》も、予想したことが叶ったとお心の中《うち》にはお思いになるが、強いて知らず顔を作っていらせられる。大臣《おとど》から御土器《おんかわらけ》[25]が廻《まわ》って来ると、宮はひどくお困りになられて、「心に思うことがございませんでしたら逃げ去りましょう。何《ど》うにも戴《いただ》きされませんよ」と受けかねていらせられる。

紫の故に心を占《し》めたればふちに身投げむ名やは惜しけき[26]

といって、大臣《おとど》の君に、『同じ挿頭《かざし》[27]を』といって、御土器《おんかわらけ》をお勧めになられる。大臣《おとど》は深々とお微《ほほ》笑《えみ》になって、

ふちに身を投げつべしやとこの春は花のあたりを立ち去らで見よ▼28

と、強いてお留《と》めになるので、宮はお立ちになりかねて、今朝の御遊びは、ましてまことに面白い。

今日は中宮の季《き》の御《み》読経《ときょう》▼29の最初の日なのである。そのまま退出をなさらずに、それぞれ休息所へお入りになって、昼の御装束にお着かえになる人々も多くある。差支《さしつかえ》のある人は退出もなされる。午《うま》の刻《とき》頃には皆其方《そちら》にお参りになられる。大臣《おとど》の君を始めとして、皆座にお揃いになる。殿上人も残りなく参る。大体は大臣《おとど》の御勢いで執《と》り行わせられることで、尊くも厳《いか》めしい御有様である。春の上▼30のお志《こころざし》として、仏に花を奉らせられる。お使《つかい》は、鳥と蝶とに装束を仕分けた童《わらべ》八人で、器量のよい者を特にお揃えになって、鳥の方には、銀《しろがね》の花瓶《はながめ》に桜を挿《さ》し、蝶の方には、黄金《こがね》の花瓶《はながめ》に山吹を挿してあるが、同じような花でも、房の立派な、又とない色をお尽しになった物である。南の御殿の山際から船を漕ぎ出して、其方《そちら》の御前《おまえ》に出る間、風が吹いて、瓶の桜が少し散りこぼれる。まことに麗《うらら》かに晴れていて、霞の間からその船の出て来たのは、まことにあわれに艶《なまめ》いて見える。態《わざ》と平張《ひらばり》▼31なども此方《こちら》へは移されず、御前《おまえ》に続いている廊を、楽屋の様《さま》にして、仮に床几《しょうぎ》▼32をお取寄せになって楽人《がくじん》を坐《すわ》らせた。童《わらわべ》どもは御階《みはし》の下《もと》に寄って、花を差上げる。行香《ぎょうこう》▼33の人々が取次いで、閼伽《あか》▼34の側へお添えになる。御消息《おたより》は、殿の中将の君▼35をお使として申させられた。

花園の胡蝶をさへや下草に秋まつ虫は疎《うと》く見るらむ▼36

中宮は、これはあの紅葉の歌の御返事なのであるとお思いになって、ほほ笑んで御覧になる。昨日の女房達も、ほんに春の色はお貶《おと》しめになるべきではありませんでした、と、花に我《が》を折りつつ申上《もうしあ》げ合った。鶯《うぐいす》のうららかな音《ね》に伴って、鳥の楽《がく》▼37がはなやかに聞きつづけられて、池の水鳥も何所《どこ》にということもなく囀《さえず》っているのに、楽の音が急な調子に変って行ったなど、飽かず面白い。胡蝶はまして、果敢《はか》ない様に飛びちがって、山吹の笆垣《ませがき》の下《もと》の、咲きこぼれている花の蔭《かげ》へ舞い入って行く。中宮《ちゅうぐうの》亮《すけ》▼38を始めとして、然《しか》るべき殿上人達が、禄《ろく》を取次いで、童《わらわべ》に賜《たま》わる。鳥の童《わらわべ》には桜の細長《ほそなが》、蝶には山吹襲《がさね》を賜わる。予《かね》てから取揃えてあったがようである。物の師共には、白絹の一襲《かさね》、巻絹《まきぎぬ》など、次ぎ次《つ》ぎに賜わる。中将の君には、藤の細長を添えて、女の装束をお被《かず》けになる。中宮よりの御返事は、

「昨日はお羨《うらやま》しさに『音《ね》に泣きぬべく』▼39でございまして」

こてふにも誘はれなまし心ありて八《や》重《へ》山吹《やまぶき》を隔てざりせば▼40

とあったことである。勝《すぐ》れてお巧者でいらせられる御方々▼41も、こうした事はお出来にならぬものであったろうか、思う程には見えない御口つきのようである。ほんに、あの見物に参った女房達の中《うち》の、中宮の人々には、すべて趣《おもむき》のある贈物をなされた。このようなことを委《くわ》しくいうのはうるさいことである。明け暮れにつけても、このようなかりそめの御遊びが繁くあって、お気を晴らしてお過しになるので、お仕え申す女房達も自然、何の心配もない気持がして、此方彼方《こなたかなた》ものを云いかわしていられる。

西の対の姫君▼42は、あの踏歌《とうか》の折の御対面の後は、此方《こなた》▼43へもお便りを申しかわしになっていられる。奥底の御用意は、浅いか何《ど》うかは知らず、御様子はまことに気働きがあり、懐しいお心持の方と見えて、気をお置き申さなくともよい様《さま》なので、何方《どなた》も皆心をお寄せなされた。懸想して言い寄られる人が、ひどく大勢あられる。しかし、大臣《おとど》は好い加減にはお思い定めにはなるべくもなく、御自身のお心としても、しゃんとして親がってだけはいきれそうもないお心が添っているのでもあろうか、父大臣《おとど》にもこの事情を打明けてしまおうかと、お思い寄りになる折々もあった。殿の中将▼44は、少し親しくして御簾《みす》の下《もと》などにも寄って物を申し、姫君も、御返事を自身申されなどするのを、恥ずかしくお思いになるが、然るべき御間柄のことと女房達もお知り申しているので、中将は実直で懸想などは思いも寄らない。内の大殿《おおいどの》の君達《きんだち》は、この中将に引かれて、さまざまに懸想の素振りを見せて悩んでいるのを、姫君はその上でのあわれからではなく、内心心苦しく思っていらせられる。それにつけて

も、真実の親▼45にそれと知っていただきたいものだと、内々心に懸けてはいらっしゃるが、そうとも口に出しては申上げず、偏《ひとえ》に大臣《おとど》の君に打解けてお頼み申しているお心懸《こころがけ》など、愛らしく幼げである。似ているというではないが、やはり母君の御様子に、ひどく好く似ているような気がして、此方《こちら》は才気のあるらしい所が添っている。

衣更《ころもがえ》▼46で様子が目新しくなっている頃、空の様子までが、妙に何所《どこ》ということもなく面白いのに、大臣《おとど》は長閑《のどか》にいらせられるので、様々のお遊びをして過していらっしゃると、対の姫君▼47の許《もと》に、人々の御文《おんふみ》の繁くなって来るのを、思っていた通りだと面白くお思いになって、ともするとお越しになりつつ御覧になり、然るべき人には御返事をするようにとおそのかしなどなさるのを、姫君は打解けずに、苦しいことにお思いになっていた。大臣《おとど》は兵部卿宮▼48の、言寄りはじめて程もないのに、熬《じ》れているらしい恨み言を、書き集めていらせられる御文をお見附けになって、静《しずか》にお笑いになる。「以前から隔てがなく、大勢の皇子達《みこたち》▼49の御中《うち》で、この宮を、お互《たがい》に取り別《わ》けて思って来ましたのに、ただこうした方面のことだけを、ひどく隔てを附けて来ましたのに、お年を召してにこのような好色《すき》のお心持を見るのは、面白くも哀れにも思われることですよ。やはり御返事はお上げなさいまし。少しでも物の解る女なら、あの宮より外《ほか》には、又文を取りかわせるような方が、又とあろうとは思われません。ほんとに様子の好い御様ですよ」と、若い女は気を引かれそうにお聞かせになるが、姫君は慎ましくばかり思っていらっしゃる。右大将▼50は、ひどく実体《じってい》な物々しい様子をしている人であるのに、『恋の山には孔子《くじ》の倒れ▼51』というに倣《なら》ったような様子で嘆いていられるのも、そうした意味で面白くお思いになって皆見較《みくら》べて行かれる中《うち》に、唐《から》の縹色《はなだいろ》の紙の、ひどく懐かしくも香《こう》の深く染みとおって匂っているのを、ひどく細く小さく結んだのがある。「これは何《ど》ういう訳で、こんなに結んだままなのですか」といって、お披《ひろ》げになった。手蹟はまことに面白くて、

思ふとも君は知らじな湧き返り巌《いは》漏る水に色し見えねば▼52

書き方も当世風でしゃれている。「これは何《ど》うしたのです」とお尋ねになるが、姫君は渉々《はかばか》しくは仰しゃらない。右近をお召出しになって、「このようにおよこしになる人は、人選《ひとえり》をして御返事をおさせなさいよ。好色《すき》な遊び気分の、当世風の男が、不都合なことをしでかしなどするのは、男だけの咎《とが》とも限らないことです。自分の経験で思って見ても、まあ情のない、恨めしいと思うと、その折にこそ、無分別になるのでしょうか。又案外に思いあがっていると思われる者には、このように際立ったことをとも思ったものです。特に深い心からではなく、花や蝶につけての消息《たより》は、素気《すげ》なく扱われますと、却《かえ》って心の高まって来る場合もあります。又それ切りで忘れてしまったのは、何の咎がありましょうか。物の序《ついで》というほどのちょっとした便りに、早速受け答《こたえ》をするのは、そうすべきではなかったことで、後の非難となるべきことです。総じて女が慎しみがなく、思うままに、ものの哀れも知り顔をし、物の趣《おもむき》も見知ったようなのが、その結果は、つまらないことになるようですが、宮や大将は、大体いい加減なことを仰しゃり出す訳もなく、又余り物の程を知らないようなのも、あなたのお有様に似合わしくないことです。この身分より下の人には、心持の動き次第で、哀れもお分けになり、苦労も考えておやりなさい」などお聞かせなさると、姫君は顔を背けてお出《い》でになる、その横顔がひどく可愛らしい。撫子《なでしこ》[53]の細長に、此頃の[54]花の色をした小袿《こうちぎ》を襲《かさ》ねていられるのが、色の取合せに親しみがあり当世風で、身のこなしなども、何といっても、田舎《いなか》びた名残でありのままに鷹揚にばかり見えていたのであったのが、人の有様をお見知りになるにつれて、ひどくに様がよく物柔らかになって、化粧なども注意してお施しになるので、一段と申分《もうしぶん》なくなられて、華やかでお美しい。余所《よそ》の者に見做《みな》すのは、まことに残念なことだろうと大臣《おとど》はお思いになる。右近も笑みながらお見上げ申して、親と申上げるには、似合わしくなくお若く入らせられるようである、御夫婦としてお並びになった方が、御間柄が愛《め》でたいことである、と思っていた。右近は、「決して余所《よそ》からの御消息《おたより》などは、お取次はいたしません。前々も御存じになり御覧になられました三つ四つは、直様突返《すぐさまつきかえ》しして恥をおかかせするのもいかがと存じまして、御文だけはお受取りいたしましたが、御返事は、特別にお言附《ことづけ》あそばします折ばかりでございます。それさえも、苦しいことに思召してです」と申上げる。「それはそうと、この若々しく、結んだままなのは誰ののですか。ひどく好く書いている様子ですよ」と、ほほ笑んで御覧になるので、「それは、しつこく使の者が置いて行ったものでございます。内の大殿《おおいどの》の中将▼55が、此方《こちら》にお仕えしています見子《みるこ》▼56を、以前から見知っていらっしゃいまして取次がせたのでございます。外《ほか》にはお取次ぎする人がございませんでしたので」と申上げると、「まことに気の毒なことですね。下臈《げろう》だとはいっても、あの人達を何《ど》うしてそうひどく恥じしめられようか。公卿といっても、あの人の覚えに必ずしも立ち並べない人が多いのです。あちらの御子《おこ》の中でも、まことに落着《おちつ》いている人です。自然お思い合せになる時もあることです▼57。はっきりはさせないで言い紛らして置きましょう。見事な文の書き方ですよ」と仰しゃって、直《す》ぐにはお置きにならない。

「このように何やかやと申すのも、お思いになっていられることもあろうかと疚《やま》しいのですが、あの大臣《おとど》▼58に知っていただこうとなされる事は、まだ此のように若々しくて、何というきまりも附かない身で、永い年月を離れてお過しになっている御中《おんなか》へ差出て行かれることは何《ど》んなものだろうかと、思案がされるのです。やはり世間並の人のするように、身のきまりの附いた上で、人並みにして、然るべき機会もあろうと思いますが、宮▼59は独りでいらっしゃるようですが、御人柄は至って阿娜《あだ》めいて、お通いになる所も多くあるという評判で、召人《めしうど》とかいって、厭《い》やな名のりをする人も、数々あるという評判です。そういう事は、厭《い》やな風をせずに大目に見てゆける人だと、ひどくよく穏やかに見過して行けましょう。少しでも心に癖のある人だと、相手に飽かれるような事が、自然起って来る訳ですから、その辺の御注意がなくてはなりますまい。大将▼60の方は、永年《ながねん》添っていた方が、ひどく年を取り過ぎたのを嫌いがてらに、捜しているのですが、それも側《はた》の人々が好くは思っていないのです。さもあるべき事なので、いろいろと人知れず思案が附けかねているのです。こうした方のことは、親などにも、あらわには、自分の思うことだと云って話しにくいものですが、それ程のお年齢《とし》ではありません、今は何で何事も、お心にはお解りになっていないことがありましょうか。私を、昔の様《さま》に擬《なぞ》らえて、母君とお思い做しなさい。お気に入らない事をするのは心苦しいので」など、ひどく親身《しんみ》に申されるので、姫君は苦しくて御返事を申そうともお思いになれない。ひどく子供ぽいのも工合《ぐあい》が悪《わ》るい気がして、「何の見さかいも附きませぬ頃から、親などは見られないものにいたし馴れまして、何《ど》うもこうもお思い申せませんのです」と、申される様がひどくおっとりしているので、大臣《おとど》は、ほんにとお思いになって、「それでは世の譬《たとい》のように、『後《のち》の親』▼61を親だと思って、疎《おろ》そかでない私の志の程も、見届け切ってくれますか」など、お話になられる。心にお思いになっていることは気恥ずかしいので、口にお出しになれない。その気ぶりのある言葉は、おりおりお混ぜになるが気の附かない様なので、そぞろに吐《つ》いてお越しになる。御前《おまえ》近い呉竹の、ひどく若々しく伸び立って、打靡《うちなび》いているさまが懐かしいので、大臣《おとど》はお立ちどまりになって、

笆《ませ》のうちに根深く植ゑし竹の子のおのがよゝにや生《お》ひ別るべき▼62

「思えば怨《うら》めしい次第です」と、御簾《みす》を引き上げてお聞せになると、姫君は居ざり出して、

今更《いまさら》にいかならむ世か若竹の生ひはじめけむ根をば尋ねむ▼63

「却って困ることになりましょう」と申上げるのを、大臣《おとど》はひどく可哀そうにお思いになった。しかし姫君は、心の中にはそうは思ってはいない。何《ど》ういう折に実父に申上げようかと、心もとなく哀れであるが、この大臣《おとど》のお心持はまことに稀《ま》れなものであるのに、親とは申しても、最初からお見馴れ下さらない方は、このように心深くは出来ないものではないかと、昔物語を読むにつけても、次第に人の有様、世の中の状態などをお知りになったので、ひどく気が引けて、此方《こちら》から名宣《なの》って出るということは出来ないことのようにお思いになる。殿は、姫君を一段と可愛《かわ》ゆくお思いなされて、▼64上にもお話し申される。「妙に懐かしい有様の人ですよ。あの昔の人▼65は、余りにも慎《つつまし》過ぎた人でした。この

君は物の有様も解るようで、人なつこい所があって、心許なさのない人に見えますよ」などお褒めになる。上は、一とおりの関係だけでお止めになりそうもないお心癖を見知っていらせられるので、それとお察しになって、「物のお解りになる方のようでいらっしゃいますのに、御腹蔵なく打解けて、お頼み申されるというのはお気の毒なことです」と仰しゃるので、「何で頼もしげがないなんてことがあるものですか」と仰しゃるので、「さあ、私の身にして見ましても、又怺《こら》えにくい、嘆かわしい折々もございましたお心様が、思い出されます節々《ふしぶし》がなくはありませんもの▼66」と、ほほ笑んで申されると、まあ感の早いことと大臣《おとど》はお思いになって、「ばかな事をお思い寄りになりますね。それだったら、まるきり見知らずにいるということはないでしょう」と仰しゃって、面倒なので、云いさしになさって、心の中では、上がこのように推し量られるにつけても、何《ど》のようになるだろうかとお思い乱れになり、且《か》つは若々しい怪《け》しからぬ御自分のお心の程も、お思い知りになった。

姫君のことがお心に懸っているままに、屢々《しばしば》お越しになられつつお逢いになられる。雨の降り続いていた名残で、ひどくしめやかな夕方、御前《おまえ》の若楓《わかかえで》や柏木などの青々と茂っているのが、何ということもなく気持のよい空を御見やりになられて、大臣《おとど》は『和して且《また》清し▼67』とお誦《ず》しになり、先《ま》ずあの姫君の御様の匂やかなのをお思い出しになられて、例《いつも》のように忍んでお越しになった。姫君は手習などをして打解けていられたが、お起き上りになって、羞《は》じらっていらっしゃるお顔の色合いが、ひどく可愛ゆい。物柔らかな身のこなしに、不図《ふと》昔の人の思い出されるにつけても、大臣《おとど》は怺え難くなって、「お逢いした時には、ひどくそれ程までに似てもいらっしゃるとは思いませんでしたが、不思議にもまるでそっくりだと間違えられることが折々あるのです。哀れなことですよ。中将▼68が、少しも、昔の人の面影《おもかげ》が見えない習いに、それ程には似ないものだと思っていましたのに、こうした人もいらっしゃるのですね」と、涙ぐまれた。筥《はこ》の蓋に入っている御果物《くだもの》の中に、橘のあるのを手まさぐりになされて、

橘のかをりし袖によそふれば変れる身とも思ほえぬかな▼69

「いつも心に懸っていて忘れられないので、慰むこともなくて過して来ました年頃なのに、このようにお目に懸るのは、夢でないかとばかり気が思い做《な》されまして、やはり怺え切れそうもなくなるのです。嫌って下さいますなよ」といって、お手をお捉えになると、女君はそのようにはお馴れにならなかったので、ひどく厭《いや》な気がなさるが、鷹揚な様で、

袖の香をよそふるからに橘のみさへ果敢《はか》なくなりもこそすれ▼70

気味悪るく思って俯伏《うつぶ》しになっていられる様が、ひどく懐かしく、手つきの円々《まるまる》と肥えていられるところ、体つき肌つきのきめ細かに美しいところなど、却って物思いが増す気がなされて、今日は少し思っていることをお聞かせになられたことであった。女君は辛く、何《ど》うしたらよかろうかと思って、慄《ふる》えている様子が明らかなので、大臣《おとど》は、「何だってそのように厭《い》やだとお思いになるのですか。ひどくよく隠していて、人に咎《とが》められそうにはしない心持なのですよ。さりげないようにして思い合って下さいよ。浅くはお思い申さない志に、又志が添うことですから、世に類《たぐ》いのなさそうな気がしますので、あのお便りをする人達に較べて、さげすむべきでしょうか。ほんにこれ程深い心のある者は世に得難いことですから、不安心にばかり思えるので」と仰しゃる。ひどく行き過ぎた親心というべきであるよ。雨は止《や》んで、風が竹に鳴っているのに、花やかにさして来る月の光など、面白い夜の様もしめやかなので、女房達は物静かなお物語に御遠慮を申して、お近くは侍《さぶら》っていない。ふだんお逢いになっている御中ではあるが、このような好い折は得難いので、大臣《おとど》は口にお出しになった序《ついで》の御はずみ心でもあろうか、女君の懐かしい程の御様子である薄い御衣《みぞ》を、ひどく手際よくごまかして脱ぎすべらせて、側近く横におなりになるので、女君はひどく辛く、女房の思わくも変で、云いようもない気がなさる。真実の親のお側にいるのであったら、疎《おろ》そかにお見棄《みす》てになろうとも、こうした様の辛いことはなかろうと悲しいので、怺えようとはするが涙がこぼれつつ、ひどく心苦しい御様子な

ので大臣《おとど》は、「そのようにお思いになるのは辛いことです。関係のない知らない人にさえも、世の中の道理で、皆の許している事ですのに、長い間の睦《むつま》しさからこれ程のことを御覧になったからとて、何で嫌うことがあるものですか。これ以上の無理なことは、決してお見せしますまい。何《ど》うにも怺えきれなくなった心を、慰めるのですよ」と、しみじみと懐かしくお聞せすることが多くあった。ふだんにも増して、このようにしている時の様子は、全く昔の人のような気がして、云いようもなくあわれである。我がお心ながらも、だしぬけな気まぐれなこととお思いになるので、ひどくよくお思い返しになりつつ、女房も変に思いそうなので、いたくは夜を更《ふ》かさずにお出になられた。「お嫌いになられたら、ひどく辛いことでしょう。余所《よそ》の人は、このように手ぬるい物ではありませんよ。限りない、底の知れない心持でいますので人に咎められるようなことは決してしますまい。ただ昔恋しい慰めに、はかない事も申しましょう。同じお心持で相手をして下さい」とひどくしみじみと申されるが、女君はぼんやりした様をして、一段とつらくお思いになっているので、「ひどくそれ程までだとはお見上げしないお心持ですのに、このうえもないお憎しみのようですね」と、お歎きになって、「ゆめゆめ気取《けど》られないように」といってお出になった。君は、年こそはその頃を過ぎた程[71]ではあるが、男女間のことを知らないという中にも、少し情馴《よな》れた人の有様をさえも御存じないので、これよりも身近な交渉などはお思寄りにもなれない。思いの外《ほか》のことのある世の中ではあると、嘆かわしいので、ひどく気分が悪かったので、女房達は、御気分が悩ましそうにお見えになると、お騒ぎ申す。「殿の御様子はお行届きになって、有難《ありがた》くいらっしゃいますことですよ。真実の御親と申しましても、決してこれほどお行届きにならないことのないお扱いはなさいますまい」など、兵部[72]などがそっと申上げるにつけても、一段と案外な、気まずいお心の有様を、疎ましいものに思い詰められるにつけても、我身の上が辛いことであった。

翌朝御文が早くあった。姫君は悩ましがって臥していらしたが、女房達は御硯《おすずり》を差上げて、御返事を早くと申上げるので、しぶしぶに御覧になる。白い紙の、表面は尋常で、さっぱりしたのに、まことに見事にお書きになってあった。

「類《たぐ》いなかった御様子だったので、辛さが忘れ難いことで。何《ど》んなに人はお見上げしたのでしょう」

うち解けてねも見ぬものを若草のことあり顔に結ぼほるらむ▼73

「幼くいらっしたことです」

と、さすがに親がったお言葉も、女君はひどく憎らしく御覧になって、御返事を差上げないのも、女房達が変に思うだろうと、ふっくらとした檀紙《みちのくがみ》に、唯《ただ》、

「承りました。気分が悪るうございますから、何も申上げませぬ」

とばかりあるのを、殿は、こうした様子はさすがに確《しっか》りしていることだとほほ笑んで、恨みをいうに手応《てごた》えのある気のなさるのは、困ったお心ではある。口にお出しになってからは、『太田の松の』と、お思いになることはなく、うるさく仰しゃることが多いので、女君は一段と窮屈な気がして、身の置き所もない嘆きが添って来て、ひどく御気分がお悪るくまでなった。こうした事の実際を知っている人は少なくて、疎い者も親しい者も、ほんとうの親のようにお思い申しているが、今のような様子が世間に漏れたならば、ひどい笑いものにされて、恥ずかしい名の立つことであろうよ。父大臣《おとど》が我が子であるとお知りになるにつけても、真からの御情愛は湧いていないこととて、まして思慮のない者とお思いになることだろうと、いろいろと安からずお思い乱れになる。宮や大将などは、殿の御様子は、問題になさらないようではないとお聞きになって、ひどく懇《ねんご》ろに姫君に御消息《おたより》をなされる。あの岩漏る▼74の歌を詠《よ》まれた中将▼75も、大臣《おとど》のお許しになっていることをほのかに聞いて、実の兄弟とは知らず、ただ偏《ひとえ》にうれしくて、打込んでお恨み申しているようである。

▼1　紫上の御殿。

▼2　秋好中宮。里は、六条院。六条院は、もと中宮の母、六条御息所の住まわれた旧邸で、六条院の竣功と共に、中宮がまずここに移られたことは「少女」の巻に出ず。

▼3　「こころから春待つ園はわが宿の紅葉を風のつてにだに見よ」という歌を、中宮から紫上に贈ったことは、「少女」の巻に出ず。

▼4　源氏。

▼5　秋好中宮の御殿の池。一つづきになっている。

▼6　紫上の御殿。

▼7　唐風の船飾りで、船首につける。「げき」は、水鳥で、水の患いを禦（ふせ）ぐ力があるという。

▼8　晋の王質の故事。暫くの間と思ったのが、数百年の時間を経過していて、持っていた斧の柄の朽ちているのに気づいて驚いた話。「松風」の巻に出ず。

▼9　風が吹くと、水の面に咲く浪の花の、その色のない花までも黄な色が見えて、ここは、評判の高い山吹の崎なのであろうか。「浪の花」は、浪を花に譬えたもの。花とはいっても白いだけで、色のないというのも、いずれも典故のあるもの。「山吹の崎」は、琵琶湖にある名所。

▼10　この春の池は、山吹の名所である井手の河瀬に続いているのであろうか。岸の山吹の花で、そこと同じように、底までも好い色となっていることであるよ。「井手」は、山吹の名所。山城の国。

▼11　亀の背の上にある、不老不死の仙薬のあるという蓬萊の山も尋ねまい。この船の中で、そこに行ったと同じように、既に不老となったという評判を、世に残そう。「蓬萊山」は中国の伝説で、我が国にも流布していたもの。

▼12　春の日がうららかにさす中を棹さして行くところの船は、その棹からしたたる雫までが、水の面に花のように咲くことであるよ。「さして」は、懸詞。棹の雫の花は、典故のあるもの。

▼13　祝賀の時に奏する楽。

▼14　紫上の御殿。

▼15　専門の楽人。
▼16　呂（りょ）の調より律の調に移ることの称。
▼17　催馬楽の「安名尊（あなとう）」。「あな尊、今日の尊さや、古（いにし）へもはれ、古へもかくやありけんや、今日の尊さ、あはれそこよしや、今日の尊さ」
▼18　音楽の用語。呂の調より律の調に移ることをいう。
▼19　黄鐘調（おうしきじょう）の楽曲。
▼20　蛍兵部卿宮。源氏の弟君。
▼21　催馬楽「青柳」。「青柳を、片糸によりてや、おけや、鶯の、おけや、鶯の縫ふといふ笠は、おけや、梅の花笠や」
▼22　玉鬘のこと。
▼23　内大臣。昔の頭中将。
▼24　内大臣の息の柏木。玉鬘と、実は兄妹になっていることを知らない。
▼25　酒盃。
▼26　紫のゆかりという、私にもゆかりの姫君の故に、私の心は一ぱいになっているので、その悩ましさから、紫の藤という名をもった淵に、身を投げて死ぬという恥ずべき評判も、今は惜しんでいられましょうか、いられませぬ。「紫」は、紫のゆかりという成語によったもので、そのゆかりは自分にも姪というゆかりの者、即ち姫君。「ふち」は、「藤」と「淵」とを懸けたもので、「淵」は身を投げる所としてのもの。大意は、姫君への懸想の悩みから、自殺して笑われるのも厭えなくなったの意。
▼27　「わが宿とたのむ吉野に君し入らば同じ挿頭をさしこそはせめ」（後撰集）
▼28　その藤という淵に、身を投げなくてはならないか何うかを突きとめようと思って、この春は、その花のあるあたりを立ち去らずに御覧なさいよ。
▼29　春二月、秋八月の二回に、三日間大般若経を講読される法会。
▼30　紫上。

▼31　幕を平らかに張ったもの。高張に対するもの。

▼32　楽人の坐るためのもの。

▼33　僧達に香を配ってあるく役。

▼34　仏にそなえる水。

▼35　夕霧。

▼36　此頃の花園に舞い遊んでいる胡蝶をまでも、木下（こした）の草の中に、我が時としての秋の来るのを待っている松虫は、疎ましいものとして見ているのであろうか。「秋まつ虫」は、秋を待つと、松虫とを懸けたもの。一首、秋を好しとする中宮に、春を好しとする紫の上の、春の美を主張したもの。

▼37　迦陵頻（かりょうびん）という楽曲。

▼38　中宮職の次官。

▼39　「わが園の梅のほつ枝（え）に鶯の音になきぬべき恋もするかな」（古今集）

▼40　胡蝶になりとも誘われて、伺いとうございます。その心があって、八重山吹の花が隔をつけて居りませんでしたら。「こてふ」は、「胡蝶」に「来てふ」の意を絡ませてある。「八重山吹」には、「八重」に、隔てという意を絡ませてある。

▼41　紫上と秋好中宮。

▼42　玉鬘。

▼43　紫上。

▼44　夕霧。

▼45　内大殿。もとの頭中将。

▼46　四月一日。

▼47　玉鬘。

▼48　蛍兵部卿宮。

▼49　桐壺院の皇子達。即ち源氏とは御兄弟。

▼50 髭黒（ひげくろ）右大将。この御妹が、東宮の御母承香殿女御。右大将は東宮の叔父君。

▼51 当時の俗諺。右大将が恋に迷いそうな人ではなかったので、この諺が利いている。

▼52 いかに思おうとも、あなたは知って下さらないでしょう。内に湧き返って、堅い巌を漏って出る水にも、色という物が見えないので。「湧き返り」以下は、切に、苦しい思いの譬喩。

▼53 表紅梅、裏青の襲。

▼54 卯の花。卯花襲は、表白、裏青。

▼55 柏木。頭中将と右大臣家の四の君との結婚は、「桐壺」の巻に出ず。その間に生れたのが柏木。

▼56 玉鬘のもとに仕えている女房。

▼57 柏木と玉鬘が、腹異いの兄妹ということ。

▼58 玉鬘の実父、内大臣。

▼59 蛍兵部卿宮。

▼60 髭黒右大将。

▼61 継父。

▼62 笆の中に根も深く植えて置いた竹の子は、自分の節々を持って育って、その親竹と別れて行くことであろうか。「よゝ」は、懸詞で、竹の節の意の「よ」と、「人生」という意の「代」とを懸けてある。一首は、「竹の子」を姫君に、親竹を大臣に譬えたもの。

▼63 今更に、いつの時とてか、若竹が、その生いはじめた根を尋ねるということをいたしましょうか。「根」は、実父の譬。一首は、大臣は結婚を恨む意でいったのを、実父に会うことに取りなしたもの。

▼64 紫上。

▼65 母親の夕顔。

▼66 玉鬘が源氏の娘分として扱われているように、紫上も、最初は娘分として源氏に引きとられ、養育され、やがて妻となった。或は玉鬘も同じ途をとるのではないかと、紫上が感じているのである。

▼67 「四月天気和且清、緑槐陰合沙堤平」（白氏文集）

▼68　夕霧。母親は左大臣家の故葵上。
▼69　橘の香にかおっていた、昔を思出される人の袖に、貴方を準（なぞ）らえると、異った人とは思われないことですよ。「橘」の香は、昔を思い出させるものとされていて、ここは、思出の人、即ち夕顔。「み」は、果の意で、「橘」に絡ませてある。一首は、母君にそのままで、別人の気がされないの意。
▼70　袖の香を亡き母にお準らえになる故に、私の身までも同じように、果敢なくなりそうでございます。「橘の」は、「果（み）」と続いて「身」の意にしてあるので、枕詞。
▼71　夕顔が源氏と恋愛関係にあったのは十九歳の時で、現在の玉鬘は、二十二歳ほど。
▼72　乳母の娘。「玉鬘」の巻に「あてき」と呼ばれている。九州から遥々上って来た一人。
▼73　立ち入って其（その）根までは見もしないのに、若草は、立ち入ったことをしでもしたように、乱れて結ぼれ合っていることであろうか。「うち解けてねも見ぬ」は、心解けて共寝をしたのでもないの意。「若草」は、姫君を譬えたもの。「ことあり顔」は、共寝をしたかの様子。「結ぼほれ」は心が結ぼれてで、悩ましくする意。「解け」と「結ぼほれ」と照応させている。
▼74　この巻に前出。
▼75　柏木。

蛍

　殿は今はそうした重々しい御身分で、▼1何事も心長閑《のどか》に安心して内大臣《うちのおとど》にお任せになっていらせられるので、お頼み申していられる御方々も、身の程々《ほどほど》に従って、何方《どなた》も思い通りに御身《おみ》がきまり、不安定な者はなく、申分《もうしぶん》なくお暮しになっていられる。ただ対の姫君だけは、▼2お気の毒にも、案外な御心配が加わって来て、何《ど》うしたらよかろうかと思い乱れていらせられるようである。あの監《げん》▼3の怖ろしかった様に準《なぞら》えるべき御様子ではないけれども、こんなお心があろうとは、夢にも人の思い寄りもしないことなので、姫君は御自分のお心一つに御心配をしつづけて、風の変った、疎《うと》ましいことだとお思い申上げていられる。今は何事もお解りになるお年なので、そちらこちらの関係とお思い集めになりつつ、母君が▼4お亡くなりになった残念さも、又新たに惜しく悲しくお思いになる。大臣《おとど》も、口にお出しになってからは、以前よりも却《かえ》って苦しくお思いにはなるが、人目を憚《はばか》られつつ、ちょっとした事もお云いにはなれず、苦しくお思いになるままに、繁々《しげしげ》とお越しになられつつ、御前《おまえ》の女房が遠のいていて、気易《きやす》い時には、平常とはちがった素振《そぶり》をお見せになる毎《ごと》に、姫君ははっとなされつつ、きっぱりとお断りをすべきではないので、ただ気の附かない様をしてお扱い申していられる。

　姫君は人柄が明るく、人懐こく入らせられるので、ひどく真面目な気でいらせられるが、それでも可愛らしく愛嬌のある御様子にばかりお見えになるので、兵部卿宮▼5などは、本気になってお言寄《いいよ》りになられる。その上での御苦労は何《ど》れ程の間でもないのに、忌月《いみづき》の五月[6]になってしまった御嘆きをなされて、「少しお側近く伺うことだけでもお許し下さったならば、この嘆かわしさも、少しは晴らしたいものです」と申されているので、殿は御覧になって、「何で可《い》けなかろう、この君達《きんだち》などのお言寄りになられるのは、見所のあることでしょう。そっけの無い御返事などなさいますな」と教えて、「御返事は時々お上げなさいまし」と、御返事の書き方を教えてお書かせになるが、姫君は一段と厭《い》やな気がなさるので、気分が悪《わ》るいからと云ってお書きにならない。女房も、取立てて身分よく、勢力のあるなどは殆《ほとん》どない。ただ母君の御伯父であって、宰相[7]程にはなった人の娘で、人柄も悪るくないが、時勢で零落して残っていたのを、探してお引取りになったのが、宰相の君と呼ばれて、字なども相応に書き、大体は一人前の人なので、然《しか》るべき折々の御返事などをお書かせになっているので、殿は召出《めしだ》して、文句を仰《おっ》しゃって、宮への御返事をお書かせになる。殿には宮の物など仰しゃる様を、ゆかしくお思いになるのであろう。姫君は、こうした厭やな物思いの後は、この宮などが沁《し》み沁《じ》みと物を仰しゃる時には、少しは目をとめて御覧になる時もあった。何《ど》うこうと思うのではなく、こうした辛い御様子を見ない方法がほしいと、さすがに洒落《しゃ》れた所も附いていてお思いになっていた。

殿は根拠もなく、御自分だけ胸をときめかして、宮をお待申《まちもう》していらっしゃるのだとは御存知なく、悪くはない御返事なのを珍らしがって、ひどく忍んでお越しになった。妻戸の間に御茵《おしとね》を設《もう》けて、姫君は御《み》几帳《きちょう》だけを隔てにして、間近くいらせられる。宮は至《いた》って念を入れて、空炷物《そらだきもの》を奥ゆかしい程に匂わせて、取繕《とりつくろ》っていらせられる様を、親ではない、厄介なおせっかい人も、さすがに哀れに御覧になる。宰相の君なども、姫君の御返事の申上《もうしあ》げようも知らず、羞《は》ずかしがっているので、引込み過ぎていると殿はお抓《つね》りになられるので、ひどく困っている。夕ぐれ時が過ぎて、頼りない空模様で曇っているのに、しんみりとしている宮の御様子は、ひどく艶《えん》である。奥の方からほのかに香《か》を送って来る風も、一段と殿の御《み》衣《ぞ》の香《か》が立ち添っているので、ひどく深い薫《かおり》が満ちていて、予《かね》て想像していたのよりも洒落《しゃ》れた御様子なので、宮はお心をお留《とど》めになった。云い出して、思っているお心の程をお云いつづけになっていられるお言葉は穏やかで、ひたすらに好色《す》き好色《ず》きしいところなどなく、御様子がまことに格別である。大臣《おとど》はひどくゆかしいと思って、ほのかに聞いていらっしゃる。姫君は、東面《ひがしおもて》に引込んでおやすみになっていられたので、宰相の君が宮のお言葉をお伝えに居《い》ざり入っているので、大臣《おとど》は、「まことに余りにも冷淡なお扱いです。何事もその場合次第になさるのが見よいものです。むやみに子供ぽくなさるべきお年ではありません。この宮などまでも、遠ざかって取次でものを申すべきではありません。お声はお聞かせにならなくても、せめて少しお近い所くらいにいなくては」などお教えになられるが、姫君は何《ど》うにも厭《い》やで、それに大臣は意見にかこつけて内へお入りになりそうなお心持なので、それこれで当惑してしまって、そっと出て、母屋《もや》の際に立ててある御几帳のもとで、横になっていらした。何だ彼《か》だと宮の長いお言葉に対しての御返事を申上げもせず、躊躇していらっしゃると、大臣《おとど》はお近寄りになって、御几帳の帷《かたびら》を一重お掲げになって、上の横木にお掛けになるのに合せて、さっと光る物があって、紙燭を差出《さしだ》したのかと、呆れていた。大臣《おとど》は蛍を薄い紙に、この夕方、ひどく多く包んで置いて、光を包んでお置きになったのを、素振にも見せず、何かと取繕うような風にして、俄《にわか》にこのようにあざやかに光らせたので、浅ましくて、扇で顔をお隠しになった横顔が、ひどく可愛《かわ》ゆらしい。仰々しい光が見えたならば、宮も覗いて御覧になろう、我が娘とお思いになるだけのお心から、これ程までにお言寄りになるのであろう、様子や器量などがこのようにまで揃っていようとは、御推量が出来なかろう、打込んでお好きになりそうな宮のお心を迷わそうと、御工夫なさったのである。真実の我が姫君をば、これほどまでにはお騒ぎになるまい。ばかげたお心なのである。大臣《おとど》は異《ちが》った戸口から、そっと出てお帰りになられた。宮は姫君のお出《い》でになる所は、大凡《おおよそ》これ位と御推量になっていたが、少し身近に入らせられる御様子なので、お心が躍らせられて、御几帳の帷《かたびら》の、結構な羅《うすもの》の帷子《かたびら》の隙間から覗き込まれると、一間《ひとま》ほど隔てている見通しの

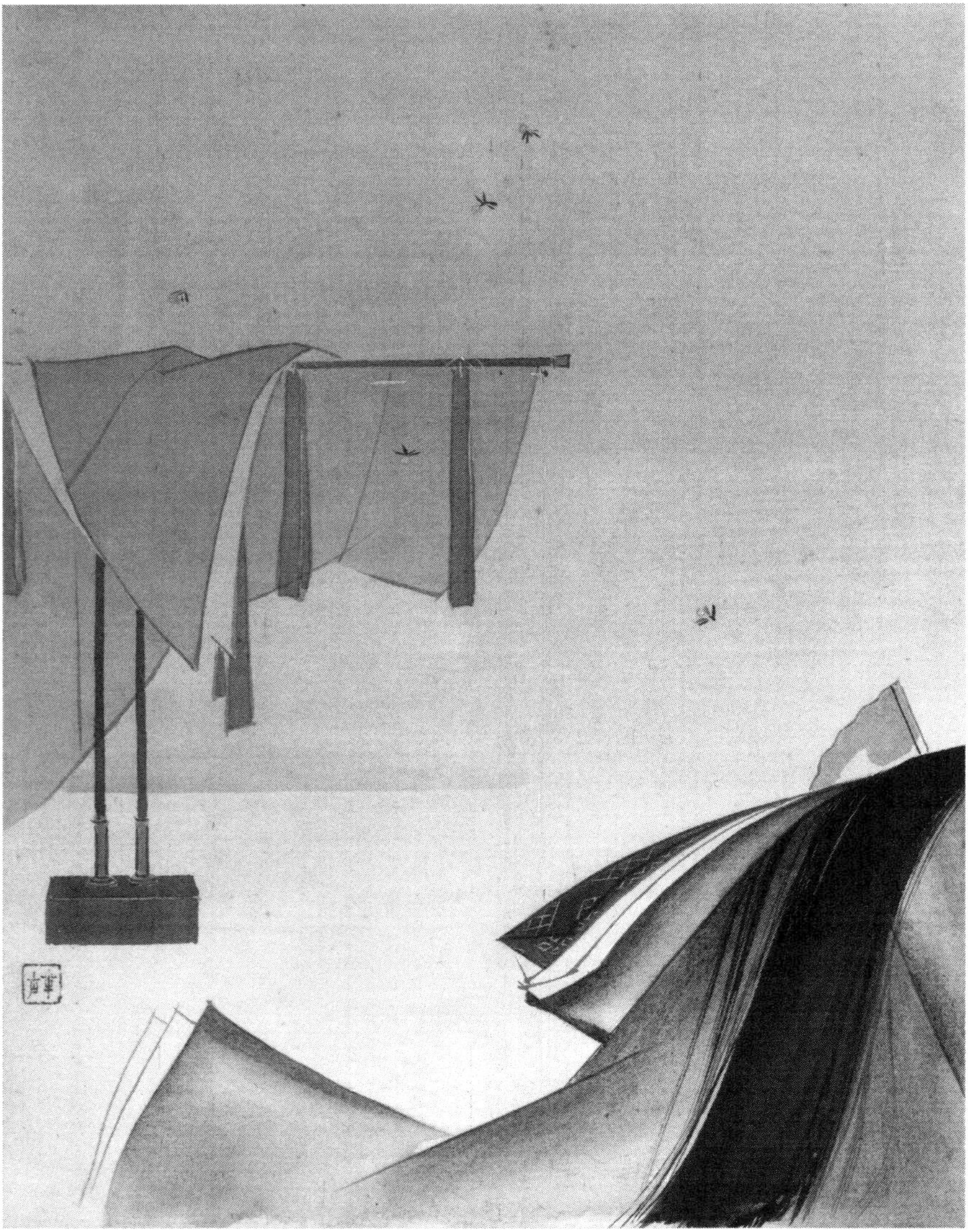

ところで、そうした思懸《おもいが》けない光がほのめくので、面白いと御覧になる。間もなく始末をして隠してしまった、だがそのほのかな光は、艶《えん》なことの趣《おもむき》を添えるべきものになりそうに見えた。ほのかに見えただけではあるが、丈の高そうに臥《ふ》していらせられた姫君の恰好の可愛ゆかったのが、飽かぬものにお思いになって、ほんに大臣《おとど》の予想の通りお心に沁み入ったことであった。宮、

鳴く声も聞えぬ虫の思ひだに人の消《け》つには消ゆるものかは▼8

「お思い知りになりましたか」と申される。こうした御返歌を、手間取って工夫するのは間違ったことなので、早いだけを取柄に

声はせで身をのみ焦《こが》す蛍こそいふより増《ま》さる思ひなるらめ▼9

など、はかないことに申しかえて、御自身はお引込みになったので、宮はひどく遠ざけられる辛さを、甚《はなはだ》しくお怨《うら》みになられる。好《す》色き好《ず》色きしいようなので、居明かしはなさらずに、軒の雫《しずく》さえも辛いので、涙と共に濡れ濡れて、夜深くお出になられた。時鳥《ほととぎす》なども必ず啼《な》いたことであろう。そこまでは煩《わずら》わしさに聞き留められなかったことである。宮の御様子の艶《なま》めかしさは、まことによく大臣《おとど》の君にお似になっていらせられたと、女房共はお愛《め》で申した。昨夜はまことに母親のようになって、大臣《おとど》のお取繕い下さった御様子を、内心は知らないので、身に沁みて有難《ありがた》いことであったと女房共はいっている。

姫君は、このように君の表面をお作りになっての御様子を、わが身の生得の不運なからである、実の親にお目に懸《かか》ることが出来、世間並の状態になっての上で、ああしたお心持を見ることであったならば、何で不似合なことがあろう、並み外《は》ずれた有様なので、しまいには世間の話ぐさになるのであろうと、起き臥しお思い悩みになる。しかし、本当に人聞きの悪るいところまでは持ってはゆくまいと大臣《おとど》はお思いになっていた。やはりそうしたお心癖なので、中宮なども、ひどく綺麗にお思い申上げていられるのであろうか。何らかの機会に触れつつ、普通ではないことを申して、お心を御動揺お

させ申すのであるが、尊さの及び難いことの面倒さから、立ち入ってお心をお現しにならないのであるが、この姫君は、人柄も人なつこく当世風なところから、自然怺《こら》え難くて、折々は人がお見附けしたならば、疑いも懸けそうなお扱いもまじって来るのであるが、珍らしくもお思い返しになりつつ、さすがにお諦めにもなれない御中《おんなか》なのである。

五日[10]には、馬場《うまば》の御殿《おとど》[11]にお出ましになった序《ついで》に、大臣《おとど》は此方《こなた》へお越しになった。「何《ど》うでした。宮は夜をお更《ふ》かしになられましたか。余りお馴らし申さないがよい。無理なことをなさるところのあるお人です。無理押しをしたり、過ちをしそうもない人というものは、無いものですよ」など、活《い》かしたり殺したりして誡《いまし》めてお出《い》でになる御様は、限りなく若く美しく清げにお見えになる。艶《つや》も色も零《こぼ》れるように見える御衣《みぞ》に薄い御直衣《おんなおし》をなおざりにお襲《かさ》ねになっていらせられる振合いも、何処《いずこ》から添って来る清らかさなのであろうか、此《こ》の世の人が染め出したものとも見えない。平生《へいぜい》の色と変らない文目《あやめ》も、今日は珍らしくて、なつかしく思われる薫《かおり》なども、心に歎くことがなかったならば、好ましく思われるべきお有様であるよと、姫君はお思いになる。宮から御文《おんふみ》があった。白い薄様《うすよう》の紙で、御手蹟もまことにお立派に書きなされてあった。目に見ている間こそ趣のあるものだが、写し取ると格別のこともないものであるよ。

今日さへや引く人もなき水隠《みがく》れに生《お》ふる菖蒲《あやめ》のねのみながれむ[12]

話の種にもされそうな長い菖蒲の根に、結び附けられているので、大臣《おとど》は、「今日の御返事をなさいまし」と唆《そその》かして置いてお出ましになった。女房のそれこれも、「やはり」と申上げるので、姫君のお心にも何うお思いになったのであろうか、

現はれていとゞ浅くも見ゆるかなあやめも分かずながれける根の[13]

「お心がお若々しくて」

とだけで、心ほのかなもののようである。手蹟を今少し上手にしたならばと、宮は風流のお心から、

聊《いささ》か飽き足らぬものに御覧になったことであろう。姫君の御許《おんもと》へは、薬玉《くすだま》などの贈物が、云いようもない結構な様で、所々から多くあった。侘《わび》しくお過しになっていた年頃が名残もない御有様で、お心のお弛《ゆる》びになることが多いところから、同じことならば、殿に疵《きず》の附くようなことがなくて、打ち切ってしまいたいものだと、何《ど》うしてお思いにならずにいられようか。殿は、東の御方[14]の所もお覗きになられて、「中将[15]が、今日の左近の真手結《まてつがい》[16]のついでに、男共《おのこども》を連れて此方《こちら》へ参るように云っていましたので、その積《つも》りでいらっしゃい。まだ明るい中《うち》に来ましょうよ。妙に此方《こちら》は、表立たない内々な事でも、あの親王《みこ》達が聞きつけて尋ねて入らっしゃるので、自然仰々しくなっていますから、その用意をなさいまし」と申される。馬場の御殿《おとど》は、此方《こなた》の廊から見通しの利《き》く程で遠くはない。「若い人達は、渡殿《わたどの》の戸を開けて見物なさい。左近府にはひどく物の解った官人《かんにん》の大勢いる頃です。生中《なまなか》の殿上人には負けますまい」と仰しゃるので、見物するのをひどく面白いことに思った。対《たい》の姫君[17]の御方からも、女童《めわらわ》などが見物に来て、廊の戸口に御簾《みす》を青々と掛けつらね、当世風の裾濃《すそご》の御几帳を立て並べて、女童《めわらわ》や下仕《しもづかえ》などが立ちさまよっている。菖蒲襲《しょうぶがさね》の衵《あこめ》や、二藍《ふたあい》の羅《うすもの》の汗衫《かざみ》を着た女童《めわらわ》は、西の対の者のようである。好ましい、物馴れした者ばかり四人、下仕《しもづかえ》は、楝《おうち》の裾濃《すそご》の裳、撫子《なでしこ》の若葉の色をした唐衣《からぎぬ》をしているのは、今日の節供の装《よそ》おいである。此方《こなた》の者は、濃い紫の単 襲《ひとえがさね》に、撫子 襲《なでしこがさね》の汗衫《かざみ》などでおおような物で、各々引けを取るまいとしている物ごしは、見どころがある。若い殿上人などは、目を瞠《みは》って見ながら様子ぶっている。未《ひつじ》の刻《とき》[18]頃に、大臣《おとど》は馬場の御殿《おとど》にお出ましになった。ほんに親王《みこ》達が大勢お集《あつま》りになっていた。此方《こなた》での手結《てつがい》は、公 事《おおやけごと》の場合とは様が変って、中少将なども連れ立って参って、異った有様で花《はな》やかにお遊び暮しになる。女は何の見さかいも附かないことであるが、舎人《とねり》などまでさえ艶《えん》な装束に著《き》飾《かざ》って、懸命になっての業《わざ》をするのを見るのは面白いことであった。馬場は、南の町の方も見通して遥々《はるばる》と見えるので、其方《そちら》でもそうした若い人達は見物をした。『打毬楽《だきゅうらく》』[19]や『落蹲《らくそん》』の楽《がく》があって、勝負毎《かちまけごと》にする乱声《らんぞう》[20]の騒ぎも、夜に入って終って、何事も見えなくなってしまった。舎人《とねり》共に禄を品々賜わる。ひどく夜更けて、人々は退散をなされた。大臣《おとど》は此方《こなた》で御寝《ぎょしん》になられた。お話などなさって、「兵部卿宮は、人よりは遥かに立ちまさっていらっしゃることですよ。御器量はよくはないが、用意といい御様子といい、ひどく奥ゆかしくて、愛嬌のある方です。物越しに御覧になったことがありますか。人は善いと云いますが、それ程ではないのです」と仰しゃる。女君は、▼[21]「御弟では入らっしゃいますが、却ってふけてお見えになったことでした。年頃あのように何ぞの折にはお越しになってお睦《むつ》びになっていらっしゃるとは伺っていますが、昔内裏《うち》あたりで、ほのかにお見上げしました後は、そうした折もございません。お容貌《かたち》などお年を召すにつれて大層よくおなりになったことです。帥親王《そちのみこ》▼[22]もお立派でいらっしゃいますが、品が落ちて孫王《おおきみ》の御様子でいらっしゃいました」と仰しゃるので、ちょっと見によくお分りになっていることとお思いになるが、大臣《おとど》はほほ笑んで、その他の人については、好いとも悪いともお云い出しにならない。人の上を難を附け、悪く云おうとする人を、嫌っていらっしゃるので、右大将▼[23]などをさえも、世間では奥ゆかしい人にしているらしいが、何《ど》れ程の人であろうか、近い縁者として逢うには、不足なことであろうと御覧になっているが、口に出しては仰せにはならない。今は御方とは唯一《ただひと》とおりの御睦びで、御寝所なども別々で御寝《ぎょしん》になる。何うしてこんな風に離れはじめたのであったろうかと、殿は苦しくお思いになる。大体、御方も何だ彼《か》だとお恨みを申上げるようなことはなさらず、年頃このように折節につけての御遊びなどを、人伝《ひとづ》てにばかりお聞きになっていたのに、今日は珍らしくも此方《こちら》でなされたことだけを、此の町の耀やかしい面目だとお思いになっている。女君、

その駒もすさめぬ草と名に立てる汀《みぎは》の菖蒲《あやめ》今日や引きつる▼[24]

と鷹揚に申上げられる。何と云う程のことでもないが、殿は哀れとお思いになった。

鳰鳥《にほどり》に影を並ぶる若駒はいつか菖蒲に引き別るべき▼[25]

隔てのない御事であるよ。「朝夕のお隔てがあるようですが、こうしてお逢いしますのは、心安い

ことです」と、大臣《おとど》は御戯談《ごじょうだん》に仰しゃるのであるが、御方は心のどかなお人柄なので、しんみりとお聞取りになられる。御自分の御帳台《みちょうだい》▼26はお譲り申されて、御自分は御几帳を隔てて御寝《おやす》みになる。お近づきする筋のことは、ひどく似合わしくないことに、お思い切りになっていられるので、大臣《おとど》も達《たつ》てとは仰せられない。

五月雨《さみだれ》が例年よりも永く続いて、晴れそうな模様もなく徒然《つれづれ》なので、御方々は絵物語などを慰みにして、明かし暮していられる。明石の御方は、そうした物をも、趣のあるようにお仕立てになって、姫君▼27の御方にお差上げになる。西の対▼28では、増して珍らしい気のなされる方面のことなので、明け暮れ写したり読んだりを、仕事にしていられる。そうした物も解らなくはない若い女房が大勢いて、様々な珍らしい作中の人物の上などを、本当の話なのか拵《こしら》え話なのか、いろいろと書き集めてある中《うち》にも、自分の境遇のようなものはなかったことだと御覧になる。『住吉』▼29の姫君が、その当時にあっては勿論《もちろん》のこと、今の世での覚えもやはり格別なようであるが、主計頭《かぞえのかみ》▼30で、既にあぶなかったのは、あの監《げん》の気味悪るかったのにお思い較《くら》べになられる。殿は此方《こちら》にも彼方《あちら》にもこうした物が散らばりつつ、御目を離れないので、「ああ厄介な事です。女というものは物煩《ものうる》さがりもせずに、人に欺《だま》されようとして生まれて来たものですね。この沢山《たくさん》の物語の中《うち》にも、本当の話はひどく僅《わず》かでしょうに、一方ではそれと承知しいしい、こうした好《い》い加減な事に心を移してお欺《だま》されになって、暑くるしい五月雨時に、髪の乱れるのも知らずにお写しになるのですね」と仰ってお笑いになるものの、又、「そうした昔物語でもなくては、ほんに何で、この紛らしようもない徒然《つれづれ》を慰めましょう。ところがその作り話の中《うち》に、ほんにそうもあろうかと思われるような哀れを見せ、尤《もっと》もらしく書き続けてあるのは又、作り事と承知しながら、つい心が動いて、美しい姫君の嘆きをしている所を見ると、何《ど》うやら釣り込まれもすることです。又、とてもありそうもない事だと見い見いしながらも、仰々しく云い拵えてあるのに目を睁《みは》って、静かに今一度読むとつまらなくなりますが、一目見た時には面白い事や、驚くようなこともありましょう。此頃幼い人が、女房に折々読ませている物語を立ち聞きしますと、話上手な者が世間にはいるようですね。嘘を上手に云い馴れている人の口から云い出すことだろうと思いますが、そうでもないでしょうか」と仰しゃると、「ほんに嘘を云い馴れている方は、いろいろにそのように御推量になるのでございましょう。唯もう本当の事だとばかり思われるのでございます」と仰しゃって、お使いかけの硯《すずり》を側《わき》の方にお押し退《の》けになると、大臣《おとど》は、「野暮な悪《わ》る口を申したことでしたね。神代《かみよ》このかたの世の中にある事を、書き残したものです。日本紀なぞはただ一部分です。こうした物にこそ心得になる委《くわ》しい事があるのでしょう」と云ってお笑いになる。「その人の事だといって、有りのままに云い立てることはしていませんが、善いことも悪いことも、此世《このよ》にいる人間の有様で、見ても見飽かず、聞いても心に余ることで、後世にも云い伝えさせたいと思う節々《ふしぶし》を、心の中に蔵《しま》って置きかねて、云い残そうとしたのが始めです。善いことを云おうとしては善いことの有りたけを択《え》り出し、その人次第では、又悪るいことで珍らしいことを集めて来ていますが、みんなそれぞれの方面で、此世に無いことではありません。唐《から》の朝の物も、文章も作りようも変っていまして、同じ我国の事ですが、昔と今とでは変っていましょう。心の深い浅いという差別はありますが、まるきり嘘だといい切ってしまうのは、事の実際に違うことでした。仏《ほとけ》のまことに尊い心でお説きになった御法《みのり》にも、方便ということがありまして、悟《さとり》のない者は、其方《そちら》と此方《こちら》で違うという疑《うたがい》を持ちそうなところがあります。方等経《ほうどうきょう》▼31の中《うち》には多くありますが、詰まる所は一つの旨に陥ることで、菩提《ぼだい》と煩《ぼん》悩《のう》の隔たりは、この物語の中の人の善いと悪るいと、同じ程の変りなのです。よく云うと、すべて何事でも無駄ということはなくなりましょうよ」と、物語をまことに尤もな物にお言い做《な》しになった。

「それはそうと、こうした昔物語の中にも、私のように律義な愚か者の物語はありますか。ひどく世ごころのない、物語の中の姫君でも、御心のようにつれない、空とぼけをしている者は、又とはないでしょうね。さあ類《たぐ》いのない物語にして、世の中に伝えさせましょう」とさし寄って仰しゃると、姫君は顔を衣《きぬ》に引き入れて、「それでなくても、こういう珍らしい事は、世間話になることでございましょう」と仰しゃるので、「珍らしいとお思いになりますか。ほんに、又とはないつれない気がします」といって、寄り添ってお出でになる様は、ひどく砕けている。

思い余り昔の跡を尋ぬれど親にそむける子ぞたぐひなき[32]

「不孝ということは、仏の道でも重くいっていることですよ」と仰しゃるけれども、姫君は顔もお擡《あ》げにならないので、御髪《みぐし》を掻きやりながら、ひどくお恨みになるので、辛くも、

古き跡尋ぬれどげになかりけり此世にかゝる親の心は[33]

と申されるのも、殿は極《きま》りが悪いので、そうひどくはお乱れにならない。このようにして、何《ど》のようになって行く御有様であろうか。

紫の上も、姫君[34]の御誂《おあつら》えというにかこつけて、物語は捨て難いものにお思いになっていた。高麗野《こまの》の物語の絵になっているのを[35]、「ひどく好く書いてある絵ですね」と御覧になる。小さな女君の何心もなくて昼寝をしていらっしゃる所を、昔の御自分の有様をお思い出しになって女君は御覧になる。殿は、「こんな童同志《わらべどうし》でさえ、何てませて居たことでしょうか。私はやはり世の例《ためし》にもなりそうに、気永さ[36]は人に似なかったことです」とお云い出しになった。ほんに類いの多くない事を、好んで多くなさったことであるよ。「姫君の御前《おまえ》で、こうした情馴《よな》れた物語などは、読んでお聞《きか》せなさいますな。情《よ》ごころの附いた者の事などは、面白いとはお思いにならないが、こうした事が世の中にはあるものだとお見馴れになるのは厭やなことですよ」と仰しゃるのも、ひどい違い方であると、対の御方《おんかた》[37]がお聞きになったならば、お気を悪くなさることであろう。上は、「浅はかな人真似をしている者などは、見るのも気の毒なくらいです。『空穂《うつほ》』[38]の藤原の君の娘は、ひどく重々しく確《しつか》りした人で、過ちはないようですが、しっかりした物云いも仕ぐさも、女らしい所のないようなのは、偏《かたよ》ったような気のすることです」と仰しゃると、殿は、「現に生きている人も同じです。めいめいの立てている趣が異《ちが》っ

ていて、程好くはしないようです。身分の無くはない親の気を附けて育てている人が、おっとりしているというだけを躾《しつ》け甲斐《がい》にして、不束《ふつつか》なところの多いのは、何《ど》んな躾け方をして来たのだろうかと、親の扱い方までも思いやられるのは気の毒なことです。ほんにそうは云いますが、あの親の様子があると見られるのは、育て甲斐もあり、面目にもなることです。側《はた》の者が口を極めて大層褒めていたのに、そのする事も、云うことの中にも、ほんにと見えも聞えもすることのないというのは、ひどく見劣りのするものです。総じて、よくもない人に、何《ど》うぞ娘を褒めさせたくないものです」など、唯この姫君▼39が非難をお受けにならないようにと、万事につけて仰せになる。継母《ままはは》の邪慳《じゃけん》なことを書いた昔物語も多いので、そうした腹をお見せするのは厭《い》やだとお思いになって、殿はひどく気を附けてお択《えら》びになりつつ、書き整えさせ、絵にもお書かせになっていた。

　中将の君▼40を、此方《こなた》の御殿《ごてん》▼41へはお近づけ申さずにいらしたが、姫君▼42の御方へはお隔てにならずお馴らしになっている。自分の生きている中《うち》は何うあれこうあれ同じことであるが、亡い後を思いやると、やはり目に馴れ、心に沁みている事の方に、特別に心の寄ることであろうとお思いになって、南面《みなみおもて》▼43の御簾《みす》の内はお許しになった。台盤所《だいばんどころ》▼44の女房の中へはお許しにならない。大勢はおありにならないお子のこととて、ひどく大切にお扱いになっていらっしった。大体の御心用いがひどくものものしく真面目にいらっしゃる君なので、殿も不安なくお任せになっていた。姫君はまだ幼くて、雛遊《ひなあそ》びをなさる御様子が見えるので、君は彼方《あちら》の姫君▼45と一緒に遊んで過した年月《としつき》のことが先ず思い出されるので、この姫君の雛の殿の宮仕《みやづかえ》もひどくよくなされて、折々は思い沈んでいらした。然るべき女には、戯《ざ》れ言《ごと》もお云い懸けになることは多いが、関係をつけるまでには進めず、そのような者にして何で可《い》けなかろうかと、心の留まりそうな女にも、強いてかりそめ事にしてしまって、やはり彼《あ》の緑の袖▼46と蔑《さげす》まれたのを、見直してもらいたいものだと思うことだけが、重いこととなって心に留まっていたことであった。達《たつ》てといって纏《まつ》わり歎いたならば、内大臣《うちのおとど》も我《が》を折らせられてお許しになりそうでもあるが、辛いと思った折々の事を、何《ど》うぞして内大臣《うちのおとど》に言訳《いいわけ》をおさせ申そうと、思い込んだことが忘れられなくて、姫君にだけは、疎《おろそ》かではない哀れを十分に見せて、他の人には心苛《こころいら》れを思わせない。御兄の君達《きんだち》▼47なども、小面憎《こづら》くばかり思うことが多い。対《たい》▼50の姫君▼48の御様子に、右の中将▼49はひどく深く思い込んで、言い寄る手蔓《てづる》もまことにたよりないので、この君に訴えて来たけれども、君は、「他人《ひと》の事となると、厄介なことですよ」と、素気《すげ》ない返事をしていらっした。以前の父大臣《おとど》▼51達の御間柄に似ていた。

内大臣《うちのおとど》は、御子どもが幾腹かにひどく多くあるが、そのお腹に対しての覚えや人柄に従いつつ、御自分の思い通りになるような御勢力なので、皆お取り立てになっている。女の御子は多くはいらっしゃらないのに、女御▼52もあのようにお思いになったことは外《は》ずれてしまい、姫君▼53もあのように思うとは違った有様でいらっしゃるので、ひどく残念にお思いになっている。あの昔の撫子《なでしこ》▼54をお忘れにならず、何ぞの折にはお云い出しになっていたことなので、何うなったことであろうか、頼りなかった母親の心に引かれて、可愛らしかった人を、行方も分らずにしてしまったことである。総じて女というものは、いかにもいかにも目の放せないものであったことだ。自慢げに我が子だといって、賤《いや》しい様で落ちぶれていることであろうか、何うあれこうあれ手懸りがあったならばと、可哀そうなものにお思いつづけになっている。君達《きんだち》にも、「もしそのような名乗《なのり》をする者があったら、耳にお入れなさいよ。若気のすさびに任せて、良くないことも多かった中《うち》に、これはそのように一通りには思っていなかった人が、ちょっとした物怨《ものうら》みをして、このように少なかった持ち扱い者の一つを失《な》くしたことは、残念なことです」と、常にお云い出しになる。中頃はそれ程ではなく、忘れていらしたのに、人が様々の形で、女の子を冊《かしず》いていられるのを見るにつけ、御自分の姫君の思い通りに行かないのが、ひどくつらく本意《ほい》なくお思いになるからのことである。夢を御覧になって、ひどく良く夢合せをする者を召して占《うらなわ》せて御覧になると、「もしや年頃お気の附かずにいらっしゃるお子が、人の物になっていられるのを、お聞き出しになるかも知れません」と申上げたので、大臣《おとど》は、「女の子が人の子になるということは、滅多にないことだ。何ういうことだろうか」など、此頃はお思いになり仰しゃりするようである。

▼1　六条院の人々をはじめとして、源氏の世話を受けている女性達。
▼2　玉鬘。
▼3　大夫の監。「玉鬘」の巻に出ず。
▼4　夕顔。
▼5　蛍兵部卿宮。源氏の弟君。
▼6　当時の風俗として、五月は結婚を憚かる月となっていた。
▼7　参議の唐名。
▼8　鳴く声も聞えない虫の、その思いに燃える火でさえも、人が消そうとしたとて消えるものでしょうか、消えはしませぬ。「鳴く声も聞えぬ虫」は、蛍で、今見たもの。自身の譬。「思ひ」は、恋の嘆き。「ひ」に「火」を懸けたもの。「人」は、姫君で、「消つ」は、恋を受け入れないとする意。
▼9　声はしなくて、身だけを焦している蛍こそは、口に出して云う人よりは増さる思いの火を持っていることでしょう。「思ひ」に、「火」を懸けている所は、前の歌と同じ。一首は、宮の自身を蛍に譬えたのをしりぞけ、その思いを深くないとしたもの。
▼10　五月五日。
▼11　六条院の東北の廓内に在る騎射場。玉鬘の御殿に近い。
▼12　五月の節供の今日でさえも、引く人もなく、水に隠れて生えている菖蒲は、その根だけが浮び漂っているることであろう。「菖蒲」は、宮自身を譬えたもの。「ねのみながれむ」は、「根」は、「音」即ち泣く音を懸け、「ながれむ」は、「泣かれむ」を、懸けたもの。一首は、相手にされない自分は、今日だっても、悲し

さに音を立てて泣かれるばかりであるの意。
▼13　引かれて、水から現われたので、一入（ひとしお）に浅い根に見えることよ、長さ短かさの見さかいも附けられずに、浮き漂っていた根の。「あやめ」は、差別の意に、菖蒲を懸けてある。一首は、菖蒲の根を宮に譬えて、その心浅さをいったもの。
▼14　花散里。
▼15　夕霧。
▼16　五月五日には、左近衛府の官人が、左右に分れて騎射をするのをいう。
▼17　玉鬘。
▼18　午後二時。
▼19　楽曲の名。
▼20　勝負のあった度に、鐘や太鼓で囃すこと。
▼21　花散里。
▼22　蛍兵部卿宮の御弟君。
▼23　髭黒の右大将。後に玉鬘の夫となる人。
▼24　あの駒でさえも、好いて食わない草だと評判になっている汀の菖蒲を、あなたは今日はお引きになったのですか。「駒」は、今日の騎射のそれ。「菖蒲」は、今日の節供の物。その「菖蒲」は、女君自身を譬えたもの。一首は、駒さえも食わないという菖蒲を、今日は五月五日のこととて、御贔負になされたのですかの意。
▼25　池に住むかいつぶりと、その影を並べて水際にいるところの若駒は、いつとて、その水際の菖蒲に別れる時などあろうか。「若駒」は、大臣自身の譬。「菖蒲」は、女君の譬。一首は、好く好かないなどいうことは超えて、いつまでも一しょにいようの意。「影」は、「鹿毛（かげ）」、「引」は、駒を引くの意で、何（いず）れも「駒」の縁語。強いて詠んだ歌で、そこに戯れがある。
▼26　寝台。

▼27　明石姫君。
▼28　玉鬘。
▼29　この頃愛読された物語の中の姫君。現在の「住吉物語」は、後代の鎌倉時代の作といわれている。
▼30　「住吉物語」中の人物。姫君が、この老人の手中に危くおちいろうとしたことは、玉鬘の経歴中では、大夫監の場合に相当する。
▼31　方等経、即ち釈尊の成道後十三年より二十年に至る時期に説いた経をいう。「維摩」「金光明」「楞伽(りょうが)」「勝鬘（しょうまん）」「無量寿」の諸経。
▼32　苦しい思いに余って、昔もこのような子があったろうかと探して見たけれども、親のいうことを聞かずに背いている子は、外にはないことです。
▼33　仰せの、昔の跡を探して見ても、ほんに無いことでございますよ。此世の中に、このような親の心というものは。
▼34　明石姫君。
▼35　今は伝わらず。この物語の絵巻物になったもの。
▼36　紫の上を十歳の童の頃から養育して、その成人を待って結婚した気ながさを云っている。
▼37　玉鬘。源氏が、実子の明石姫君には、教育の心づかいの厳格なことを、玉鬘が怨むこと。
▼38　空穂物語。
▼39　明石姫君。
▼40　夕霧。
▼41　紫上の御殿。
▼42　明石姫君。
▼43　姫君の部屋のあるところ。
▼44　女房達の控所。
▼45　雲井雁。夕霧の恋人。

▼46　六位の袍の色。低い身分から昇進して、雲井雁の父の内大臣に認めて貰いたい意。「少女」の巻参照。
▼47　雲井雁の兄達。
▼48　玉鬘。
▼49　右近衛中将。柏木のこと。内大臣の長男。
▼50　夕霧。
▼51　若い頃の源氏の君と頭中将（内大臣）とが、いつも恋がたきとなって競争したこと。
▼52　内大臣の長女。弘徽殿女御。「少女」の巻参照。
▼53　雲井雁。
▼54　夕顔との間に生れた、昔の娘。現在の玉鬘。

常夏

ひどく暑い日、太政大臣《おおきおとど》▼1は、東の釣殿《つりどの》にお出ましになって涼みをなされる。中将の君▼2もお侍《さぶら》いになる。親しい殿上人も大勢侍って、西川から献上した鮎、近い川の石臥《いしぶし》▼3といったような物を、御前《おまえ》で調理して差上げる。例の大殿《おおいどの》の公達《きんだち》▼4も、中将をお訪ねして来て此方《こなた》へ参った。大臣《おとど》は、「退屈して眠くなっていた折に、よく来て下さったことですよ」と仰《おっ》しゃって、御酒《ごしゅ》を召上《めしあが》り、氷水《ひみず》をお取寄せになり、水飯《すいはん》▼5などをそれぞれ戯《たわむ》れながら召上がる。風はひどくよく吹いているが、日脚はゆったりとして、曇りもない空が、西日になる頃には、蟬の声までが苦しそうに聞《きこ》えるので、大臣《おとど》は、「水の上も無駄な今日の暑さですよ。失礼の段は許して下さるでしょうか」と仰しゃって、物に凭《よ》って横におなりになった。「何《ど》うにもこういう時節は、管絃《あそび》なども面白くはなく、さすがに暮し難くて苦しいことです。宮仕えをする若い人達は堪えられないことでしょうな、直衣《なおし》の帯紐も解かずにいるのですね。せめてこんな所ででも気楽にして、此頃《このごろ》世間にある事で、少し珍らしい、眠気の覚めそうなことを話して下さい。何となく年寄めいた気持がして、世間の事も分らないのですよ」など仰しゃるが、珍らしいことといって、口にしてお聞きに入れるような話も、思い出せないので、畏《かしこま》ったような様子をして、みんなひどく涼しい勾欄《こうらん》に、背中を押着《おしつ》けつつ侍《さぶら》っていられる。大臣《おとど》は、「何《ど》うして聞いたことでしょうか。大臣《おとど》はこの頃外腹《ほかばら》▼6の娘を尋ね出して、冊《かしず》いていらっしゃる、と話す人があったのです。本当なのですか」と、弁少将《べんのしょうしょう》▼7におききになられると、「仰々しく、それ程に云いなすべきことではございませんのです。この春頃、夢語りをなさいましたのを、ほのかに聞き伝えました女が、自分こそ因縁のある者だと、名のり出した者がありましたので、中将の朝臣▼8が聞きつけまして、真《まこと》にそのように云い触らせる証拠があるのかと、尋ねて行きましたことでございます。くわしい事情は存じません。ほんに此頃は珍らしい世間話に人々がしております。こういうことは、父の為《ため》に疵《きず》になることでございます」と申上《もうしあ》げる。本当の事だったのだと、大臣《おとど》はお思いになって、「ひどく大勢あるらしい列に離れて後《おく》れている雁《かり》を、強いてお尋ね出しになるのは、慾深《よくぶか》なことですよ。此方《こちら》こそひどく少《すくな》いので、そのような種を見出《みいだ》したいのですが、名のりをするのもつまらない者だと思うのでしょうか、まるきり聞かれないことです。それだと、縁のないことではないでしょう。取り乱して彼方此方《あちこち》と紛れてお歩きになったような頃に、底の濁った水に宿った月は、曇りのない訳は何《ど》うしてありましょうか」と、ほほ笑んで仰せになる。中将の君▼9は、くわしくお聞きになっていることなので、真面目に弁解も出来ない。少将と藤侍従《とうのじじゅう》▼10とは、ひどく辛く思っていた。大臣《おとど》は、「朝臣《あそん》▼11よ、せめてその落葉《おちば》▼12でも拾いなさい。人聞きの悪い評判の後の世に残るよりは、『同じ挿頭《かざし》▼13』で慰めるのも、何も悪いことがありましょう」と嘲弄なさる形である。こう云うことでは、表面《うわべ》はひどく睦《むつ》まじい御仲《おんなか》が、以前からさすがに隙があったのに、まして中将をひどく見くびって、佗《わび》しい思いをおさせになる辛さをお思い余りになって、小憎らしくも、漏れ聞きもなされよとお思いになるのであった。こうした噂をお聞きになるにつけても、対《たい》の姫君▼14を見せた時には、これは又、侮《あなど》られぬ者として持て囃《はや》されることであろうよ、事がひどくきっぱりしていて、事を明らかにさせる性分で、善し悪しの差別も、際《きわ》やかに持て囃しもし、又非難することも、人とは異《ちが》っている大臣《おとど》であるから、このようにしてあるのを、何《ど》んなに不快にお思いになることであろうか、素性を知らさずに、この姫君を差出したならば、軽くはお思いになれないことであろう。ゆるがせならぬ恩に思うことであろう、とお思いになる。夕方になってゆく風がひどく涼しくて、帰りにくく若い人々は思った。大臣《おとど》は、「気楽に打解けてお涼みなさい。次第に、こうした人の中には、嫌われそうな齢になったことですよ」といって、西の対にお渡りになるので、君《きん》達《だち》は皆お送りをして参られる。

たそがれ時の薄暗がりに、同じような直衣《なおし》なので、誰とも見分けられないところから、大臣《おとど》は姫君に、「少し端へお出《い》でなさい」といって、声を忍ばせて、「少将や侍従を連れて来ているのです。ひどく飛んでも来たいように思っているのですが、中将がひどく生真面目な人で連れて来ないのは、気の利かないことです。あの人達はみんな、その気がないのではないでしょう。低い身分の家でさえも、娘の間は、それ相応に、ゆかしいような気のするものなので、この家の覚えは、内々のつまらない割りには、ひどく立ちまさった、立派なものに云ったり思ったりしているらしいのです。方々[15]が居られますが、さすがに好き事を言い寄る訳には行きません。あなたがこうしていられるので、何《ど》うかしてそういう人達の心持の、深さ浅さも見ようなどと、つれづれなままに思い願っていましたのに、本意の叶う気がしていたことです」など、ささやいてお聞かせになる。御前《おまえ》には、乱りがわしい前栽《せんざい》などはお植えなされず、撫子《なでしこ》の花を取揃えて、唐《から》のもの大和《やまと》のものを、笆垣《ませがき》をひどくなつかしい様《さま》に結ってあって、咲き乱れている夕映の様《さま》はまことに云おうようもなく見える。何方《どなた》も皆立ち寄って心のままに折り取れぬのを飽き足らず思いつつ休らっている。「嗜《たしな》み深い人達ですよ。用意なども、それぞれの上で深いことです。右の中将は、一段と落着《おちつ》いていて、気恥ずかしく思われるところも勝《まさ》っています。何うです手紙をおよこしになりますか。そっ気ないお扱いはなさいますな」など仰しゃる。中将の君は、このような立派な方達の中《うち》でも、勝《すぐ》れて美しく艶《なま》めいていらっした。「中将をお嫌いになる点が大臣《おとど》の本意《ほい》ないところ[16]です。ほかの血筋はまじらず、はっきりとしている中へ、王孫《おおきみ》といった血筋なので、面白くないというのでしょうか」と仰しゃるので、姫君は、「『来まさば[17]』という人もございましたのに」と申上げる。「いや、その『御肴《みさかな》[18]』で持て囃されることは望んではいません。ただ幼い者同志が、結んでいたらしい約束が遂げられず、何年もお隔てになっているお心持《こころもち》が恨めしいのです。まだ下臈《げろう》です、世間の聞えが軽いと思われるのでしたら、知らん顔をして此方《こちら》にお任せになっていたら、御不安なことなどがありましょうか」と、呻《うめ》いて仰せになる。姫君は、それではそうした御隔心《ごきゃくしん》のある御仲であったのだと、お聞きになるにつけても、▼19親に知っていただけることは何時《いつ》とも分らないことだと、哀れにも心暗くお思いになる。

月も無い頃なので、灯籠に灯を入れさせた。「やはり身辺で暑苦しいことですよ。篝火《かがりび》の方がよい」と仰しゃって、人を召して、「篝火の台を一つ、此方《こちら》へ」とお命じになる。よさそうな和琴《わごん》のあるのをお引寄せになって、お掻き鳴らしになると、律《りち》の調べによく整えてあった。音もひどくよく鳴るので、少しお弾《ひ》きになって、「こうした事はお好きでないのかと、月頃悪く思っていたことでしたよ。秋の夜の月の涼しい頃、ひどく奥まった所ではなくて、虫の音に合せて鳴らしたのなどは、なつかしい当世風な音ですよ。仰々しい調《しらべ》の時にはしどけない物です。この音《ね》、これで居て多くの楽器の音や、拍子を整えてゆくところのあるのが、まことに尊いことです。大和琴《やまとごと》といって果敢《はか》ない物に見せていて、限りなく深い心を持たせてあるのです。広く外国のことを知らない女の為の物だと思われます。何《ど》うせ為《な》さるなら、身を入れて他の楽器に合せてお習いなさい。奥儀などといって何《ど》れ程の物もないのですが、又本当に弾くことはむずかしいようです。唯今《ただいま》ではあの内大臣《うちのおとど》に並び得る人はないのです。ほんの果敢ない同じような菅掻《すがかき》の音《ね》の中《うち》に、あらゆる楽《がく》の音《ね》が籠《こも》り通《かよ》っていて、云いようもない響《ひびき》を立てることとです」とお話しになると、朧《おぼろ》げにお解りになって、何《ど》うか上手にとお思いになっていることとなので、一段と訝《いぶか》しく思って、「このあたりで然《しか》るべき御遊《みあそ》びのあります折などに、伺うことが出来ましょうか。賤《いや》しい田舎者の中《うち》などにも、習う者が沢山《たくさん》あることでございますから、大体楽な物だとばかり存じておりましたことです。そのように勝《すぐ》れたものは、様子が格別なのでございましょうか」とゆかしそうに、心からに気を入れて思っていらっしゃるので、「そうですよ。東琴《あずま》などと名も低い物のようですが、内裏《うち》の御管絃の折にも、第一にその書司《ふんのつかさ》▼20をお召しになるのは、外国のことは知らず、此《こ》の国では、これを楽器の親としているからのことでしょう。その中《うち》でも、親となさるべき方の御手からお弾《ひ》き取りになりましたら、又お心持が格別なことでしょう。此方《こちら》へも然るべき折にはお越しになりましょうが、この琴に、手を惜しまずに、十分にお弾きになることは、望めないことでしょうか。物の上手という者は、何《いず》れの道でも、容易には腕を示さないもののようです。それにしてもいつかはお聞きになれましょう」といって、調べを少しお弾きになる。調子が当世風で面白い。これにも勝《まさ》った音《ね》が出るのだろうかと、親という御ゆかしさも添って、その事でまでも、いつの時に、打解けてお弾きになるのを聞けるだろうかなど、思っていらっしゃった。大臣《おとど》は、『貫河《ぬきがは》の瀬々の柔ら手《た》▼21』など、ひどくなつかしくお謡《うた》いになる。『親離《さ》くる妻』というところは、少し笑いながら、改まってではなく掻き鳴らしていらっしゃる菅掻《すががき》が、云いようもなく面白く聞える。「さあお弾きなさい。芸は人を恥じていては駄目なものです。想夫恋《そうふれん》の曲だけは、心の中《うち》でだけ思って、紛らしている人もあったようです。臆面なくそれこれに弾き合せる方がよいのです」と、熱心に仰しゃるが、姫君は、ああした田舎《いなか》の隅で、ほのかに京人《きょうびと》だと名乗っていた、年寄った宮家筋《みやけすじ》の女のお教えしたものなので、間違ったこともあろうかと遠慮されて、手もお触れにならない。暫《しばら》くでもお弾き下さるとよい、聞き取ることも出来ようかと気が揉めるので、この御事に依《よ》って近く居ざり寄って、「何《ど》ういう風が吹き添うので、こうした音《ね》が出るのでございましょうか」と、小首を傾けて入《い》らっしゃる様が、灯影にひどくに可愛《かわ》いらしい。大臣《おとど》はお笑いになって、「耳の疎《うと》くない人の為には、身に沁《し》む風も吹くものですよ」と仰しゃって、琴を押し遣られる。ひどく心残りである。女房達が近く侍《さぶら》っているので、例の戯《ざ》れ言《ごと》も仰しゃれなくて、「撫子に心を残して、みんな帰って行ったことでした。何うかして大臣《おとど》にも、この花園をお見せ申しましょう、世の中のひどく無常なものだと思いますのに、以前も物のついでに、あなたのことをお話になられたのも、つい今のことのような気がします」といって、少し昔のことをお云い出しになったのも、ひどく哀れである。

　　撫子のとこなつかしき色を見ばもとの垣根を人や尋ねむ▼22

「その事の煩《わずら》わしい為に、おかくまいしていると、心苦しくお気の毒にお思い申しています」と仰しゃる。姫君は泣いて、

　　山がつの垣ほに生ひし撫子のもとの根ざしを誰か尋ねむ▼23

果敢《はか》なげに申上げて泣いていられる様は、ほんにひどくいじらしく幼々《ういうい》しい。大臣《おとど》は、『来ざらましかば▼24』と打誦《うちずん》じられて、一入《ひとしお》のお思いは、苦しいまでで、やはり忍び切れないもののように思召《おぼしめ》される。

西の対へお渡りになることが、余りに打続いて、人がお見咎《みとが》めする程度までは、心の鬼からお制しどめになって、然るべき用事をお作りになりつつ、御文《おんふみ》の通わない時とてはない。ただこの姫君の御事ばかりが、明け暮れお心に懸かっていた。何だって、此のような無理なことをして、安からぬ歎きをすることだろう、こんな苦労はしまいと、思うがままにしたならば、世間の人の誹《そし》りも軽々しいことで、我が為はもとより、人の御為にもお気の毒なことであろう。限りない志《こころざし》があるとしても、春の上▼25の御威勢に並べるほどには、我が心ながら、出来そうもないことだとお思い知りになっていた。それ以下の列であっては、何《ど》れ程のことがあろうか、自分一人こそは人よりは貴くもあろうが、関係している人の大勢ある中《うち》に加わっての末にいるというだけでは、どれ程の面目であろうか、格別のこともない納言《のうごん》階級の、二心《ふたごころ》なく思ってくれるのには及ばないことだろうと、御自身お思い知りになるので、ひどくお可哀そうで、宮▼26か、大将▼27などに許してやろうか、そして取離して引取られて行ったならば、諦めもつこうか、つまらない次第だが、そうもしようとお思いになる折もあった。だがお越しになって、姫君の御容貌《かたち》を御覧になり、今では琴をお教えすることにさえかこつけて、間近く馴れてお寄りになる。姫君も、初めの中《うち》こそ気味悪く、厭《いと》わしくもお思いになったが、このようにしても

蟠《こだわ》りなく、気懸《きがか》りなお心持はないのであったと、次第に目馴《めな》れて来て、ひどくはお疎み申上げず、然るべき御返事は、馴れ馴れしくない程度に申上げなどなされて、見るにつれてひどく愛嬌が附き、美しさも増《ま》さって来るので、やはり此のままでは過せないようにお思い返しになられる。これだと又、此所《ここ》ながら聟取りをして冊《かしず》いて、然るべき折々に、そっと忍んで逢って、話相手として慰んだものであろうか、このようにまだ情馴《よな》れない中《うち》の小面倒さから、心苦しかったのであるが、自然関守《せきもり》は厳しくなろうとも、人情というものも解りはじめ、可哀そうだといういたわりも無くなって、自分の心も深く思い入ったならば、『繁くとも障ら[28]』ないことになろうとお思い寄りになるのも、まことに怪《け》しからぬお心ではあるよ。そうなったら、益々気が揉めとおしになるというのも苦しいことであろう、いい加減に諦めるということは、何《ど》の道出来難いというのは、並《な》みはずれた厄介な御仲というものである。

内大臣殿《うちのおおいどの》は、その新しい御娘のことを、御殿の内の人も容赦なく軽しめて云い、世間の人も迂闊《うかつ》なことだと、誹《そし》っているとお聞きになっているのに、少将が、話のついでに、太政大臣《おおきおとど》もそうしたことがあるのかとお尋ねになったことをお話しなさると、お笑いになって、「そうですよ。彼方《あちら》でこそ、年頃噂にも聞いたことのない田舎者《いなかもの》の子を迎え取って、たいした者らしくしていらせられることです。滅多に人の悪口を仰しゃらない大臣《おとど》が、何《ど》ういうわけか、此方《こちら》のことというと、耳にお留めになって悪《わ》るく仰しゃるのです。却って、名誉な気のすることです」と仰しゃる。少将は、「あの西の対にお据えになっている人は、まことに点の打ちどころのない人らしい様子でございます。兵部卿宮などは、ひどくお心に懸けて、物を云い煩っていらっしゃいますとか。一とおりの人ではなかろうと、みんな推量しているようでございます」と申されると、「さあ、それは、あの大臣《おとど》の御娘だというだけで、覚えがひどく素晴らしいのですよ。人の心はみんなそのようにばかりあるのが世間でしょう。きっとさして優れてはいらっしゃらないでしょう。相応な者だったら、今までに評判にもなっていましょう。

申分《もうしぶん》のない大臣《おとど》で、塵《ちり》も附かずに此の世を過していらっした覚え有様なのに、歴《れっき》とした腹での娘を冊《かしず》いて、ほんに欠点のない方だろうと、思いやりの尊い方がいらっしゃらないのは、大体子の縁がなくて、心もとないことでしょう。劣り腹のようですが、明石の御許《おもと》のお生みになったのは、そうした中では珍しい御運で、先々も御出世のことだろうと思われます。その新しい姫君は、悪るくすると、実子ではないかも知れません。さすがにひどく才覚のおありになる人なので、勿体《もったい》をつけて入らっしゃるのでしょう」とお云い貶《おと》しになられる。「さて、何《ど》う縁をおきめになることだろうか。親王《みこ》[29]がお纏《まつ》わりになって御自分の物になさいましょう。[30]もともと取り分けて御仲もよく、人柄も優れた御間柄というものです」と仰しゃって、やはり我が姫君の御事が、飽かず残念で、彼方《あちら》のように奥ゆかしく冊《かしず》いて、誰を聟とすることだろうと不安にも気懸りにも思わせたいものを、と妬《ねた》ましいので、中将[31]の位が、相当なものだと見ない限りは、許し難いとお思いになるのであった。大臣[32]が懇《ねんご》ろに口添えをされ、達《たっ》て仰しゃるのであれば、負けたようにして承知しよう、とお思いになるが、男方《おとこがた》では又、少しも焦《あせ》っていらっしゃらず、気まずいことである。

とやかくと御思案なさるままに、内大臣《うちのおとど》はだしぬけに、姫君の御方へ手軽にお越しになった。少将も御供として参られる。姫君は昼寝をしていられた時である。羅《うすもの》の単衣《ひとえ》を召して臥せっていられる様は、暑そうには見えない。ひどく可愛らしく小柄である。衣《きぬ》を透いて見える肌つきも、まことに美《み》しい。可愛らしい手つきをして扇をお持ちになったながら、肱《ひじ》を枕にして、投げやりにされている御髪《ぐし》も、ひどく長く煩《うる》さいという程ではないが、先の方はひどく可愛らしい。女房どもも物蔭の方で物に凭《よ》りかかって眠っているので、姫君はすぐにはお目が覚めない。大臣《おとど》が扇をお鳴らしになると、何心もなくお見上げになった目つきが、可愛ゆらしく、顔の赤らんでいるのも、親のお目にはひどく可愛ゆくばかり見える。「うたた寝はお止めしてあるのに、何だって、そのようにかりそめな様でお寝《やす》みになどなったのですか。皆の者も側《そば》にお附きしないで、宜《よろ》しくない。女というものは、いつも気を

附けて身を扱っているのがよいことです。気楽に、自堕落な風にするのは、品の悪いことです。そうかといって、やたらに固くなって、不動の陀羅尼《だらに》を読み、印を作っているような恰好をするのも憎いものです。内々の人にまでも、余り取り澄まして、隔てがましくするのも、気高《けだか》いようではあるが、憎らしく奥ゆかしくないものです。太政大臣《おおきおとど》が、后《きさい》がねの姫君▼33をお馴らし申している教は、万事に亘《わた》って大凡《おおよ》そが分り、際立って優れたという所も持たせまい、たどたどしくよくは解らないという所もないようにしよう、と広い御趣意を立てて入らっしゃいます。ほんにそうあるべき事ですが、人としては、心持の上でも、する事の上でも、好きなことを立てて、そちらへ傾くものですから、一人前となればその人の風が出来ることでしょう。あの姫君の人となって、宮仕えにお出しになった時の御様子が、まことにゆかしいことです」と仰しゃって、「望んでいるようにしてお見上げ申そうとした宮仕の事は、叶わなくなったようなあなたですが、何《ど》うか笑われ物にはならないようにおさせ申そうと思いまして、余所《よそ》の人のいろいろな様を聞く度《たび》に、気を揉んでいることです。気を引いて見ようとして親切そうに云う人の頼み言《ごと》などは、暫《しばら》くはお聞き入れなさいますな。考えていることもございます」と、ひどく可愛いいと思いつつ申される。昔は何事もよく分らずに、却って、だしぬけなあのお気の毒な騒ぎ▼34にも、臆面もなくお目に懸ったことであったと、今になって思い出しても、胸が塞《ふさ》がって、何うにも恥ずかしいことである。大宮▼35からも、いつも御無沙汰のお恨みを仰せになられるが、大臣《おとど》のこのように仰せになるので遠慮されて、お越しになってお目にも懸からない。

　大臣《おとど》は、この北の対にいる今姫君▼36を、何うしたものだろうか、生賢《なまさかし》く迎え取って来て、人がそのように誹《そし》るからと云って、送り帰すというのもひどく軽率なことで、取乱しているようである、このように引籠《ひきこ》もらせておくので、大切に冊《かしず》いて行く気なのだろうかと、人の云いなすのも腹立たしい、女御▼37の御方などに立ち交《まじ》らせて、そうした笑い者にしてしまおうか、人がひどく悪るいものに云い貶《おと》している器量も亦《また》、ひどくそれ程の者でもあろうか、などお思いになって、女御の君に、「あの者を参らせましょう。見苦しい点などは、年をした女房などに云いつけて、遠慮なくお教えになって御覧なさい。若い女房達の噂の種にして笑いものにはおさせ下さいますな。困った心無しのようです」と笑いながら申される。女御は、「何で、そう格別な者でなどございましょうか。中将▼38のひどく勝れた者にお思いになりました予想《あてこと》ほどではないというだけでございましょう。そのように皆に云い囃されるので、極《きま》り悪く思って、一つには臆しているせいでもございましょうか」と、ひどく極り悪るげにして仰せになる。この方の御様は、心細《こころこま》やかにお美しいというのではなくて、ひどく気高く取澄ましていられるものの、なつかしいところが添っていて、面白い梅の花の開きかかっている朝ぼらけのような感じがして、残り多げにほほ笑んでいらっしゃるところが、すぐれていることだ、と大臣《おとど》はお見上げなさる。「中将が、何と云っても、心持が若くて至らないからです」と仰しゃるのも、お気の毒な今姫君の御覚えであるよ。続いて大臣《おとど》はこの御方へお越しになられた序《ついで》に、今姫君の方へお出《い》でになり、佇《たたず》んでいらしてお覗きになられると、簾《すだれ》を高く捲《ま》き上げて、五節《ごせち》の君といって、洒落《しゃ》れた若い女房のいるのと、双六《すごろく》を打っていられる。姫君は両手をひどく一心に揉んで、「小賽小賽《しょうさいしょうさい》」▼39という声が、何とも早口であるよ。大臣《おとど》は、ああ厭《い》やなとお思いになって、御供の人の前《さき》を追うのをも、手でお制しになって、猶《な》お妻戸の細目に開いている所から、襖《ふすま》の開き合っている奥をお覗きになる。五節《ごせち》の方も又、様子がはしゃいでいて、「御返し御返し」▼40といって、筒《とう》を捻《ひね》りつつ、早速には打たない。『中に思ひはあり』▼41もしようか、ひどく他愛のない様共である。姫君の様子は土臭く、さすがに愛嬌はある方で、髪は見事で、難は多くないようであるが、額がひどく狭いのと、声の上ずっているのとで、打壊《ぶちこわ》しているようである。取り立てて何処《どこ》がよいというところはないが、他人だと云って争うべくもなく、鏡に見る御自分の顔にお思い合せになられるので、ひどく因縁が気まずい。「こうしていらっしゃるのは、肌合いが悪るく、落着けなくなどはありませんか。忙しくてばかりいるので、お尋ねも出来ませんで」と仰しゃると、例のひどく早口で、「こうしてお側に居りますので、何の心配がございましょうか。年頃御様子が分りませず、おなつかしくお思い申しておりましたお顔を、ふだんにお見上げ申せませんだけが、よい目が出ないような気がいたします」と申上げる。「ほんに、私の側に使っている者もほとほと無いので、そんなにしてでもお見馴らし申そうかと、以前は思っていましたが、そうも出来ないことなのです。普通の召使ですと、ああした者こうした者も自然にまじりあいまして、人が耳にも目にも必ずしも留めないので、気楽なところがあるようです、それでさえも、あれは誰の娘だ、誰の子だと知られる身分になりますと、御兄弟の顔にかかわるというような類《たぐい》が多いようです。まして」とお云いさしになっていらっしゃる、御様子の極り悪るげなのも見知らずに、「何でしょうそんなことは、たいした者に思いあがって交《まじ》って居りましたなら窮屈なこともございましょう。御尿壺《おおみおおつぼ》のお世話でも、お仕え致しましょう」と申されるので、怺《こら》え切れずにお笑いになって、「似合わしくない役です。このように稀《たま》に逢う親に、孝行をしようというお心がありましたら、その物を仰しゃる声を、少しゆっくりと聞かせて下さい。そしたら命も延びることでしょう」と、ひょうきんなことを仰しゃる癖のある大臣《おとど》で、ほほ笑んで仰しゃる。「舌の本性《もちまえ》でございましょう。幼《おさ》なかった時でさえも、亡くなりました母が、いつも辛がって教えておりました。妙法寺[42]の別当大徳《べっとうだいとこ》が、産屋《うぶや》に附添《つきそ》っておりましたのに、あやかったのだと申して歎いていらっしゃいました。ほんに、何《ど》うしたらこの早口が止められましょうか」と思い慌てているのも、ひどく孝行の心が深くて哀れだと御覧になる。「その間近く入っていたという大徳が、可《い》けなかったのですよ。全くその人は前世の罪の報いなのです。唖や吃[43]は、大乗《だいぞう》経を誹った罪の中にも、数えているようです」と仰しゃって、我が子ながらも、きまりの悪くいらっしゃる女御に、この娘をお目に懸けることは恥ずかしいことである、何んな見届け方をして、こうした賤しい様子をしている者を取りたださずに迎え取ったことだろう、とお思いになり、女房達も大勢が逢い続けて、云い散らすことであろうと、お思い返しにはなるものの、「女御の御里にいらっしゃる頃[44]、時々参って、女房の有様などもお見馴れなさいまし。格別ではない人も、自然人中《ひとなか》にまじって、そうした風になってゆくと、何うやら良くなるものです。そういうお積《つも》りで、お目に懸かりますか」と仰しゃると、「まことに嬉しいことでございます。ただ何うぞして何うぞして御方々並みになれますことを、寝ても覚めても。年頃何事を思ったのでもございません。唯《ただ》お許しさえございましたら、水汲み、薪戴きをしてもお仕えも致しましょう▼45」と、ひどく気持よさそうに前よりも少し早口にしゃべるので、云っても為《し》ようがないとお思いになって、「何ものようにまで御自分で薪拾いはなさらなくても、お参りなさいまし。ただその、あやかり物にした法《のり》師《し》だけを遠ざけましたら」と、冗談に仰しゃり做《な》すのもわからず、おなじく大臣《おとど》と申上げる中《うち》でも、ひどく清げに物々しく、花《はな》やかな様をしていらして、一とおりの人はお目に懸りにくい御様子であるのも見さかいなく、「何《い》時《つ》女御《にょうご》殿《どの》へはお参りいたしましょうか」と申上げるので、「良い日を云うことにしましょう。さてまあまあ、何も仰々しくなどは。そうと思われるなら、今日にでも」とお云い棄《す》てになってお帰りになった。立派な四位五位達がお供を申して、お身動《みじろ》ぎをなさるにもひどく厳《いか》めしい御勢であるのをお見送り申して、「まあ、何というお立派な親御だろう。ああした方の種でありながら、賤しい小家で育ったことですよ」と仰しゃると、五節《ごせち》は「余《あんま》り仰々しいので、きまり悪るいようにいらっしゃいますよ。程のよい親で大事にして下さる方に、捜し出されたらよかったでしょう」というのは余りな云い草であるよ。「いつもの癖でこの人は、人の云うことを打壊《ぶちこわ》しておしまいになる。まあ呆れたものです。今は同《おんな》じ身分の者のような物云いはなさいますな。立派になってゆく体のようです」と腹をお立てになる顔つきは、人なつこく愛嬌があって、打解けてお戯《ふざ》けになっている所は、それとして可愛らしく、憎くなく見える。ただひどく田舎びた賤しい下人の中にお育ちになったので、物のいい方を知らない。格別のこともない言葉でも、ゆっくりと落着いて云い出したのは、聞く方でも格別な気がし、面白くもない歌話をするにも、声づかいが似合わしく、余情を持って云い、本か末かを惜しんでいるさまに誦《ず》んじたのは、深い事の分らない者が聞くと、面白いと耳に留まるものである。たとい心の深い子細あることを云ったからとて、良さそうな物にも聞えず、そそかしい声《こわ》づかいでお云い出しになる物云いが荒々しく、言葉が訛《なま》って、我流の、好《い》い気にばかりなっている乳母《めのと》の懐《ふところ》で覚えたままに、もてなしがひどく賤しいので、つまらない事になるのであった。まるきり駄目ではなく、三十一文字《みそひともじ》の、本末《もとすえ》の合わない歌を、早速に詠《よ》みつづけなどなされる。

姫君は、「女御殿に参れと仰しゃったのに、渋々にする様では、お気持をお悪るくなさるだろう、今夜お参りしよう。大臣《おとど》の君が天下一の者にお思い下さろうとも、あの御方々が、素気《すげ》なくお扱いになったのでは、殿の中《うち》にはいられようか」と仰しゃる。御覚えの程のひどく軽いことではあるよ。先ず御文《おんふみ》をお上げになられる。

「『葦垣《あしがき》の間近』[46]な所に侍《さぶら》いながら、今まで『影踏むばかり』[47]のお近寄りも致しませぬのは、『勿来《なこそ》の関』[48]をお据え遊ばしたことかと思っておりました。『知らねども、武蔵野といへば』[49]でございまして、恐れ多いことではございますが、あなかしこや、あなかしこや」

と、踊字《おどりじ》を多く、威勢よく書いて、裏には、

「ほんに、今夜にも御参り致そうと思い立ちますのは、『厭《いと》ふにはゆる』[50]というのでございましょうか。不思議なのは、『水無瀬川《みなせがは》』[51]でございます」

と書いて、又その末にはこのように、

草若み常陸の海のいかが崎いかで逢ひ見む田子の浦浪[52]

「『大河水の』[53]」

と、青い色紙の一かさねに、ひどく草書がちに、角張《かどば》った字体で、何の流儀とも見えない曖昧《あいまい》な書き様で、「し」の字は長く引張って、云いようもなく気取ったものである。行《ぎよう》なども斜めに曲って倒れそうに見えるのを、御自分は笑《え》み見て、さすがにひどく細く小さく巻いて結んで、撫子の花に附けた。ひすまし童《わらわ》[54]は、ひどく物馴れていて小綺麗で、新参者なのであった。お使《つかい》となって女御の御方

の台盤所《だいばんどころ》へ寄って、「これをお差上げて下さいまし」という。下仕《しもづかえ》の者が見知っていて、北の対[55]にお仕えしている童《わらわ》であったと思って、御文を受取る。大輔《たいふ》の君という女房が持って参って、解いて女御に御覧に入れる。女御はほほ笑んで下にお置きになるのを、中納言の君というのが、すぐ御側《おそば》近く侍《さぶら》っていて、側《わき》から見た。「ひどく賑やかそうな御文の様子でございますこと」と、ゆかしそうにしているので、女御は、「草の字は読めないせいだろうか、本末《もとすえ》のないように見えることです」と仰しゃって下された。「返事は、このように物々しく書かないと、物を知らないと蔑《さげす》まれましょうか」と仰しゃって、「書いて下さい」とお譲りになる。あらわにこそしないが、若い女房達は、可笑《おか》しがって皆で笑った。御返事を催促するので、「面白い故事《ふるごと》ばかり引いてお書きになっているので、御返事が致しにくうございます。宣旨書《せんじが》[56]きのようではお気の毒でしょう」といって、ひたすら御文めかして書く。

「お近い甲斐もなく、お越しになりませんのはお恨めしいことで」

常陸なる駿河の海の須磨の浦に浪立ちいでよ筥崎《はこざき》の松[57]

と書いて、読んでお聞かせ申すと、「まあ厭《い》やな、本当に私の書いたものに云い做しますよ」と、工合《ぐあい》悪るいようにお思いになったが、「それは聞く人が弁《わきま》えましょう」といって、押包んで渡した。今姫君は見て、「お上手なお詠口《よみくち》で入らっしゃること。『待つ』[58]と仰しゃってありますので」といって、ひどく甘たるい薫物《たきもの》の香《か》を、返す返す召物に炷《た》きしめていられた。紅《べに》という物を、ひどく赤く附けて、髪を梳《くしけず》りつくろわれると、そうした方で賑やかで、愛嬌も添って来た。御対面の折には、出過ぎたこともあるのだろう。

▼1 源氏。

▼2　夕霧。
▼3　「はぜ」に似た魚。
▼4　内大臣の子息達。
▼5　乾飯を水で洗って、冷汁を掛けたもの。
▼6　庶腹。この娘は、近江の君という呼び名で、後に出ず。
▼7　内大臣の子息で、柏木中将の弟。後の紅梅大臣。
▼8　柏木。
▼9　夕霧。
▼10　弁少将の弟。
▼11　夕霧を呼ぶ。
▼12　近江の君をさす。
▼13　「わが宿とたのむ吉野に君し入らば同じ挿頭をさしこそはせめ」（後撰集）に依ったもので、姉妹の意で云っている。雲井の雁との結婚をはばまれているので、こういったもの。
▼14　玉鬘。内大臣が実の親であるが、その行方を知らずにいる娘。
▼15　明石姫君や秋好中宮のこと。
▼16　内大臣が、夕霧に娘の雲井雁を結婚させることを嫌っているのをいう。
▼17　催馬楽。「我家（わいへん）」の語句。「わいへんは、とばり帳（ちやう）をも垂れたれば、大君来ませ聟にせん、み肴は何よけん、あわび栄螺（さだを）か、かぜよけん」
▼18　これも上の催馬楽の語句。
▼19　内大臣。
▼20　後宮にあって、楽器などを司る女官。
▼21　催馬楽「貫河」。「貫河の瀬々の柔ら手枕、柔らかにぬる夜はなくて、親さくるつま」
▼22　撫子の花の、この懐かしい色を見せたならば、以前植わっていた垣根は何所であったかと、ゆかしさ

に人が尋ねることであろう、というのに、大臣の愛子であるあなたの、このように美しく成人したのをお目に懸けたならば、その植わっていたもとの垣根、即ち母上の夕顔は何うなったのかとお尋ねになろうの意を持たせたもの。「とこなつかしき」は、撫子の異名を常夏の花という、その「とこなつ」を絡ませたもの。

▼23 山がつの賤しい垣根に生えたつまらない撫子ですから、以前の根ざしなどを、誰が尋ねましょうか、で、母のことなど御懸念なく、お引逢せ下さいの意をいったもの。

▼24 古歌を引いているが、未詳。

▼25 紫上。

▼26 蛍兵部卿宮。

▼27 髭黒大将。

▼28 「筑波山はやましげ山しげくとも思ひ入るには障らざりけり」(古今集)

▼29 兵部卿宮。

▼30 雲井雁。

▼31 夕霧。

▼32 源氏。

▼33 明石姫君。

▼34 雲井雁と夕霧との恋愛が、内大臣に発見された事件で「少女」に出ず。

▼35 夕霧にも、雲井雁にも祖母。

▼36 近江の君。

▼37 内大臣の女。弘徽殿女御。

▼38 柏木。

▼39 賽の目の小さい数を、相手が振り出すように、まじないとして云っている言葉。

▼40 返報に多い目を出そうとしてのまじない言。

▼41 「さざれ石の中に思ひはありながら打出づることの難くもあるかな」(源氏物語奥入)

▼42　近江国神崎郡高屋郷に在った寺。ここの別当が、安産の祈禱に招かれていたことが知られる。
▼43　法華経に、この世に唖、吃として生れた者は、この経を謗った罪のためだと説かれている。
▼44　女御が現在は内大臣邸にお下りになっていることが知られる。
▼45　「法華経をわが得しことは薪こり菜摘み水汲み仕へてぞ得し」（行基）の歌による。
▼46　「人知れぬ思ひやなぞと葦垣の間近けれども逢ふ由のなき」（古今集）
▼47　「立ち寄らば影踏むばかり近けれど誰か勿来の関を据ゑけむ」（後撰集）
▼48　同上。
▼49　「知らねども武蔵野といへばかこたれぬよしやさこそは紫のゆゑ」（古今六帖）。「紫のゆかり」に絡ませ、縁者だとの意を云ったもの。
▼50　「怪しくも厭ふにはゆる心かないかにしてかは思ひやむべき」（後撰集）。「はゆる」は、募る意。
▼51　「言に出でて云はぬばかりぞ水無瀬川下に通ひて恋しきものを」（古今集）
▼52　意味の通らない歌。「いかが崎」は、「いかで」の「いか」にかかる枕詞。在り場所は近江の海。
▼53　「み吉野の大河のべの藤波のなみに思はばわが恋ひめやは」（古今集）
▼54　厠掃除を受持つ少女。
▼55　近江の君の住居。
▼56　代筆の意。
▼57　全く意味のない歌。
▼58　返歌に「松」とあるのを、懸詞と解しての意。

篝火

此頃《このごろ》世間の人の言草《いいぐさ》に、内の大殿《おおいどの》の今姫君と、何ぞのことに附けつつ云い散らすのを、源氏の大臣《おとど》はお聞きになって、「事情は善いにもせよ悪《わ》るいにもせよ、人目には懸けないように隠して置くべき女子《おんなご》を、たとえ聊《いささ》かのことでも、さも勿体《もったい》らしく差出して、そのように人に見せて云い伝えられるというのは、心得難いことですよ。ひどく事を角立っていらっしゃる余りに、十分に様子も尋ねても見ずに引取って、気に入らないので、そうしたはしたない扱いをなさるのでしょう。万事は扱い方次第で、穏やかに行くもののようです」と気の毒がっていらっしゃる。そうしたことにつけても、ほんに良いことをしたものだ、親とは申しながらも、年頃のお心をお知り申さずに、お馴《な》れ申したならば、恥を掻くようなことがあったかも知れないと、対の姫君▼1はお思い知りになるに、右近もよくよくそのことをお聞かせ申した。大臣《おとど》には疎《うと》ましいお心がお添いになってはいるが、そうかといって、お心のままに無理なことなどはなされず、一段と深いお心ばかりが増《ま》さっていらっしゃるので、姫君は次第に懐かしくなり、お打解け申される。

秋にもなった。初風が涼しく吹き出して来て、『背子《せこ》が衣』▼2もうらさびしいお心持がなされるので、大臣《おとど》は忍びかねつつ、ひどく繁々《しげしげ》と対にお越しになって、一日をお暮しになり、お琴などもお教え申される。五六日頃の夕月は疾《と》くに隠れて、涼しく曇っている空模様で、荻の葉ずれの音も、次第に身

にしみる頃になって来た。お琴を枕にして、姫君と共に添臥《そいぶし》をしていらっした。こうした間柄というものがあることだろうかと、大臣《おとど》は嘆き勝《が》ちに夜を更《ふ》かしていらっしゃるが、女房が怪しむだろうとお思いになるので、お帰りになろうとして、御前《おまえ》の篝火《かがりび》の少し消えかかっているのを、お供の右近の太夫《たいふ》を召してお焚き次がせられる。ひどく涼しそうな遣水《やりみず》のほとりに、恰好よく枝を張って臥している檀《まゆみ》の木の下へ、松の割木《わりき》を、夥《おびただ》しい程ではなく置いて、遠退《とおの》けて灯しているので、御前《おまえ》の方はひどく涼しく程好い程の光で、女のお有様は見まさって、御髪《みぐし》の手ざわりなど、ひどく冷《ひ》や冷《ひ》やと上品な気がして、打解けない様で、つつましくしている気《け》ぶりが、ひどくお可愛《かわ》ゆいことである。帰りにくいお気がして躊躇していらっしゃる。「絶えず附いていて、焚きつづけなさい。夏の、月のない頃は、庭に明りのないのはひどく不気味で、陰気なものですよ」と仰しゃる。

かがり火に立ち添ふ恋の煙《けぶり》こそ世には絶えせぬ焔《ほのお》なりけれ▼3

「いつまでこうしているのでしょう。『ふすぶる』のでなくても、苦しい下燃えというものです」と申される。女君は変な有様だとお思いになるので、

行方なき空に消《け》ちてよ篝火のたよりにたぐふ煙《けぶり》とならば▼4

「人が怪しくお思い申しますことで」と当惑なされるので、「それよ」▼5と仰《おっ》しゃってお出になられると、東の対の方で、面白い笛の音を、箏《そう》に吹き合せている。中将の、いつも側を離れずにいるお仲間が、遊んでいるのであった。「あれは頭中将《とうのちゅうじょう》▼6のようです。ひどく上手に吹き立てる音《ね》ですね」といって、お立留《たちどま》りになる。中将に御消息《おたより》で、「此方《こちら》に、ひどく涼しい篝火に引留《ひきと》められているのです」と仰しゃると、連れ立って三人▼7でお参りになった。大臣《おとど》は、「秋風楽だと聞える笛の音《ね》に、我慢が出来ませんで」と仰しゃって、お琴を取出してなつかしい程にお弾きになる。源中将《げんのちゅうじょう》▼8は、笛を盤渉《ばんじき》調《じょう》でひどくお吹きになった。頭中将は姫君に心づかいをして、謡《うた》い出しにくくしている。大臣《おとど》が「早く」と御催促になるので、弁少将は拍子を打出して、中将の忍びやかにお謡いになる声は、鈴虫の音《ね》

にもまがうようである。二返《ふたがえ》り程お謡わせになって、大臣《おとど》はお琴を中将▼9にお譲りになられた。ほんに、あの父大臣《ちちおとど》▼10の御爪音《つまおと》にも殆《ほとん》ど劣らず、花《はな》やかで面白い。「御簾《みす》の中には音色《ねいろ》のおわかりになる人がいられるようですよ。今夜は杯は見合せましょう。盛りを過ぎた者は、酔泣きのついでに、つい我慢の出来ないこともあるかも知れないので」と仰しゃるので、姫君もほんに哀れだと思ってお聞きになる。同じ血縁のつながりは、疎《おろそ》かでないもののせいでもあろうか、此《こ》の君達《きんだち》を人知れず目にも耳にも留めていらっしゃるのであるが、夢にもそのようなことは思い寄らず、この中将は、心の限りを尽して思っていることなので、こうした機会にも、我慢のし切れないような気がするが、様よく振舞って、殆ど心解けては琴も弾き続けにならない。

▼1 玉鬘。
▼2 「わが背子が衣の裾を吹きかへしうらめづらしき秋の初風」（古今集）
▼3 篝火のそれに立ち添って立っている恋という火の煙は、いつまでも絶えずにいる我が胸の焔のそれなのである。「恋」に「火」を懸け、「煙」と「焔」と関係させ、「焔」は、胸に燃える思いの譬喩としたもの。
▼4 行方もない虚（むな）しい空へ消して下さいまし。篝火の燃えるついでに、それに伴って立つ煙だと仰しゃるならば。
▼5 夕霧。
▼6 柏木。
▼7 夕霧中将と柏木中将と弁少将。
▼8 夕霧。
▼9 柏木。
▼10 内大臣。

野分

中宮▼1の御前《おまえ》に秋の花をお植えさせになっているのが、常の年よりは見事で、種類を尽して、しゃれた黒木赤木《くろきあかぎ》のませ垣《がき》を結いまわせつつ、同じ花の枝振り姿ながら、朝夕の露の光までが普通ではなく、玉かと思うまでに輝いている色を見ると、今は春の山は忘れさせられて、涼しく面白くて、心も浮かれてゆくようである。春秋の争《あらそい》では、昔から秋に贔負《ひいき》をする人の数が多かったが、評判となっている春の御前《おまえ》▼2の花園に贔負をしていた人々も、又裏切って此方《こちら》を贔負にする気ぶりは、世間の有様にも似ている。中宮にはこれにお見とれになって、里居《さとい》をしていらせられる頃なので、御遊びなどもしたいのであるが、八月は故前坊《こぜんぼう》▼3の御忌月《おんきづき》なので、盛りが過ぎはしないかと思召《おぼしめ》しつつ明かし暮らしていらっして、その花の色の深くなって来る様子を御覧になっていると、野分の風が例年よりはすさまじくて、空の色が変って吹き出して来る。花などの萎《しお》れるのを、そう深くは心に入れない人でさえも、まあ勿体《もったい》ないと胸騒ぎがされるのに、まして中宮には、草むらの露の玉の緒の乱れるに連れて、お心も乱れそうにお思いになった。『覆ふばかりの袖』▼4というのは、秋の空の方にこそ欲しいようである。暮れてゆくにつれて、物の色も見えずに吹き募って来て、ひどく気味が悪いが、御格子《みこうし》などもお下ししたので、気懸《きがか》りに可哀そうにと花の上をお思い嘆きになる。

南の御殿▼5では、前栽《せんざい》のお手入れをなさっていた折柄《おりから》、このように吹き出したので、風を待つという

野分

『もとあらの小萩[6]』も、ゆくりなくも待ち得た風という様である。立ち返っては、露も留まりそうもなく吹き散らすのを、上は少し端近くて御覧になっている。大臣《おとど》は、姫君[7]の御方にいらせられる時に、中将[8]の君はお参りになられて、東の渡殿《わたどの》の小襖《こぶすま》の上から、妻戸の開いている隙を、何心もなくお入りになられると、女房が大勢見えるので、音も立てずに見る。御屏風も、風がひどく吹いたので、畳《たた》み寄せてあるので、見通しがあらわになっている廂《ひさし》の間の御座《おまし》にいらせられる人は、他と紛れるべくもなく、気高く清らかで、さっと照るような気がして、春の曙の霞《かすみ》の間に、面白い樺桜《かばざくら》の咲き乱れたのを見るような気持がする。気ざみしくも、お見上げする自分の顔にまでも映って来るように、愛嬌がこぼれ散って、又とない珍しい御様である。御簾《みす》の吹き上げられるのを、女房達が押えていて、何《ど》うした拍子なのであろうか、お笑いになられたお顔は、まことに云いようもなく見える。花の上をお気になされて、見捨ててはお入りになれない。御前《おまえ》にいる女房達も、とりどりに清げらしい姿には見渡されるが、目移りがすべくもない。大臣《おとど》がひどく隔《へだ》てを附けて、遠ざけてのお扱いをなさるのは、このように見る人が心を動かさずにはいられないお有様なので、行き届いたお心から、ひょっと此《こ》のようなこともあろうかとお思いになってのことなのだ、と思うと、様子が怖ろしくなって、立ち去る所へ、西の御方から、内の御襖を開けてお越しになられる。「何うにも厭《い》やな、だしぬけの風のようです。御格子を下ろしなさいよ。男子《おのこ》どもが来ように、あらわなことです」と申されるので、又寄って見ると、女君に物を仰《おっ》しゃって、大臣《おとど》もほほ笑んで女君をご覧になられる。親とも思われない迄《まで》に、若く清らかに艶《なまめ》いていて、お立派な御容貌《かたち》の盛りである。女君もお盛りの整い方で、申すところのない御器量揃いであるのを見ると、身に沁むような気がなされるが、今いる渡殿《わたどの》の東の格子も吹き放されて、立っている所が現《あら》わになったので、怖ろしくて立ち退いた。唯今《ただいま》参ったように声作《こわづく》りをして、簀子《すのこ》の方に歩み出して行かれると、「云った通りだ。現わなことだったろう」と仰しゃって、その妻戸が開いていたことだったと、今になってお見咎《みとが》めになられる。中将は年頃こうしたことは全く無かったのに、風というものは巌《いわ》をも吹き上げられるものである、あのような方のお心をも騒がせて珍らしくも、嬉しい目に逢わせてくれたことだとお思いになる。人々が参って、「ひどく烈《はげ》しく吹きそうな風でございます。東北《うしとら》の方から吹いてまいりますので、此《こ》の御前《おまえ》は穏やかなのです。馬場《うまば》の御殿、南の釣殿などは危《あぶの》うございます」と云って、とやかくと風避《かぜよ》けのことを騒いでする。「中将は何所《どこ》から来たのですか」「三条▼9の宮に居りましたが、風がひどく吹きそうだと人々が申しましたので、気懸りになって参ったのでございます。彼方《あちら》ではましてお心細がって、風の音にも、今では却《かえ》って子供のように怖《こわが》っていられますようで、お気の毒でございますから、退出いたしましょう」と申上《もうしあ》げられると、「ほんに、早くお参りなさいよ。年寄になって、又子供に返るなどということは、なさそうなことですが、ほんにみんなそうばかりなるものです」とお憐《あわれ》みになられて、大宮に「このように騒がしそうでございますが、この朝臣《あそん》がお附き申していますので、これに代らせまして」などと御消息《おたより》を申上げられる。途中も揉みに揉み立てる風ではあるが、お心のしっかりしている君で、三条の宮と六《ろく》条院《じょうのいん》とに参って御覧にならない日とてはない。宮中の御物忌《おんものいみ》などで、退出できずに籠《こ》もっていらせられるべき日以外は、忙しい公事《おおやけごと》や節会《せちえ》などで、時のかかって、事の繁雑な中《うち》にも、第一にこの院に参り、宮へ廻《まわ》られてから御出仕になるようにされているので、まして今日、こうした空模様には、風の騒ぎに夢中になってお歩きになるのも哀れに見える。

宮はひどく嬉しく頼もしく思ってお待ち受けになって、「この年になるまでも、まだ此のようにひどい野分に逢ったことはありませんでした」と仰しゃって、唯ふるえにふるえていらっしゃる。大きな木の枝の折れる音なども、まことに気味が悪《わ》るい。御殿の瓦さえも、残りそうにもなく吹き散らされる中を、こうして来て下さったことだとその中でも仰しゃる。あのように盛んであった御勢いも衰えて、此の君を頼みにお思いになるのは、常なき世である。今でも世間の尊敬が薄くおなりになったというのではないが、内の大殿《おおいどの》▼10のお仕向けは、却って少し疎《おろそ》かなことである。中将は終夜荒く吹く風の音を聞きながらも、そぞろに物哀れな気がする。心に懸けて恋しいと思っている人の御事はさし置かれて、今日垣間見《きょうかいまみ》た御面影が忘れられないので、これは又何とした心なのだ、あるまじき物思いが添うかも知れない、まことに怖ろしいことだ、と自身思い紛らして、他のことに思いが移るが、やはりふと思い出されつつ、昔にも後にも又と有りそうもなくいらせられたことであるよ、ああした御《おん》仲《なか》に、何《ど》うして東の対の御方[11]が、そうした数に加わって立ち並んでいられたことだろうか、比較にな どはならないことであるよ、ああお気の毒に、と思われる。大臣《おとど》のお心持を珍らしいことだとお思い知りになられる。この君は人柄がまことに実直なので、似合わしくないことに思いは懸けないが、あのような人をこそ、同じことならば見て明かし暮らそう、限りのある命でも、今少しは必ず延びることであろう、と思い続けられる。

明け方に風が少し鎮《しず》まって、村雨のように降り出す。「六条院では、離れていた屋が幾《いく》つも倒れました」と人々が申す。風の吹き荒れている間を、広く、甚《はなは》だ高い気のする院に、人々も亦大臣《またおとど》のお住まいになるあたりには多くいたろうが、東の町などは、人少なにお思いになられたことだったろう、とお気が附いて、中将はまだほの暗い中を参られる。途中は、横降の雨がひどく冷たくお車の中に吹き込む。空模様も凄いのに、妙に物に憧れているような気がなさって、何《ど》うしたというのであろうか、又自分の心に歎きが加わって来たことだと、思い出すと、まことに似合わしくないことなのであった。ああ正気ではないことだと、色々に思い紛らしつつ、東の御方に先《ま》ずお参りになられると、怖じおそれていらしたので、いろいろにお慰め申して、人を召して、所々を修繕するようにお命じになっておいて、南の御殿にお参りになられると、まだ格子も上げずに居らせられるので、御寝所の前に当る勾《こう》欄《らん》に寄り懸かって見渡すと、山の木立を吹き靡《なび》かして、枝も多く折れ伏していた。草むらは云うまでもなく、檜皮《ひはだ》、瓦、所々の立蔀《たてじとみ》、透垣《すいがき》といったような物が乱雑になっている。日が僅《わずか》に射し出したので、悲しげにしている庭の露がきらきらと光って、空はひどく凄く霧が籠めているのに、何ということもなく涙がこぼれるのを、拭い隠して、咳払いをなさると、「中将の声《こわ》づくりです。夜はまだ深かろうに」と仰しゃって、お起きになられるのである。何のお話であろうか、仰しゃるお声は聞《きこ》えないで、大臣《おとど》はお笑いになって、「昔でさえもお知らせせずにしまった暁の別れですよ。今お習いになるのは辛いことでしょう」といって、暫《しばら》くお話になっていられる御様子が、ひどく面白い。女君の御返事は聞えないけれど、おぼろげに、このような御冗談をお云い合いになっている御様に、緩《ゆる》びのない御仲であるよと聞いていらした。御格子を大臣《おとど》が御自身でお上げになったので、お側近い工合《ぐあい》悪るさから、立ち退《の》いて待っていらせられる。「何《ど》うでした。昨晩は宮はお喜びになりましたか」「さようでございます。ちょっとした事につけても、涙脆《なみだもろ》くていらっしゃいますので、まことにお可哀そうでございます」と申されると、お笑いになって、「もう幾らの御寿命でもあるまい。深切《しんせつ》にお世話を申してお上げなさい。内の大臣《おとど》は細かにはお届かせになるまいと御心配になっていました。人柄が妙に派手で、男らしい方が勝《まさ》っているので、親などの孝養も、表立ったことは立派になさって、人に見せつけて驚かそうとする心があります。真《しん》からのしみじみした深切はない御人でした。しかし、心に奥深い所があり、まことに賢い人で、末の世には有り余るほどに、才学も秀でていて、煩《うる》さい所はあるが、人として欠点のないということは難いことです」など仰しゃる。大臣《おとど》は、「まことに怖ろしかった風に、中宮には、確《しっか》りした宮司《みやづかさ》がお仕え申していたことでございましょうか」と仰しゃって、中将をお使として御消息《おたより》を申上げられる。「夜の風の音は、いかがお聞きになられたことでございましょうか。吹き乱れますにつけて私の風病《ふびょう》も起り合いまして、ひどく堪え難いので、御訪《おとぶら》いをためらっておる所でございます」と申上げられる。

　中将は御前《おまえ》を下《さが》って、中の廊の戸を通って中宮へ参られる。朝ぼらけのお姿は、ひどく美しく趣《おもむき》がある。東の対の南側に立って、御前《おまえ》の方を御覧になられると、お格子を二間《けん》ほど上げて、ほの明るい朝ぼらけの中《うち》に、御簾《みす》を捲《ま》き上げて、女房達がいた。勾欄に寄り懸かって、若そうな者ばかり大勢見える。近く寄って見たならば何《ど》うであろうか、はっきりとはしない明闇《あけぐれ》の頃なので、色々の衣《きぬ》を著《き》た姿は、何《いず》れということもなく美しい。女童《めわらわ》を前栽にお下しになって、虫の籠《かご》に露を飼わせられるのであった。紫苑色《しおんいろ》や撫子色《なでしこいろ》の濃い薄い袙《あこめ》に、女郎花色の汗衫《かざみ》といったような、季節に合った身なりをして、四五人程で連れ立って、此処彼所《ここかしこ》の草むらに寄って、色々の虫籠を持ってさまよって、撫子などのひどく哀れになった枝を折り取って持って参る。霧の漂う間に、ひどく艶《えん》に見られることである。其方《そなた》から吹いて来る風は、侍従[12]の香《か》の格別にもよい薫りなのも、中宮の御身にお触れ申してのものであろうかと思うと、ひどく思いやりが奥ゆかしく、胸ときめきがして、出て行きにくいのであるが、忍びやかな響《ひびき》をさせて、歩き出されると、女房達はあからさまに驚いた様子はしないが、皆奥へすべり入った。中宮の御入内《ごじゅだい》になる頃には、中将はまだ童形《どうぎょう》で御簾《みす》の中にも立ち入り馴《な》れていられたので、女房などもひどく疎《うと》くはない。御消息《おたより》を啓させられて、宰相の君、内侍なども居る様子なので、内輪話も忍びやかになされる。この御殿もまた、何といっても気高《けだか》くお住まいになっていらせられる御様子お有様を見るにつけても、いろいろと思い出される。帰って参ると南の御殿では、お格子をすべて上げ渡して、昨夜《よべ》見捨て難くした花の、跡かたもないようになって萎《しお》れて伏しているのを御覧になっていた。中将は御階《みはし》の前にお立ちになって、御返事を申上げる。「荒い風[13]をもお防ぎ下さるのだろうかと、幼く心細く思っておりましたのに、今になって慰められることでございます」と申上げると、大臣《おとど》は、「妙に子供のようにいらっしゃる宮です。女同志では、怖ろしくお思いになりそうな夜の様だったので、ほんに疎略《そりゃく》にするとお思いになったことでしょう」と仰しゃって、直《す》ぐにお参りになられる。御直衣《おんなおし》をお召しになるとて、御簾《みす》を引き上げてお入りになると、短い御几帳《みきちょう》を引き寄せて、僅《わずか》に見える御袖口は、その御方であろうと思うと、胸がどきどき鳴るような気のするのも、困ることなので、中将は余所《よそ》の方を見やった。大臣《おとど》はお鏡を御覧になって、そっと、「中将の朝の姿は綺麗なことですね。今はまだ幼さの残っていそうな頃なのに、無骨ではなく見えるは、『心の闇[14]』なのでしょうか」と仰しゃって、御自分のお顔は、若さが失せず好いとお思いになっていることであろう。まことにひどくもお繕《つくろ》い立てになって、「宮にお目に懸かるのは、極《きま》りの悪るいことです。何所《どこ》といって露《あら》わに子細らしい所などはお見せにならない方ですが、奥ゆかしくて気づかいに思われることです。ひどくおっとりして女らしくていらっしゃりながら、一節《ひとふし》お持ちになっている方ですよ」と仰しゃって、お出ましになられると、中将はうっとりとして、直ぐには気の附かない様子でいらっしゃるのを、心敏《こころさと》い人のお目に何《ど》う御覧になったのであろうか、引返《ひきかえ》して、女君に、「昨日の風の紛れで、中将はあなたを見上げたのでしょうか。あの戸が開いていましたよ」と仰しゃるので、女君の顔は紅《あか》くなって、「何でそんなことがございましょうか。渡殿《わたどの》の方には、人の音もしませんでしたのに」と申される。「やはり変です」と独語《ひとりごと》をしてお出ましになった。大臣《おとど》は御簾《みす》の中にお入りになられたので、中将は渡殿の戸口に女房達のいる様子なので寄って行って、冗談など仰しゃるけれども、心に思う事々が歎かわしいので、例《いつも》よりは打湿《うちしめ》っていらっしった。

大臣《おとど》は其方《そちら》から直ぐに、北の殿へお通りになって、明石の御方の方をお見やりになると、確《しっか》りとした家司《けいし》といったような者も見えず、見馴れた下仕《しもづかえ》どもだけが、草の中にまじって歩いている。女童《めわらわ》どもが愛らしい袙姿《あこめすがた》で打解けた様をして、御方が心をとどめて特にお植えになっている龍胆《りんどう》や朝顔の、這《は》いまじっている笆《ませ》までも、みんな散り乱れているのを、あこうと引き出して捜し出したりしているようである。御方は物あわれにお思いになったままに、箏《そう》の琴を掻き鳴らしながら、端近い所にいらっしたのに、御先《おんさき》を追う声がしたので、打解けての萎《な》えた衣《きぬ》の上に、衣架の小袿《こうちぎ》を引き下して召されて、様を改められたのはまことに礼儀正しい。大臣《おとど》は端の所に膝をお突きになって、風の騒ぎのお見舞だけを仰しゃって、すげなくお帰りになられるのも、お辛そうである。

大方の荻の葉過ぐる風の音もうき身一つにしむ心地して▼15

と独り言に云った。

西の対▼16では、怖ろしく思って夜《よ》をお明かしになった名残で、今朝は寝過して、今身じまいの鏡を御覧になっていられる時であった。大臣《おとど》は「仰々しく先を追うな」と仰しゃるので、格別の音もさせないでお入りになられる。屏風などもみんな畳み寄せて、調度も乱雑になっているのに、日が花《はな》やかに出た時で、女君はあざやかに、清げな様をして居られた。大臣《おとど》は女君に近くお坐りになって、例《いつも》の、風のお見舞につけても、同じような絡《から》んだことを戯れて仰しゃるので、女君は、堪えられず厭《い》やになって、「このように辛い思いをしていますので、昨夜《ゆうべ》の風と一しょに、浮れて行ってしまおうかと思いました」とお零《こぼ》しになると、大臣《おとど》はひどくよくお笑いになって、「風と一しょに浮かれて行くというのは、軽々しいことでしょう。それにしても落着《おちつ》くところはあるのでしょう。だんだんそうしたお心持が附いて来たのですね。尤《もっと》もですよ」と仰しゃると、女君は、ほんに不思議にも、思っている通りのことを仰しゃることだ、とお思いになって、御自分も一しょに微笑《ほほえ》まれたところは、まことに愛らしいお顔色やお顔つきである。酸漿《ほおずき》とかいう物のように円くて、髪の毛の振りかかっている隙間隙間が愛らしく思われる。眼元の余りにも和《にこ》やかな所だけが、さしては品高くは見えないことである。その外《ほか》には少しの難も附けようもない。中将は、大臣《おとど》が細々《こまごま》とお話をしていらっしゃるので、何《ど》うかして、姫君のお容貌《かたち》を見たいものだと、思い続ける心から、隅の間の御簾《みす》が、几帳は立て添えてありながら、風でしどけなくなっているので、そっと帷子《かたびら》を引上げて覗くと、邪魔になる物は取払ってあるので、ひどくよく見える。そのようにお戯れていらっしゃる様が明らかなので、変な事だ、親とは申しながら、あのように懐に抱かれている、馴々《なれなれ》しくすべき年頃であろうか、と目が留まった。お見附けになりはしなかろうかと怖ろしいけれど、変なのに驚いて、猶《な》お見ていると、姫君は柱に隠れて少し横向きになっていらっしったのを、大臣《おとど》がお引寄せになると、御髪《みぐし》が波を打ってはらはらとお顔にこぼれ懸って来るのを、女君はひどく厭《いと》わしく苦しいとお思いになっていられる御様子ながら、さすがにひどく物柔《ものやわら》かな様をして、お寄り懸りになられるのは、別しても馴れ馴れしい御仲なのであろう。いや何とも厭《い》やな、何《ど》うしたことなのであろうか、お思い寄りにならない隈《くま》もなかったとて、最初から見馴れてお育てにならない者には、こうしたお思いもお添いになったのでもあろう。無理もないことである、何とも厭やな、と思う自分の心までも気恥ずかしい。女の御器量は、ほんに兄弟とはいっても、少し立ち離れていて、異腹であると思ったならば、何で間違い心の出ないことがあろうと思われる。昨日見た方の御様子には、劣ってはいるが、見ると自然に微笑まれる様は、立ち並べそうにも見える。八重山吹の咲き乱れている盛りの花に、露のかかっている夕映えが、ふと聯想《れんそう》されて来ることである。今の季節に合わない譬《たとえ》ではあるが、やはりそう思われて来る様であるよ、花は限度のあるものである、そそけた蕊《しべ》などもまじることである、人の御容貌《かたち》のよいのは、譬えようのないものなのであるよ。御前《おまえ》には女房共も出て来ず、ひどくこまやかにお囁《ささや》きになっていられたのに、何うしたのであろうか、大臣《おとど》は実直な御様子になってお出ましになる。女君は、

吹き乱る風のけしきに女郎花《をみなへし》しをれしぬべき心地こそすれ▼17

中将にはよくは聞えないが、大臣《おとど》の誦《ず》されるのをほのかに聞くと、厭わしいものの面白いのでやはり見果てたいと思うけれども、近間に居たのだと御覧にならないようにと思って、立ち去った。大臣《おとど》の御返し、

下露に靡《なび》かましかば女郎花荒き風にはしをれざらまし▼18

「なよ竹を御覧なさい」など仰しゃったのも、聞きそこないでもあったろうか。聞きよくもない歌である。

大臣《おとど》は東の御方《おんかた》へ▼19、ここからお越しになられる。今朝の朝寒《あささむ》につけての思附《おもいつ》き仕事でもあろうか、絹を裁《た》ちなどする年した女房が、御前《おまえ》に大勢いて、細櫃《ほそびつ》といったような物に、綿を引懸けてまさぐる若い女房達もいる。ひどく清らかな朽葉色《くちばいろ》の羅《うすもの》、当世風の色をした物のこの上もなく好く打った物などを、ひろげ散らしていられた。大臣は、「中将の下襲《したがさね》ですか。内裏《うち》の壺前栽《つぼせんざい》の御宴もお取り止《や》めに

なることでしょう。このように吹き散らしては、何が催せましょう。面白くもなさそうな秋ですね」など仰しゃって、何《ど》ういう品なのか、様々の物の色の、ひどく清らかなので、こうした方面では、南の上[20]にも負けないようだとお思いになる。大臣《おとど》の御直衣《おんなおし》の花文綾《けもんりょう》を、此頃《このごろ》摘み取った花で、はかなく染めてあるのは、ひどく好ましい色をしている。「中将にこそ、このようにしてお著《き》せになるんですね。若い人には似合って見よいようです」というようなことを仰しゃって、お帰りになられた。

面倒な方々をお廻りになるお供をして歩いて、中将は何だか気が結ぼれたようで、書きたいと思っている文《ふみ》も、日が闌《た》けてしまったことだと思いつつ、姫君[21]の御方にお参りになられた。「まだ彼方《あちら》に[22]いらっしゃいます。風にお怖《お》じになりまして、今朝はお起きになれませんでした」とお乳母《めのと》は申上げる。「物騒がしかったので、宿直《とのい》を申そうかと思いましたが、大宮がひどくお気の毒に思えましたので。雛《ひいな》の殿は何《ど》んなでいらっしゃいましょう」とお尋ねになるので、女房達は笑って、「扇の風の当るのでさえ、大変なことに思っていらっしゃいますのに、はらはらする程吹き当てましたことでした。あの御殿《ごてん》の扱いには当惑しております」など話す。「仰々しくない紙がございますか。お局《つぼね》の硯《すずり》を」とお頼みになるので、姫君の御厨子《みずし》へ寄って、紙の一巻《ひとまき》を、お硯の蓋に取入れて差上げたので、「いや。これでは恐縮です」と仰しゃったが、北の御殿[23]の覚えを思うと、少し軽しめる気がしてお書きになる。紙は紫の薄葉《うすよう》なのである。墨を鄭寧《ていねい》にお磨《す》りになり、筆の穂先に見入りつつ、心籠《い》めてゆっくりとお書きになる様がひどくよい。しかし歌は、妙に固くて、優しくないお口つきで入らせられることだ。

風騒ぎむら雲迷ふ夕べにも忘るる間なく忘られぬ君[24]

それを風に吹き乱された萱《かや》にお附けになるので、女房達は、「交野《かたの》の少将[25]は、紙の色と同じ色の物になさいましたことです」と申上げる。「その程のことも分ってはいないのですよ。何処《どこ》の野の花にするのですか」などと、こうした人達にも言葉少なに見せて、打解けられるようには扱われず、ひどく実体《じってい》で気高《けだか》い。今一通お書きになって、右馬助《うまのすけ》にお渡しになると、可愛らしい童《わらわ》やひどく物馴れた御随身《みずいじん》などに、ひそひそと云い含めて渡すのを、若い女房連は一通りならずゆかしがる。姫君がお帰りになられるといって、女房達はざわめいて、御几帳を直しなどする。中将は今日見たところの花に花の顔共と較《くら》べて見たい気がして、いつもは物ゆかしがりをしないのに、今日は一途に、妻戸の御簾《みす》の蔭に隠れ、几帳の綻《ほころ》びから覗いて見ると、物蔭から出《い》で唯彼方《あちら》に行かれるのが、ふと見られたことである。女房共が繁く歩き廻っているので、よくは分らない間のことで、ひどく飽気《あっけ》ない。薄紫色の御衣《みぞ》に、髪はまだ身の丈には足りない末が、引きひろげたようで、ひどく細《ほっ》そりと小さいお体つきが、可愛らしくも痛々しい。一昨年《おととし》頃までは、たまたまにでもほのかにお見上げしたが、又ひどく大きくお美しくなったようである。まして盛りには何《ど》んなにおなりになることだろうと思う。あの覗き見をした前《さき》の方々を、桜山吹というならば、これは藤の花とでもいうべきであろう。丈高い木に咲き懸かって、風に靡いている色合いは、このようであることだろう、と思いよそえられる。こうした方々を、心任せに明け暮れにお見上げしたいものである、そうも出来るべき間柄ながら、それぞれ隔ての厳しいのは辛いことである、と思うと、実体な心も何うやらさまよい出しそうな気がする。

祖母宮《おばみや》の御許《おんもと》にお参りになられると、心長閑《こころのどか》に勤行《ごんぎょう》をしていらせられる。可《か》なり好い年若い女房などは、此所《ここ》にもお仕えしてはいるが、身のもてなし様子装束なども、勢い盛んなあたりには似るべくもない、容貌《かたち》のよい尼君達の、墨染の衣に窶《やつ》れている者の方が、却ってこうした所としては、それとして哀れである。内大臣《うちのおとど》もお参りになられたので、大殿油《おおとなぶら》を灯して、長閑にお物語をなされる。宮は、「姫君▼26を久しくお見上げしませんのが浅ましいことで」と、ただ泣きに泣かれる。「追って近い中に参らせます。心柄《こころがら》で心配そうにしておりまして、情なくも窶れているようでございます。女の子というものは、本当を申しますと、持ちたくないものでございます。何彼《なにか》につけて、心配ばかりさせられますことです」など、やはりお心持が解けずに思込んでいらっしゃる様子で仰しゃるので、宮は辛くて達ってとも申されない。その序《ついで》にも大臣《おとど》は、「ひどく不調法な娘を設けましてもて扱いかねております」と、愚痴を仰しゃってお笑いになる。宮は、「さあ、何て変なことでしょう。あなたの娘というのであれば、悪い筈《はず》はないではありませんか」と仰しゃるので、「それが見苦しいものでございます。何《ど》うして御覧に入れられましょうか」と申されたとかいうことである。▼27

▼1　秋好中宮。御殿は、六条院の西南の町。詳しくは「少女」の巻参照。
▼2　紫上の御殿。同じく「少女」の巻参照。
▼3　中宮の故父宮であられる前東宮。
▼4　「大空におほふばかりの袖もがな春咲く花を風にまかせじ」（後撰集）
▼5　紫上の御殿。
▼6　「宮城野のもとあらの小萩露を重み風を待つごと君をこそ待て」（古今集）
▼7　明石姫君。
▼8　夕霧。
▼9　夕霧の祖母。故桐壺帝の御妹君。
▼10　大宮の長男。もとの頭中将。
▼11　花散里。
▼12　薫香の名。
▼13　中宮よりの御返事をお伝えする言葉。
▼14　「人の親の心は闇にあらねども子を思ふ道にまどひぬるかな」（後撰集）
▼15　大方の軒の荻の葉を吹き過ぎてゆくところの秋風の音も、今の憂き身の自分にだけ沁みる音のような気がして悲しい。源氏を「風」に、自身を「荻の葉」に思いよそえて、源氏の仕打を悲しんだもの。
▼16　玉鬘のいる御殿。

▼17　吹き乱すところの風の様子の荒さに、女郎花は、萎れてしまいそうな気がすることです。「風」を源氏に、「女郎花」を自身に譬えて、懸想される迷惑さを訴えた心。

▼18　木下露に、前から濡れて靡いていたならば、女郎花は、荒い風に萎れるようなことはなかったろう。「下露」を自分に、「女郎花」を女に譬え、自分の忍んでの心を受け入れていたならば、今更嘆きなどはしなかろうと云いかえしたもの。

▼19　花散里。

▼20　紫上。

▼21　明石姫君。

▼22　紫上の御殿。

▼23　姫君の御生母の明石上。この方の身分の高貴でないことをいっている。

▼24　風が騒がしく、むら雲の乱れる心あわただしい夕べでさえも、忘れる間もなく、忘れられない君よ。内大臣家の姫君への、風見舞のお歌。儒学の影響としての固さを持ったもの。

▼25　好色にて有明な、当時流布していた物語の主人公。

▼26　雲井雁。

▼27　近江君のこと。

行幸《みゆき》

そのように西の対の姫君[1]に対してはお心の届かないところがなく、何《ど》うか善《い》いようにと、お思い扱いになっていられるが、その『音無しの滝』[2]のことだけは、姫君には何ともお気の毒で、南の上[3]の御推察の通り、軽々しい御名も立ちそうなことである。あの内大臣《うちのおとど》は、何事につけても際立っていて、少しでも曲ったようなことは我慢の出来ない御性分なので、そうした御事があれば胸に包んで置けず、表立って聟としてのお扱い[4]をなさるようなことでもすれば、ばかばかしい事であろうかなどと、お思い返しにもなる。

その年の十二月に、大原野《おおはらの》[5]の行幸だといって、世に残る者もなく拝観の騒ぎをするので、六条院からも御方々は、車を引き出しつつ御覧になられる。御輿《みこし》は卯《う》の刻《とき》[6]に御出門になって、朱雀《すざく》から五条の大路《おおじ》を、西へ向ってお曲りになられる。桂川の側《そば》まで、物見車が隙間もない。行幸とは云うが、必ずしもこれ程まではないのに、今日は親王達上達部《みこたちかんだちめ》までも、皆格別の御用意で、御馬や鞍を整え、随《ずい》身馬副《じんうまぞい》の者の器量背丈《せだけ》、装束を飾りなどなされつつ、珍らしくも面白い。左右の大臣、内大臣、納言《のうごん》より、下《しも》の者は又、まして残らず供奉《ぐぶ》をなされた。青色の袍《うえのきぬ》、葡萄染《えびぞめ》の下襲《したがさね》を、殿上人、五位六位まで著《き》た。雪がほんの少し零《こぼ》れて、道中の空までも艶《えん》であるのに、親王達上達部《みこたちかんだちめ》などで、鷹に関係していられる方は、珍らしい狩の装束をしていられる。六衛府《ろくえふ》の鷹飼どもは、まして世に見馴《みな》れない褶《すり》衣《ごろも》をとりどりに著《き》つつ、ひどく様子が異っている。女は委《くわ》しくは見知らない方面の事であるが、ただ珍らしく面白い見物《みもの》だというので競って出て来つつ、その人と知られない、身分低い者のよくもない脚の弱い車などは、輪を押し潰されて気の毒なのもある。桂川の船橋《ふなはし》の側《そば》などにも、ゆかしく立ちさまよっている、立派な車が多い。西の対の姫君もお出懸《でか》けになった。数多《あまた》の華美を競って尽していらせられる人の御容貌《かたち》お有様を御覧になると、帝の、赤色《あかいろ》の御衣《みぞ》を召したお立派なおごそかな御横顔には、準《なぞら》える人とてもない。御自分の父大臣《おとど》▼7に人知れず目をお着けになったが、ほんにきらきらしく清げで、盛りではいらせられるが、限度のあることである。ひどく人に立ち優《まさ》っている尋常人《ただびと》と見えて、畏《かし》こい御輿《みこし》の内より外《ほか》には、目が移せそうにもない。まして、容貌《かたち》がよいことだ様子の好いことだなどと、若い女房達が現《うつつ》を抜かして打込んでいる中少将や、それこれの殿上人といったような人は、何という程のこともなくみんな消えて無くなったように見えるのは、実に類を絶していらせられるのである。源氏の大臣《おとど》の御顔とは、別物とはお見えにならないが、思い做《な》しで今少しお美しく、有難《ありがた》く結構なのである。それだとこうした類《たぐい》は、世におわし難いのであった。貴い人は、皆立派で様子の格別なものであろうとばかり、大臣《おとど》▼8や中将▼9などの御美しさに目馴れて思っていらしたのに、人中《ひとなか》では見劣りがしてつまらなく見えるせいでもあろうか、同じ目鼻だとも見えず情なくも圧《お》されていることであるよ。兵部卿宮▼10もいらせられる。右大将▼11はいつもはあのように重々しく勿体《もったい》らしくしていられるのに、今日の装束はひどく艶《なま》めかしくて、胡籙《やなぐい》を負って、お供を申上《もうしあ》げていられる。色が黒く髯《ひげ》が多くて、ひどく気にいらない。何《ど》うして女の化粧した顔の美しさに似などなされようか。ひどく無理なことだのに、年若いお心からおさげすみになられたのであった。大臣《おとど》の君がお思い寄りになって仰《おっ》しゃっていることは、何《ど》んなものであろうか、宮仕は本意ではないことで、見苦しい有様であろうかと躊躇されるが、主人《うえ》にお近づき申すことからはかけ離れて、一とおりのお仕えを申上げお見上げ申すことは、面白いことであろうなどとお思い寄りになられた。

かくて大原野《おおはらの》にお着きになられて、御輿《みこし》を駐《とど》めて、上達部の平張《ひらばり》▼12の中で御食事を召上《めしあが》られ、狩の御装束を、直衣《なおし》、狩の御装《よそ》おいにお改めになられている時に、六条院から御酒《おおみき》、御菓物《くだもの》などをお献じになられた。今日は供奉をなさるように、予《かね》てから仰せがあったので、御物忌《ものいみ》の由《よし》を奏せられたのであった。蔵人《くろうど》の左衛門尉が勅使で、雉子《きじ》一枝▼13を御下賜になられる。仰《おお》せ言《ごと》は何《ど》うおありになったのであろうか、そのような折のことは、伝えるにも面倒なことである。御製、

雪深き小塩《をしほ》の山に立つ雉子《きじ》の古き跡をも今日は尋ねよ▼14

太政大臣《おおきおとど》が、こうした野の行幸の供奉をなされた先例があっての御事でもあろうか。大臣《おとど》は御勅使を恐縮し、饗応をなされる。御返し、

小塩山みゆきつもれる松原に今日ばかりなる跡やなからむ▼15

など、その頃聞いたことの端々《はしはし》の思い出されるのは、或《あるい》は間違ってもいようか。

その翌日、大臣《おとど》から西の対へ御文《おんふみ》で、

「昨日、主上をお拝みなさいましたか。例の事は、お聞入れになりましょうか」

と申させられた。白い色紙《しきし》に、ひどく打解けての書き方の御文で、心細かな御心持はないが、趣《おもむき》のあるのを姫君は御覧になって、「まあ、とんでもないことを」とお笑いになるものの、よくも御推量なされることであるよ、とお思いになる。御返事、

「昨日は」

打霧《うちき》らし朝曇りせしみゆきにはさやかに空の光やは見し▼16

「はっきり致さない御事でございます」

とある返事を、上も御覧になられる。大臣《おとど》は、「これこれの事を勧めたのですが、中宮があのようにしていらっしゃいますので、この家として御覚えがあったのでは、不都合なことでしょう。あの大臣《おとど》に打明けての上でも、彼方《あちら》でも、女御が又あのようにお仕え申しているので、思案に余りそうな

行幸

筋合いのことです。若い女で、そのようにお側近くお仕え申しても差支《さしつかえ》がないと思う者だったら、主上をほのかにお見上げ申したら、問題にしない者などはないでしょう」と仰《おっ》しゃると、「まあ失礼な、結構だとお見上げ申しましたからとて、自分から進んで宮仕を思い立ちますのは、ひどく出過ぎたことでございましょう」と云って、お笑いになる。「さあ、あなたこそお愛《め》で申すことでしょう」と仰しやって、又御返事がある。

茜《あかね》さす光は空に曇らぬをなどてみゆきに目を霧《き》らしけむ[17]

「やはりお思い立ちなさいまし」などと、絶えずお勧めになられる。何《いず》れにしても、先《ま》ず姫君の御裳《おんも》着《ぎ》の事をしてからのこととお思いになって、大臣《おとど》はその御準備の御調度として、細々《こまごま》とした立派な物をお附け加えになられて、何ぞの儀式の時にも、お心としてはそれ程にはお思いにならないことでさえも、自然大袈裟に厳《いか》めしいことになるのに、まして内大臣《うちのおとど》にも、やがてその序《ついで》にお知らせ申上げよう、とお思い寄りになるので、ひどく結構な、置き所もないまでの御様である。

年が改まって、二月にとお思いになる。女は評判が高く名前をお隠ししては置けない程の者でも、人の娘として籠《こ》もっていられる間は、必ずしも氏神への御詣《おまい》りなども、表立ってなさることではないので、年月《としつき》を紛らして過していられたが、もし此《こ》のお思い寄りの事をなさるとすれば、春日の神[18]の御心に違《たが》うべきことでもあり、しまいには隠し切れないことでもあるから、腹黒い拵《こしら》えごとをしたものだと、後々《のちのち》の噂までも厭《い》やなものであろう、低い身分の者だと、当世風だといって、氏を改めるのを容易《たやす》くするものもある、などお考えになると、親子の御縁は絶えるべきものではない、同じことならば、此方《こちら》から心を許してお知らせ申そう、と思い定めて、この御腰結《おんこしゆい》には、あの大臣《おとど》におさせ申そうと、御消息《しょうそこ》をお上げになったのであるが、大宮が去年の冬頃から御悩みになっているのが[19]、少しも快《よ》くおなりにならないので、そうした場合とて工合《ぐあい》が悪い由を御返事申上げた。中将の君も、夜昼三条の宮[20]にお附添い申していて、心にゆとりがなくいらして折が悪いので、何《ど》うしたものだろうかとお思いになる。世の中はまことに不定《ふじょう》である、大宮がもしお薨《な》くなりになられたならば、姫君も御忌服《きふく》の事があるべきだのに、知らん顔をしていらっしゃるのは、罪を受けることが多かろう、お命のある中《うち》に、此の事を表向きにしようとお思い決めになって、三条の宮に御見舞がてらお越しになられる。今は以前にもまして、忍びやかにお振舞《ふるまい》になられるが、行幸にも劣らない程に仰々しく、いよいよ光をお添えになる御容貌《かたち》などが、此の世では見られないもののような気がして、大宮は珍らしくもお見上げするにつけて、一段と御気分の悩ましいのも、取り捨てられたようなお心持がして、起きていらせられる。御脇息に凭《よ》りかかって、弱々しくはあるが、お話などひどくよくなされる。大臣《おとど》は「たいした事ではいらっしゃいませんのに、あの朝臣《あそん》▼21が取乱《とりみだ》しまして、仰山《ぎょうさん》な嘆き方をしておりますようなので、何《ど》のようにいらっしゃることだろうかと、覚束《おぼつか》なく存じ上げておりましたことでした。内裏《うち》などへも、格別な場合でない限りは参りません。公《おおやけ》にお仕え申す身でもないように籠《こも》っておりますので、万事が面倒で、勿体振ったようになっております。齢など私よりも増《ま》さっております人で、腰が耐《こら》えられぬように曲ってお仕えいたします例《ためし》は、昔も今もあるようでございますが、何とも愚かしい性分に加えての懶《ものう》さなのでございましょう」など申される。大宮は、「私は年の積った者の悩みだと存じつつ、幾月《いくつき》にもなって参りましたのに、今年になりましては、頼み少《すくな》い気がいたしましたので今一度だけでも、このようにお見上げすることもなかろうかと、心細く思っておりましたのに、今日こそ又少し命が延びたような気がいたしますことです。今はもう惜しんで引き留めるべき年ではございません。然《しか》るべき人達にも死に後《おく》れて、年寄って生き残っておりますのを、人の上で、ひどく厭《い》やなことだと見て来ましたので、早くあの世へという気がされるのでございますが、あの中将が、ひどく深切《しんせつ》に怪しいまでに世話をしまして、気を揉んで呉《く》れますのを見ますと、いろいろと引留められまして、これまで長引いているのでございます」と、直泣《ひたな》きに泣いて仰しゃるお声の顫《ふる》えるのも、可笑《おか》しくはあるが、御尤《ごもっと》もなので、ひどく哀れである。お話など、昔や今のことを取集めて申上げる序《ついで》に、

「内大臣《うちのおとど》は、日を隔《へだ》てずに御参りになることが多うございましょうが、こうした序《ついで》に対面が出来ましたならば、何《ど》んなに嬉しいことでしょうか。何うかしてお耳に入れたいと思うことがございますが、然るべき序《ついで》がなくては、対面も出来難いので、覚束なくております」と申される。「公事《おおやけごと》が忙しいのでしょうか、内々への心持が深くないのでしょうか、それ程には訪ねて来ません。▼22お話しになろうというのは、何《ど》のような事でございましょうか。中将が恨めしげに思っていられることもございますので、初めの事は知りませんが、今は辛く扱うにつけまして、立ち初《そ》めた評判が取返されるものでもなく、愚かしいように、却《かえ》って世間の人も噂をしていますのに、などとお話しますが、云い出しましたことは、昔からひどく変えにくい性分で、聞入《ききい》れないと見られます」と、あの中将の御事だとお思いになって仰しゃるので、大臣《おとど》はお笑いになって、「頑是《がんぜ》ない者のことだと、御勘弁にはなることもあろうかと聞きまして、私までがそれとなくお願いしたこともありましたが、ひどく厳しくお止めになります由を拝見しました後は、何であまで口出ししたことだったろうと、体裁悪く後悔いたしました。何事につけても、潔《きよ》めということがございますので、何《ど》うしてそのように、取り返してお濯《すす》ぎにならないのだろうか、とは存じますものの、このように口惜《くちお》しくも濁りました末に、待ち受ける深く澄んだ水というものは、出て来ない世間らしゅうございます。何事につけましても末になりますと、成り下《さが》ってゆきます差別《けじめ》が容易《たやす》いようでございますから、気の毒なことだと聞きも思いもしております」など申されて、「これは、大臣《おとど》のお世話をなさるべき人を、思いそこなうことがございまして、不用意に尋ね取りますが、その際は、そうした間違いだとも打明けませんでしたので、強いて事情を聞き糺《ただ》すこともいたしませず、ただそうした世話を見てやります者の少いので、口実だとしまして、何《ど》れ程のことであろうかと気を許しまして、殆《ほとん》ど睦《むつ》んで見ることもいたしませんで、年月《としつき》を過してまいりましたところ、何うしてお聞入れになったのでございましょうか、内裏《うち》から仰せられる旨があるのでございます。尚侍《ないしのかみ》としてお仕えする者がなくては、彼所《かしこ》の祭事《まつりごと》が締《しま》りがなく、女官なども、公《おおやけ》事《ごと》のお勤めをするのに、頼りなく乱れているような傾きがございましたので、唯今《ただいま》殿上にお仕え申しております故老《ころう》の典侍《すけ》の二人や、又然るべき人々が、様々に申上げさせておりますが、然るべくお選びになります御詮議にも叶う人がございませんので、やはり門地が高く世の覚えも軽くはなくて、家事の営みを致しません人が、昔からその役になって来ているのでございます。したたかに賢い者を選ぶということですと、そうした家の者でなくても、年功によって昇進するということもございますが、そうした人もないとならば、大方の覚えのある者でもお選びになろうと、内々で仰せになられましたので、似げないことだとは、何《ど》うして思えましょうか。宮仕は然るべき方面で、上《かみ》も下《しも》も思い及ぼしまして、出て参りますのが心高いことでございます。表向きだけのお仕えで、そうした所を司《つかさど》りまして、祭事の上のことを扱いますのは、張合いのない、あっけないことに思われますが、又何もそう限ったことであろうか、ただ自分の有様次第で、すべての事は何うにでもなるもののようだ、と思い寄りました序《ついで》に、その者の年齢《とし》のことなどを尋ねますと、彼方《あちら》でお尋ねになるべき人▼23でございましたのを、如何《いかが》いたすべきかと、お謀《はか》り申したいのでございます。序《ついで》がなくては、対面のいたしようもございません。その際これこれの次第だとお打明け出来るようにと思案いたしまして、御消息《おたより》申しましたのに、御病気にかこつけて、お厭《い》やらしく御躊躇なさいましたので、ほんに工合の悪い折だと思い止まりましたが、このようにお悪くなくいらっしゃいましたので、やはりそう思い立ちました序《ついで》にと存じますのでございます。そのようにお伝え下さいまし」と申上げられる。大宮は、「何うしたことだったのでございましょうか。彼方《あちら》ではいろいろな、そうした名のりをする人を、厭《い》やがりもせずに拾い集めておられますのに、何ういう訳でそのように門違《かどちが》えのお縋《すが》り方などしたのでしょうか。この年頃、そのように聞かされていての事なのでございましょうか」と申されると「尤もな次第のあることでございます。委《くわ》しい事情は大臣《おとど》が自然お尋ねにもなりましょう。ごたごたした賤《いや》しい者の間柄に似たことでございますので、打明けますにつけましても、乱《みだ》りがわしく人が云い伝えようかと、中将の朝臣にさえも、まだ委しくは話してございません。誰にもお洩らし下さいませんように」と、お口がためを申される。

内大臣《うちのおとど》も、このように三条の宮へ太政大臣《おおきおとど》がお越しになっている由をお聞きになって、「何《ど》んなにか人手足らずで、お立派な御様をお待ち受けしていることであろうか。お供をもてなしたり、御座を繕《つくろ》う人も、しっかりした者はいないことだろう。中将はお供を申していられることだろう」とお驚きになって、御子の公達《きんだち》や、親しい然るべき殿上人たちをお遣《つかわ》しになられる。「御菓子《くだもの》や御酒《みき》なども、然るべくして差上げなさい。私も参るべきですが、却って物騒がしくなるかも知れない」など仰しゃっているうちに、大宮よりの御文がある。

「六条の大臣《おとど》がお見舞にお越しになっていられますが、人手が少いので、お淋しそうでも失礼でもありますから、改まってお呼び申したようではなくて、お越しになりませんか。対面の上で申上げたいこともおありになるようです」

と申上げられた。何のお話であろうか、此方《こちら》の姫君の御事で、中将の訴えているのではなかろうか、とお思いまわしになると、宮もあのようにお命が残り少なそうで、この事を切に仰しゃり、大臣《おとど》も憎くない様に一言お恨みになられたならば、とやかく申し返すことは出来ないことであろう、中将も平気であせっていないのを見ているのは安からぬことだ、然るべき機会があれば、人のお言葉に随《したが》った形にして、許そう、とお思いになる。お二人で心を合せて仰しゃることだろうとお思い寄りになると、一段とお断りのしようもないことだろうが、又何《ど》うでも断れないということがあろうかと御躊躇になられるのは、まことに怪《け》しからぬ生憎《あいにく》なお心であるよ。だが、宮がこのように仰しゃり、大臣《おとど》も対面しようと待っていらっしゃるとかいうのは、それぞれ忝《かたじけな》い、参っての上で思召《おぼしめし》に随おう、などとお心が変って、お装束も格別に引繕って、お供も仰々しい様ではなくてお越しになられる。君達《きんだち》をひどく大勢お連れになってお参りになる様は、物々しく頼もしげである。内大臣《うちのおとど》は丈《せい》が高くいらせられるのに、横も似合って、ひどく重々しく、面持《おももち》、歩み様《ざま》まで、大臣というに十分でいらせられる。葡《え》萄染《びぞめ》の御指貫《おんさしぬき》に、桜の下襲《したがさね》で、ひどく長く裾を曳《ひ》いて、ゆっくりと勿体振った御もてなしは、まあきらきらしいとお見えになるのに、六条殿▼24は、桜の唐《から》の綺《き》の御直衣《おんなおし》に、紅《くれな》いの御衣《みぞ》を襲ねた、しどけない大君姿《おおきみすがた》で、いよいよ譬《たと》えるものもないお美しさである。光りこそすれ、そのように強《したた》かに引繕ったお有様に、較《くら》べ物《もの》になるともお見えにならないことであった。君達《きんだち》も順々に、まことに御綺麗なお心お間柄で、お集《あつま》りになっていた。藤大納言《とうのだいなごん》、春宮大夫《とうぐうのだいぶ》などと今は申上げる御子方▼25も、すべて御昇進なさりつついらっしゃる。自然に、態《わざ》とお呼びになったのもないのに、覚えの高く貴い殿上人の、蔵人頭《くろうどのかみ》、五位の蔵人、近衛の中少将、弁官などの、人柄の花《はな》やかな然るべき人が十余人もお集りになったので、厳《いか》めしくもその次《つ》ぎ次《つ》ぎの、尋常人《ただびと》なども多くて、盃が幾たびも巡って、みんな酔って来て、おのおの大宮の、このように御幸いが人に勝《すぐ》れていらせられることを話し草にしていた。太政《おおき》大臣《おとど》も、珍らしい御対面に昔の事をお思い出しになられて年月《としつき》に亘《わた》ってのお話をなされる。余所余所《よそよそ》になっていればこそ、はかない事につけても、競い心もお附きになって来るが、差向《さしむか》いになられると、互《たがい》にひどくしみじみしたことの数々を、お思い出しになりつつ、例の隔てなく、昔今《むかしいま》のこと共の、年頃のお物語で、日が暮れてゆく。お盃を勧めて召上りもする。内大臣《うちのおとど》は、「参上いたしませんでは、まことに相済まぬことでございましたが、お召のないのにと遠慮いたして、お越しのことを承ってそのままにしても居りましたならば、御咎《おとが》めが加わったかも知れません」と申されると、「お咎めは此方《こちら》のことです。辛いと思うことが沢山《たくさん》あります」など、気を持たせて仰せになると、あの事であろうとお思いになるので、面倒で、恐縮した様子をしていらせられる。太政大臣《おおきおとど》は、「昔から、公私《おおやけわたくし》の事につけまして、心に隔てがなく、大小の事も申しもし伺いもしまして、翼《はね》を双《なら》べるようにして公のお後見《うしろみ》を申上げよう、と存じておりましたのに、後になりましては、その頃思っていました本意に違《たが》うようなことも混じっては来ましたが、それは内々の私事《わたくしごと》だけのことで、大体の志は、少しも変るところはありません。何ということもなく積って来ます齢に連れまして、昔のことが恋しくなって来ましたのに、対面して下さることがひどく稀《ま》れにばかりなりましたので、御自由にはならない、厳《いか》めしさからのお振舞《ふるまい》だとはお申しながら親しい間ではその御勢いもお忘れになりまして、お訪ね下さればよいと恨めしく思う折々がございます」と申されると、「昔はほんにお甘え申しまして、怪しく失礼なまでにお馴れ申上げ心に隔てもなくお目通りをいたしましたのに、公にお仕え申しました際は、翼《はね》を双《なら》べる数ではございませんで、有難いお後見《うしろみ》をして下さいましたので、はかばかしくもない身で、こうした位にまで昇りまして公にお仕え申上げておりますにつけても、御恩を思い知らないのではございませんが、齢が積ってまいりますと、ほんに自然《ひとりで》に心の弛《ゆる》みますことが多うございましたことです」と、恐縮して申される。その序《ついで》に太政大臣《おおきおとど》は、姫君のお事をほのめかしてお云い出しになられた。内大臣《うちのおとど》は「まことに哀れな珍らしいことを伺いますことでございます」と、先《ま》ずお泣きになって、「その頃何《ど》うなってしまったことだろうかと、捜して心配しましたことは、何の序《ついで》でございましたろうか、思い余って、漏らしてお聞きに入れたような気がいたしております。唯今このように人並になりましたにつけまして、はかばかしくない者どもが、あちこちに彷徨《さまよ》っておりますのを、無様な見苦しいことだと見ますにつけましても、又そのようにして居ようかと、大勢の子供を並べて見まして、哀れに思います折につけましては、先ず思い出されることでございます」と仰しゃる序《ついで》に、あの昔の雨夜のお話▼[26]に、色々あったお打解け話の品定めをお思い出しになって、泣きつ笑いつ、何方《どちら》も打乱れられた。夜がひどく更《ふ》けてに、おのおのお別れになられる。太政大臣《おおきおとど》は、「このように此方《こなた》で参り合いましたので、まことに久しくなった頃の古い事が思い出されまして、恋しさに堪えられないので、帰る気にもなれないことです」と仰しゃって、滅多には心弱く▼[27]おなりにならない六条殿も、酔い泣きでもあろうか、お萎《しお》れになられる。宮は又まして、故姫君のことをお思い出しになると、以前にも増さるお立派なお有様御威勢を御覧になると、飽かず悲しくて止め難くて、しおしおとお泣きになる。

尼衣《あまごろも》というものは、ほんに格別な物である。こうした序《ついで》ではあるが、太政大臣《おおきおとど》は中将の御事は、お云い出しにならなかった。一度その気がないのだとお思い取りになったので、口出しをするのも様の悪いこととお思い留めになり、彼方《あちら》の大臣《おとど》もまた、彼方《あちら》でお気持がないのに、出過ぎたことも出来ず、さすがに心結ぼれた気持がなされた。「今夜もお供をいたすべきでございますが、不意にお騒がせいたすのも如何《いかが》と存じますので、今日の御礼は、改めて参ることにいたします」と申されるので、それでは、此方《こなた》の御悩みもおよろしくお見えになるので、必ず申上げた日をお間違えなく、お越し下さるようにと、お約束をなされる。御機嫌麗わしくて、各《おのおの》お帰りになられる物音がひどく厳めしい。君達《きんだち》のお供の人々も、何事があったのだろうか、珍らしい御対面で、ひどく御機嫌がよさそうであったのは、又何《ど》ういうお位の御譲りがあるのだろうか、などと誤解をしつつ、そうした事柄だとは思い寄らなかった。

内大臣《うちのおとど》は、突然のこととてひどく訝《いぶ》かしく、心もとない気がされたが、直《す》ぐにそれではと引取って親がるのも、不都合なことであろう、太政大臣《おおきおとど》の姫君をお捜し出しになられた初めを思うと、定めて綺麗にお扱いになったのではあるまい、貴い方々を憚《はばか》って、表向きにその中に入れてのお扱いはなさらず、さすがに面倒で、世間の口をもお思いになって、このようにお打明けになったのだろう、と思うと残念ではあるが、それを苦情にするべきであろうか、態《わざ》とあのお側の者としたからとて、何で外聞の悪いことがあろうか。宮仕《みやづかえ》の方にお許らいになられたのでは、▼28女御の思召も好くはない、とお思いになるが、とにかくお思い寄りになり仰しゃることに背くべきであろうか、とさまざまにお思いになった。そのように仰しゃるのは、二月の初旬なのである。

十六日は彼岸の入りの日で、まことに吉《よ》い日なのである。近い中《うち》には外《ほか》に吉い日はないと、陰陽師が勘《かん》えて申上げたのに、大宮も少しお快《こころよ》くいらっしゃるので、殿は支度をお急ぎになって、例のように対の殿へお越しになっても、父大臣《ちちおとど》にお打明けになったことを、又ひどく細かに御対面の折の心得などをお教えになるので、大臣《おとど》の御深切なお心持は、親と申しながらも、無いまでであろうとお思いになるものの、ひどく嬉しいことであった。このことのあった後、大臣《おとど》は中将の君にも、そっとその事の実相をお聞《きか》せになったことであった。中将は、不思議なことがあったものだ、だからあんなこともあったのだと、お思い合せになることもあるにつけ、あの情《つれ》ない▼29人のお有様よりは、見所は優っていたようであったのに、その儘《まま》にして置いてと思い出されて、思い寄らなかったことであったと、ばかばかしい気がする。だが、有るまじき間違ったことと云うべきことであると、思い返す点は、珍らしい実直さというべきであろう。

かくて其《そ》の当日となって、三条の宮から忍びやかにお使《つかい》がある。御櫛《みぐし》の匣《はこ》などを、俄《にわか》のことではあったが、一切をひどく清らにお作らせになって、

「お祝い申上げるのも、縁起の悪い尼の有様なので、今日は遠慮をいたしておりましたが、命長い例《ためし》だけはお許し下さろうかとも存じまして。哀れにも承って知りました御縁のつながりを、黙っておりますのも、如何なですから、お気持次第になさって下さい」

二方にいひもて行けば玉櫛匣《たまくしげ》わが身離れぬ懸子《かけご》なりけり▼30

と、ひどく古風に顫《ふる》えた字でお書きになってあるのを、殿も此方《こちら》にいらっしゃって、万事を御覧じ定めになる時だったので、御覧になって、「古風な御文《おんふみ》書きですが、上手なことですよ。このお手蹟。昔はお上手でいらしたのに、お年を召すにつれて妙に衰えてゆくものですね。何ともひどくお手が顫えたことです」と、繰返し御覧になって、「よくも玉櫛匣《たまくしげ》にお絡《から》ませになったことですよ。三十一字《みそひともじ》の中に、外《ほか》の文字は少ないまでに擬《なぞら》えるというのは面倒なことです」と、そっとお笑いになる。中宮からは、白い御裳《も》、唐衣《からぎぬ》、御装束《そうぞく》、御髪上《みぐしあげ》の道具などまことに此《こ》の上もない物で、例の壺には、唐《から》の薫《たき》物《もの》の、格別にも薫《かおり》の深いものをお上げなされた。御方々も皆心々に、女房達の料にと、御装束に櫛扇までも、それこれにお調《ととの》えになられた有様は、いずれも劣り優《まさ》りがなく、あれ程のお心持から、競い

合われたので面白く見えるのに、東の院にいられる方々も、こうしたお支度のあることはお聞きにはなったが、お祝い申上げるべき数ではないので、唯聞き流していたのに、常陸宮の御方▼31は、並外れて物堅く、然るべき義理はお欠きにならない、古風なお心とて、何《ど》うしてこのお支度を余所事《よそごと》に聞き流していられようか、とお思いになって、型のようにお祝いの品をお調えになられたことである。やさしいお心持である。青鈍《あおにび》の細長を一襲《ひとかさね》、落栗《おちぐり》とかいうのか、何というのか、昔の人の珍重した色合いをしている袷《あわせ》の袴を一具、紫の白く見えるようになった霰地《あられじ》の御小袿《こうちぎ》とを、見事な衣箱に入れて、包みもひどく鄭重《ていちょう》にしてお上げになられた。御文《おんふみ》には、

「御存知をいただくべき筋ではございませんので、遠慮いたされますが、こうした折は差扣《さしひか》えかねますので。これはひどく怪しい物でございますが、お側の人にでもお遣わし下さいまし」

と、尋常である。殿は御覧になって、ひどく浅ましくも例のようにとお思いになると、お顔も赤らんだ。「並みはずれた古風な人なのです。あのように隠れている人は、引込み籠りきっているのがよいのです。そうも出来ずに恥じがましいことですよ」と仰しゃって、姫君に、「御返事はなさいまし。工合悪く思われるでしょう。父親王《ちちみこ》のひどくお可愛がりになった方だと思い出しますと、軽くお扱いするのはまことにお気の毒な人です」とお聞かせになる。御小袿の袖に例の同じ型の歌▼32が添っていた。

わが身こそ恨みられけれ唐衣《からごろも》君が袂《たもと》になれずと思へば▼33

お手蹟は、昔でさえあのようであったのが、何《ど》うにもひどく縮んで、彫りが深く、強く固くお書きになっていた。大臣《おとど》は、憎いものの、可笑《おか》しさがお怺《こら》えになれず、「この歌を詠《よ》んだ時には。まして今は力がなく苦しい思いをしたことでしょう」と、ひどく可笑しがられる。「いや、此の返事は、忙しくても、私がしましょう」と仰しゃって、

「怪しく人の思い寄りそうもないお心づかいは、なさらずにいらっしゃるものです」

と、憎さからお書きになって、

唐ころも又唐ころもかへすがへすも唐衣なる[34]

とお添えになり、「ひどく本気に、あの方の立てて好んでいる筋なので、真似て詠んだのです」と仰しゃってお見せになると、姫君はひどく陽気にお笑いになって、「まあ、お気の毒な。おからかいになったようでございますよ」と、苦しがられる。つまらないことをひどく多く書いたことよ。内《うちの》大臣《おとど》は、さしてお急ぎにはならないお心であったが、珍らしくお聞きになった後は、早く逢いたいものとお心に懸っていたので、当日は急いでお越しになられた。儀式は定まった型を又越えて珍らしい様におさせなされた。ほんに特にお心用《こころもち》いをなされてのことと御覧になるのも、忝《かたじけ》ないものの、変な気もなされる。亥《い》の刻《とき》[35]に姫君の御簾《みす》の内にお請《しょう》じなされる。例となっている御設けはもとより、内の御座所は此の上もなくお立派になされて、御酒肴《さけさかな》をおすすめなされる。大殿油《おおとなぶら》も例のこうした際のものよりは、少し光を強くして、心ゆくように御もてなしを申上げた。父大臣《ちちおとど》は云いようもなく懐しくお思いになられるが、今夜ものをいうのは唐突なことであろうからと、裳の紐をお結びになる間は、怺《こら》え難いような御様子である。主人《あるじ》の大臣《おとど》は、「今夜は以前のことには関係させませぬので、何もお分りにならないことにして置きましょう。実情を知らない人の手前をつくろいまして、やはり世間並みの作法だけにいたしまして」と申される。「ほんに全く申上げようもない次第でございます」と仰しゃって、御土器《おんかわらけ》を参る時に、「限りない忝《かたじけな》さは、世間に例のないことと申上げますものの、今まで此のようにお隠し置きになりました恨みも、何《ど》うして申し添えずにはおられましょう」と申される。

恨めしや沖つ玉藻を潜《かづ》くまで磯がくれける海女《あま》の心よ[36]

と云って、やはり包みきれずに涙にお濡れになる。姫君は、ひどく極りの悪い立派な御有様の方々のお集りの、気おくれから、お返歌《かえし》がお出来にならないので、殿が代って、

寄る辺なみかかる渚に打寄せて海人《あま》も尋ねぬ藻くづとぞ見し[37]

「ひどく御無理なお恨みでございまして」と申されると、「まことに御尤もです」と、申そうようも

なくて御簾《みす》の外へお出になられた。大臣《おとど》の御子達や次ぎ次ぎの人が残りなくお集《あつま》りになっていた。姫君に懸想《けそう》した方も何人かまじっていられたので、この大臣《おとど》が此のように御簾の内にお入りになって時の立つのを、何《ど》ういう訳だろうかとお疑いになっていた。その殿の君達《きんだち》の中将と、弁の君だけは、うすうす事情を知っていられたことである。内々懸想していたことなので、辛くも嬉しくもお思いになられる。弁の君は、「能《よ》くも云い出さなかったことでした」と小声にいって、「風《ふう》の変った大臣《おとど》の好みのようです。中宮▼38の御類《たぐ》いにしてお取立《とりたて》になろうと思召すのでしょうか」など、それぞれが云っていることをお聞きになるが、殿は父大臣《ちちおとど》に、「やはり当分の間は御用心なさいまして、世間の誹《そしり》のないようになさいまし。何事も気楽な身分の人ですと、乱《みだ》りがわしい、何《ど》んなことでも致しましょう。此方《こちら》も其方《そちら》も、色々な人から悪く云われますと、普通の人よりは味気ないので、穏やかに、だんだんに人目を馴らすが、宜《よろ》しゅうございましょう」と申されると、父大臣《ちちおとど》は「唯お計らいに随《したが》いますことです。このようにまでお世話下され、例《ためし》のない御養育に預っておりましたのも、前世の因縁の深いのでございましょう」と申される。御贈物は改めていうまでもなく、すべての引出物、禄《ろく》なども、その品々につけて先例のあることで限りがあるが、又事を添えて、此の上もなくなされた。大宮の御病気にかこつけた名残もあるので、仰々しい管絃のお遊びはない。

兵部卿宮▼39は、「今はもうおかこつけになるべき差障《さしさわ》りもございませんから」と、立ち入って申されるが、殿は、「内裏《うち》から御内意を蒙《こうむ》っておりますことを、御辞退申上げ、又の仰せに従いまして、その外《ほか》の事は何《ど》のようにも定めましょう」と申されたことである。父大臣《ちちおとど》は、ほのかに見た姫君の様を、何《ど》うかしてはっきりと又見よう、よくなさそうな所を御覧になったならば、あれ程仰々しいお扱いはなさるまい、など、却って心もとなく恋しくお思いになられる。今になって見るとあの御覧になった御夢▼40も、誠にお思い合せになられることである。女御▼41にだけには、細かい事の次第をお話になられた。

世間の人聞きに対して当分この事は漏らすまいと堅くお隠しになられたが、口さがない者は世間の人なのである、自然に云い漏らしつつ、次第に噂に立って来たので、あの厄介者の姫君[42]は聞いて、女御の御前に、中将[43]や少将[44]の侍《さぶら》っていられる所へ出て来て、「殿は御娘をお設けになりましたね。まあお目出度《めでた》いことです。何《ど》うした方だというので、お二方から大切にされるのでしょうか。聞くとその人も劣り腹です」と、あけすけに仰しゃるので、女御は聞き苦しく思召して、物も仰しゃらない。中将は、「そのように大切にされるべき訳があるのでしょう。それはそうと、誰が云ったことを聞いて、そのように出しぬけに仰しゃるのですか。物いいの喧《やか》ましい女房などが耳に留めますよ」と仰しゃると、「やかましい。残らず聞いております。尚侍《ないしのかみ》におなりになるのだそうですね。此方《こちら》の宮仕にと急いで参りましたのは、そうしたお引立てもあろうかと思ってのことで、大抵《たいてい》の女房でさえいたさない事まで、進んでお仕えしておりますのです。御前[45]がお辛くいらっしゃるのです」と、恨みかけるので、何方《どなた》もほほ笑んで、「尚侍《ないしのかみ》が空《あ》いたならば、私達こそ望もうと思っていますのに、非道なことをお思い懸けになったものですね」と仰しゃると、腹を立てて、「お立派な方の中に、数でもない者はまじるものではありませんでした。中将の君が辛いことをなさったのです。賢《かし》こ立てにお迎えになって、軽しめたり嘲《あざけ》ったりなさいます。卑しい者はいられない殿の中《うち》ですよ。まあ怖ろしい、怖ろしい」と、後《うしろ》の方へいざり退いて、お見よこしになる。憎らしげはないが、ひどく意地《いじ》悪るそうに、眼尻を吊り上げている。中将は、こう云うにつけても、ほんに失策《しくじり》をしたことだと思うので、真面目になっていられる。少将は、「そうしたお勤めでも、類のないお有様なのを、女御は疎《おろそ》かにはよもやお思いになりますまい。お心持をお落着《おちつ》けなさいまして。堅い巌《いわ》も沫雪《あわゆき》になさるような御様子[46]ですから追っつけ屹度《きっと》思いの叶う時もありましょう」と、ほほ笑んで云っていらっしゃった。中将も、「天《あま》の岩戸にお籠りになっていらした方が、見よいことで[47]」といってお立ちになったので、姫君はほろほろと泣いて、「あの君達までも、素気《すげ》なくなさいますのに、ただ御前《おまえ》のお心のお優しくていらっしゃいますのでお仕え申すのです」と云って、ひどく身軽に小まめに、下臈の女童《めわらわ》などのお仕えにくいような雑役《ぞうやく》までも、立ち走って気やすくしつつ、心をつくして宮仕えをして、「尚侍《ないしのかみ》に私をお取りなし下さいまし」とお責め申すので、女御は浅ましくて、何と思って云うのだろうかとお思いになるので、物もお云いになれない。大臣《おとど》は此の望みをお聞きになって、ひどく陽気にお笑いになって、女御の御許《おんもと》へ参られた序《ついで》に、「何所《どこ》にいます、近江《おうみ》の君、此方《こちら》へ」と召すと、「はい」と、ひどくはっきりとお返事を申して、出て来た。「ひどくよくお仕えしている御様子は、公人《おおやけびと》になっても、ほんに何《ど》んなにか似合わしいことでしょう。尚侍《ないしのかみ》のことは、なぜ私に早くから云われなかったのですか」と、ひどく真面目に仰しゃると、ひどく嬉しく思って、「そのようにお願い申しとうございましたが、この女御殿なぞが、自然お取次ぎ下さるだろうと頼みきっておりましたのに、そうなるべき人がいらっしゃるように伺いましたので、夢で金持になったような気がいたしまして、胸を手で突かれたようでございます」と申される。口のきき振りがひどくけろりとしている。笑い出しそうなのをお怺《こら》えになって「ひどく変な頼りないお癖ですよ。そのように思って仰しゃるのでしたら、先《ま》ず誰よりも先に奏上いたしましょう。太政大臣《おおきおとど》の御娘が、貴くいらっしゃいましょうとも、此方《こちら》が達《たっ》てと申上げますことは、お聞入れにならないことはございますまい。直《す》ぐにでも申文《もうしぶみ》を綴《つづ》って、美しく書いてお出しなさい。詠歌などの心持のあるのを御覧になりましたならば、お捨てになりますまい。主上は人より情をお捨てにはならずいらせられますから」など、ひどくよくお賺《すか》しになる。親らしくもない不都合なことではあるよ。「大和歌《やまとうた》は下手《へた》ながらも詠めましょう。表立ったことは又、殿からお申し下さいましたら、添声《そえごと》のようになりまして、御蔭を蒙《こうむ》ることでございましょう」と、手を押磨《おしす》って申上げていた。御几帳《みきちょう》の後《うしろ》で聞いている女房は、可笑《おか》しさに死にそうな気がする。吹き出すのを怺えられない者は、すべり出して助かったことである。女御も御面《おもて》が赤くなって、堪らず苦しいとお思いになった。殿も、「気のむしゃくしゃする時は、近江の君を見るとすっかり紛れることです」と仰しゃって、唯笑い草にしていらっしゃるが、世間の人は、「恥じながら玩具《おもちゃ》にしていらっしゃる」など、様々にいっていた。

▼1　玉鬘。
▼2　「とにかくに人目づつみもせきかねて下に流るる音なしの滝」（河海抄）。源氏の内々に抱く、激しい恋心の意。
▼3　紫上。
▼4　源氏を娘の聟として扱うこと。
▼5　京都の西山の小塩山に祀る大原野神社。春日神社の勧請されたもの。
▼6　午前六時。
▼7　内大臣。
▼8　源氏。
▼9　夕霧。
▼10　蛍兵部卿宮で、源氏の弟君。玉鬘への求婚者。
▼11　髭黒右大将。
▼12　天幕。
▼13　雉子を木の枝に結びつけて賜わること。これは定まった風習である。
▼14　雪の深く積っている小塩の山を飛び立つ雉子の、その雪に残す跡ではないが、古い跡、即ち先例を尋ねて、今日の野の行幸を尋ねて来よ。「小塩の山」は、大原野。上三句は、「跡」の序詞で、この序詞は、御下賜の雉子に関係させたもの。「古き跡」は、太政大臣が野の行幸の供奉をした先例のある意。
▼15　小塩山の雪の降り積っている松原に、今日ほど盛んにつける跡はないことでございましょう、というのと、小塩山の行幸の代々を重ねて来ている、その目出度（めでた）い松原にも、今日ほど盛んなことは、先例のないことでございましょうか。「みゆき」は、「み雪」と「行幸」とを懸けたもの。賀の心を述べたもの。

▼16　昨日は曇って、朝曇りのしていての雪でございますのに、はっきりと空の光が見えましょうか、見えませんでした。「みゆき」は、「み雪」に「行幸」を懸け、「空の光」に、主上を現わして、龍顔のよくは拝めなかった意をいったもの。
▼17　赤ねさす日の光は、空に曇らずにありますのに、何うしてみ雪の為に目が曇ったのでしょうか。「光」は、主上の喩。「みゆき」は、「み雪」に「行幸」を懸けたもの。
▼18　藤原氏の氏神。
▼19　夕霧。
▼20　大宮、即ち夕霧の祖母の邸。
▼21　夕霧。
▼22　雲井雁についての事件。
▼23　内大臣。
▼24　源氏。
▼25　内大臣の異母弟達。
▼26　「帚木」に出ず。
▼27　娘の葵上のこと。源氏の亡き正妻で、夕霧の生母。
▼28　弘徽殿女御。内大臣の御女。
▼29　雲井雁。
▼30　実の親内大臣の方につけても、養い親太政大臣の方につけても、いい続けますと、私の身は、この櫛匣の蓋と身とをつなぎ合せている懸子のように、双方にも離れない関係のものなのです。自身の内大臣と太政大臣との双方への関係の深さをいって、姫君との関係をなつかしんだ心。「二方」の「二」は、櫛匣の「蓋」、「わが身」の「身」は、同じく櫛匣の「身」、「懸子」の「子」に「子」の意を持たせて、すべて「玉櫛匣」の縁語で詠んだもの。
▼31　末摘花。

▼32 「唐衣」と詠む末摘花のおきまりの歌。「玉鬘」に出ず。

▼33 我が身が恨みられることです。君が召される唐衣の袂に、馴れ親しむことの出来ないことを思いますと。「恨み」に、「裏見」を懸け、「袂」に、側近くという意を持たせ、すべて「唐衣」に絡ませたもの。

▼34 意味のない歌。「かへす」は「翻す」の意で、衣の縁語。

▼35 午後十時。

▼36 恨めしいことであるよ。沖に生えている藻を潜って鰒珠（あわびたま）をあさる時まで、磯に隠れていて姿を見せずにいた海女のその心持は。「海女」は珍らしくゆかしいものの意で姫君に譬え、「玉藻」に「裳」を懸け、「潜く」に、紐を結ぶ心をからませたもの。姫君に対して今日まで名乗って出なかったのを、親として恨む心のもの。

▼37 たよる所の無いが為に、こうした渚に打寄せられて、海に親しい海人さえも尋ねてはくれない藻屑であるとばかり思っています。「海人」を父大臣に、「藻屑」を自身に譬えたもの。「寄る辺なみ」の「なみ」は、「浪」を利かせてある。姫君から父大臣に、反対に恨み返した心。

▼38 秋好中宮。故六条御息所の御女。

▼39 裳着以前には結婚をしないのが風であった。

▼40 「蛍」の巻に出ず。

▼41 弘徽殿女御。内大臣の御女。

▼42 近江の君。

▼43 柏木。

▼44 紅梅。この二人は女御の兄君。

▼45 女御。

▼46 日本書紀に「踏二堅庭一而陥レ股。若二沫雪一以蹴散」とあるのによる。

▼47 日本書紀の文句から神話を聯想した洒落。

藤袴

尚侍《ないしのかみ》としての御宮仕《おんみやづかえ》[2]のことを、誰も誰もお勧めになられるが、姫君[1]は、何《ど》んなものであろう、親とお思い申上げる方のお心でさえも、油断の出来ない世の中だったので、ましてそのような交りをお勤めをするにつけて、心にもない困ったことが起りでもしたならば、中宮も女御も、それぞれお疎《うと》みになって、はしたないことであろうが、自分の身は此《こ》のように頼りない様で、殿からも父大臣《ちちおとど》からも深くお心に入れていただける程ではなく、世間の人からは浅い覚えで、嫉《ねた》ましく思い云いして、何《ど》うかして物笑いの様にして見聞きしようと、呪っている人々は多く、それこれにつけて、苦しいことばかりありそうなのを、物のお分りにならないお年というのではないので、様々にお思い乱れになって、内々に嘆かわしい。そうかといって、現在の有様も、悪いというのではないが、あの大臣《おとど》のお心持の、厄介に疎ましいので、何ういう機会にか、別れて、人の推量しているだろう事を、潔白にしてしまいたいことである。実《まこと》の父大臣《ちちおとど》も、此方《こなた》の殿の思わくを御遠慮になられて、取りしきって迎え取って、きっぱりしたお扱いをなさるべきではないので、やはり何《いず》れにしても見ぐるしい、何方附《どっちつ》かずの有様で、自分でも心を悩まし、人からも悪くいわれるべき身なのであろうと思い、却って、実《じつ》の親にお逢わせになった後は、殊《こと》に御遠慮になる御様子のない、大臣《おとど》のお扱いをも附け加えつつ、内々嘆かわしいことであった。心に思っていることを、十分ではなくても、片端だけでも、それとなく云える女親もいられず、何方《どなた》も何方《どなた》も、ひどく気恥ずかしい、ひどくお立派な御様なので、何事を、ああだ斯《こ》うだとお聞分け下さろう。世間並の人には似ない御自分の有様を嘆きつつ、夕暮の空の哀れげな様子を、端近く見やっていらっしゃる様は、ひどくお美しい。

薄い鈍色《にびいろ》の御衣《みぞ》が、なつかしい程に萎《な》えて、平常とは変った色合《いろあい》▼3に、容貌《かたち》はひどくに花《はな》やかに引き立っていらっしゃるのを、御前にいる女房達は、ほほ笑んでお見上げしていると、宰相の中将が▼4、同じ鈍色《にびいろ》の今少し濃い色の直衣《なおし》姿で、纓《えい》▼5を巻いていらっしゃる姿が、又ひどく艶《なま》めかしく清らかな御様子でお出《い》でになった。最初から、実直に心をお寄せ申していられるので、隔《へだ》てを附けて余所余所《よそよそ》しい風には、お扱い申さなかった習いから、今、御兄弟ではなかったといって、甚《はなは》しい変え方をするのも変なので、やはり御簾《みす》に几帳《きちょう》を添えての御対面で、人伝《ひとづ》てではない物云いをなされていた。殿のお使《つかい》▼6で、内裏《うち》より仰言《おおせごと》のあった様を、やがてこの君が承《うけたま》わられたのであった。姫君の御返事は、おおようではあるものの、ひどく程よくお云い做《な》しになられる御様子が、物馴《ものな》れて懐しいにつけても、あの野分の朝の御顔が、胸に浮んで来て恋しいが、あるまじき間柄だと思っていたのに、聞き明らめて後には、やはり唯《ただ》ならぬ心が添って来て、この宮仕は、一通りのことでお思い放しにはなられまい。あれ程お立派な御間柄▼7のお揃いのところへ、趣《おもむき》ある様の事で御面倒な事がまた、必ず起って来るだろうと思うと、一通りならず胸が塞《ふさ》がる気がするが、平気な実直な様子をして、「人には聞かせまいと存じますことを申上《もうしあ》げようと思いますが、いかがいたすべきでございましょう」と仔細ありげに云うと、近く侍《さぶら》っていた女房は、少し奥へ引下りつつ、御几帳の後ろに隠れ合っていた。中将は、空言《そらごと》の御《お》消息《たより》を、尤《もっと》もらしく云い続けて、細々《こまごま》と申上げられる。主上の御様子が一通りではないことなので、そうした御用心をなさいましと云うようなことである。御返事のなさりようもなく、溜息《ためいき》をついていらせられるのは、忍びやかでお可愛《かわ》ゆらしくてひどく懐かしいので、一層怺《こら》えられなくて、「御服《おんぷく》もこの月の内にはお脱ぎになるべきですが、吉《よ》さそうな日がございませんでしたことです。十三日には、河原へお出ましになるようにと仰《おっ》しゃってございました。[8]私もお供をしたいと存じております」と申されると、「御一緒というのは仰々しゅうございましょう。忍んでいたしました方がよろしいようにと思います」と仰しゃる。この御服についての委《くわ》しい事情を、他人に広く漏らすまいとお思いになっている御様子は、まことに行届いている。中将は、「漏らすまいとお包みになられますのは、情のうございます。恋しくてたまらない方のお形見なので、[9]脱ぎ捨てますのも、私はまことに辛《つろ》うございますので。それにしましても、不思議にもお離れ申さない御縁なのは、私は又分りかねることでございます。この御現わし衣[10]の色がなかったならば、それとは分らないことでございました」と仰しゃると、「何事も弁《わきま》えかねます私には、まして何《ど》うとも思い辿《たど》れませんのですが、こうした色は、妙にもの哀れなことでございます」と、平生《へいぜい》よりも、しみじみとした御様子が、可愛らしく美しい。こうした機会にとお思いになったのだろうか、蘭の花[11]のひどく面白いのを持っていらしたのを、御簾《みす》の端の方から差入れて、「これも御覧になるべき訳があるのでございます」と仰しゃって、直《す》ぐには放さずに持っていらしたので、何とも思い寄らずにお取りになられるお袖を、中将は引き動かした。

同じ野の露にやつるる藤袴あはれは懸けよかごとばかりも[12]

『道の果《はて》なる』[13]というのであろうか、ひどく気に入らない、変なことになって来たので、女君は、見知らない様をして、そっと奥へ引込んで、

尋ぬるに遥けき野辺の露ならばうす紫やかごとならまし[14]

「このようにして物を申します以上の、深い縁《ゆかり》というのは何でございましょう」と仰しゃると、中将は少し笑って、「浅いも深いもよくお分りになっている筈《はず》だと存じます。真実のところは、まことに尊い宮仕をなさる方と承知しながら、抑えきれずにおります私の心持を、何うしてお分り下されようかと思ってのことです。却ってお疎みになるのが佗《わび》しくて堅く心に秘めておりましたが、『今はた同じ』[15]とまで思い詰めてのことなのでございます。頭中将《とうのちゅうじょう》[16]の様子は御覧になりましたか。人のこと

だと何で思ったのでしょうか。わが身になりますとひどく愚かしいことで、かたがた察しられもすることです。今は却《かえ》って、あの君はさっぱりした気になりまして、末始終御あたりを離れない[17]のを頼みにして、慰めております様子を見ますと、ひどく羨《うらや》ましく妬ましい気のいたしますのを、哀れとだけでもお思い下さいまし」など、細々《こまごま》とお聞《きか》せになることが多いけれど、お気の毒なので書かないのである。尚侍《かん》の君[18]はだんだんに奥へ引入りつつ、面倒だとお思いになっていたので、「情ない御様子ですね。無理なことはしない者だということは、自然御存じ下さっていようかと思いますのに」といって、こうした機会に、今少し心持を漏らしたいのであるが、「ひどく気分が悪うございまして」と、入っておしまいになったので、中将はまことにひどく嘆いてお立ちになった。

なまなかに云い出してしまったことだと、中将は残念に思うにつけても、此方《こなた》の今少し身に沁みて思われた方[19]の御様子を、あれ程の物越しででも、ほのかにお声だけなりとも、何《ど》んな機会があったら聞けることだろうか、と覚束《おぼつか》なく思いつつ、御前《おまえ》へ参られると、殿はお出《い》でましになられて、御返事を申上げる。殿は、「あの宮仕を渋々らしくお思いになっていられるのです。宮[20]などのお慕いになっていられる人で、ひどくお心深い哀れを尽くして、お口説きになっているので、それにお心が沁みているのだろうと思うので、お気の毒なことです。ですが、大原野の行幸に、主上をお見上げ申してからは、まことに愛《め》でたくいらせられるとお思いになったのでした。若い人は、ほのかにでもお見上げしますと、宮仕のことをお思い捨てにはなれまいと思って、この事もそう計らったのでした」と仰しゃるので、中将は、「それにしてもお人柄は、何方《どちら》にお似になっているのでしょうか。中宮があのように並ぶ者なくしていらっしゃいますし、又弘徽殿《こきでん》の女御も貴く、格別の御覚えでいらっしゃいますので、たいした御思いがあるに致しましても、お立ち並びになることは難いことでしょう。宮はひどく懇《ねんご》ろにお思いになっていらっしゃいますのに、改まった然《しか》るべき筋の宮仕でもないのですから[21]、わざと逸《そ》らしたように、お気を悪くなさろうかと、こうしたお間柄では、ひどくお気の毒に存じます」

と、大人大人《おとなおとな》しく仰せになられる。「面倒なことですよ。私の心次第になる人でもないのに、大将[22]までが私を怨《うら》んでいることです。すべてあの人の気の毒なのが見過せなくて、訳の分らない人の恨みを受けるのは、却って軽率なことなのでした。あの人の母君[23]が、哀れに遺言をしたことが忘れられなかったので、心細い山里に住んでいると聞いたのに、あの大臣《おとど》[24]が又、構ってくれそうもないと嘆きましたので、可哀そうで、あのように引取りはじめたのです。此方《こちら》で此《こ》のように鄭重《ていちょう》に扱うので、あの大臣《おとど》も人めかしくするのでしょう」と、尤もらしくお言い做しになる。「人柄は、宮の御人[25]としても、まことに結構でしょう。当世風で、ひどく艶《なま》めいた様をしていて、さすがに賢くて、過ちなどはしそうもないので、お間柄は見よいことでしょう。又宮仕の方でも、まことによく勤まりましょう。容貌《かたち》がよく物馴れているものの公事《おおやけごと》なども暗くはなく、はきはきしていまして、主上が平常お望みになっていらせられる御心に叶うことでしょう」などと仰しゃる御様子に、その御心底を知りたいので、「年頃このようにお育てになっていらっしゃいますお心持を、変な風に人は申しておりますことでございます、あの大臣《おとど》[26]もそのように取りまして、大将が彼方《あちら》へ序《ついで》に、申入れをしました節にも、そのような返事をなさいました」と申上げると、殿はお笑いになって、「何方《どなた》もひどく不似合なことですよ。やはり宮仕のことでもその外《ほか》のことでも、大臣《おとど》がお心に取って、こうとお思いになるのに従うべきです。女は三つに従うべきもの[27]ですが、順序を違えて、私の心任せにするということは、あるまじきことです」と仰しゃる。中将は、「此方《こなた》の御内《おんうち》には、貴い方々[28]が年頃長くいらっしゃるので、それと等《ひと》し並《なみ》にはお扱いになれないところから、棄《す》てがてらに譲り渡して、表向きの宮仕をさせて、お取籠《とりこ》めになっておこうとお思いになったのは、ひどく賢く働きのあるお計らいだと、喜んで申されていると、たしかに人が話して聞せました」と、ひどく真顔になってお話し申上げると、ほんにそのようにお思いになることだろうとお思いになると、気の毒で、「ひどく悪い方にばかりお取りになったものですよ。よく気の届く性分からのことでしょう。追って自然に、何《ど》うなってゆくにしても、証拠の立つ事がありましょう。気の廻《まわ》ることですよ」とお笑いになられる。御様子はさっぱりしていらっしゃるが、中将はやはり疑いが多い。大臣《おとど》も、そうだ、そのように人が推量している、その思う壺に落ちるようなことがあっては、まことに残念なばかげたことであろう。あの大臣《おとど》に、何《ど》うかしてこのように綺麗な心をお知らせ申そう、とお思いになるにつけ、ほんに宮仕ということにした上での、我がはっきりとはしないような、曖昧な心持を、賢くも見抜いてくることだ、とうす気味悪くお思いになられる。

かくて御喪服をお脱ぎになって、月が替《かわ》ったならば、入内《じゅだい》をなさるには忌みがあろう、▼29 十月頃に、と大臣《おとど》はお思いになって仰しゃるのを、内裏《うち》でも待遠《まちどお》に思召《おぼしめ》し、言い寄っていられる方々は、何方《どなた》も何方《どなた》もひどく残念で、この御入内の前にと、お取持のそれぞれの女房をお責め立てになるが『吉野の滝を堰《せ》く』▼30 よりも無理なことなので、何《ど》うにも仕ようがないとそれぞれ御返事を申す。中将も、なまなかなことを云い出して、何《ど》のように御思いになっていようか、と心苦しいままに走り廻って、ひどく深切《しんせつ》に、一通りの御後見《おんうしろみ》をしている様にして、追従《ついしょう》していらっしゃる。たやすく、軽々《かろがろ》しく口へ出して申し寄ることはなされず、見よく落着《おちつ》いていらっしゃる。真実の御兄弟の君達は、寄りつくことが出来ず、宮仕の時の御後見《おんうしろみ》をと思ってそれぞれ待遠に思っていた。頭中将は、心を尽して思い煩《わずら》っていたことは、止《や》めてしまったので、現金なお心であるよと、女房達は可笑《おか》しがっていると、殿のお使▼31 としてお越しになった。やはり表立って御兄弟の交りはなされず、内々で御消息《おたより》を取交していられたので、月の明るい夜、お庭の桂の木の蔭に隠れていらせられた。以前は見聞きもなさりそうになかったのに、その名残もなく南面《みなみおもて》の御簾《みす》の前にお据え申す。御自身応対なさることは、やはり恥ずかしいので、宰相の君をして御返事を申させる。中将は、「私を選んでお遣わしになられましたのは、人伝てではいけない御消息《おたより》なのでございましょう。このように隔てがありましては、何《ど》うして申上げられましょうか。私は人数《ひとかず》でもないものでございますが、兄弟は切れない縁だという譬《たとえ》もございますので、何とやら、古風なことでございますが、頼もしい気がいたします」と仰しゃって、気に入らぬおあつかいだとお思いになった。姫君は、「ほんに年頃の積もっておりますことも取添えまして、お話し申上げたいのでございますが、日頃中ひどく悩ましくいたしておりますので、起き上ることも出来ずにおります。そのようにお咎《とが》めになりますと、却って余所余所《よそよそ》しい気持がいたします」と、ひどく本気なように申出された。「その悩ましくしていらっしゃいます御几帳の側《そば》をお許し下さらないでしょうか。いやいや、ほんにこんなことを申すのは、心ないことでした」といって、父大臣《ちちおとど》の御《お》消息《たより》を忍びやかに申される。心用《こころもち》いなど誰にもお劣りにならず、まことに見よい。「御入内《ごじゆだい》になられます時のお手筈は、委しいことは伺えずにいますので、内々お知らせなさる方が宜《よろ》しゅうございましょう。何事も人目を憚《はばか》りまして、参ることも出来ず、申上げも出来ないので、却って心懸《こころがか》りに思っていらっしゃいます」など、お伝えになる序《ついで》に、「さあ、愚かしいことも、もう申上げられなくなりました。何方《どちら》の関係から申しましても、哀れをお見過しになるべきではなかったことだと、いよいよ恨めしさの添っていることでございます。第一に今夜のお扱いですよ。奥向きの方[32]へお召入れになって、お許《もと》[33]達こそつまらない者にお思いになりましょうか、下仕《しもづか》えといったような人達とだけでも話をしたいものでございます。又とこうしたお扱いはございますまい。様々に珍らしい目に逢うことです」と、小首を傾けつつ、恨みつづけられるのも趣があるので、これこれだと取次いで申上げる。「ほんに人が聞きますと、現金なように思おうかと遠慮されますので、年頃の引籠りきっておりましたことも、晴らしませんのは、まことに却って辛いことでございます」と、ただ確《しっか》りとした御返事にして申上げるので、中将はきまり悪くて、すべてを胸にお包みになった。中将、

妹背山深き道をば尋ねずてをだえの橋にふみ惑ひける[34]

「よ[35]」と恨むのも、我が心からのことである。姫君、

惑ひける道をば知らで妹背山たどたどしくぞ誰《た》れもふみ見し[36]

「何方《どちら》につけての御消息《おたより》ともお分りになれなかったようでございます。何事も、余《あん》りなまでに、世間

へ大方の御遠慮をなさいますようですから、御返事もお出来にならなかったのでございましょう。自然こうばかりでもございますまい」と取次の女房の申すのも、尤もなことなので、「いや長居をいたしますのも、よくない時でございます。次第に御奉公が積りましたならば、格勤《かくごん》をお認めになりまして」と云ってお立ちになる。月が限《くま》なく上って来て、空の様子も艶《えん》なのに、中将[37]はまことに上品に清らかな容貌《かたち》をして、御直衣《おんなおし》の姿も、好ましく華やかで、ひどく趣がある。宰相の中将の御容子やお有様には、お立ち並びにはなれないが、此方《こちら》も趣あるようにお見えになるのは、何うしてこのようにお揃いになったのだろうと、若い女房達は、例のように、云うまじきことも云い立てて感心し合った。

大将[38]は、この中将[39]は同じ右近衛の次官なので、常に呼び寄せつつ、姫君を懇望のことを話し、大臣《おとど》[40]にもその事を申上げさせた。大臣《おとど》は、人柄もまことに好く、公《おおやけ》の御後見《おんうしろみ》となるべき候補者でもあるので、何の云うところがあろうかと思いながらも、あの大臣《おとど》[41]があのようにお決めになったことを、何《ど》うして変改など出来ようか。思う仔細もあってのことだろうと、お分りになる筋さえもあるので、お任せ申していた。この大将は、春宮《とうぐう》の御母《おんはは》女御[42]とは御兄弟であられた。二人の大臣《おとど》を外《ほか》にすると続いての御覚えのひどく尊い君であられる。年は三十二三でいらっしゃる。北の方は、紫の上の御姉である。式部卿の宮の御長女なのだ。年が大将より三つ四つ上であるのは、格別の欠点でもないのに、お人柄が何《ど》んなでいらしたのだろうか、嫗《おうな》という名を附けてお心にも入れず、何うかして別れたいものだと思っていた。此《こ》の関係から六条の大臣《おとど》[43]は、大将との御縁組は、似合わしくない気の毒なことだとお思いになっているようである。大将は好色らしい乱れたところのない様ながら、姫君にはひどく打込んでいらせられた。大将は父大臣《ちちおとど》[44]も、そのお気がないというのではない。女は宮仕を厭《い》やがっているようだと、内々の容子《ようす》も然るべき委しい便りがあって、漏れ聞いて、「ただ大殿[45]のお心持が[46]違っているだけのようだ。実の親のお心にさえ違《たが》わなかったなら」と思って、取持の女房の弁のおもとをもお責めになっている。

九月にもなった。初霜が結んで、艶《えん》に感じられる朝、例のそれぞれの取持をする女房どもが、隠すようにしながら持ってまいる御文を、姫君はお読みになることはなくて、読んでお聞せするだけをお聞きになっている。大将殿のには、

「それにしても今月だけはと頼みを懸けていました月の過ぎてゆきます空の様子に、気が揉めまして」

数ならば厭《いと》ひもせまし九月《ながつき》に命を懸くる程ぞはかなき[47]

月が改まったならばとある御定めを、ひどくよく御承知のようである。兵部卿の宮ののは、

「云う甲斐《かい》もない御縁は、申上げようもありませんが」

朝日さす光を見ても玉笹の葉分《はわけ》の霜《しも》を消《け》たずもあらなむ[48]

「私の心をお思い知り下されさえすれば、慰めようもあることでございましょう」

とあって、ひどく萎《しお》れている、折れ伏した笹の、置いている霜までも落さずに持ってまいった、そのお使さえも相応したものである。式部卿の宮の御子の左兵衛督《さひょうえのかみ》は、この殿の上[49]の御兄弟である。親しく出入りをなされる君なので、自然よく御様子をお聞きになっていて、ひどく思い悩んでいたことである。ひどく多く恨みを書き続けて、

忘れなむと思ふも物の悲しきをいかさまにしていかさまにせむ[50]

紙の色、墨つき、炷《た》きしめた香のにおいも様々なのを、女房達は皆、「お諦めになりそうなのがさみしいことです」などという。宮への御返事だけを、姫君は何《ど》う思召すのであろうか、ほんの短いもので、

心もて日影に向ふ葵《あふひ》だに朝置く霜をおのれやは消《け》つ[51]

と仄《ほの》かな物を宮はひどく珍らしいと御覧になると、御自身としては哀れを感じていらっしゃる御様子をお見せになっているので、聊《いささ》かのものではあるが、ひどく嬉しかった。此のように、何という程

の物ではないが、さまざまの人達のお恨み言が多かった。女のお心構《こころがまえ》としては、この君をこそ手本とするべきだと、大臣《おとど》達▼52はお定めになったとかである。

▼1　玉鬘。
▼2　殿、即ち源氏。
▼3　前の巻「行幸」に病気危篤であった大宮が薨去されて、今は喪に籠っていられることが知られる。玉鬘には、父方の祖母に当る方。
▼4　夕霧。大宮は同じく母方の祖母にあたられる。
▼5　喪中、冠の纓を巻くことになっている。
▼6　源氏。
▼7　秋好中宮と弘徽殿の女御の御仲。
▼8　祖母の喪に服することは、五ケ月百五十日で、喪服を脱ぐ時は、賀茂河原にて禊をすることになっていた。
▼9　祖母君。
▼10　喪服。
▼11　藤袴。
▼12　同じ野に咲いて、露の為にやつれている藤袴の花です。可哀そうだと思って下さい、たとい少しばかりでも。「藤袴」は、花が紫であるところから、「紫の由縁（ゆかり）」という言葉を関係させて、姫君に由縁のある自分という意を持たせたもの。「露」は、涙の意。全体は姫君を思う涙にやつれている自分です。少しなりともあわれを懸けて下さいの意。
▼13　「東路のみちの果なる常陸帯のかごとばかりも逢はんとぞ思ふ」（古今六帖）
▼14　尋ねるのに、遥かに遠い野の露であるならば、その薄紫のゆかりも、かこつけ言になりましょうか。

というので、尋ねるに他人のような遠いものではなく、従兄弟ではありませんか。縁が薄いと云って恨みなところはありません、の意。「うす紫」は、藤袴の色で、「紫のゆかり」の意。「かごと」は贈歌の詞で、内容を変えたもの。
▼15 「わびぬれば今はた同じ難波なる身をつくしても逢はんとぞ思ふ」（拾遺集）
▼16 柏木。
▼17 実の兄妹の関係。
▼18 玉鬘。
▼19 紫上。「野分」に出ず。
▼20 蛍兵部卿宮。
▼21 女御更衣というような地位ではなく、尚侍となられることをいっている。
▼22 髭黒右大将。
▼23 夕顔。
▼24 父内大臣。当時の頭中将。
▼25 蛍兵部卿宮の室となられること。
▼26 内大臣。
▼27 儒教で説く三従の教。「幼則従父、嫁則従夫、夫死従子」とある。（礼記）
▼28 六条院にいる多くの女性達をいう。
▼29 九月は結婚を忌む月。
▼30 「手をさへて吉野の滝はせきつとも人の心はいかがとぞ思ふ」（古今六帖）
▼31 父内大臣のお使。
▼32 奥の、内々の部屋のある方。
▼33 宰相の君たち、然るべき女房。
▼34 妹背山の、山深い道を、よくも尋ねなくて、その手前のおだえの橋の上に踏み迷っていたことである

よ。「妹背山」は、紀伊にある妹山と背山。「妹背」は、夫婦にも兄妹にも通じて云った称。「をだえの橋」は、二つの山の中間を流れる紀の川にかかっているとされた橋。「ふみ」は、「踏み」に「文」をからませた詞。一首は、兄妹であるという込み入った関係をよく調べて見ずに、中途半端なところで、文を通わして迷っていたの意。

▼35　ふみ惑いけるよ、と歌につづく意のもの。

▼36　あなたが妹背山の路に踏み迷っていられるとは知らないで、私はお文を見ていました。「誰れ」は、我。「踏み」に「文」を懸けている。一首は、あなたが兄妹という関係を間違えていらっしゃるとも知らず、分らないながらにお文は見ました、の意。

▼37　夕霧。

▼38　髭黒右大将。

▼39　柏木。

▼40　内大臣。

▼41　源氏。

▼42　東宮の御生母で、朱雀院の女御。

▼43　源氏。

▼44　内大臣。

▼45　源氏。

▼46　玉鬘についている女房。

▼47　私が人の数に入り得る身であったならば、人並みに九月を厭いもしましょう。この九月だけは大丈夫だと思っている身は、はかないことです。「長月」は、九月。九月は、結婚を忌む月で、入内されない月で、それに「命を懸く」というのは、九月が過ぎると入内する故である。

▼48　朝日のさして来る光を御覧になっても、玉笹の葉毎に置いている霜を、消えさせないようにして下さい。「朝日さす光」は、内裏の譬。「玉笹の葉分の霜」は、自分の譬。「消たず」は、忘れずにの譬。入内の

後も、自分を覚えていてくれとの詞。
▼49 紫上。
▼50 忘れようと思うだけでも既に悲しいのに、この先、何のように、何のようにしたものだろうか。
▼51 自分の心から、進んで日光に向って行く葵でさえも、朝、自分の上へ置いた霜を、自分から消すようなことをしましょうか、しませぬ。「日影」は内裏、「葵」は自身、「霜」は宮に譬えたもの。一首は、進んでの入内ではないから、ましてあなたをお忘れはしませぬ、の意。
▼52 源氏も、内大臣も。

真木柱

「内裏《うち》に聞召《きこしめ》されることも恐れ多いことです、当分は人に広くは漏らしますまい」と[1]大臣は御注意をなされたが、[2]男君はそれ程に秘密にはなさりきれない。[3]女君は、時が立つが、聊《いささ》かも打解けた御様子がなく、案外にも辛い宿縁を持った身であったことよと、思い詰めていらっしゃる御様子に弛《ゆる》みがないので、男君はひどく辛くは思うが、朧《おぼろ》げではない宿縁なのだと、可愛《かわ》ゆくも嬉しく思って、見馴《みな》れるに連れてますますお美しく、申分《もうしぶん》のない御容貌《かたち》や御様子を、余所《よそ》の者に見果てて終るのだったろうかと、思うだけでも胸がつぶれて、願《がん》をかけた石山《いしやま》の仏をも、取持《とりもち》をした弁のおもとをも、並べて頂きたいように思うが、女君は、その女房をひどく気にくわない者にお思いになって疎《うと》んでいらせられたので、女房は朋輩との交りも出来ずに引籠《ひきこも》っていた。ほんに多くのお気の毒なことを、とりどりに見たのであったが、趣《おもむき》の浅い人の為《ため》に、寺の験《げん》は現れたことであろう。大臣《おとど》もお快くなく残念にお思いになるけれども、仕方のないことで、父大臣《ちちおとど》をはじめ誰もお許しはじめになっていることなので、引返して不承知の様子を見せるというのも、その人の為に気の毒でもあり、筋の立たないことだとお思いになって、婚儀もまことにこの上なくしてお冊《かしず》きになっている。男君は、早く御自分の殿にお引取りになることを急いでいらっしゃるが、軽々しくふと打解けてお移りになるのは、彼方に待ち取りになって、好くは思いになるまいと思われる[4]方がいらっしゃるのがお可哀そうだというのを口実にして、「やはり御緩《ごゆる》りと、穏やかな様にして、そっと、何方《どちら》からも誹《そし》り恨みのないように、お扱い下さい」と仰せになられる。父大臣《ちちおとど》は、「此《こ》の方が却《かえ》って見安いようです。格別立ち入っての後見《うしろみ》をする人のない者が、好色めいた宮仕《みやづかえ》に出て、苦しげにするのではないかと、気懸《きがか》りなことでした。見てやりたい志はありながらも、女御[5]がああしてお出《い》でになるのを差置《さしお》いて、何《ど》う扱うことが出来ましょうか」など、内々に仰《おっ》しゃった。ほんに、帝と申上げても、人よりは軽くお思いおとしになり、はかない様にお扱い下さって、厳《いか》めしくお扱い下さらなかったならば、あっけないようなことであろう。三日目の夜の御祝儀[6]のことを、御相談になった様子を伝え聞きになさって、太政大臣《おおきおとど》のお心を、しみじみと忝《かたじけな》く、珍しいこととお思い申上げたことであった。そのように内々にしていらっしゃる御仲《おんなか》ではあるが、自然に、人が興味あることにして語り伝えつつ、次《つ》ぎ次ぎに聞き漏らしつつ、珍らしい世間話にして囁《ささや》き合った。内裏《うち》にも聞召《きこしめ》された。「残念にも縁のなかった人ではあるが、あのように思った本意もあることなので、宮仕も、好色めいた筋のものであれば、思い止《や》めろということもあろう」など仰せになられた。

十一月になった。宮中では神事《じんじ》が繁く、内侍所にも事の多い頃なので、女官どもや内侍どもがお指図を受けに此方《こなた》に参りつつ[7]、陽気に人騒がしいのに、大将殿[8]は、昼間もひどく隠れている様にして籠もっていらっしゃるのを、ひどく厭《い》やなことに尚侍《かん》の君はお思いになった。兵部卿宮[9]は、ましてひどく残念にお思いになる。兵衛督《かみ》[10]は、妹の北の方のことまでが、人の笑いぐさになることと嘆いて、重ね重ね嘆かわしいけれど、愚かしく恨みを云って見《み》ても今は詮《せん》のない、と思い返している。大将は評判の堅仁《かたじん》で、年頃聊かも取乱した振舞《ふるまい》はなくて過していらした名残もなく、有頂天になって、ついぞ無かったまでに色好みになり、宵暁《よいあかつき》の忍んでの御出入りも艶《えん》にし做《な》されるのを、可笑《おか》しがって女房達はお見上げする。女君は、気さくに賑やかにお振舞になる御性分も、お隠しになって、まことにひどくふさぎ込んで、御自分の心からなされたことでないのは明らかなことだが、大臣《おとど》のお思いになることや、宮のお心様が奥深く、情々《なさけなさけ》しくいらしたことなどをお思い出しになると、極《きま》り悪《わ》るく口惜しくばかりお思いになるので、男君に対して厭《いと》わしい御様子が絶えない。殿▼11も、気の毒に人々も疑っていた筋を、潔白にお現しになって、我が心ながら、気紛れな、筋の立たないことは好かないのだと、昔からの事もお思い出しになって、紫の上にも、「お疑いになっていらしたのでしたね」などとお云いになられる。今更《いまさら》に心癖《こころぐせ》の出るようなことがあってはとお思いになりながらも、心が苦しくおなりになった時には、そうもしようかとお思いになったことなので、やはりそのお心は絶えない。大将のお出でにならない昼時にお越しになられた。女君は怪しく悩ましげにばかりしていらして、健《すこや》かな折もなく萎《しお》れていらしたが、このようにお越しになられたので、少し起き上られて、御几帳《みきちょう》に半ば隠れていらっしゃる。殿も御用意が改まって、やや隔《へだ》てを附けた様になされて、大方の事どもを申される。生真面目な世間並の人を見馴れたので、まして云いようもない御様子やお有様をお見分けがつくにつけても、案外な成行きになった身の、置き所もないまでに極りの悪いのにも、涙がこぼれて来たことである。次第に細《こ》ま細《ご》ましたお話に移って、殿はお側のお脇息に凭《よ》りかかって、几帳から少し覗きつつ物を申される。ひどくお綺麗に面《おも》やつれして入《い》らっしゃる様で、なつかしく可愛らしさのお添いになっているにつけても、これを余所《よそ》のものにしてしまうのは、余りにも気紛《きまぐ》れ過ぎたことであると、残念である。

下り立ちて汲みは見ねども渡り川人の瀬とはた契らざりしを▼12

「思いの外《ほか》でしたよ」と仰しゃって、鼻をおかみになる御様子が、なつかしくも哀れである。女は顔を隠して、

三つせ川渡らぬ先にいかでなほ涙のみをの沫《あわ》と消えなむ▼13

殿は、「心幼い死に場所ですね。それにしても、その河瀬には避《よ》け路《みち》がないのですから、お手の先だけは、引いてお助け申せましょうか」と、お微笑《ほほえ》みになって、「本当のことを申しますと、お心の

中ではお分りになっていて下さるでしょう。世に類《たぐい》の無い愚かしい者であるということも、又安心の出来る上でも、世に類のない程であるということも、幾《いく》ら何《な》んでもお分りになっていようと、頼もしく思っていることです」と仰しゃるのを、女君は、まことに何とも聞き苦しくお思いになったので、殿は可哀そうでお云い紛らしになりつつ、「内裏《うち》に仰せになられますことがお気の毒でございますから、やはりちょっとでも参内《さんだい》おさせ申しましょう。自分の物と領《りょう》じてしまった上では、そうした御交《まじ》際《らい》はさせ難いのが人情でしょう。最初お思い初《そ》めました心とは違う様になったようですが、二条の大臣《おとど》[14]は御満足のことですから、安心なことです」など、細《こ》ま細《こ》まと申される。お気の毒にも極り悪くもお聞《きか》せになることが多いが、女君はただ涙に濡れていられる。まことにそのようにお思いになっていられる女君の様が心苦しいので、殿はお心のままにもお乱れにならない。ただ人妻としての仕向け、お心づかいをお教えになられる。彼方《あちら》へお移りになること[15]は、急にはお許しになりそうもない御様子である。

　女君の内裏《うち》へ参られることを、不安なことに大将はお思いになるが、その序《ついで》に、そちらから直《す》ぐに御自分の殿へお退《さ》げ申そうというお心が附いて、唯暫《ただしばら》くの間をお許しになられる。このように忍び隠れてのお振舞は、お馴れにならないお心持から苦しいので、御自分の殿の内を修繕し装飾して、年来荒らして手入れをせず、打棄《うちす》ててお置きになった御装飾やいろいろの定りある設備を改めて御準備なされる。北の方のお嘆きになるお心もお察しなく、お可愛がりになっていた君達《きんだち》をも、目にもお留めにならない。心弱く、情々《なさけなさけ》しい心のまじっている人だと、何《ど》のような場合にでも、相手の人に取って恥になりそうなことは、察して斟酌《しんしゃく》するところがあるものだが、一轍《いってつ》に押通そうとする御性分で、北の方のお心を動揺させそうなことが多くあった。女君は、人にお負けになるようなことはない。御身分も、ああいう尊い父親王《ちちみこ》の、極めて大切になさった御覚えは、世に軽くはなく、御容貌《かたち》もひどく好くていらしたが、不思議なまで執《しつ》こい御物《おんもの》の怪《け》の為にお煩《わずら》いになられて、この年頃、お心が狂って正気を失われる折が多くあらせられたので、御仲も隔てが出来て久しくなってはいるが、大将は尊い方としては、又並ぶ者もなくお思い申していたのに、珍しくもお心の移った方に、お思いが一とおりではなく、人にお勝《すぐ》れになっているお有様よりも、自分も疑いを懸け、人々の推察をしていた点までも、潔白にお過しになっていたので、珍らしく可愛ゆくお思い増しになるのも、尤《もっと》もなことである。

式部卿宮▼16はこの噂を聞召《きこしめ》して、「追ってそのように、派手やかな人を引取って、もて冊《かしず》かれる片隅に、不体裁に添っていらっしゃるのは、人聞きの恥ずかしいことだろう。私が生きている間は、ひどい笑いものの様になって、随《したが》っていずとも、よいようにさせましょう」と仰しゃって、宮の東の対《たい》の屋を掃除し装飾して、お移し申上げようとお思いになって仰しゃると、親の御許《おんもと》とはいいながらも、今はこれ程の身で、出戻ってお目に懸るということは、とお思い迷いになるので、一段とお心が違って来て、引続きお寝《やす》みになって煩っていらっしゃる。御本性はまことに静かでお気立もよく、子供ぽくいらせられる方が時々に心が違って来て、人に疎まれるべきことがまじって来るのであった。お住まいは並《な》み外《は》ずれて乱雑に、清げな所もなく荒らして、ひどく閉じ籠ってばかりいらっしゃるので、大将は玉を磨いたような彼方《あなた》のお住まいの目移しに、お心にも留まらないが、年頃の御情愛は変れるべきものではないので、お心の中ではひどく可哀そうにお思いになる。「昨日今日の、ひどく浅い夫婦仲でさえも、少し身分のある者だと、みんな我慢するところがあって添い遂げていますよ。あなたはひどく身の苦しいまでにしていられますので、お話しすべきことも云えずにいるのです。年頃、お添い申していることではありませんか、世間なみではないお有様を、お添い遂げ申そうと、幾たびとなく思い返しながら過して来ておりますのに、こうしては居《い》きれないなぞというお心持にお疎みなさいますな。幼い人達も居ますので、何《ど》のようなことがあろうとも疎《おろ》そかには致すまい、と思い続けていますのに、女心の迷いやすいままに、そのように恨みつづけていらっしゃるのです。一わたりお見定めが附かない中《うち》は、それも御尤もなことですが、私にお任せになって当分の間御覧じきって下さい。宮が聞召《きこしめ》してお疎みになって、きれいさっぱりと直ぐに御引取り申そうと思召して仰しゃいますのは、却って軽々しいことですよ。本当に御決心になってのことでしょうか。当分懲らしめようとのことでしょうか」と、笑って仰しゃるのが、北の方にはひどく憎らしく恨めしい。御召人《めしびと》▼17のようになって、久しくお仕え申している木工《もく》の君、中将のお許《もと》などいう人々でさえ、身分につけつつ、不安に辛くお思い申しているのに、北の方は正気で入《い》らっしゃる時なので、ひどく懐しく泣いていらっした。「私を呆《ぼ》けている間違っていると仰しゃってお辱《は》じしめになりますのは御尤もなことです。宮の御事までも取りまぜて仰しゃいますのは、もし漏れてお聞きになりましたらばお気の毒で、憂身《うきみ》の縁《ゆかり》で軽々しいことでございます。私はもうお聞き馴れしておりますので、今更《いまさら》何とも思っておりません」と仰しやって、お顔をそむけていらっしゃるのが、お可愛らしい。ひどく小柄な人が、ふだんになった御悩みの為に痩せ衰えて、弱々しそうで、髪はひどく清らかで長かったのが、分けて取ったように脱《ぬ》けて細って、梳《くしけず》ることも殆《ほとん》どなさらず、涙で固まっているのが、ひどく哀れである。細やかなお美しさはなくて、父宮にお似申して、艶《なま》めかしい容貌《かたち》をしていらしたのが、お窶《やつ》しになっていられるので、何《ど》処《こ》に華やかな所などがあろうか。「宮の御事を、軽くなど何で申しましょう。怖しく、人聞きの悪いようになどお云い做しなさいますな」と賺《すか》して、「あの通《かよ》って行きます所はまことに眩《まば》ゆい玉の台《うてな》で、幼《うぶ》心な無骨な様で出入りしますのは、それこれで人目に立つだろうと、工合《ぐあい》が悪いので、気楽なように引越させようと思っているのでございます。太政大臣《おおきおとど》の、あのように世に類《たぐい》ないまでの御覚えは、申すまでもありません、極りの悪い程行きとどいていらっしゃいます御辺《あた》りへ、厭《い》やな噂が漏れて聞えましては、まことにお気の毒で、恐れ多いことです。穏やかにして御仲を好くしていらっしゃいまし。宮へお移りになりましたとて、忘れなどはいたしますまい。何《ど》うなれこうなれ、今更心持の隔たることはありませんが、世間に聞え人の笑いぐさになりましては、私の為にも軽々しいことですから、年頃の情愛を忘れずに、互《たがい》に後見《うしろみ》をしようとお思いなさいまし」と、賺してお聞せになると、「あなたのお辛さは、何《ど》うこうとは思いません。世間並ではない私の身の憂さを、宮にもお嘆きになりまして、今更に、人笑いになることだと、お心をお乱しになっていらっしゃいますので、お気の毒で、何うして戻ってなぞ行かれようと思っております。大殿《おおいどの》の北の方[18]と申しますのも、他人でございましょうか。あれは親を知らない有様でお育ちになった人で、いい齢《とし》になってそのように人の親めいた御振舞[19]をなさる辛さを、宮はお嘆きになって仰しゃるのですが、私は何とも思ってはおりません。あちらのお振舞を見ているだけでございます」と仰しゃるので、ひどく尋常に仰しゃるが、例のお心違いから、苦しいことも出て来るのであろうか。大将は、「大殿《おおいどの》の北の方の御存じのことではありません。秘蔵娘のようにしていらっしゃるので、このような軽く見られている私などの上までは御存じになりましょうか。人の親らしい所など無くていらっしゃいましょう。そんな事がお耳に入ると、ひどく心苦しいことです」など、一日中此方《こちら》にいてお話になられる。

　日が暮れたので、大将は心も空に浮き立って、何《ど》うかして出懸けようとお思いになるのに、雪が垂れて降って来る。こうした空合に態《わざ》と出懸けるのも、人目が悪く、北の方の御様子も、憎らしく燻《ふす》べて恨みなどなされたら、それにかこつけて、此方《こちら》も迎《むか》い火を附けもしようが、ひどくおっとりと平気にしていらっしゃる様が、ひどくお気の毒なので、何《ど》うしたものだろうと気迷いをしつつ、格子も下さずにそのままにして、端近く外を眺めていらっした。北の方はその様子を見て、「生憎《あいにく》な雪で、何《ど》うしてお分けになるのでしょうか。夜も更《ふ》けるようですよ」とおそそのかしになる。今は無駄である、引留めてもと、御分別になっている御様子が、ひどく哀れである。大将は、「こんな中を、何うして」と仰しゃるものの、「やはり此《こ》の際だけは。此方《こちら》の心持も知らずに、とやかくと人が云い做《だ》しますし、大臣《おとど》達も右左にお聞きになりお思いになることが遠慮されますので、と絶えをするのは気の毒なことです。お気を落着《おちつ》けてこの上とも私の仕打を見果てて下さい。此方《こちら》へ引取ったら、気安くなりましょう。このように普通の御気分でいらっしゃる時は、余所外《よそほか》へ分ける心持なぞはなくなりまして、お可愛ゆくお思い申します」など仰しゃるので、「お留まりになりましても、お心からのことで無ければ、却ってお苦しいことでしょう。余所《よそ》にいらっしゃいましても、お思いになっていてさえ下さいましたら、『袖の氷』▼20も解けることでしょう」と、和《なご》やかにいっていらした。御薫炉《おんひとり》をお取寄せになって、大将の御衣《みぞ》を益々《ますます》焚《た》きしめてお上げになる。御自分は、萎《な》えた御衣《おんぞ》で、しどけないお姿が、一段と痩せて弱そうである。沈んでおいでになるのが、ひどく心苦しい。御目のひどく泣き腫《はら》しているところが、少し気に入らないが、ひどくあわれだと見る時は、悪くはなくお思いになって、何《ど》うして過して来た年月であろうか、すっかり他へ移っている心をまことに軽々しいことだ、とは思い思うが、やはり憧れ心は募って来て、空嘆きをしつつやはり装束をなされて、小さい袖香炉《ひとり》を取寄せて、袖から入れて炷《た》きしめていらっしゃる。懐かしい程に萎えた御装束で、容貌《かたち》も、あの世に並びない六条殿《どの》の御光には及ばないが、ひどくすっきりと男らしい様をしていて、並々の人とは見えない、気恥ずかしく思われるようである。侍所《さぶらいどころ》でお供の人々の声がして、「雪が少し絶間があります。夜は更けたようです」など、さすがに露《あら》わではなく、御催促を申して、咳払《せきばら》いをし合った。中将、木工《もく》などは、「哀れな世の中ですよ」など嘆きつつ、話をし合って寝ていると、北の方はひどく心を鎮《しず》めて、可愛らしく物に凭《よ》りかかって伏していらっしゃると見る中《うち》に、急に起ち上って、大きな伏籠《ふせご》の下にあった薫炉《ひとり》を引寄せて、殿の後《うしろ》へ寄って、さっとお浴《あび》せ掛けるのが、それと目にも留まる程もなく、浅ましさに、呆れ返っていらっしゃる。そうした細かい灰が、目鼻にまで入って、ぼんやりして物も思われない。払い捨てたが一面に立ち籠めているので、御衣《みぞ》などもお脱ぎになった。正気でこのようなことをなさるのだと思ったら、又と顧みすべきでもなく浅ましいことであるが、例の御物《おんもの》の怪《け》が、人に疎ませようとしてする業《わざ》だと、御前《おんまえ》の女房達もお気の毒にお見上げする。立ち騒いで殿の御衣《みぞ》をお召換えなどおさせ申すが、夥《おびただ》しい灰が御鬢《おんびん》の辺までも立ち昇って体一面に沁みている気持がするので、清らを尽していらっしゃる所へ、このままでは参るべきでもない。心の違ってのこととはいいながら、それにしても珍しい見たこともないお有様だと、爪弾きされ、疎ましくなって、可哀そうだと思った心も残らないが、此の際荒立てては、飛《と》んでもない事が起って来よう、とお心を鎮めて、夜中になったが、僧をお召しになって、加持をおさせして騒ぐ。北の方の喚《わめ》き騒がれるお声など、大将のお疎みになるのもお道理である。一晩中ひどく打たれ引廻《ひきまわ》され、泣き騒いでお明かしになって、少しお眠りになった間に、大将は彼方《あなた》へ御文《おんふみ》をお上げになられる。

「昨夜急に気を失う人が出来ましたのに、雪の模様に態《わざ》とは出懸けにくく、躊躇しておりますと、身までも冷えたことでございます。お心は申すまでもなく、人も何《ど》のように執り做されたことでございましょうか」

と、卒直にお書きになった。

心さへ空に乱れし雪もよにひとり冴えつる片敷《かたしき》の袖▼21

「怺え難いことで」

と、白い薄様《うすよう》の紙に、重々しくお書きになっているが、格別心を引くところもない。手蹟はまことに綺麗である。学問はすぐれていらせられたことである。尚侍《かん》の君は、夜離《よが》れを何ともお思いにならないので、そのように気を揉んだとお取りになっての御文を見入れもなさらないので、御返事もない。男君は胸がつぶれて、嘆いて一日をお暮しになる。北の方は、やはりひどく苦しそうにしていらっしゃるので、御修法《みずほう》をお始めになられる。大将は心の中《うち》に、せめて此の際だけでも何事もなく正気でいさせたまえ、とお念じになる。本気の時のお心の可哀そうなのを見知らなかったならば、こうまで辛抱してはいられそうもない、厭《いと》わしさである、とお思いになっていた。日が暮れると、いつものように急いでお出ましになる。北の方は御装束なども、見よいようにはお世話をなさらず、ひどく変な、調子の悪い様でばかりいるのを苦情を云われるが、新しい御直衣《おんなおし》などは、お間に合いかねて、ひどく見苦しい。昨夜ののは焼け通っていて、疎ましくも焦げくさい匂いのするのも変である。御衣《みぞ》にも移香も沁みている。嫉妬されたことがあらわで、女君も愛想をおつかしになりそうなので、脱ぎ換えて、お湯殿に入りなどして、丹念にお繕《つくろ》いになる。木工《もく》の君は、御薫香《たきもの》を炷《た》きしめながら申上げる。

ひとりゐて焦《こが》るる胸の苦しきに思ひ余れる焔《ほのほ》とぞ見し▼22

名残もないお扱いは、お見上げする者さえも一とおりには」と、袖で唇をおおっている、目もとはひどく気取っている。だが大将は、何んな気がしてこうした者に物など云いかけたのだろう、とばかりお思いになったことである。情のないことであるよ。大将、

憂きことを思ひさわげばさまぐ\にくゆる煙《けぶり》ぞいとゞ立ち添ふ▼23

「ひどく途方もないことが、もし彼方《あちら》へ▼24聞えたならば、中途半端になってしまう身であろう」と、嘆息してお出ましになった。一夜《ひとよ》だけの隔てでさえも、又珍しく可愛さが増《ま》さった気のする女君のお有様に、一段と外《ほか》に気の分けられそうもない気がして、心憂いので、久しく此方《こなた》に籠っていらっした。

大将の殿では修法《ずほう》などして騒いでいるが、北の方の御物《おんもの》の怪《け》はすさまじく起って騒いでいるとお聞きになったので、有るまじき疵《きず》が附き、恥じがましい事が屹度《きつと》あろうとて、怖ろしくてお寄りつきにならない。殿へお帰りになった時も、別な所に離れていらして、君達だけを、お呼び取りになってお逢いになられる。女君▼25が一方、十二三ばかりで、又次《つ》ぎ次《つ》ぎに男君が二人▼26おありになる。近年になっては、御仲の隔てがちになって、慣わしとしていられるが、尊く立並ぶ者もなく慣わしていらっしたので、今は御縁の切れ目と御覧になるので、お仕えしている女房どもも真《しん》から悲しく思っている。

御父宮はそのことをお聞きになられて、「今はそのように懸け離れて、顕《あら》わにお嫌いになるのに、そのまま辛抱していらっしゃるのは、ひどく恥ずかしいもの笑いのことです。私が生きている限りは、何処《どこ》までも、何で小さくなって随っていることなどがありましょうか」と申上げて、俄《にわか》にお迎えがあった。北の方はお心持が少し普通になって、御夫婦仲を浅ましくお嘆きになっていらっしゃると、これこれと申上げたので、強いて此所《ここ》に留《と》どまっていて、夫に見すてられてしまう様を見きわめて、諦

めるのも、今少し物笑いなことであろう、とお思い立ちになった。御兄弟の君達《きんだち》の、兵衛督《ひょうえのかみ》は上達部《かんだちめ》でいらっしゃるので、仰々しいといって、中将、侍従、民部大輔《みぶのたいふ》など[27]が、御車を三つばかりでお出《い》でになった。何《ど》うせこうなるべきことだろうと、予《かね》てから思っていたことであるが、さし当って今日を限りだと思うと、お仕え申している女房達も、ほろほろと泣き合った。「年頃お馴れになりません旅住みで、手狭《てぜま》で不自由では、何うして大勢《おおぜい》がお仕え申せましょうか。一部はめいめい里へ退《さが》って、お落着きになりました上で」などひそひそと云う。人々は銘々《めいめい》、はかない荷物など、里へ運んでやりつつ、散り散りになることであろう。北の方のお道具も、然《しか》るべき物は皆取纏《とりまと》めになって置きなどするままに、上《かみ》の者も下《しも》の者も皆泣き騒いでいるのは、まことにただ事ではなく見える。君達《きんだち》は何心もなくお歩きになっているのを、母君は皆呼んでお坐《すわ》らせになって、「私は、このように辛い御縁で、今は見極めもつきましたので、この世に跡留《あととど》めるべきではありません、何《ど》うなりとも成行きに任せましょう。生い先の長い流石《さすが》にお落ちぶれになる有様を見ますのは、悲しいことだろうと思います。姫君は、何《ど》のようになって行こうとも、私と御一しょにいらっしゃい。男君達は、離れられずに此方《こちら》へ通って参ってお目に懸るでしょうが、お心にお留め下さいますまい。中途半端でまごつかれることでしょう。[28]宮の世にいらっしゃいます間は、型のように宮中の御交りは出来ましょうが、あの大臣達《おとどたち》[29]のお心次第の世の中ですから、このようにお気に入らない辺りの者だと、流石に知れまして、一人前に成立《なりた》ってゆくこともむずかしいことです。そうかといって山や林に引込んで隠れていますことは、後の世までも悲しいことです」といってお泣きになるのに、何方《どなた》も深い心はお分りにならないが、お顔をしかめて泣いていらっしゃるようである。「昔物語などを見ましても、世間並の情愛の深い男親でさえも、その時次第で気も変りまして、新しい人に随ってゆきますので、疎《おろ》そかにばかりなってゆくものです。まして型だけのことで、見る目の前でさえも名残のないお心では、頼り所はあってもお持てなしにはなりますまい」と、御乳母《おめのと》達は集まって云い嘆いている。日も暮れてゆき、雪になりそうな空模様も、心細く見える夕べである。「ひどい暴《あ》れになりましょう。お早く」と、お迎えの君達は御催促を申して、お目を拭き拭き悲しんでおいでになる。姫君は、殿がひどくお可愛ゆがりになられる習いから、お目に懸らずには何《ど》うしていられよう、お暇乞《いとまごい》を申上げなくては、又お目に懸れなくなるのかも知れない、とお思いになるので、俯伏《うつぶ》しに伏して、お引越しはしまいとお思いになっていると、北の方は、「そのようにお思いになるのは、本当に辛いことです」と賺《すか》して申される。姫君は、今直《います》ぐにもお帰りになられようかとお待ち申されるが、このように暮れようとするのに、何でお動きになどなろうか。姫君はいつも凭《よ》っていらっしゃる東面《ひがしおもて》の柱を、人に譲ってしまう気のなさるのも哀れで、檜皮色《ひはだいろ》の紙を重ねて、ただ小さくお書きになって、柱の乾割《ひわ》れている隙間に、笄《こうがい》の先でお押入れになる。

今はとて宿離《か》れぬとも馴れ来つる真木《まき》の柱はわれを忘るな▼30

書ききることが出来ずにお泣きになる。母君は、「さあ」と仰しゃって、

馴れきとは思ひ出《い》づとも何により立ちとまるべき真木の柱ぞ▼31

御前《おまえ》にいる人々も、さまざまに悲しくて、それ程には思わない木や草までも、恋しく思い出すことだろうと目を留どめて見て、鼻をすすり合っていた。木工《もく》の君は、殿附きの女房で留どまっているので、中将のおもと、▼32

浅けれど岩間の水はすみ果てて宿守《も》る君やかけ離るべき▼33

「思い懸けなかったことですよ。こんな工合であなたとお別れするなんてことは」と云うと、木工《もく》、

ともかくも岩間の水の結ぼほれかげとむべくも思ほえぬ世を▼34

「さあ」と云って泣く。御車を引き出して振返って見るにも、又は何《ど》うして見ることがあろうと、果《は》敢《か》ない。梢《こずえ》をも目を留どめて、隠れてしまうまで御覧になられたことである。『君が住む▼35』からではなく、数多《あまた》の年をお過しになったお住家《すみか》の、何うして思い出のないということがあろうか。

宮では待ってお引取になって、悲しいことにお思いになった。母北の方はお泣き騒ぎになって、「太政大臣《おおきおとど》を結構な御縁家だとお思い申上げていらっしゃいますが、何《ど》れ程昔の敵《かたき》でいらしたことだろうと思われますことです。女御[36]をも、折に触れては、意地悪くお扱いになったのですが、それは、此方《こなた》との御仲の恨みの解けずにいた頃[37]で、思い知れとの事であろう、とお思いになり仰しゃりもし、世間の人もそのように云做《いいな》していましたのでさえも、やはりそんなことはない筈《はず》だ、此方《こちら》の娘[38]を御寵愛になっていらっしゃる故《ゆえ》で、縁につながる者までもお蔭を蒙《こうむ》る例もあることだと、お心が知れなかったのですのに、ましてこのように後になって、気まぐれからの継子《ままこ》か[39]しずきをして、御自分が古物《ふるもの》になさった不憫さから、実直な人で間違《まちがい》のない者を[40]と思って、お引附けになって大切にしていらっしゃるというのは、何《ど》うして恨まずにいられましょうか」と、云いつづけてお騒ぎになるので、宮は、「まあ聞きにくいことを。世間から非難をお受けにならない大臣《おとど》を、口から出まかせに悪くなどお云いなさいますな。賢い人は、腹に蔵《しま》っておいて、斯《こ》うした返報をしてやろうと、思うことがおありになったのであろう。そのように思われた此方《こちら》が不幸だというべきです。知らん顔をなさって、皆あの沈んで入《い》らした頃の報いは、引上げもし沈めもして、ひどく賢くお扱い渡しになっていらっしゃるようです。私一人だけは、然るべき縁の者とお思いになればこそ、先年も、ああした世間に響くまでの、家に過ぎたこともして下さった[41]のでした。それを此の世の面目にして止《や》めるべきでしょう」と仰しゃるので、いよいよ腹を立てて、気味の悪いことまでもお云い散らしになる。この大北の方は心の善くない人であった。

大将の君は、このようにお引移りになったことを聞いて、あやしくも、若々しい夫婦仲かなぞのように、嫉妬めいた振舞をなさったものであるよ。当人はそう性急に、はきはきした心は持っていないのに、宮がそのように軽率なことをなさるのだと思って、君達《きんだち》もあり、世間体も気の毒なので思い乱れて、尚侍《かん》の君に、「そうした怪しいことがあるのです。却って気楽だとも思い取りもしますが、そのまま片隅に隠れてもいそうな人の気やすさを、穏やかに思っていましたのに、俄《にわか》にあの宮がそんなことをなさったのでしょう。世間の聞き見ることも無情のようなので、少し物を云って、帰ってまいりましょう」といってお出懸けになる。よい袍《うえのきぬ》に、柳の下襲《したがさね》、青鈍《あおにび》の綺《き》の指貫《さしぬき》をお召しになって、引繕っていられるところは、ひどく物々しい。何で釣合わないことがあろうかと、女房共はお見上げするのに、尚《かん》侍の君は、そういうことをお聞きになるにつけても、わが身が厭《いと》わしくお思い知りになられるので、見向きもなさらない。

大将は宮にお恨みを申そうとて、参られるままに、先《ま》ず御自分の殿にお出《い》でになると、木工《もく》の君などが出て来て、あった様をお話し申上げる。姫君のお有様をお聞きになって、男らしく怺《こら》えてはいられるが、涙のほろほろとこぼれる御様子は、まことに哀れである。「世間の人とは違った怪しい事共を見過して来た、長い年頃の私の志を、御存じ下さらなかったことです。ひどく我儘《わがまま》な人だったら、今まででも怺えていられるものですか。ままよ、あの御当人は、何《ど》の道廃《すた》れ者とお見えになるので、同じことです。幼い人々を、何《ど》のように扱おうとなさるのでしょうか」と、嘆息をしつつ、その真木柱を御覧になると、御手蹟《おんて》も幼いけれども、心持が哀れに恋しいので、途中も涙を押拭《おしぬぐ》いつつ宮に参られると、北の方は対面をなさりそうにもない。父宮は、「何てことがあろうか、ただ時に連れて移る心で、今始めて変られたのではありません。年頃夢中になっていられる様を聞き続けるのも、久しくなりますのに、何時《いつ》を又思い直るべき時にして待てましょうか。一段と僻々《ひがひが》しい様ばかりを見果てられることでしょう」とお諫《いさ》め申されるのも、▼42尤もである。大将は、「ひどく若々しいような気もいたしますことですよ。お思い棄てにはなれない人々もおありになることだからと、のどかに思っておりました心の怠《おこた》りは、繰返して申上げても仕方のないことです。今はただ穏やかにお見許しになりまして、私の罪も申訳《もうしわけ》なく、世間の人にも尤もなことだと思わせての上で、そのようにもお振舞い下さい」など、申しあぐねていらっしゃる。▼43姫君だけでもお見上げしたいと仰しゃるが、お出しになりそうもない。男の君達は、十になる方は童殿上《わらわてんじょう》していらっしゃる。ひどくお可愛らしい。人にも褒められて、容貌《かたち》などはよくはないが、ひどく器用で、物ごころも次第にお附《つ》きになっていた。次ぎの君は、八つぐらいで、ひどく可愛らしくて姫君にも似ていらっしゃるので、大将は頭を撫《な》ぜつつ、「和子《わこ》だけを、恋しいお形見にして見ることにしましょうね」など、泣いてお話しになられる。宮にもお目に懸りたいと申上げたが、「風邪《かぜ》を引いてぐずぐずしております頃なので」とあって、手の着けようもなくお帰りになられた。

殿は、男君達《おとこぎみたち》をば車に乗せて、話をしながら帰って入《い》らっしゃる。六条殿には連れて行かれないので、▼44殿にお留どめになって、「やはり此所《ここ》にいらっしゃい、来て見るにも楽ですから」と仰しゃる。君達の物思わしくして、ひどく心細そうにお見送りなさる様も、ひどく哀れなので大将は物思いが増した気持がするが、女君の御様の見るに楽しく美しいので、北の方の衰え果てた御様を思い較《くら》べると云いようもなくて、万事をお慰めになられる。大将は打絶えてお訪ねもなさらず、素気《すげ》なくしたのを口実にしているらしいのを、宮ではひどく呆れたことにして嘆いていらっしゃる。春の上▼45もこのことをお聞きになって、「此方《こちら》までも恨まれることになってゆくのが、苦しいことです」とお嘆きになると、大臣《おとど》の君は、お気の毒にお思いになって、「難儀なことです。私一人の自由にもならない人との繋がりで、内裏《うち》にも面白くないように思召《おぼしめ》していらっしゃるのです。兵部卿宮なども恨んでいらっしゃると聞きましたが、そうはいっても、察しの深い人なので、事情をよくお聞きになって恨みはお解けになっています。ひとりでに人と人との関係は、内々な事だと思ったことも、隠れのないものですから、此方《こちら》で負うべき罪もないことだと思います」と仰しゃる。

こうした事のごたごたで、尚侍《かん》の君の御気分はいよいよ晴間のないのを大将はひどくお気の毒だとお思い扱い申して、あの慶《よろこ》び申しの為に参内なされようとされたことも中絶して、お妨げ申していたのを、内裏《うち》にも無礼な、心あってのように思召され、大臣《おとど》方も好《よ》くはお思いにならないだろう、宮中にお仕えする人を妻とする者の無いことがあろうか、と大将は思い返して、年が改まって▼46参内をおさせする。男踏歌《おとこどうか》▼47があったので、やがてその頃に、儀式はひどく厳めしく、此の上なくして参内なさる。双方の大臣達《おとどたち》に、この大将の御勢いも加わって、宰相中将▼48が懇《ねんご》ろにお世話を申される。御兄弟の君達《きんだち》▼49も、こういう機会にとお集《あつま》りになり、御機嫌取りに寄って来て、お冊《かしず》きになる様が、まことにお立派である。承香殿《じょうきょうでん》の東面《ひがしおもて》にお局《つぼね》を持った。西面《にしおもて》には宮の女御▼50がおいでになったので、馬道《めどう》だけが隔てであるのに、お心は遥《はるか》に隔たっていることであろう。御方々は何方《どなた》がということもなく挑《いど》み合っていらっして、後宮は奥ゆかしく趣《おもむき》のある頃である。格別身分低い更衣達は、多くはお仕え申していない。中宮、弘徽殿《こきでん》の女御、その宮の女御、左の大殿《おおいどの》の女御などがお仕え申される。その他には中納言と、宰相の娘二人程がお仕え申していられることであった。踏歌には御方々にお里の人々が参る。様の格別で賑やかな見物《みもの》なので、誰も誰も清らかさの限りをつくし、袖口の襲《かさ》なりを煩《うる》さくお整えになる。東宮の御母女御▼51も、ひどく花《はな》やかにお装いなされて、東宮はまだお小さくていらせられるが、すべてがひどく当世風である。踏歌は、御前《おんまえ》、中宮の御方、朱雀院《すざくいん》とに参って、夜がひどく更けたので、六条の院へは、今回は無理だというのでお略しになる。朱雀院から引返して参って、東宮の御方々を巡《めぐ》っている中《うち》に夜が明けた。ほのぼのと趣ある朝ぼらけに、ひどく酔い乱れた様子をして、「竹河」▼52を謡《うた》っている所を見ると、内の大殿《おおいどの》の君達《きんだち》が四五人程、殿上人の中でも声が勝《すぐ》れ、容貌《かたち》も清らかで打続いていらっしゃるのが、ひどく見事である。童である八郎君は、御本台腹で、甚《はなはだ》しく大切にされていらせられるのが、ひどくお可愛らしくて、大将殿の太郎君《たろうぎみ》▼53と立並んでいるのを、尚侍《かん》の君は他人とはお思いにならないので、お目が留まったことであった。お仕え馴れ申していられる方々よりも、この御局《おつぼね》▼54の袖口や、大方の御様子は当世風で、同じ物の色合いや襲《かさ》なりではあるが、他よりも殊《こと》に花やかである。御当人も女房達も、このようにして心を楽しませて暫《しばら》くは過していようとお思い合いになった。何方《どちら》でも皆同じように踏歌の人々にお被《かず》け物▼55をなさる中でも、此方《こなた》のは綿の様も艶《つや》が格別で、器用にお繕いになられて、此方《こなた》は水駅《みずうまや》[56]ではあったが、様子が賑わしく人々は一段と心ときめきして、定まりのある御饗応も、そのなされ方に、別して御用意のあるように、大将殿がおさせになったことであった。大将殿は御宿直所《とのいどころ》にいらせられて、一日中女君とお云い暮しになられることは、「夜分退出おさせいたしましょう。こうした序《ついで》にとお心が移りそうな、お宮仕は不安です」ということだけで、同じ事をお責め申すが、尚侍《かん》の君は御返事をなさらない。お側の女房達が、「大臣《おとど》は、気忙しい程ではなくて、稀れ稀《まま》れの御参内ですから、主上の御満足遊ばす程いらして、御許しがあって御退出なさいまし、と仰しゃいましたので、今夜では、余りにさっぱりし過ぎたようでございます」と申上げると、大将はひどく辛いことにお思いになって、「あれ程申しておいたのに、何とも心にかなわない世の中です」と嘆いていらした。

兵部卿宮は、御前の管絃の御遊びにお仕え申して、落着き心もなく、この局《つぼね》のあたりを思いやられていたので、怺えきれなくなってお文を差上げられた。大将は近衛府の詰所にお出《い》でになっていたので、其方《そちら》からと云ってお取次をした[57]ので、尚侍の君は渋々に御覧になる。

み山木に羽根うちかはしゐる鳥のまたなくねたき春にもあるかな[58]

「囀《さえず》る声までも耳がとどめられることです」

とあった。お気の毒で面《おもて》が紅《あか》らんで、お返しのしようもなく思っていらっしゃると、主上がお渡りになられる。月の光が明るいのに、御容貌《かたち》は云うようもなく清らかで、唯《ただ》あの大臣《おとど》の御様子に違うところもなくいらせられる。こうした人が又も此の世にいらせられることだ、とお見上げ申上げる。かの大臣《おとど》のお心持は、浅くはないが、厭《いと》わしい物思いが加わったのに、此方《こちら》は何でそのような気がしようか。ひどく懐しそうに、思召したことのお違いになった恨みを仰せられるので、顔の置き所もないような気がすることであるよ。顔を隠して、御返事も申上げないので、「怪しく覚束《おぼつか》ないことですね。慶《よろこ》びなども、お知りになっていることだろうと思うのに、御存じないようにばかりしていられるのは、

そうしたお癖なのですね」と仰せになって、

などてかく灰合ひ難き紫を心に深く思ひそめけむ▼59

「濃くはなりきれない▼60のでしょうか」

と仰せられる様が、ひどくお若く清らかで極りが悪いが、大臣《おとど》とはお違いになるところがあろうかと、思い慰めて御返しを申上げる。宮仕の労もなくて、今年加階なされた事をであろうか。

いかならむ色とも知らぬ紫を心してこそ人は染めけれ▼61

「今からその積《つも》りで居りましょう」と申上げると、お笑いになって、「その今からお染めになろうということは甲斐《かい》のないことです。聞いて貰《もら》える人があったら、道理を判断させたいものです」と、ひどくお恨みになられる御様子が、真実面倒なので、女君は、まことに厭わしいことであるよとお思いになって、打解けた様はお見せ申上げまい、面倒な男女間の癖であるよと思うので、真面目立ってお侍《さぶら》い申すと、主上も思うままの乱れ言もお云い出しにならず、次第に目馴れて来ることであろうとお思いになった。大将は、主上がこのようにお越しになられたとお聞きになって、一段と落着き心がなくなったので、御退出をお急《せ》き立てなさる。女君御自身も、似合わしくもないことも起りそうな身なのであると辛いので、お賺《なだ》めになることも出来ず、御退出になるべき理由を尤もらしく仮托《かこつ》け出して、父大臣《ちちおとど》などを、上手にお欺《だま》し申して、御暇《おいとま》をお許されになったことであった。主上は、「それでは物《もの》懲《ご》りをして、再びは出さない人もあることです。まことに辛いことです。人より先に進んでいた志が人に後《おく》れて、機嫌を取って随《したが》っていることですよ。昔の某《なにがし》の例▼62も、引きたい気がするのです」と仰しやって、まことにひどく残念に思召された。お聞きになっていらしたよりもこの上もない近勝《ちかまさ》りであるので初めからそうしたお心がなくてさえも、お見過しにはなれそうもないのに、ましてひどく残念に飽足《あきた》らず思召されるのであるが、一向《ひとむき》にお心浅いことと嫌われまいと思召して、甚《はなは》だしくお心深い様にお契りになってお懐《なつ》けになるのも、忝《かたじけな》く、女君も、『我は我▼63』と思っているものをとお思いになる。尚侍《かん》の為の御輦車《みてぐるま》を寄せて、あちらこちらの御冊《おかしず》き人も心もとながり、大将もひどくやかましく立添ってお騒ぎになるまで、主上はお放《はな》れになられない。「このようにひどく近い衛《まも》りは煩《うる》さいことです」とお憎しみになられる。

九重に霞《かすみ》隔てば梅の花唯かばかりも匂ひ来じとや▼64

格別のことはない御製であるけれども、御有様や御様子をお見上げしている間は、趣のあったことでもあろう。「『野を懐かしみ明し』▼65もするべき夜を、惜しもうとしている人の心も、身を抓《つ》んで気の毒ですよ。何のようにして消息《たより》をするべきでしょうか」とお案じになられるのも、まことに忝《かたじけな》いことだとお見上げする。

かばかりは風にも伝《つ》てよ花の枝《え》に立ち並ぶべき匂《にほひ》なくとも▼66

流石《さすが》に離れてはいない様子を、主上は哀れと思召されつつ、顧みがちにしてお渡りにならせられた。大将は内裏《うち》より直ぐに、その夜御自分の殿の方にとお思い設《もう》けになっていたが、予《あらかじ》め申してはお許しになりそうもないので、お漏らし申上げずにいて、「急にひどく悪い風邪《かぜ》を引いて悩ましゅうございますので、気安い所で休もうと存じますが、余所余所《よそよそ》では、ひどく心許《こころもと》のうございますので」と、尋常にお言い做しになられて、そのままお移し申される。父大臣《ちちおとど》は、俄《にわか》なことで、儀式も無いようでとお思いになるが、達《たっ》てそれ程のことを苦情にするのは、人の気を悪くすることだろう、とお思いになるので、「いずれなりとも。もともと私の指図のできない人のことですから」と、御返事になられたことである。六条殿は、ひどく出しぬけで、本意《ほい》ないことだとお思いになるが、何でそれを云えようか。女も『塩焼く煙《けぶり》』▼67の靡《なび》いて行った方を、浅ましいとお思いになるが、大将は、盗み出して来たならばこんなでもあろうかとお思いなぞらえになって、ひどく嬉しくお心も落着いた。あの主上の尚侍の御局へお入りになっていらせられた事を、ひどく怨《うら》んで仰しゃるのも、女君は気まずく、下品な人の気がして、ひどく心の解けないおもてなしで、いよいよ御機嫌が悪い。式部卿宮では、あのように強くは仰しゃったものの、今はひどく当惑していらっしゃるが、大将は絶えてお便りもせず、思うことの叶った御冊《おかしず》きを、明暮れにしてお過しになる。

二月にもなった。大殿《おおいどの》は▼68、さても情ないことをしたものであるよ。ひどくこうまで際立ったことをなされようとも思わず、油断をさせられていた口惜しさを、体裁悪く、すべてお心に懸らない折とてはなく、恋しくお思い出しになられる。宿縁というものは余儀ないものではあるが、自分が余りにも暢気《のんき》にしていた心から、このように我からの嘆きもするのだとお思いになって起臥《おきふ》し面影に御覧になることである。大将の風流気もなく愛想もない人に添っているので、はかない戯《ざ》れ言《ごと》を遣るというのは遠慮で、つまらなくお思いになって、怺《こら》えていらしたが、春雨がいたく降って、ひどく長閑《のど》やかな頃、こうした徒然《つれづれ》の紛らし所にしてお越しになって、お話しになった様が、ひどく恋しいので、御《おん》文《ふみ》をお上げになられる。右近の許《もと》にまで忍んでお遣《つかわ》しになるのも、一方ではこの者の思うこともお思いになるので、何事もお書き続けにはなられず、唯察しさせることばかりであった。

かきたれて長閑《のど》けき頃の春雨にふる里人をいかに思ふや▼69

「徒然なのにつけても恨めしく思い出されることが多くございますが、何でお聞かせ申せましょうか」

などとある。人の居ない折に忍んでお目に懸けると、女君は泣いて、御自分のお心にも、時が立つに連れてお思い出しになられる御様であるが、押切って、「恋しいことです、何《ど》うかしてお目に懸りたいものです」などとは仰しゃれない親で、ほんに何うしたら御対面も出来ようかと哀れである。時々うるさい御様子があって、厭《い》やだとお思い申したことは、この女房にもお知らせにならないことなので、心一つにお思いつづけになったが、右近はうすうす御様子を見て取っていた。何《ど》れ程《ほど》の御関係であったろうかとは、今も分らずにいることであった。御返事は、「申上げるのも極りが悪うございますが、覚束なくお思いになりましょうか」と思ってお書きになる。

ながめする軒の雫《しずく》に袖濡れてうたかた人を偲《しの》ばざらめや▼70

「時が立ちますので、ほんに格別な徒然《つれづれ》も増《ま》さることでございます。あなかしこ」

と、恭《うやうや》しくお書き做しになった。殿はひろげて御覧になって、御涙は軒の玉水のようにお思いになるのを、側《はた》の者が見たならば工合《ぐあい》が悪《わ》るかろうと、平気を装っていらっしゃるが、胸一ぱいになる気がして、あの昔の尚侍《かん》の君を、▼71朱雀院の后《きさい》がひたすら押籠めてお置きになった時のことをお思い出しになるが、さし当ってのことのせいであろうか、これは今初めてのことのように悲しくお思いになることであった。好色の人は、わが心から苦労をさせられることである、今は何につけて、心を乱すようなことをしようか、似気《にげ》ない恋の種であるよとお思いになって、思いを覚ましかねられて、御琴を掻き鳴らして、女君の懐かしくお弾き鳴らしになった爪音を、お思い出しになられる。東琴《あずまごと》の調《しらべ》を菅《すが》掻《が》きにして、『玉藻はな刈りそ』▼72と、お謡いすさびになられるのも、恋しい人に見せたならば、あわれさの見過ごせそうもない御様である。内裏《うち》でも、ほのかに御覧になった女君の御容貌《かたち》お有様を、御心にお懸けになって、『赤裳裾曳《あかもすそひ》き往《い》にし姿を』▼73と、憎げな古歌ではあるが、御言種《ことぐさ》になって、お眺めになっていらせられることであった。主上よりの御文は忍び忍びにおありになった。女君は身を憂い者だとお思い沁みになって、此《こ》のような贈答も、つまらない事にお思いになったので、心解けての御返事も申上げない。やはりあの珍しいものであった殿のお心向けを、それこれにつけて身に沁みている御事が、忘れられないことであった。

三月になって、六条殿の御前《おまえ》の藤や山吹の花の、面白い夕映えの様を御覧になるにつけても、先《ま》ず見る甲斐のあるものとして居らした尚侍《かん》の君の御様ばかりが思い出されるので、春の上の御前《おんまえ》をお捨てになって、西の対▼74へお越しになって御覧になる。呉竹のませに、態《わざ》とのようではなく咲き懸っている山吹の色が、ひどく面白い。『色に衣を』▼75などと仰しゃって、

思はずにゐでの中道隔つともいはでぞ恋《こ》ふる山吹の花▼76

「『顔に見えつつ』[77]」などと仰しゃるけれども、聞く人はいない。このように思いつつも流石《さすが》に離れ切ってしまわれたことは、今度お思い知りになられたことである。ほんに怪しいお心のすさびであるよ。鴨の卵のひどく沢山《たくさん》あるのを御覧になって、柑子《こうじ》や橘のような恰好に紛らして、態々《わざわざ》ではないようにして尚侍《かん》の君にお上げになられる。御文は、余りに多いと人が変に取るかも知れないとお思いになって真面目に、

「覚束なくお思い申す月日も重なりましたのに、思いの外《ほか》の御もてなしとお恨みを申していますが、お心一つのことでもないように伺いますので、格別の序《ついで》でないと御対面は出来難かろうと、残念に存じております」

と、親めいてお書きになって、

同じ巣に孵《かへ》りしかひの見えぬかないかなる人か手に握るらむ[78]

「何でそのようになどと、心悩ましいことです」

とあるのを、大将も御覧になって、笑って、「女は、本当の親の御方へも、たやすく伺ってお目に懸るということは、序《ついで》がないとするべきことではありません。まして、何だってあの大臣《おとど》が、折々心に懸けて恨み言などを仰しゃるのでしょうか」と呟《つぶや》くのも女君は憎くお聞きになる。「御返事は、私には申上げられません」と、女君は書きにくくお思いになるので、大将は、「私が申しましょう」と代るのも大臣《おとど》にお気の毒なことである。

巣隠れて数にもあらぬかりの子をいづかたにかは取り隠すべき[79]

「御機嫌のお宜《よろ》しくないのに驚きまして、好き好きしいことでございます」

と申上げられた。「あの大将が、こうした洒落《しゃ》れたことをいったのは、まだ一度も聞いたことがなかった。珍らしくも」といってお笑いになる。心の中では、あのように独占《ひとりじ》めにしているのを、ひどく憎いとお思いになる。

あの前《もと》の北の方は、月日が隔たってゆくにつれて、浅ましい成行きであると嘆き沈んで、いよいよ呆《ぼ》けてぼんやりしていらっしゃる。大将殿は、表向きのお見舞は、何事をも細《こ》ま細《ご》まとなされて、君《きん》達《だち》をば、相変らずお冊《かしず》きになるので、縁を切ってしまうことは出来ず、お暮《くら》し向《むき》の方の頼みは、以前通りにしていらせられた。姫君を、堪え難くお恋い申していらっしゃるが、絶えてお見せ申上げない。姫君は幼いお心の中《うち》に、この父君を何方《どなた》も何方《どなた》も許しなくお恨み申して、いよいよお隔てになることばかり増して来るので、心細くて悲しいのに、男君達は常に参り馴れつつ、尚侍《かん》の君のお有様なども、自然何かに触れて話して、「私達をも可愛がって懐かして下さいます。明暮《あけく》れ面白いことをお好みになって、なされていらっしゃいます」など云うので姫君は羨《うらやま》しくて、そのように気楽に振舞う身に生れなかったのだろうと嘆いていらっしゃる。怪しく、男、女につけつつ、人に嘆きをさせる尚侍《かん》の君でいらしたことであるよ。

その年の十一月に、ひどく可愛らしい赤子《あかご》までもお抱きになられた[80]ので、大将は、思い通りに結構なことだと、大切になさることが限りもない。その程の有様は、書き記さずとも想像の出来ることである。父大臣《ちちおとど》も、自然思うような御宿縁だったとお思いになった。女君は、特にお冊《かしず》きになる姫君[81]にも、御容貌《かたち》などはお劣りにはならない。頭中将[82]も、この尚侍《かん》の君を、まことに懐かしい御兄弟として、お睦《むつ》びになっていられるものの、流石に変な御様子もまぜつつ、宮仕に甲斐があって皇子《みこ》をお生み申せばよかろうものをと、この若君のお可愛ゆらしいにつけても、「今まで皇子《みこ》達のおありにならないお歎きをお見上げしていますので何《ど》んなに面目でございましょう」と、余りなことまでも思って仰しやる。尚侍《かん》の君は、公事《おおやけごと》[83]は然るべき様に執《と》り行わせられつつ参内なさることは、やがてこうした事でお止《や》めになることであろう。そうあるべき事である。

それよ、あの内の大殿《おおいどの》の御娘で、尚侍《ないしのかみ》を望んでいた君[84]も、そうした人の癖なので、好色めいたそわそわした心持までも添って来て大臣《おとど》は扱いかねていらっしゃる。女御[85]も、終《しま》いには不都合なことを此《こ》の君は惹《ひ》き起すだろうと、ともするとお胸を痛めていらっしゃるが、大臣《おとど》の、「もう人中《ひとなか》へ出てはなりませぬぞ」とお制しになるのさえも聞入《きい》れずに、出ては立ちまじっていらっしゃる。何《ど》うした折であったろうか、殿上人が大勢、覚えの格別な者のすべてが、この女御の御方に参って、物の音《ね》を整えて、懐かしい程の拍子を加えてお遊びをする。秋の夕べのあわれ深いのに、宰相中将▼86もお寄りになって、例になく乱れて物を仰しゃるのを、女房達は珍らしがって、「やはり他の方よりは格別で」と愛《め》でていると、この近江の君は人々の中を押分けて出て来ていらっしゃる。「まあ飛んでもない。何だってこんな所へ」といって引入れるので、姫君はひどく意地悪るそうに睨んで、振り切っているので、面倒になって、「むやみなことを仰しゃり出すかも知れません」と膝を突《つ》き合っていると、此の世にも目馴れない実直な人に、「この人なのだこの人なのだ」と愛《め》でて、はしゃいで騒ぐ声がひどく耳立つ。女房達はひどく苦しく思うに、まことにさわやかな声で、

沖つ舟寄るべなみ路にたゞよはば棹さし寄らむ泊り教へよ▼87

「『棚無し子舟漕ぎかへり、同じ人をや』▼88ですか。まあ悪いことを」というのを、中将はひどく悩《なやま》しくて、この御方には、このような不躾《ぶしつけ》なことは聞かないのに、と思い廻《まわ》すと、あの噂に聞く人なのだと思って、可笑《おか》しくなって、

寄る辺なみ風の騒がす舟人《ふなびと》も思はぬ方に磯づたひせず▼89

といって、附き穂なさそうにしたとやら。

▼1 源氏。
▼2 髭黒大将。
▼3 玉鬘。

▼4　髭黒大将の本妻。この人は、紫上と異腹の姉妹。
▼5　弘徽殿女御。内大臣の御女。
▼6　結婚して三日目の儀式。
▼7　尚侍である玉鬘のもとへ参ること。
▼8　夫の髭黒大将。
▼9　蛍兵部卿宮。玉鬘への求婚者。玉鬘も心を寄せていたことは、「藤袴」の終りに見える。
▼10　式部卿宮の御子。大将の北の方の兄。
▼11　太政大臣。源氏。
▼12　立ち入って、その水を汲んで飲むまでのことはしなかったが、御身が渡り川を渡るに、他の男に依って手を引かれようとは又、思わなかったのに。「渡り川」は冥途にある三途の川で、誰でも渡らなくてはならないもの。それを渡る時には、最初に夫婦になった者と渡るものだという俗信があって、それを思っての歌。一首は、我は御身とは夫婦関係は結ばなかったが、御身が他の男と渡り川を渡る、即ち他人の者となろうとは思わなかったと歎いた意。
▼13　三途の川を渡らない先に、何うかしてやはり、自分の悲しみの涙の川の、その水脈の上に浮ぶ沫のように消えてゆきたい。一首は、定命を待たず、早く、悲しみの為に死にたいの意。「三つせ川」は、「渡り川」を云いかえたもの。「みを」は、水脈。
▼14　父、内大臣。
▼15　大将の邸に迎え取られること。
▼16　北の方の父君。
▼17　妾。
▼18　紫上。異腹の姉妹である。
▼19　玉鬘の世話をみて、髭黒大将にめあわせたこと。
▼20　「思ひつつねなくに明くる冬の夜の袖の氷はとけずもあるかな」（後撰集）

▼21　心までも一しょに、空に乱れていた雪の夜に、ただ独り、寒がった片敷の袖でありました。一首は、甚しく恋しがりながら、寒く独寝をした嘆き。「心さへ空に乱れし」は、あこがれる意の「心空に」を、雪にからませて、強くいったもの。「雪もよ」は、雪の夜。「片敷の袖」は、我が袖だけを敷いて寝る意で、独寝の意。

▼22　北の方の唯一人でいて、思いこがれている胸が苦しいので、思いの火の余っての焔だと見たことでした。一首は、北の方に同情し、尤もなこととして、間接に自分の嫉妬も洩らしたもの。「ひとり」に「火取」をからませ、「思ひ」に「火」を懸けてある。

▼23　憂いことのあるのを嘆きまどうと、様々に、嫉妬から燻（く）ゆらせる煙の、我が悔ゆることまでも、いやが上にも立ち添って来ることだ。一首は、憂いことを歎くと、憂きを辛抱して来たことの、その様々を後悔する念が、いよいよ募って来る、の意。「憂きこと」は、物の怪のこと、「様々に」は、辛抱して来たいろいろ。「くゆる煙」は、我が後悔する思いに、火取の火でくゆらせて、衣を焦した意を懸けたもの。

▼24　玉鬘。

▼25　真木柱と呼ぶ。

▼26　藤中納言と左兵衛督の二人。

▼27　兵部卿宮の男君達。

▼28　式部卿宮。子供達には祖父になる。

▼29　太政大臣と内大臣。

▼30　今を最後として此の宿を離れて行こうとも、これまで凭り馴れて来た檜の木の柱は、主人の我を忘れるなよ。

▼31　馴れたことであったと、真木の柱が思い出そうとも、此方は、何をたよりにしてこの宿に立ち留まるべきその真木の柱であろうぞ。一首、姫君の歌につけてその心を打消して諭した意。「立ち」は、「柱」の縁語。

▼32　北の方と共に去る女房。

▼33　浅いけれども、お庭の石の間を流れる水のあなたは、この宿に住み着くこととなって、この宿を守るべき君即ち北の方の方は、離れて行かれることであろうか。「すみ果てて」は、上からの続きは、「澄み果てて」であって、それを「住み」に転じたもの。此の関係では序詞であるが、「浅けれど岩間の水」は木工の君の譬喩で、「浅けれど」に「宿」とのゆかりの程度もいってある。「かけ」は、影を絡ませてある。
▼34　何うなりこうなるにしても、云われるところの岩間の水は氷ってしまって、物の蔭などは映し留どめられそうにも見えない関係であるよ。「かげとむ」は、前の歌の「かけ離れ」を変えて「蔭留む」とし「蔭」に殿のお蔭即ち情愛の意を持たせたもの。「世」も、世の中の意に、男女関係をいう「世」の意を持たせてある。
▼35　「君が住む宿の梢をゆくゆくと隠るるまでにかへりみしはや」（菅原道真）
▼36　式部卿宮の御女で、北の方の御妹。「少女」に出ず。
▼37　源氏の須磨明石時代に、式部卿宮が、源氏に対して冷淡だったことをいう。
▼38　紫上。
▼39　玉鬘のこと。
▼40　髭黒大将をいう。
▼41　式部卿宮の五十の賀を、源氏が祝ったこと。
▼42　子供達。
▼43　真木柱。
▼44　自邸。
▼45　紫上。
▼46　源氏三十八歳となる。
▼47　既出（「初音」註49）。
▼48　夕霧。
▼49　内大臣の君達。柏木、紅梅達。

▼50　式部卿宮の御女。髭黒大将の北の方の御妹君。
▼51　承香殿女御。髭黒大将の御妹君。
▼52　催馬楽。既出（「初音」註59）。
▼53　髭黒大将の長男。
▼54　玉鬘のもとに仕えている女房達。
▼55　男踏歌の人々に、御殿毎に贈物をすること。綿のことは、既出（「初音」註56）。
▼56　既出（「初音」註55）。
▼57　大将からと云いなす意。
▼58　み山の木に翼を交わし合っている、暫しも離れぬ比翼の鳥の、この上もなく妬ましく思われる春であることよ。
▼59　何だって我はこのように、灰が合わず、よくは染まらないところの紫の色を心深くも思い初めたことであろうか。「紫」は、三位の者の著る服色で、女君は尚侍として三位に叙せられたから云われたもので、女君の譬。紫を染めるには、紫草の煮汁に、灰をまぜて染めるので、「灰合ひ難き」は、灰が煮汁と調和せず、良く染まらない意で、それに「這ひ逢ひ難き」を絡ませて、主上の思召の叶わなかったことの譬としたもの。「深く」、「そめ」は「染め」で、何（いず）れも紫の縁語。我がものとはならぬ人を、深くも思ったことよという御歎き。
▼60　我とは縁の無い者の意。
▼61　何ういう訳での色とも私は知らないところの紫を、御用意をもって人はお染めになられたことです。で、一首は、何故に紫（三位）を賜わったかということを私は知りませんでしたが、そうしたお心をもってのことでございましたか、の意。
▼62　「某」は、平貞文が、その女を藤原時平に取られた時の歌に、「昔せし我がかね言の悲しきはいかに契りし名残なるらむ」（後撰集）
▼63　上の貞文の歌に対する女の返歌で、「現（うつつ）にて誰契りけむ定めなき夢路に迷ふ我は我かは」

の意で、我も心の中では、大将が心に染まず、主上にお仕え申したいと思っているとの心で、今の我は本心よりの我ではないの意。

▼64　九重を霞が懸って隔てたならば、梅の花は、唯香りだけでも匂って来ないだろうか。「霞隔てば」は、宮中を退出すること。「梅の花」は女君を譬えたもの。「かばかり」は香りだけでもで、消息だけでもの譬。それに、「かばかり」を懸け、これ程の逢う瀬もの意にしたもの。「九重」は霞の縁語。一首は、今退出したならば、再びこれ程の逢い方も出来ないのであろうか。出来るようにせよの意。

▼65　「春の野に菫（すみれ）摘みにと来し我ぞ野をなつかしみ一夜寝にける」山部赤人。

▼66　香りだけは、風に托してお伝えいたしましょう。九重の内の花の枝に立ち並ぶべき匂はございませんでも。御製に御返ししたもので、二句「伝てよ」は、「伝てむ」の誤字かという。「風にも伝てむ」は折あらば御消息を申上げようの意。「花の枝」は、中宮、女御方の美しさの譬。

▼67　「須磨のあまの塩焼く煙風をいたみ思はぬ方にたなびきにけり」（古今集）

▼68　源氏。

▼69　降りつづくので心長閑かな頃のこの春雨に、故里人の私を何のように思っていますか。「ふる里人」は、以前住んでいた所、即ち里の自分で、源氏。

▼70　嘆いて見るこの春の長雨の、軒の雫で袖が濡れて、暫くの間も御あたりを思わずにいられましょうか。「ながめ」は、「眺め」と「長雨」を懸けてある。「袖濡れて」は、涙の意で「雫」は、「涙」を暗示したもの。「うたかた」は暫くの間で、「泡沫」の意で、雫の縁語。

▼71　朧月夜の内侍。「榊」の巻参照。

▼72　「をしたかべ、鴨さへ来ゐる原の池のや、玉藻は真根な刈りそや、生ひもつぐがにやおひもつぐがに」（風俗歌）

▼73　「立ちて思ひ居てもぞ思ふくれなゐの赤裳裾垂れ往にし姿を」

▼74　玉鬘の居た所。

▼75　「思ふとも恋ふともいはじくちなしの色に衣を染めてこそ着め」（古今六帖）

▼76 思いの外にも、いでへの道の上へ隔てを附けようとも、口へは出さずに心の中で恋っているところの山吹の花であるよ。「ゐで」は、山吹の名所、山城の国にある。「中道」は、ここから其所（そこ）へ行く道で通路。「山吹の花」は、尚侍の君によそえたもの。

▼77 「夕されば野べに鳴くてふかほ鳥のかほに見えつつ忘られなくに」（古今六帖）

▼78 同じ巣の中に生れた卵の、その一つの見えないことよ。何ういう人が、手に握り持っているのであろうか。「かひ」は卵、今は鴨の卵。「同じ巣」は、我が家。「かひ」は、そこに生まれた娘。「握る」は、卵を握るのと、握って離さない、即ち厳しく守っている意を持たせたもの。一首の意は、尚侍の君を、親許の我が方へ客にもよこさないのを恨んだ意。

▼79 巣の中に埋もれて、その数にも数えられないような鴨の卵を、何処で大切に隠してなど置きましょうか。（女君を鴨の卵に譬え、実の親ではないものをの意で云ったもの）

▼80 玉鬘が男の児を生む。

▼81 内大臣の御女である、弘徽殿女御たち。

▼82 柏木。

▼83 玉鬘の尚侍としての職務をいう。

▼84 近江の君。

▼85 弘徽殿女御。異腹の姉妹にあたる。

▼86 夕霧。

▼87 沖にいる舟が、寄る辺がなく、浪路に漂うようであったならば、我が舟は棹をさして寄って行きましょう。その泊る所を教えて下さい。「沖つ舟」は、「雲井の雁」に譬えたもの。「寄るべなみ路にたゞよはば」は、「なみ」は、「無み」と「浪」とを懸けたもので、縁談が纏まるに困難ならばの譬。「棹さし寄らむ」は、我が舟は、進んで寄って行こうで、私が代りになるの譬。「泊り」は、舟の泊る所で、中将の譬。一首は、雲井の雁の方がむずかしかったら、私が代りとなろうの意。

▼88 「堀江漕ぐ棚無し小舟こぎかへり同じ人にや恋ひわたりなむ」（古今集）

▼89　寄る辺がなくて、浪や風に騒がせられている舟人でも、そこへと思わない方角へ向っての磯伝いなどはしません。「なみ」は、「無み」と「浪」とを懸けてある。「舟人」は自分の譬。「磯づたひ」は、海の荒れる時、危険を避ける舟の状態。一首は、縁談の纏まりかねて困っている自分でも、心に思わない他の人をとは思っていないの意。

梅枝《うめがえ》

姫君▼1の御裳着《もぎ》のことを思召《おぼしめ》され、御準備のお心構えは一通りではない。春宮《とうぐう》▼2も同じ二月に御元服の事があらせられるはずなので、つづいて御入内《ごじゅだい》のことが続くべきであろうか。正月の下旬なので、公《おおやけ》にも私にも事の少《すく》な い頃で、大臣《おとど》は薫物《たきもの》を御調合になられる。太宰《だざい》の大弐《だいに》の献上した唐の香のものを御覧になると、やはり昔の物には劣っていようかとお思いになって、二条院《にじょうのいん》の御倉《みくら》をお開けさせになって、唐《から》より渡来の品々をお取寄せになって、御比較になると、「錦や綾なども、やはり古い物の方が懐かしくもあり良く出来▼3てもいることだ」と仰《おっ》しゃって、近く御使用なるべき御部屋道具の覆い、敷物、褥《しとね》などの縁《へり》に、故院の御世《みよ》の初めの頃、高麗人《こまうど》の献上した綾や緋金錦《ひごんき》▼4などの、今の世の物には似《な》ない物、猶お様々の物をお振り当てになりつつおさせになって、此《こ》の度《たび》の綾や羅《うすもの》などは人々に下される。香《こう》などは、昔の物今の物とお並べになって、御方々にお配らせになられる。「二種《ふたいろ》ずつお合せなさいまし」と仰せになられた。御裳着の折の御贈物、上達部《かんだちめ》への禄などを、又とない有様に、殿の内でも外でも忙しく御用意なさるのに加えて、御方々でも香を選《よ》り整えて、それを磨《す》る鉄臼《かなうす》の音の耳かしがましいこの頃である。大臣《おとど》は寝殿の方に離れていらせられて、承和《そうわ》の帝▼5の御秘法となさった二つの法を、何《ど》うしてお耳に伝えられたのであろうか、心を籠《こ》めてお合せになられる。上▼6は東の対の母屋《おもや》の放出《はなちいで》▼7に、御隔《へだて》りを特に厳重になされて、八条の式部卿宮▼8の御法をお伝えになっていて、互《たがい》に競争してお合せになるなど、ひどく秘密になさるので、匂いの深さ浅さも、勝負《かちまけ》の判定をしましょうと、大臣《おとど》は仰せになる。人の御親らしくもない御争いごころではある。どちらの御方も、御前《おまえ》に侍《さぶら》っている女房は多くはない。姫君の御調度は、何《いず》れも善美をお尽しになっている中《うち》でも、香壺《こうご》の御筥《みはこ》の様、香壺の恰好、火取《ひとり》の意匠なども、珍しい様に、当世風に、様をお変えになったのに、彼方此方《あちらこちら》で心を尽していられる匂いどもを、嗅ぎ較《くら》べてお入れになろうと思召すのであった。

二月の十日、雨が少し降って、御前《おんまえ》に近い紅梅の花が盛りで、色も香も似るものもない頃に、兵部卿宮▼9がお越しになられた。御準備の今日明日に迫ったことのお見舞を申される。昔から取りわけお睦《むつ》まじくいらせられる仲なので、隔《へだ》てなく、その事あの事とお話合いになられて、花を愛《め》でつつおいでになる中に、前斎院▼10からといって、散り方の梅の枝に附けた御文《おんふみ》を持って参った。宮は以前からお聞込みになっていられることもあるので、「何《ど》ういう御消息《みしょうそこ》があちらから進んで参ったのでしょうか」と、ゆかしくお思いになっているので、大臣《おとど》はほほ笑んで、「まことに馴《な》れ馴れしいことをお頼み申上げましたのに、御実直に早速にもなさって下さったのでしょう」といって、御文はお隠しになられた。沈《じん》の箱に、琉璃《るり》の杯《つき》を二つ据えて、香の大きく丸めたのをお入れになっていた。心葉《こころば》▼11は、紺琉璃《こんるり》の方には五葉《ごよう》の枝を、白の方には梅の枝を附けてあって、引結んである糸の様も、柔かく艶《なまめ》かしくしておありになる。宮は「艶《えん》な様《さま》でございますね」とお目をお留めになると、歌は、

花の香《か》は散りにし枝に留まらねど移らむ袖に浅く染まめや▼12

ほのかに書いてあるのを御覧になって、宮は仰々しくお誦《ずん》じになられる。宰相中将《さいしょうのちゅうじょう》▼13は、御使《おつかい》をお引留めになって、ひどくお酔わしになられる。紅梅襲《こうばいがさね》▼14の唐織の細長を添えた、女の装束をお被《かず》けになる。御返事も、同じ紅梅色の紙で、御前《おまえ》の花を折らせてお附けになられる。宮は、「中味が思いやられるお文《ふみ》ですね。何《ど》ういう秘密がおありになるのか、深くお隠しになられます」と怨《うら》んで、ひどくゆかしくお思いになった。「何があるものでしょうか。秘密のあるようにお思いになるのは苦しい

梅枝

ことです」と仰しゃって、お筆のついでに、

花の枝にいとゞ心を染むるかな人の咎《とが》めむ香をばつゝめど▼15

とお書きになったでもあろうか。「本当のことを申しますと物好き過ぎる騒ぎをしているようですが、一人きりの娘のことですから、これは尤《もっと》もなことだろうと、道理を附けているのでございます。ひどく醜い娘ですから、疎《うと》い方に願いましては極《きま》りが悪《わ》るいので、中宮▼16にお退《さが》りをお願いしようと思っています。お親しい程にはお馴《な》れ申上げておりますが、極り悪るく思われる所の深い宮でいらっしゃいますから、何事も平凡にしてお目に懸《か》けますのは、恐れ多いのです」などと、お云いになる。「お肖《あや》かり遊ばそうとする上でも、ほんに必ずお思い寄りになるべき方でございます」と、宮は御評をなされる。この序《ついで》に大臣《おとど》は、御方々のお合せになっている香を、それぞれに御使《おつかい》を遣《つかわ》されて、「この夕暮の湿っている折に試みよう」と仰せになったので、いろいろと面白い意匠を加えてお差上げになった。大臣《おとど》は宮に、「この劣り優《まさ》りを判じて下さい。『誰にか見せむ』▼17です」と仰しゃって、御火取《おんひとり》をお取寄せになってお試みになられる。宮は、「『知る人』▼18というでもございますまい」と卑下なさったが、云いようもなく愛《め》でたい匂《におい》の調合の分量の多過ぎ少な過ぎる、一種《ひといろ》のまじっている、聊《いささ》かの欠点をお判じになって、強いて劣り優りの差等をお附けになる。彼《か》の御自分でお合せになった二種の香は、今こそお取り出しになられる。右近の陣の御溝水《みかわみず》▼19の辺《ほと》りに擬《なぞ》らえて、西の渡殿《わたどの》の下から流れ出して来る水の、汀《みぎわ》近い所へ埋めさせてお置きになったのを、惟光の宰相▼20の子の兵衛《ひょうえ》の尉《じょう》が、掘って参った。宰相中将《さいしょうのちゅうじょう》が取次いで差上げられる。宮は、「ひどく苦しい思いをする判者《はんざ》に当ったことでございますよ。何《ど》うにも煙いことですよ」とお悩みになる。同じ合せ方は、方々《ほうぼう》に散りつつ拡《ひろが》っているようであるが、その人々の心々にお合せになっている匂の、深さ浅さを嗅ぎくらべて御覧になると、まことに興のあることが多い。全く何《ど》れがと差等《さとう》も附けられない中《うち》にも、斎院▼21の御黒方《くろぼう》▼22は、そうは云うものの、奥ゆかしく静かな匂が格別である。侍従《じじゅう》▼23では、大臣《おとど》の御香は、勝《すぐ》れて艶《なまめ》かしくなつかし

い香だと御判定になる。対の上▼24の御香は、三種ある中に、梅花《ばいか》▼25は、花《はな》やかで当世風で、少し鋭い気味が添っていて、珍らしい薫《かおり》が加わっていた。「此頃《このごろ》の風に伴わせますには、決してこれに勝る匂はありますまい」と、お愛《め》でになる。夏の御方▼26は、方々の香《こう》の、心々にお競いになっていられる中に、その数として混じるでもなかろうと、煙の上でまでも思い消えていらせられるお心から、ただ荷葉《かよう》▼27を一種だけをお合せになった。風《ふう》が変ってしめやかな香《か》がして、あわれになつかしい。冬の御方▼28も、その季節季節で匂は定まっているので、方々に押消されるのもつまらないとお思いになって、薫衣香《くのえこう》の調合の勝《すぐ》れているのは、前朱雀院《さきのすざくいん》の法をお倣《なら》いになって、公忠朝臣《きんただのあそん》▼29が特に選んで御調合申上《もうしあ》げたという、百歩《はくぶ》▼30の調合法を御存じで、類《たぐ》いなく艶かしい物をお集めになっている、用意が優れていると云って、何方《どなた》をも取りどころなくはないと御判定になるので、大臣《おとど》は、「甘い判者のようです」といってお笑いになる。月が昇って来たので、御酒など召上《めしあが》って、昔の物語などなされる。霞《かす》んでいる月の光が奥ゆかしいのに、雨の名残の風が少し吹いて、花の匂がなつかしいので、御殿のあたりは云いようもない匂が満ちていて、何方《どなた》のお心持もひどく艶《えん》である。

蔵人所《くろうどどころ》の方でも、明日の御遊《みあそび》の試演に、御琴どもの装置をして、殿上人が大勢参っていて、おもしろい笛の音なども聞《きこ》える。内の大殿《おおいどの》の頭中将《とうのちゅうじょう》、弁少将《べんのしょうしょう》なども、御挨拶だけをして退出するのを、大臣《おとど》はお留《と》どめになって、御琴どもをお取寄せになる。宮のお前には琵琶、大臣《おとど》には箏《そう》の御琴を参らせて、頭中将には和琴《わごん》を賜わって、華やかにお弾きになっているところは、まことに面白く聞える。宰相中将は横笛をお吹きになる。季節に合っている調子を、雲井にも通る程に吹き立てている。弁少将は拍子を取って、『梅が枝《え》▼31』を謡《うた》い出したのはまことに面白い。童《わらわ》▼32の頃、韻塞《いんふたぎ》▼33の折に『高砂』を謡った君である、宮も大臣《おとど》も助声をなさって、仰々しくはないものの、面白い夜の御遊びである。

大臣《おとど》に御杯を参らせるにつけ、宮、

鶯《うぐいす》の声にやいとゞあくがれむ心しめつる花のあたりに▼34

「『千代も経ぬべし』[35]です」と申上げると、大臣《おとど》は、

色も香も移るばかりにこの春は花咲く宿を離《か》れずもあらなむ[36]

盃を頭中将[37]にお廻《まわ》しになると、お受けになって、宰相中将[38]にお差しになる。頭中将、

鶯の塒《ねぐら》の枝も靡《なび》くまでなほ吹きとほせ夜半《よは》の笛竹[39]

宰相中将は、

心ありて風のよぐめる花の木にとりあへぬまで吹きや寄るべき[40]

と詠《よ》むと、「可哀そうなことを」と、皆で中将の歌をお笑いになる。弁少将は、

霞だに月と花とをへだてずば塒の鳥もほころびなまし[41]

ほんとうに明方になって、宮はお帰りになられる。大臣《おとど》よりの御贈物として、御自分の御料の直衣《なおし》の御装束一揃に、まだ手をお付けにならない薫香《たきもの》二壺を添えて、御車にお上げになられる。宮は、

花の香をえならぬ袖に移しもてことあやまりと妹《いも》や咎めむ[42]

とあるので、大臣《おとど》は「ひどく小さくなっていることですね」とお笑いになる。御車に牛を懸けている間に追いかけて、大臣、

めづらしと故郷人《ふるさとびと》も待ちぞ見む花の錦を著《き》て帰る君[43]

「まだ例のないことだとお思いになるでしょう」とあるので、宮はひどくお辛がりになる。次《つ》ぎ次《つ》ぎの君達にも、仰々しくはない様《さま》にして、細長《ほそなが》や小袿《こうちぎ》などをお被《かず》けになられる。

かくて大臣《おとど》は西の御殿に、戌《いぬ》の刻《とき》[44]にお渡りになられる。中宮のいらせられる西の放出《はなちいで》を装飾して、御髪上《みぐしあ》げの内侍なども、間もなく此方《こちら》へ参った。上[45]も、此《こ》の序《ついで》に、中宮に御対面があった。其方此方《そなたこなた》の女房の、一緒に集まったものが、数知らず見えた。子《ね》の刻《とき》[46]に姫君に御裳《おんも》をお着け申す。大殿油《おおとなぶら》はほのかであるが、姫君の御様子はひどくお美しいと、中宮は御覧になられる。大臣《おとど》は中宮に、「御見捨てにはなられまいということを頼みにしまして、失礼な姿を進んで、お目に懸ける次第でございます。

このような事は後の世の例《ためし》になりはしないかと、心に余る忝《かたじけな》いことでございます」など申上げられる。中宮は、「何の気もなくいたしましたことで、そのように事々しくお取做《とりな》しになりますと、却《かえ》って気がさしまして」と、お打消しになる御様子が、まことに幼々《ういうい》しく愛嬌づいていられるので、大臣《おとど》は、お思い通りの様にお美しい御様子の方々の、お集《あつま》りになっていらせられるのを、お間柄が結構だとお思いになる。姫君の母君▼47の、こうした際にさえもお見上げ申せないのを、悲しく思っていたのも、気の毒で、参上させたいとお思いになったが、人の物云いを憚《はばか》ってそのままになされた。こうした折の儀式は、それ程ではない者でさえも、ひどく事多く面倒なものなので、一部分だけを、例のしどけなく写すのは却って如何《いかが》かと思って、細かには書かない。

春宮《とうぐう》の御元服は、二十日余りの頃におありになった。ひどく大人《おとな》びていらせられるので、人々はその娘を競って参らせることを、志《こころざ》しお思いになっていられるが、太政大臣《おおきおとど》のお思い萌《きざ》しになっている様がまことに格別なので、生中《なまなか》な形で立ちまじることになろうかと、左大臣《ひだりのおとど》、左大将なども、思い止まっていることを、大臣《おとど》はお聞きになって、「それはひどく不都合なことです。宮仕《みやづかえ》というものは、大勢の中にまじって、少しの差別《けじめ》を競い合うのを本意とすべきでしょう。多くの優れた姫君達が、引籠められては、まことに栄《は》えのないことになりましょう」と仰しゃって、姫君の御入内《ごじゅだい》はお延ばしになった。次ぎ次ぎにと思ってお控えになっていたのに、こうした由《よし》を所々ではお聞きになって、左大臣殿の三の君が御入内《ごじゅだい》になった。麗景殿《れいけいでん》と申上げる。

此方《こなた》の姫君▼48は、大臣の以前の御宿直所《とのいどころ》であった淑景舎《しげいさ》▼49を改めて御装飾になって、御入内が延びているのを、春宮《とうぐう》にも御待ちかねになっていらせられるので、四月にとお定めになられる。姫君の御調度も、以前からあるが上にも加えて、大臣《おとど》御自身にも、物の雛形図案絵などを御覧じ入りになりつつ、その道々の勝れた上手どもを召集めて、念入りに作り整えさせられる。草子の箱に入れるべき草子で、やがて姫君の手本にもなさるべき物をもお選びになられる。昔の第一流の上手の御筆蹟で、世に名を残していられる人の写した草子も、ひどく多くおありになる。大臣《おとど》は上に、「すべての事が、昔にくらべると劣ってゆく傾向で、浅くなってゆく末世《まっせ》ですが、仮名書きだけは当世はひどく上手になって来ていることです。古い手蹟は、法には叶っているようですが、自由自在なところが少く、一様に似通ったものでした。何ともいえない面白さは、後世になってから書き出す人々がありましたが、仮名書きを熱心に習いました盛りに、良い手本を沢山《たくさん》集めました中に、中宮の母《はは》御息所《みやすんどころ》▼50が、走り書きにお書きになった一行《ひとくだり》ほどの、改まっての物ではない物を手に入れまして、かけ離れたものだと思ったことでした。それが原《もと》で有るまじき御評判もお立て申したのでした。彼方《あちら》では残念なことにお思いになりましたが、そう深い訳ではなかったのでした。中宮はこのように御後見《おんうしろみ》を申上げることを、お心の深い方でいらしたので、世にない御身にもお見直し下さることでしょう。中宮の御筆蹟は、美しく面白いようですが、強い所が足りないのでしょうか」と、お声を低めてお話しになられる。「故入道▼51の宮の御筆蹟は、ひどく奥ゆかしく艶《なまめ》いた所はありましたが、弱い所があって、華やかなところがありませんでした。院の尚侍《ないしのかみ》▼52は、当世でのお上手でいらっしゃいますが、余りに洒《しゃ》落れ過ぎていて癖が添っていることです。そうは云いましても、あの方と前斎院▼53と、貴方《あなた》とだけは、上手にお書きになるようです」と、お許し申上げると、「そのお仲間に入りますのは恥ずかしいことで」と申上げられると、「余り謙遜なさいますな。柔らかみのある懐かしさは、格別ですから。真名《ほんじ》のお上手な割には、仮名の方は締《しま》りのない字もまじるようですね」と仰しゃって、まだ書かない冊子を綴《と》じ加えて、表紙や紐などを立派になされる。「兵部卿宮《ひょうぶきょうのみや》、左衛門督《さえものかみ》などにも書かせましょう。自分でも一双《ひとそろい》は書きましょう。上手がっていらしても、並べられないことなどはないでしょう」と、我褒《われぼ》めをなされる。墨や筆なども此の上もない物をお選り出しになって、例の方々に特別な御依頼があると、何方《どなた》も困ったことにお思いになって、中にはお返しになられる人もあるので、懇《ねんご》ろに御依頼になられる。高《こ》麗《ま》の紙の薄様《うすよう》めいていて、極めて艶《なまめ》かしいのに、「あの物好みをする若い人々も試して見よう」と仰しゃって、宰相中将▼54、式部卿宮の兵衛督《ひょうえのかみ》▼55、内の大殿《おおいどの》の頭中将▼56などに、「葦手《あしで》▼57の歌絵《うたえ》▼58を、随意にお書きなさい」と仰しゃるので、何方《どなた》も皆心々に競い合って書くようである。

大臣《おとど》は例の寝殿に離れていらしてお書きになる。花盛りは過ぎて、浅緑になった空がうららかなのに、古い歌にお心を澄まして、御満足のできる限り、草書きにも仮名書きにも、女手をひどく見事にお書きつくしになる。御前《おまえ》には人が多くはいない。女房が二三人程、墨をお磨らせになって、由緒ある古い集の歌で、これは何《ど》うだろうかとお選びになるのに、御相談相手になれる者ばかりがお附きしている。御簾《みす》はあげ渡して、脇息の上に冊子を置き、端近く居ずまいを崩して、筆の尻を咬《くわ》えてお考えになっていらせられる様は、見るに飽く時とてはないお立派さである。白や赤などの、色の際立った枚《ひら》の現れる時には、筆を執《と》りなおして、用意をなさる様までも、ものの見分けの附く人ならば、ほんに感じ入るべき御有様である。

兵部卿宮▼59がお越しになりましたと申上げると、驚いて御直衣《おんなおし》をお召しになり、御褥《しとね》をお添えさせになって、やがて待ち受けてお入れ申される。この宮もひどく清らかで、御階《みはし》を、体裁よくお昇りになるところを、御簾《みす》の内でも女房どもが覗いてお見上げする。畏《かしこ》まって、互に改まったさまにしていらせられるのも、ひどく清らかである。「徒然《つれづれ》に籠もっておりますのも、苦しいまでに思われます此頃の長閑《のど》けさでございますに、折よくお越し下さいましたことで」と、大臣《おとど》は喜びを申される。あの御依頼の御冊子を持たせてお越しになったのである。直ぐ御覧になると、勝れてはいらせられない御筆蹟であるが、ただ取柄は、まことにひどく垢脱《あかぬ》けのしたところがあって、お書き倣しになっていた。歌も態《わざ》とらしく、癖のある古歌を選んで、すべて三行ほどに、真名《ほんじ》は少く好ましくお書きになってある。大臣《おとど》は御覧になってお驚きになった。「これ程までにとは存じませんことでした。全く私など筆を投げ棄《す》てるべきです」とお羨《うらや》みになられる。「こうしたお仲間に入って、臆面もなく執る筆ですから、まんざらではなかろうと思っております」など、宮も御冗談を仰せになる。大臣《おとど》のお書きになっている冊子どもも、隠すべきではないので、お取出しになって、互に御覧になる。唐《から》の紙のひどく強《こわ》ばったのに、草体にお書きになったのが、勝れて結構だと御覧になるのに、高麗《こま》の紙の肌理《きめ》の細かで、柔《やわら》かく懐かしくはあるが、色は華やかではなく、艶《なまめ》いているのに、優美な女手でお立派に、心を留どめてお書きになっているのは、譬《たと》えるべき物もない。御覧になる宮の感涙までが、水茎《みずくき》に流れて添ってゆくような気がして、飽《あ》く時もなさそうなのに、又此方《こなた》の紙屋《かんや》の色紙《しきし》の、色合いの華やかなのに、乱れ書きの草体《そうたい》の歌を、筆に任せて乱れ書きにしていらせられる様は、面白さが限りもない。自由自在で愛嬌があって、いつまでも見ていたいので、更《さら》に残りの他より参っている物には目もお向けにならない。

左衛門督《さえものかみ》▼60の物は、仰々しく上手らしい風ばかり、好んで書いてあるが、筆法に垢のぬけないところがあるような感じがして、繕《つくろ》って書いてある様子である。歌なども、態《わざ》としたらしく選んで書いてある。女の方々の物は、あらわにはお取出しにならない。斎院の物は、ましてお取出しにはならなかったことである。葦手書《あしでがき》の冊子どもは、思い思いに書いてあって、はかなく面白いものである。宰相中将の物は、水の勢いを豊かに書きなして、そそけた葦の生え様《ざま》など、難波の浦に似通っていて、葦の葉と文字と混じり合って、ひどく冴えた所がある。又ひどく厳《いか》めしく、前とは変って、文字で書いた石のたたずまいなど、好みを附けてお書きになった枚《ひら》もあるようである。「眼が届きかねます。これは手間のかかりそうなものですね」と、興に入って御賞美になる。何事にも趣味が深く、艶《えん》がっておいでになる親王《みこ》なので、まことに深くも御賞美なされる。今日は又、筆蹟のことをお話し暮しになって、様々の継紙《つぎがみ》の手本どもを、大臣《おとど》がお選り出しになられる序《ついで》に、宮は御子の侍従を使《つかい》にして、御殿にある手本どもをお取寄せになる。嵯峨《さが》の帝の、古万葉集から選んでお書きになられた四巻、延喜の帝の古今和歌集を、唐《から》の紙の浅縹《あさはなだ》を継いで、同じ色の濃い紋のある唐《から》の綺《き》の表紙、又同じ色をした玉の軸、緂《だん》の唐組《からくみ》▼61の紐など、艶《なまめ》かしくして、一巻毎《ごと》に御書体を変えつつ、微妙にもお書き尽しになっているものを、大殿油《おおとなぶら》を低くさせて御覧になって、大臣《おとど》は、「限りのないものですね。此頃の人は、ただ一部分を気取っているだけのことです」と御賞美なされる。宮はそのままこれらを大臣《おとど》にお贈りになられる。「女の子があったにしましたところで、殆《ほとん》ど見栄《みは》やすことの出来そうもない者には、伝えるべきではない品ですのに、まして持ち腐れになってしまうものですから」などと申してお贈りになられる。大臣《おとど》は侍従に、唐の手本のひどく立派そうな物を、沈《じん》の箱に入れて、結構な高麗笛《こまぶえ》を添えてお贈りになられる。又大臣《おとど》は此頃は、ただ仮名書きの批評をなさって、世間に能書と思っている、上中下《かみなかしも》の人々にも、然《しか》るべき物をお見計らいになって、尋ね出してお書かせになる。姫君の御箱には、下《くだ》った物はお混ぜにならない。特に人柄、階級を御差別なされつつ、冊子巻物の総《すべ》てをお書かせになり、さまざまの珍らしい御宝物《たからもの》どもで、外国でも得難そうな物の多くある中でも、今度お書かせになったお手本どもを、奥ゆかしいものだと心を動かす若い人が世間に多くあったことである。御絵どもをお整えになる中に、あの須磨での日記は、後の世にも伝え知らせたいとお思いになるが、姫君の今少し世間のことをおわかりになってからにとお思い返しになって、お取出しにはならない。

内大臣《うちのおとど》[62]は、その御準備を、人の上の事としてお聞きになるにつけても、ひどく御自身の上が御不安でありさみしくお思いになる。姫君[63]のお有様は、今を盛りと整って、惜しくもお美しげである。徒《つれ》然《づれ》と打湿っていらせられるのは、堪えられない御嘆きの種であるのに、男君[64]の様子はまた、同じように落着《おちつ》いているので、此方《こちら》から気弱く進み寄ってゆくのも人目が悪いので、彼方《あちら》で懇望した際に、従ってしまえばよかったものをと、内々お思い嘆きになって、男君にばかり罪もお着せにもなられない。このように少し気の折れていらっしゃる御様子を、宰相の君はお聞きになるが、暫《しばら》くの間辛かったお心を憂くお思いになるので、平気らしくお心を押鎮《おししず》められて、さすがに他の女の為《ため》に心を使うようなお気にはなれず、お心柄で『戯れにくい』[65]折も多くあるが、『浅緑』[66]と当てこすった御乳母《おめのと》共を、納《のう》言《ごん》に昇進してから逢おうとのお心が深いのであろう。父大臣《ちちおとど》[67]は、怪しく、身のきまらない様であることよとお思い嘆きになって、「彼方《あちら》のことは諦めたのならば、右大臣《みぎのおとど》や、中務宮《なかつかさのみや》などが、縁談のことをほのめかしてお云いになっているようだから、何方《どちら》へでもお決めなさいよ」と仰しゃるが、御返事も申上げず、畏《かしこ》まった様をしておいでになる。「こういう事は、恐れ多いお教え▼68でさえも、従おうとは思えなかったので、口出しはし憎《にく》いのですが、今になって思い合せますと、そのお教えは何時《いつ》になっても例になるものでした。徒然《つれづれ》と独住《ひとりず》みをしていますと、何か思うところがあってのことだろうかと、世間の人も推量しますので、宿縁で引くところがあって、つまらない者と結局は一しょになりますと、ひどく尻すぼまりで人目の悪いことですよ。ひどく思いあがっているが、望みどおりには行かず、物には限度のあるものですから、好色《すき》の心をなされますな。幼い時から宮中で育ちまして、身を心任せに出来ず窮屈で、ちょっとした過ちでもあったら軽率だという譏《そしり》を受けようかと慎しんでおりましてさえ、それでも好色《すき》の咎めを受けて、世間から非難されました。位も低く何という程のこともない身分の間でも、打解けて、思うままな振舞《ふるまい》などはなさいますな。心が自然驕《おご》って来ますと、心を取鎮める者のない時には、女の事で、賢い人が、昔も取乱した例のあったことです。あるまじきことを心を寄せて、相手の評判も立て、自分でも恨《うらみ》を受けて、最後までの絆《ほだし》となることです。見立て違いをした女で、自分の気にも入らず、我慢をしにくい点がありましても、やはり思い返す習慣をつけて、もしくは親の心に免じ、もしくは親がなくて世間体が悪《わ》るかろうとも、人柄に可哀そうなところのある人でしたら、それを取柄《とりえ》にして添っていらっしゃい。自分の為にもその人の為にも、結局は良いということが深くなってくることです」など、お心長閑《こころのどか》で徒然《つれづれ》な折は、こういう心づかいばかりをお教えになられる。こうした御誡《おんいまし》めを受けるにつけても、たとい戯れにでも、▼69他の女に心を懸けることは、可哀そうに、我から罪をつくることだとお思いになられる。女君も、平常よりも格別に、父大臣《ちちおとど》▼70のお嘆きになっていらっしゃる御様子なので、極りが悪く、運の悪い身だとお嘆き沈みにはなるが、表面は平気におっとりとして、眺め暮らしてお過しになる。男君▼71からの御文は、お思い余りになる折々は、哀れに心深いものをお遣《つかわ》しになる。姫君は『誰《た》が誠をか』▼72と思いながらも、世馴れた人こそ、強いて人の心を疑いもするが、哀れだとお読みになる節《ふし》が多くある。「中務宮《なかつかさのみや》が、大殿《おおいどの》へ▼73御縁談の御話がって、取極《とりき》めようかとお思いかわしになっています」と、人が申上げたので、父大臣《ちちおとど》は改めて又お胸が塞《ふさ》がることであろう。姫君に内々で、「これこれの事を聞きました。情ないお心の人だったのですね。大臣《おとど》が、お口添《くちぞえ》をなさった時に強情だったというので、逆なことをなされるのでしょう。心弱く従いましても、人笑いになることでしょうよ」と、涙を浮べて仰しゃるので、姫君は、ひどく極り悪るいにつけても、何ということもなく涙がこぼれるので、工合《ぐあい》悪るくて彼方向《あちらむき》になって入《い》らっしゃるのが、可愛さ限りもない。何《ど》うしたものであろうか、それでも此方《こちら》から進み出て、御機嫌を取ったものであろうか、などお思い乱れになってお立ち帰りになった後でも、姫君はそのまま端近く眺めをしていらせられる。怪しくも心ならずもこぼれた涙であるよ、何のように思召したことであろうか、などさまざまにお思いになっていられる所へ、男君からの御文があった。さすがに御覧になる。細《こ》ま細《ご》まとあって、

つれなさは浮世の常になりゆくを忘れぬ人や人に異なる▼74

とある。気《け》ぶりにもその事をほのめかさない情《つれ》なさよと、お思いつゞけになるのは辛いけれど、

限りとて忘れ難きを忘るゝもこや世に靡《なび》く心なるらむ▼75

とあるのを、男君は怪しいことだと、下にも置かれず、頭《かしら》を傾けつつも見ていらしたということである。

▼1 明石の上の御腹。
▼2 朱雀院と承香殿女御との間の皇子。
▼3 桐壺帝。

▼4　錦襴の類の織物。
▼5　仁明天皇。
▼6　紫の上。
▼7　母屋から張り出して、別棟に造った殿。
▼8　仁明天皇第五皇子本康親王のこと。薫物調合の名人であらせられた。
▼9　蛍兵部卿宮で、源氏の弟君。
▼10　槿斎院。
▼11　飾りの作り枝。
▼12　花の香は、花の散ってしまった枝にはとどまってはいないけれども、移り香となって移った袖には、浅く沁みようか、浅くはない。「花の香」は、調合した香の譬。「散りにし枝」は、盛り過ぎた自身の譬。「移らむ袖」は、姫君の譬で、自身を卑下し、姫君をたたえて、薫香に托して賀の心を云ったもの。
▼13　夕霧。
▼14　袿（うちぎ）に似て大領（おおくび）の無いもの。
▼15　花の枝の香のなつかしさに、一段と心を沁ませることであるよ。人が怪しみ咎めるであろうと、その移香は憚っているけれども。「花の香」を斎院に譬えて、懸想の心を云ったもの。
▼16　秋好中宮。
▼17　「君ならで誰にか見せむ梅の花色をも香をも知る人ぞ知る」（古今集）
▼18　前註の歌の語。香を理解する人の意。
▼19　右近の陣は、紫宸殿（ししいでん）南庭の、西南即ち右方の廓。そこを流れる溝。風流に自然の流れのようにしてあった流れ。
▼20　「夕顔」に五位の太夫として現れている惟光が、今は参議となっているのでこう呼ぶ。
▼21　槿斎院。
▼22　香の名。

▼23　香の名。
▼24　紫の上。
▼25　香の名。春の香。
▼26　花散里。
▼27　香の名。夏の香。
▼28　明石の上。
▼29　右大弁源公忠。薫物の名人といわれた人。
▼30　香の名。
▼31　催馬楽の名。「梅が枝に来ゐるうぐひすや、春かけて春かけて鳴けども未だや、雪は降りつつ、あはれそこよしや、雪は降りつつ」
▼32　「榊」の巻に出ず。
▼33　既出（「榊」註111）。
▼34　鶯の声に一段と我が心の憧れることであろうか。既に我が心を捉えているこの紅梅のあたりへ。で、「鶯の声」は、弁少将の謡った「梅が枝」の譬、「心しめつる」に、薫香に感じたことを云ったもので、全体としては此の御殿のめでたさを祝ったもの。
▼35　「いつまでか野辺に心のあくがれむ花し散らずば千代も経ぬべし」（古今集）
▼36　この紅梅の色も香も身に沁む程にも、今年の春は、この紅梅の咲いている宿を、絶えず訪っていただきたい。宮への御返し。
▼37　柏木。
▼38　夕霧。
▼39　鶯が塒としてとまっている紅梅の枝も撓（しな）う程に、この上とも吹きつづけたまえ、此の夜半の君が笛を。宰相中将の笛の音を讃えたもの。
▼40　情があって、風も散らすまいとして避けて吹くらしい花の木に、猶予もなく笛の音を吹き寄せること

などすべきであろうか。頭中将の歌に対しての返し。

▼41　霞が月と花とを隔てていなかったならば、塒にいる鳥も、夜が明けたと思って、つい音を漏らして鳴くことでもあろう。今宵の御殿を祝った心のもの。

▼42　花の香のような薫香を、云いようもない結構な袖に沁ませたならば、何うした女と間違い事のあったことかと思って、妹が咎めることであろうか。御贈物に対しての御礼。

▼43　珍らしいと云って、御殿にいるお人も、待っていて見ることでしょう。花のような錦を著て帰って行かれる君を。戯れのもの。「故郷人」と「錦を著て帰る」とは、故郷に錦を飾るという言葉があるので、それに絡ませて、一夜留守した家を故郷といい、宮の歌の言葉を取って、贈物の装束を戯れて花の錦といったもの。

▼44　午後八時頃。

▼45　紫の上。

▼46　午後十二時頃。

▼47　明石の上。

▼48　源氏の姫君、即ち明石の姫君。

▼49　桐壺のこと。

▼50　六条御息所。「夕顔」の巻以下に出ず。

▼51　藤壺。亡くなったことは、「薄雲」の巻に出ず。

▼52　朧月夜内侍。

▼53　槿斎院。

▼54　夕霧。

▼55　紫上とは異腹の弟。

▼56　柏木。

▼57　字の書き方の一つ。水辺の葦のように文字を散らす書き方。

▼58　一首の歌の意を、絵に文字をまじえて書く書き方。
▼59　蛍兵部卿宮。源氏の弟君。
▼60　蛍兵部卿宮の子。
▼61　五彩の糸で扁平に組んだ紐をいう。
▼62　「帚木」に於ける頭中将。
▼63　雲井雁。夕霧（今は宰相中将）との恋愛は「少女」以後つづく。
▼64　夕霧。
▼65　「ありぬやとこころみがてら逢ひみねば戯れにくきまでぞ恋しき」（古今集）による。姫君に逢わずにいると、堪えがたく恋しい意。
▼66　六位の衣の色。あなどられたこと「少女」に出ず。
▼67　源氏。
▼68　故桐壺帝の御教訓。
▼69　雲井雁。
▼70　内大臣。もとの頭中将。
▼71　夕霧。
▼72　「いつはりと思ふものから今更に誰がまことをか我は頼まむ」（古今集）
▼73　源氏。
▼74　貴方のつれなさの方は、浮世の習わし通りに加わってゆくのに、以前の情を忘れずに、そのままでいる私の方は、世間並の人とは異っていることですよ。
▼75　私との縁はこれ限りとして、私は忘れ難くしているのを、貴方は忘れてゆくのも、それが世間に従う心というのでしょうか。

【訳者略歴】

窪田空穂（くぼた・うつぼ）

1877年長野県生まれ。歌人・国文学者。本名は通治（つうじ）。東京専門学校（現在の早稲田大学）文学科卒業。太田水穂、与謝野鉄幹、高村光太郎、水野葉舟らと親交を持つ。その短歌は、ありのままの日常生活の周辺を歌いながら、自らの心の動きを巧みにとらえ、人生の喜びとともに内面の苦しみと悩みをにじませて、「境涯詠」と呼ばれる。1920年から朝日歌壇の選者、早稲田大学国文科講師を務める。のちに同大教授となり、精力的に古典研究を行なう。1943年、芸術院会員、1958年、文化功労者。1967年逝去。全28巻＋別冊1の全集（角川書店、1965～68）がある。長男は歌人の窪田章一郎。

現代語訳　源氏物語　二

2023年5月25日初版第1刷印刷
2023年5月30日初版第1刷発行

著　者　紫式部
訳　者　窪田空穂

発行者　青木誠也
発行所　株式会社作品社
〒102-0072 東京都千代田区飯田橋2-7-4
TEL.03-3262-9753　FAX.03-3262-9757
https://www.sakuhinsha.com
振替口座00160-3-27183

装画・挿画　梶田半古「源氏物語図屛風」（横浜美術館蔵）
装　幀　小川惟久
本文組版　前田奈々
編集担当　青木誠也
印刷・製本　中央精版印刷株式会社

ISBN978-4-86182-964-2 C0093
©Sakuhinsha 2023 Printed in Japan
落丁・乱丁本はお取り替えいたします
定価はカバーに表示してあります

【作品社の本】

小説集　黒田官兵衛

菊池寛、鷲尾雨工、坂口安吾、海音寺潮五郎、武者小路実篤、池波正太郎　末國善己編

信長・秀吉の参謀として中国攻めに随身。謀叛した荒木村重の説得にあたり、約一年の幽閉。そして関ヶ原の戦いの中、第三極として九州・豊前から天下取りを画策。稀代の軍師の波瀾の生涯を、超豪華作家陣の傑作歴史小説で描き出す！

ISBN978-4-86182-448-7

小説集　竹中半兵衛

海音寺潮五郎、津本陽、八尋舜右、谷口純、火坂雅志、柴田錬三郎、山田風太郎　末國善己編

わずか十七名の手勢で主君・斎藤龍興より稲葉山城を奪取。羽柴秀吉に迎えられ、その参謀として浅井攻略、中国地方侵出に随身。黒田官兵衛とともに秀吉を支えながら、三十六歳の若さで病に斃れた天才軍師の生涯を、超豪華作家陣の傑作歴史小説で描き出す！

ISBN978-4-86182-474-6

【作品社の本】

小説集　明智光秀

菊池寛、八切止夫、新田次郎、岡本綺堂、滝口康彦、篠田達明、南條範夫、柴田錬三郎、小林恭二、正宗白鳥、山田風太郎、山岡荘八　末國善己解説

謎に満ちた前半生はいかなるものだったのか。なぜ謀叛を起こし、信長を葬り去ったのか。そして本能寺の変後は……。超豪華作家陣の想像力が炸裂する、傑作歴史小説アンソロジー！

ISBN978-4-86182-771-6

小説集　真田幸村

南原幹雄、海音寺潮五郎、山田風太郎、柴田錬三郎、菊池寛、五味康祐、井上靖、池波正太郎　末國善己編

信玄に臣従して真田家の祖となった祖父・幸隆、その智謀を秀吉に讃えられた父・昌幸、そして大坂の陣に“真田丸”を死守して家康の心胆寒からしめた幸村。戦国末期、真田三代と彼らに仕えた異能の者たちの戦いを、超豪華作家陣の傑作歴史小説で描き出す！

ISBN978-4-86182-556-9

【作品社の本】

小説集　徳川家康

鷲尾雨工、岡本綺堂、近松秋江、坂口安吾　三田誠広解説

東の大国・今川の脅威にさらされつつ、西の新興勢力・織田の人質となって成長した少年時代。秀吉の命によって関八州に移封されながら、関ヶ原の戦いを経て征夷大将軍の座に就いた苦労人の天下人。その生涯と権謀術数を、名手たちの作品で明らかにする。

ISBN978-4-86182-931-4

小説集　北条義時

海音寺潮五郎、高橋直樹、岡本綺堂、近松秋江、永井路子　三田誠広解説

承久の乱に勝利し、治天の君と称された後鳥羽院らを流罪とした「逆臣」でありながら、たった一枚の肖像画さえ存在しない「顔のない権力者」。謎に包まれた鎌倉幕府二代執権の姿と彼の生きた動乱の時代を、超豪華作家陣が描き出す。

ISBN978-4-86182-862-1

【作品社の本】

光と陰の紫式部

三田誠広

『源氏物語』に託された宿望！　幼くして安倍晴明の弟子となり卓抜な能力を身に着けた香子＝紫式部。皇后彰子と呼応して親政の回復と荘園整理を目指し、四人の娘を四代の天皇の中宮とし皇子を天皇に据えて権勢を極める藤原道長と繰り広げられる宿縁の確執。書き下ろし長篇小説。
2024年NHK大河ドラマ『光る君へ』関連本！

ISBN978-4-86182-975-8

聖徳太子と蘇我入鹿

海音寺潮五郎

稀代の歴史小説作家の遺作となった全集未収録長篇小説『聖徳太子』に、“悪人列伝”シリーズの劈頭を飾る「蘇我入鹿」を併録。海音寺古代史のオリジナル編集版。聖徳太子千四百年遠忌記念出版！

ISBN978-4-86182-856-0

【作品社の本】

出帆

竹久夢二

「画（か）くよ、画くよ。素晴しいものを」

大正ロマンの旗手が、その恋愛関係を赤裸々に綴った自伝的小説。評伝や研究の基礎資料にもなっている重要作を、夢二自身が手掛けた134枚の挿絵も完全収録して半世紀ぶりに復刻。ファン待望の一冊。解説：末國善己

ISBN978-4-86182-920-8

岬　附・東京災難画信

竹久夢二

「どうぞ心配しないで下さい、私はもう心を決めましたから」

天才と呼ばれた美術学校生と、そのモデルを務めた少女の悲恋。大正ロマンの旗手による長編小説を、表題作の連載中断期に綴った関東大震災の貴重な記録とあわせ、初単行本化。挿絵97枚収録。解説：末國善己

ISBN978-4-86182-933-8

秘薬紫雪／風のように

竹久夢二

「矢崎忠一は、最愛の妻を殺しました」

陸軍中尉はなぜ、親友の幼馴染である美しき妻・雪野を殺したのか。問わず語りに語られる、舞台女優・沢子の流転の半生と異常な愛情。大正ロマンの旗手による、謎に満ちた中編二作品。挿絵106枚収録。解説：末國善己

ISBN978-4-86182-942-0